문화,
셰익스피어를
말하다

문화,
셰익스피어를
말하다

초판 1쇄 펴낸날 | 2020년 9월 1일

지은이 | 안경환
펴낸이 | 류수노
펴낸곳 | 한국방송통신대학교출판문화원
       (03088) 서울시 종로구 이화장길 54
       전화 1644-1232
       팩스 (02) 741-4570
       홈페이지 http://press.knou.ac.kr
       출판등록 1982년 6월 7일 제1-491호

출판위원장 | 이기재
기획 | 이두희
편집 | 정미용, 이두희
편집 디자인 | 이화서
표지 디자인 | 김민정

ⓒ 안경환, 2020
ISBN 978-89-20-03754-2 03840

값 19,500원

이 도서의 국립중앙도서관 출판예정도서목록(CIP)은 서지정보유통지원시스템 홈페이지
(http://seoji.nl.go.kr)와 국가자료종합목록 구축시스템(http://kolis-net.nl.go.kr)에서 이용하실
수 있습니다.(CIP제어번호: CIP 2020033785)

문화,
셰익스피어를
말하다

안경환 지음

WILLIAM
SHAKESPEARE

지식의날개

일러두기

- 대본은 1 · 2권과 마찬가지로 *William Shakespeare: The Complete Works* (Oxford University Press, 1988)를 사용했다. 다만 그 책에 수록되지 않은 〈에드워드 3세〉는 *Edward III: RSC Classics Book*(Nick Hern Books, 2017)을 사용했다.
- 이 책에서 인용한 셰익스피어의 작품에 등장하는 인명과 지명은 영국의 문학작품임을 감안하여 영어식 표기를 원칙으로 함에 따라 일부 외래어표기법과 일치하지 않을 수 있습니다. 영어권, 프랑스어권, 스페인어권 등에서 공용으로 통용되는 이름은 시대와 국적에 따라 외래어표기법과 각 언어권의 표기를 존중하여 적되, 같은 인물의 경우에는 이주 전후를 가리지 않고 동일하게 표기하였습니다.(대체로 영어식 표기를 원칙으로 함)

서지마라

벗들에게

책머리에

《법, 셰익스피어를 입다》제1권, 2012, 《에세이, 셰익스피어를 만나다》제2권, 2018에 이어 세 번째 셰익스피어 에세이집을 펴낸다. 앞선 책들의 서문에 거듭해서 밝힌 바와 같이 당초 계획은 셰익스피어 작품 전체를 아우르는 법률 주석서를 쓰는 것이었다. 1987년 봄, 국내 최초의 영미법 담당교수로 채용되면서 흐릿하게나마 가슴에 품었던 소망이기도 했다. 세 권의 에세이집은 주석서를 준비하면서 얻은 부산물이다. 우리 법학계에서는 '영미법'으로 뭉뚱그려 부르지만 영국법과 미국법은 공통점보다 차이점이 많다.

'법과 문학'이라는 지적 탐구에 셰익스피어는 가장 핵심적인 과제다. 학문 분야로서의 '법과 문학law and literature'은 크게 세 영역으로 나뉜다. '문학 속의 법'과 '문학으로서의 법' 그리고 '문학작품에 대한 법적 취급'의 세 분야다. 제3의 영역은 이를테면 법과 문학이 충돌하는 경우로 기존 법학의 세부 영역 내지는 주제로 정착했다. '문학으로서의 법'은 문자를 매개체로 삼는 법과 문학의 동질성과 이질성을 탐구한다. 1970년대 이래 다양한 차원에서 지적 탐구가 이어지고 있으나, 이는 이른바 '전문가의 영역'이다. '문학 속의 법'이야말로 일반 지식인 독자에게 직접 유익한 접근법이다. 모든 문학작품은 시대의 산물로, 시대를 읽을 수 있는 텍스트다. 법 또한 시대의 거울이자 텍스트다. 전자가 창의성을 경모하는 사적 텍스트라라면 후자는 안정성을 추구하는 공적 텍스트다. 그러므로 문학작품에는 어떤 형식으로든 그 시대의 법이 투영되게 마련이다. 작품 속에 투영된 법적 요소에 주목하면 문학작품의 총체적 이해에도 큰 도움이 된다.

셰익스피어는 어떤 '법과 문학' 강의에서도 뺄 수 없는 필수다. 언젠가 한 젊은 영문학 교수를 '셰익스피어 전공'으로 소개하기에 농담 삼아 그게 무슨 말이냐고 되물은 적이 있다. 셰익스피어는 모든 영문학도의 필수인데 별도의 전공이 있을 수 있느냐는 뜻이었다. 그만큼 우리 세대에게 셰익스피어는 필수 중의 필수이자 상식 중의 상식이었다.

1990년, 대학에서 얻은 첫 번째 연구년을 런던에서 보냈다. 미국법에 비해 턱없이 얇은 영국법 지식을 보강하기 위해서였지만 셰익스피어를 본격적으로 탐구하고 싶은 숨은 의도도 있었다. 비록 글로브* 극장도 블랙프라이어즈** 극장도 사라진 지 오래지만 런던의 무대에

---

*   1613년 소실된 글로브 극장은 1993년에 중건되었다.
**   셰익스피어 시대에 건축된 런던 최초의 실내극장.

서 셰익스피어 작품 전부를 감상하고 싶었다. 꼬박 1년을 런던은 물론 인근 도시를 샅샅이 뒤졌지만 절반 정도밖에 감상하지 못했다. 다양한 극단의 다양한 각색으로 접하면서 셰익스피어 연극에 조금은 개안한 기분이 들었다.

나의 런던행에 앞서 서울대학교에 〈법과 문학〉 강좌가 개설되었다. 당초에 다양한 전공의 합동강좌로 구상된 것인데, 결과적으로 퇴임할 때까지 혼자의 책임이 되었다. 이따금 학교를 비운 동안에는 문학평론가 이동하 교수와 차병직 변호사가 맡아 강의 내용을 풍요롭게 해 주었다. 또한 1999~2000년에는 영문학과 김성곤 교수와 함께 〈법과 문학과 영화〉로 확장하여 강의한 것도 소중한 추억이다.[*]

아직 한국어판 셰익스피어 법률 주석서의 소망을 이루지 못했다. '한국어'로 쓰는 '셰익스피어'의 '법률' '주석서'라는 4중의 장벽을 뚫어 내는 작업을 완결하기에는 축적된 나의 역량이 여전히 모자란다. 법률 셰익스피어를 전문적으로 공부할 사람은 당분간은 영문으로 출간된 몇 권의 단편적인 유사 주석서를 참조할 수 있을 것이다.

셰익스피어가 쓴 희곡 39편과 시작詩作들을 작품별로 간단하게 살펴보는 것으로 셰익스피어 둘레길 산책을 마감한다. 1권에 12편, 2권에 13편을 담았다. 남은 작품들을 이 책에서 다루었다. 3권을 아우르는 일관된 체계는 없다. 굳이 차이를 들라면 1권에서는 법의 문제에 초점을 맞추었으나, 2권에서는 그 초점을 다소 느슨하게 풀었고, 이

---

[*] 안경환·김성곤, 《폭력과 정의》, 비체 김영사, 2019.

책에서는 그나마의 구속을 풀어 버렸다. 이 책의 제목을 법, 에세이보다 더 포괄적인 주제어를 차용한 《문화, 셰익스피어를 말하다》로 정한 이유다. 전편에서 다루지 못한 사극 8편의 배경 지식을 제공하기 위해 영국헌정의 원리를 별도의 장으로 만들었다. 3부작의 완결편임을 고려하여 프롤로그와 에필로그를 썼다.

출판을 맡아 준 한국방송통신대학교출판문화원과 편집의 노고를 떠맡은 이두희 님께 깊이 감사드린다. 설립 이래 방송대학이 나라 전체의 지식인과 문화애호가의 계도에 기여한 공로를 특기하고자 한다.

이 책을 〈서지 마라〉 벗들과 함께 나눈 우정에 바친다. 지난 20년, 매주 일요일 이른 아침에 만나 함께 뛰고 걸으면서 많은 이야기를 나누었다. 가톨릭 교리, 해럴드 버먼, 한시, 원자력, 파산법. 생활의 학…… 제각기의 믿음과 관심을 공개 토론의 향연장에 제공했다. 서로가 서로를 대하는 자세를 감히 선현의 말을 훔쳐 구이경지久而敬之, 오래도록 공경함라 부르고 싶다. 이제 뛰기는 시늉뿐이지만, 함께 걸으면서 늙어 가는 즐거움을 오래도록 누리고 싶다.

2020년 8월
우면산 청운재靑雲齋에서
안 경 환 감사드림

차례

프롤로그

Prologue

윌리엄 셰익스피어 1564~1616는 많은 작품을 후세에 남겼다. 그가 쓴 39편의 희곡,[01] 154편의 소네트와 시 여러 편을 합치면 신구약 성경의 두 배에 해당하는 분량이다.

그는 한 몸 속에 여러 명의 필자를 거느린 작가라는 평판이 따를 정도로 다양한 주제를 통섭한 작가다. 이처럼 많은 셰익스피어의 유작을 후세인의 접할 수 있는 것은 크나큰 축복이다.[02] 셰익스피어가 태어날 당시 잉글랜드의 인구는 300만 명에 불과했으나 52년 후 죽

---

01 오랫동안 셰익스피어가 쓴 희곡은 모두 37편으로 알려졌으나 근래 들어 〈에드워드 3세 Edward the Third〉와 〈두 귀족 친척 The Two Noble Kinsmen〉이 추가로 셰익스피어의 작품으로 공인받았다.

02 당대에 쓰인 많은 작품이 망실되었다. 한 예로 로즈 극장의 필립 헨슬로가 기록한 175개 작품 중 37개만이 현재까지 전해진다. Samuel Schoenbaum, *William Shakespeare: A Compact Documentary Life*, Oxford University Press, Revised Edition, 1987, pp. 136~137.

을 때는 450만 명으로 늘어났다. 폭발하는 대도시, 수도 런던은 시민의 호기심을 충족시켜 줄 도락이 필요했다. 연극은 대중이 가장 선호한 도락이었고 수많은 극작가 중에 셰익스피어는 가장 성공한 작가였다. 무엇보다도 타고난 감수성과 비상한 통찰력 덕분에 그는 인간의 삶에 대한 독보적인 성찰과 이해를 작품으로 승화시켰다.[03]

셰익스피어의 작품이 후세인의 사랑을 받게 된 데는 영어라는 보편적 언어의 기여도 컸다. 언어학의 관점에서 셰익스피어 영어는 '근대영어'로 분류된다. 많은 주석이 필요하지만 공들이면 원문을 웬만큼 이해할 수 있다.[04] 현대 독자에게는 외국어에 불과한 초서 Geoffrey Chaucer 시대의 '중세영어'와는 근본적으로 다르다.[05] 15세기 영국에서는 정치와 상업의 중심지, 런던의 방언이 여러 지방의 사투리를 대체하기 시작했다. 인쇄술의 발달에 힘입어 영어는 15세기 말에는 적어도 문서화 작업에서는 스펠링을 포함한 기본 문법에서 표준화의 길을 걷고 있었다.[06] 학자들은 영어 발전사의 한 단계로 셰익스피어 시대를 설정하기도 한다.

---

03 Park Honan, *Shakespeare: A Life,* First Edition, 1998, 김정환 옮김, 《셰익스피어 평전》, 삼인, 2018, pp. 568~569.

04 셰익스피어 희곡의 원문을 구어체 현대영어로 풀어쓴 대본을 함께 펴낸 대표적인 출판물로 〈No Fear Shakespeare(Spark Notes)〉 시리즈가 있다.

05 Ann Thompson, *Shakespeare's Chaucer: A study in literary origins,* Liverpool University Press, 1978.

06 "Shakespeare: An Overview", Signet Classics, *Shakespeare Macbeth,* Newly Revised Edition, 1998, xix.

1593년 5월, 셰익스피어의 동갑내기 극작가 말로 Christopher Marlowe
가 술집에서 벌어진 말다툼 끝에 칼에 맞아 죽는다. 그 시점까지 말로
는 셰익스피어가 극복해야 할 대상이었다. 말로가 죽은 후로 셰익스
피어는 우상도 라이벌도 없는 당대 제1인자로 살았다. 시와 사극을
먼저 쓰고 난 후에 비극, 희극, 로맨스극,[07] 문제극[08] 등 다른 장르로
옮겨 갔다.[09]

엘리자베스 시대에 이미 명성을 굳힌 셰익스피어는 제임스 1세가
등극한 1603년부터 현역에서 은퇴한 1613년까지 명실공히 당대 최고
의 인기 작가였다. 셰익스피어가 창조한 캐릭터는 신사 1, 2 등으로 지칭되는
대사 없는 무명 캐릭터를 제외하고 모두 1,280명이다. 이들은 사실적인 개성과 심
리적 깊이를 갖춘 인물들로 후세인들에게 세상살이를 심층적으로 이
해하는 데 더없이 소중한 자료를 제공했다. 햄릿, 오셀로, 샤일록, 리
어, 맥베스[10]와 같은 세계문학사에 불멸의 인물상을 만들어 냈다.

---

07 셰익스피어극의 한 장르로서 '로맨스극'이란 〈페리클레스〉, 〈심벨린〉, 〈겨울
    이야기〉, 〈템페스트〉의 네 작품을 아울러 부르는 명칭이다(그리고 사람에 따
    라서는 〈두 귀족 친척〉을 더하기도 한다). 〈심벨린〉과 〈겨울 이야기〉는 '희비
    극(tragic commedies)'으로 부르기도 한다.
08 Problem Plays: 〈트로일러스와 크레시다〉, 〈끝만 좋으면 그만이지〉, 〈눈에는
    눈〉의 세 편을 묶어서 지칭한다. 이 작품들은 희극 또는 비극, 어느 한쪽으로
    분류하기 힘들어 '문제극'이란 칭호를 붙였다.
09 Anthony David Nuttall, "To the Death of Marlowe", *Shakespeare the Thinker*,
    Yale University Press, 1993, ch.1, pp. 25~85.
10 한 예로 Kenneth Gross, *Shylock Is Shakespeare*, University of Chicago Press,
    2006("샤일록은 세계문학사에 우뚝 선 캐릭터다").

엘리자베스 시대에는 거의 모든 극단에서 주주 배우들이 연기를 맡았다. 최근 컴퓨터 연구를 통해 밝혀진 바에 따르면 셰익스피어도 1년 내내 공연에 참여하여 〈타이터스 앤드로니커스〉의 검은 아론, 〈제12야〉의 안토니오, 〈트로일러스와 크레시다〉의 율리시스 등의 배역을 맡았다. 왕 역할도 더러 했지만 대체로 노인, 성직자, 혹은 '해설자' 이를테면 〈헨리 5세〉의 코러스 역을 맡았다. 단 한 차례도 주연을 맡은 기록은 없다고 한다.[11]

엘리자베스 말기와 제임스 1세 시대의 영국 제1의 극작가가 쓴 39편의 정통 희곡 중에 당대의 영국을 무대로 한 작품은 단 하나도 없다. 〈리어왕〉과 〈심벨린〉은 고대 잉글랜드를, 〈맥베스〉는 비슷한 시기의 스코틀랜드를 무대로 삼았고, '사극'은 자신이 태어나기 한 세대 전인 중세와 튜더 왕조 초기의 영국을 무대로 한다. 나머지 작품들은 '바다 건너' 외국이 무대이다. 두 작품의 무대가 된 시칠리아, 베로나, 베네치아에 더하여 아테네와 빈, 나바르와 루시옹, 그리고 일리리아, 보헤미아, 덴마크 등등 다양하기 짝이 없다. 〈좋으실 대로〉는 부분적으로 아르덴 숲을 배경으로 삼았는데, 실제로 영국에 존재하는 지명이기는 하다. 셰익스피어의 어머니 메리 아든 의 조상들의 세거지世居地 였다. 그러나 이 작품에서는 르보, 아미앵, 자크 등 여러 프랑스 이름이 등장하는 것으로 보아 프랑스 북부의 아르덴 Ardennes 고원을 의미한 듯하다.

---

11 Park Honan, 김정환 옮김, 위의 책, pp. 291~292.

그러나 지리적 무대가 어디든 그의 모든 작품이 당대의 영국을 배경으로 삼았다고 말할 수 있다. 등장인물은 모두 엘리자베스 시대 영어를 구사하고 그 시대의 영국 의상을 입고 전형적인 영국인으로 행동한다. 햄릿은 진짜 덴마크 왕자가 아니고 토비 벨치〈제12야〉는 일리리아 귀족이 아니다. 셰익스피어의 작품, 특히 희극에서는 영국인의 삶이 이국이라는 스펙트럼을 통해 묘하게 각색되고 과장된 형태로 제시되었다.

현재까지의 연구에 따르면 셰익스피어는 평생 영국 땅을 벗어난 적이 없다. 그는 오로지 환상 속에서 외국여행을 한 것이다. 베로나, 베네치아…… 외국의 지명은 '다름'을 내세워 자유로운 상상을 펼치는 마법의 주문이었다. 극작가의 마음속에 열린 외국은 영국인의 삶에 활기와 변화를 유도해 주는 또 하나의 극장이었다. 그에게 외국은 꿈속의 세상만은 아니었다. 런던은 이미 거대한 인종과 문화의 용광로였으며 반 시간만 부둣가를 거닐면 유럽 언어 전체를 들을 수 있었다.[12]

잃어버린 세월 ― 생애

셰익스피어의 생애에 관한 공식 기록은 정교하지도 아주 소략하

---

12 Charles Nicholl, *The Lodger Shakespeare: His Life on Silver Street*, Penguin Books, 2007; 안기순 옮김, 《실버 스트리트의 하숙인 셰익스피어》, 고즈윈, 2009, p. 270.

지도 않다. 1564년 4월 26일 스트랫퍼드의 트리니티 교회에서 세례받은 기록과 1616년 4월 25일, 같은 교회에 매장된 기록 사이에 그의 행적을 기록한 공식 문서는 40여 건에 달한다. 부모, 아들딸, 조부모에 관한 기록도 적지 않다. 그가 쓴 작품에 대한 당대인의 언급이 담긴 기록도 최소한 50건에 달한다. 벤 존슨 ^{Ben Johnson} 정도를 제외하고는 동시대의 작가 그 누구도 윌리엄 셰익스피어만큼 대중에 알려지지 않았다. 확인된 사실이 풍성한 만큼 비례하여 덧붙여진 신화도 많다. 스트랫퍼드의 소년이 수렵이 금지된 사슴을 죽이고 런던으로 도주하여 경마장에서 말머슴 노릇을 했다거나 하는 따위의 소문이다. 소문은 어디까지나 소문일 뿐이다.

1564년 4월 23일에 태어났다고는 하나 공식 기록이 있는 것은 아니다. 고향의 트리니티 교회에서 세례받은 날짜를 기준으로 추정할 뿐이다. 잉글랜드 수호신인 성 조지 축일이기 때문에 그날을 생일로 의제했을 가능성도 있다. 그러나 52년 후 공교롭게도 같은 날짜에 죽은 것은 사실이다.

스트랫퍼드 그래머 스쿨의 학적부도 남아 있지 않다. 단지 아버지 존의 신분을 고려하면 당연히 이 학교를 다녔을 것이라고 추정할 뿐이다. 교장은 옥스퍼드 졸업생이었다. 엘리자베스 시대의 그래머 스쿨에서는 수학과 자연과학은 가르치지 않았다. 그러나 라틴어 수사학과 논리학과 문학작품을 가르쳤다. 플라우투스 ^{Plautus}, 테렌티우스 ^{Terentius} 와 세네카 ^{Seneca} 가 포함되었다. 어쨌든 셰익스피어의 정규

교육은 고작해야 그래머 스쿨 몇 년이 전부였다.[13]

당시 런던의 일류 극작가들은 옥스퍼드나 케임브리지 대학 졸업생이었다. 법학원 Inns of Court 학생은 모두 대학 졸업생들이었다. 오늘날 미국과 한국의 '로스쿨'의 선례를 500년 전 영국에서 찾을 수 있다. 1592년 로버트 그린 Robert Green 이라는 케임브리지 출신 극작가가 동료 대졸 극작가들에게 'Skake-scene'이라는 시골뜨기 배우가 작가로 전업했다며 비아냥거리며 경고하는 글을 담았다. 배우는 신사 계급이 아니었기에 흔히 대졸자들의 조롱의 대상이 되었다. 그러나 배우도 엄연한 '부르주아'계급의 일원이었다.

어쨌든 셰익스피어의 쌍둥이 자녀, 햄넷과 주디스가 스트랫퍼드에서 세례를 받은 1585년과 1592년 그린의 악담 사이에 셰익스피어에 관한 어떤 공적 기록도 남아 있지 않다. 셰익스피어의 전기 작가들은 이 7년을 '잃어버린 세월 lost years' 또는 '암흑기 dark years'로 부른다. 이 시기 동안 시인의 행적에 관해 각종 루머와 추측이 난무한다. 법률 사무소의 서기 일을 했다거나 심지어는 가톨릭 비밀요원으로 로마에 갔다는 주장도 있다. 가장 합리적인 추정은 런던에서 무명의 극작가 지망생으로 살았을 것이라는 점이다.[14]

---

13 Alfred Leslie Rowse, *William Shakespeare: A Biography*, Harper & Row, 1963.

14 William Nicholas Knight, *Shakespeare's Hidden Life: Shakespeare at the Law 1585-1595*, Mason & Lipscomb, 1973.

진짜 셰익스피어는 따로 있다?

더욱 근본적으로 셰익스피어의 저작으로 알려진 명작들의 진짜 저자는 스트랫퍼드의 촌놈이 아니라 따로 있다는 주장이 끊임없이 이어지고 있다. '스트랫퍼드의 천재 시인' 윌리엄 셰익스피어의 이름으로 발표된 수많은 작품은 다방면에 걸쳐 고도의 지식을 갖추지 않았다면 결코 쓸 수 없는 걸작이다. 그러니 공식 학력이라고는 시골 문법학교 몇 년에 불과한 촌뜨기가 진짜 저자일 리 없다는 논지다. 그렇다면 진짜 저자는 누구인가?[15] 지난 1세기 반 동안 총 80여 명의 대안적 후보가 제시되었다.[16] 그중에서 가장 강력한 후보는 프랜시스 베이컨 Francis Bacon[17]과 옥스퍼드 백작, 에드워드 드 비어 Edward de Vere로 압축된다. 흥미로운 사실은 양대 후보자들의 추종자들은 이념적·정치적 성향이 극명하게 대비된다는 점이다.[18]

베이컨 설은 19세기 초부터 나돌았으나 1855년 델리아 베이컨이라는 미국 여성이 런던과 스트랫퍼드를 방문하여 체계적인 문헌연구

---

15 James Sapiro, *Contested Will: Who Wrote Shakespeare?*, 2010; 신예경 옮김, 《셰익스피어를 둘러싼 모험》, 글항아리, 2016.

16 심지어는 셰익스피어의 동갑내기 작가로 요절한 크리스토퍼 말로가 진짜 저자라는 주장도 있다(Calvin Hoffman, *The Murder of the Man Who was Shakespeare*, Julian Messner, 1955).

17 Sir Edwin Durning-Lawrence, *Bacon Is Shakespeare*, The John Mcbride Co, 1910, p. 125("베이컨은 법학원에 사무실을 두고 숙소로 사용했다").

18 안경환, 《법, 셰익스피어를 입다》, 서울대학교출판문화원, 2012, pp. 19~25.

를 통해 제시하고, 랠프 월도 에머슨Ralph Waldo Emerson, 1803~1882과 마크 트웨인Mark Twain, 1835~1910 등 미국의 대표적 문인들이 가세하면서 절정에 달했다. 요지인즉 당대 최고의 지성인 베이컨을 비롯해 월터 롤리 등 군주에게서 버림받은 세력이 정치무대에서 패배하자 예술을 통해 저항사상을 널리 퍼뜨렸다는 것이다. 한 걸음 더 나아가 셰익스피어 시대의 연극산업은 당시의 비판적인 진보 세력을 무대에 묶어 두고 감시하기 위한 군주의 문화정책이었다는 주장도 있다.[19]

여러 '이설異說 셰익스피어' 중 한동안 대세를 이루던 베이컨 설이 퇴색하면서 옥스퍼드 설이 대신하여 부상했다. 1920년 당시 기준으로서는 매우 정교한 논문이 발표되면서 옥스퍼드 설은 프랑스의 실증주의 철학자 오귀스트 콩트Auguste Comte, 1798~1857가 창시한 종교인 인류교religion de l'Humanité 신자들에 의해 체계적으로 확산되었다. 현대 심리학의 창시자인 지크문트 프로이트Sigmund Freud, 1856~1939가 합세하면서 기세를 탔다. 옥스퍼드 백작이 엘리자베스 여왕의 숨겨진 아들이라는 곁가지 루머도 탄생했다.[20] 옥스퍼드 설의 요지는 셰익스피어는 중세주의자, 반물질적·반민주적·복고적 사관의 신봉자였다는 것이다. 윗사람이 아랫사람을 지배하고 한 사람이 모든 사람을 통치하면서도 약자에 대한 배려의 미덕, 즉 '노블레스 오블리주' 정신이 널리

---

19 Virginia Fellows, *The Shakespeare Code*, Summit Publication, 2006; 정탄 옮김, 《셰익스피어는 없다》, 눈과 마음, 2008, pp. 149~262.

20 Virginia Fellows, 정탄 옮김, 위의 책, pp. 267~376.

퍼져 있는, '새로운 체제'로의 복귀를 꿈꾸는 집단의 관념에 부합하는 가설이다.[21]

옥스퍼드 지지자들은 세력 결집에 나서 1987년 9월 25일, 미국의 수도 워싱턴 D.C.에서 모의법정을 여는 데 성공했다. 1천여 명의 방청객이 운집한 가운데 열린 공개재판이다. 미국연방대법원의 현직대법관 세 사람 윌리엄 브레넌, 해리 블랙먼, 존 스티븐스이 재판관으로 위촉되었다. 브레넌 재판장은, 옥스퍼드 측은 그가 진정한 저자임을 입증할 책임을 진다고 선언했다. 심리 결과 만장일치로 원고 패소 판결을 내렸다. 그러나 좀 더 체계적인 새로운 자료가 제시되면 다른 결론에 이를 수 있다며 재론의 여지를 남겨 두었다. 판결에 불복한 옥스퍼드 지지자들은 법정을 '홈 그라운드'로 옮겨 항소심마냥 제2라운드를 열었다. 이듬해 1988년 11월 26일 런던의 이너템플 법학원 Inner Temple에서 2차 재판이 열렸다. 에커너, 올리버, 템플만, 3인의 영국 고위직 법관이 재판관으로 위촉되었고, 양측 증인으로 셰익스피어 전문가들이 나섰다. 그러나 재판 결과는 마찬가지였다.[22]

두 차례 패한 옥스퍼드파들은 집요하게 장외투쟁을 이어 가고 있다. 위키피디아 등 인터넷 사이트는 이들이 주도하고 있다. 2011년 영화 〈위대한 비밀 Anonymous〉 롤란트 에머리히 감독이 개봉되었다. 엘리자베스 여왕의 후계자 계승을 앞둔 잉글랜드를 배경으로 한 정치 스릴러다.

---

21 Virginia Fellows, 정탄 옮김, 위의 책, p. 312.
22 Virginia Fellows, 같은 책, pp. 355~363.

에드워드 드 비어가 여왕의 연인이자, 셰익스피어 작품의 진짜 작가라는 '음모론' 이야기다. 영화의 제작에 옥스퍼드파들의 격려와 지원이 따랐다는 뒷이야기가 전해 온다.

셰익스피어의 정체성에 관한 이 모든 논쟁은 그의 작품의 위대함을 더욱 부각시킬 뿐이다. 후세에 남겨진 작품이 인류의 소중한 문화유산인 사실이 중요하지, 저자의 정체는 부차적인 관심사일 뿐이다.

봉건제의 몰락과 국왕의 부상 ― 셰익스피어 시대

모든 문학작품은 시대의 거울이다. 셰익스피어의 작품 속에 투영된 당대 영국의 시대 상황은 르네상스, 종교개혁, 제한군주제, 통합인문학의 번성 등등 다양한 관점에서 분석할 수 있다. 그중에서 정치와 종교, 그리고 연극예술의 지위와 법학원의 역할에 대해서는 특별한 주목이 필요하다.

마르크스 사관에 따르면 근대 초기 유럽에서는 봉건지주와 신흥 상인 중산층 사이에 주된 생산수단인 토지를 두고 계급투쟁이 벌어졌다. 이런 사관에 입각하면 제임스 1세와 같은 르네상스 절대군주의 역할은 미미했다. 기껏해야 귀족 지주와 상인자본가, 양대 계급 사이에 일시적 완충을 유지하는 중간자에 불과했다. 이런 사정은 영국에서는 1688년 명예혁명까지, 대륙에서는 1789년 프랑스 혁명까지 이어졌다.[23]

그러나 거대 담론 마르크스 사관은 역사의 점진적 발전 과정을 설명하기에는 세부적 결함이 많다. 유럽은 중세에서 르네상스로 전환하면서 근대 거인국가^{리바이어던, 토머스 홉스의 표현}가 출현했다. 이탈리아 도시국가가 먼저 출현하고 이어서 스페인, 프랑스, 영국의 순으로 확산되었다. 새로운 정치체제 아래서는 법이 나라의 힘을 독점하고 시민의 정체성과 충성을 가늠하는 기준이 되었다. 르네상스 이전에도 명목상의 국왕이 존재했지만 그 실체는 봉건영주에 불과했다. 독립된 영지를 바탕으로 독자적인 지위와 권한을 보유한 영주들의 연합체의 명목상 수장에 불과했다.

그러던 것이 르네상스를 즈음하여 영지 내의 모든 사람과 산천을 지배할 권력을 신으로부터 직접 부여받은 국왕이라는 관념이 탄생한 것이다. 고대 로마 법전을 바탕으로 한 통치이론과 법제가 탄생했다. 종교도 국가 단위로 재조직되었다. 근대적 조세제도가 정비되면서 전비와 국가 재정을 조달하는 법제가 마련되었다. 중앙정부의 통제 아래 상비군이 창설되어, 봉건영주들의 참여를 통해서만 전시에 동원할 수 있던 종래 군사제도에 획기적인 변화가 따랐다.[24] 국왕은 '두 개의 신체 King's two bodies'를 보유한다는 관념이 생성되었다. 국왕의 몸도 자연

---

23   Andy Bluden(trans.), *Marx Engels on Literature and Art*, Moscow: Progress Publishers, 1976, pp. 259~262 (Shakespeare); Gabriel Egan, *Shakespeare and Marx*, Oxford University Press, 2004, pp. 14~29.

24   Jonathan Bates, *Shakespearean Constitutions: Politics, Theatre, Criticism 1730-1830*, Clarendon Press, 1989.

인의 육신이기에 여느 인간과 마찬가지로 죽음과 더불어 소멸한다. 그러나 '정치적 신체political body'로서의 국왕의 몸은 왕국의 통합성을 상징하여 영세불멸의 존재로 후세에 이어진다는 것이다.[25]

시인 자신도 이러한 시대적 변화를 인식하고 작품에 반영했다. 셰익스피어가 활동한 시기는 튜더 왕조 말기에서 스튜어트 왕조 초기다. 그의 사극의 대부분은 튜더 왕조의 마지막 왕인 엘리자베스 재위 기간 중에 썼다. 셰익스피어 사극의 핵심 주제는 튜더 왕조의 정통성을 강조하는 것이었다. 1613년 제임스 1세 재위 11년째 해에 쓴 〈헨리 8세〉에도 새 왕 제임스의 입장을 충분히 고려하면서도 튜더 신화를 고수한 흔적이 감지된다.

엘리자베스 사망 후에 왕위를 승계한 제임스는 1603년 3월 19일, 의회와 첫 대면한다. 그 순간부터 잉글랜드의 법과 충돌한다. 제임스는 코먼로common law의 이름으로 국왕의 권한을 제약하려는 하원을 도무지 이해할 수 없었다. 국왕은 버킹엄셔에서 선출된 하원의원의 인준을 거부했다. 반발한 하원은 의원의 자율적 선출권은 고래古來의 의회특권ancient parliamentary privilege이라고 주장했다. '고대법ancient law'이 국왕의 대권royal prerogative보다 상위에 있다는 법리를 내세운 것이다.[26] 이러한 제임스가 영국 코먼로에 대해 국왕대권과 형평법을 선호한 것

25 Ernst Kantrowicz, *The King's Two Bodies: A Study in Medieval Political Theology*, Princeton University Press, 1987.

26 Alvin Kernan, *Shakespeare, the King's Playwright: Theatre in the Stuart Court 1603-1613*, Yale University Press, 1995, pp. 92~95.

은 지극히 자연스러운 일이었다. 마치 토머스 홉스의 이론을 구현하듯이 신으로부터 권한을 받은 절대군주는 1649년 제임스의 아들 찰스 1세의 처형과 함께 소멸했다. 홉스의 《리바이어던》도 셰익스피어의 〈리어왕〉도 제임스가 신봉하던 절대군주론을 지지하지 않는다.[27]

제임스는 비교적 순조롭게 잉글랜드 왕관을 썼다. 엘리자베스 시대 말기에 에식스 Essex 백작을 중심으로 제임스를 후계자로 미는 집단이 있었다. 여왕은 강하게 반대했다. 1601년 에식스가 반란을 일으켰다. 그의 측근이 셰익스피어의 젊은 후견인, 사우샘프턴 백작이었다. 셰익스피어가 초기 작품 두 소네트를 연달아 헌정한 당사자다. 에식스의 반란 전날, 공모자들의 요청에 따라 셰익스피어 극단은 〈리처드 2세〉를 공연했다. 왕의 강제 퇴위 장면이 담겨 있다. 무대에서 퇴위하는 왕이 항의한다. "거친 바다의 파도가 국왕의 왕관에서 성유를 씻어 버릴 수 있다니."3.2.54 여왕의 정적들은 여왕을 강제 폐위의 치욕을 당한 리처드 2세에 비유했다. 분명히 반역의 소지가 있었다. 크게 노한 여왕은 "나는 결코 리처드 2세가 아니다"라고 준엄하게 선언했다. 이 대사는 검열에서 편집되어 당대의 인쇄본 대본에서 제외되었다.[28]

---

27   Alvin Kernan, 위의 책, pp. 103~104.
28   Park Honan, 김정환 옮김, 위의 책, p. 308.

종교전쟁 ─ 가톨릭, 개신교, 성공회

서기 313년 로마의 콘스탄티누스 황제가 공인한 이래 기독교는 1200년 동안 서유럽의 유일한 국교로 뿌리내렸다. 그러나 로마 교황이 수장인 가톨릭은 세속화와 부패로 인해 1517년 마르틴 루터가 주도한 종교개혁운동의 원인을 제공한다.[29] 프랑스의 장 칼뱅은 루터보다 더욱 강력한 개혁의 메시지를 전했다. 그리하여 유럽의 그리스도교는 전통 가톨릭에다 루터파와 칼뱅파의 두 개신교 종파로 삼분되어 첨예한 신앙의 전쟁을 치르고 있었다. 루터파는 독일과 스칸디나비아 등 주로 북유럽에 뿌리내렸고, 칼뱅파는 프랑스 등 남부 유럽에 세력을 키워 잉글랜드로 건너왔다. 개신교는 프랑스와 스페인에서는 무자비한 탄압을 받아 거의 절멸되었으나 잉글랜드에서는 세력을 내려 청교도파로 재탄생한 것이다.

1215년 〈마그나카르타 Magna Carta〉가 탄생한 직후에 이탈리아의 수사들 friars 이 영국으로 내도했다. 이들은 수도원에 머물지 않고 탁발 전도를 통해 대중 속으로 파고들었다. 옥스퍼드 학생들을 위해 합숙소를 제공하기도 했다. 중세의 뉴턴, 로저 베이컨 Roger Bacon 도 혜택을 입었다. 13세기에는 대학과 법학원이 설립되었다. 법학은 가난한 우수한 청년이 입신양명하는 중요한 사다리가 되었다.[30]

---

29 김성식, 《루터》, 한울, 2017.
30 Frank Ernest Halliday, *A Concise History of England*, Thames & Hudson, 1989, pp. 54~55.

1534년 헨리 8세는 로마 가톨릭과 절연하고 국왕이 교회의 수장을 겸하는 국교 성공회 Anglican Church 를 설립한다. 헨리 8세의 수장령 Act of Supremacy 은 대륙의 종교개혁과는 성격을 달리한다. 앤 불린과의 결혼이 전면에 부각되면서 잉글랜드의 그리스도교는 가톨릭, 성공회, 청교도로 삼분되어 치열한 싸움을 벌인다. 성공회는 가톨릭에 루터파 이론을 약간 가미한 것으로 '개신교'라는 이름이 무색했다. 교회와 수도원의 반발은 엄청났고, 국왕은 군대를 동원하여 반란을 진압하고 교회와 수도원을 파괴했다. 개종을 강요했고 거부하는 사람을 사형에 처하기도 했다. 1547년 헨리 8세가 죽자 외아들 에드워드 6세가 왕위를 승계한다. 병약한 새 왕이 6년 만에 죽고 왕위는 맏딸 메리에게로 넘어간다. Mary 1세, 재위 1553~1558 메리는 헨리 8세가 이혼한 첫 왕비 캐서린의 딸이다. 캐서린이 당초 헨리의 형수였기에 헨리와의 혼인이 원천적으로 무효였다는 것이 이혼 사유였다. 이러한 법리대로라면 새 왕 메리는 근친상간의 불법 상태에서 태어난 서출庶出인 것이다. 메리는 억울하게 이혼당한 어머니의 운명을 함께 겪었고, 부왕의 무관심 속에서 유모 손에 자랐다. 그녀가 의지한 정신적 지주는 외할아버지인 스페인 왕과 어머니의 종교인 가톨릭이었다. 국교도들은 메리의 정통성에 의문을 제기했다.

메리는 영국 신민을 철저한 가톨릭신자의 삶으로 되돌릴 결심이었다. 왕명으로 성공회를 금지하고 국교를 가톨릭으로 복귀시켰다. 이어서 여왕은 스페인의 펠리페 2세와 혼인을 감행한다. 펠리페 2세는 1556년 국왕에 취임하여 1598년까지 42년 동안 통치했다.

성공회와 칼뱅파에 대한 대대적인 탄압이 이어졌다. 1555년부터 메리가 죽을 때까지 3년 동안 수만 명의 신교도가 목숨을 잃었다. 화형장의 불길이 하루도 끊이지 않을 정도라 여왕에게 '블러디 메리 Bloody Mary'라는 별명이 붙여져 칵테일 이름으로 오늘날까지 전승되었다. 남편이었던 스페인의 국왕과 국민으로부터 외면당한 메리는 정신질환 상태에서 홀로 침대에서 죽었다.

1558년 메리의 뒤를 이어 엘리자베스가 왕관을 썼다. 가톨릭교도의 눈에 비친 엘리자베스는 헨리 8세가 부당한 이혼으로 캐서린을 내치고 불법적으로 결혼한 앤 불린의 딸이다. 그들의 신념에 따르면 새 왕은 서녀이자 왕위찬탈자에 불과했다.[31] 엘리자베스에게 가장 큰 난제는 종교 갈등의 수습이었다. 국왕은 현명하게 중도 노선을 선택했다는 후세의 평가가 따른다. 즉위 이듬해인 1559년 수장령과 종교통일령 Act of Uniformity을 제정하여 신구교 간의 갈등을 조정하는 노력을 보였다.[32] 그러나 국교에 정면으로 저항하는 가톨릭과 청교도 세력에 대해서 가차 없는 제재를 가했다. 헨리 8세-메리-엘리자베스의 100년 동안 영국은 한마디로 종교전쟁의 시대였다.

엘리자베스 치세기 동안 스페인과의 관계는 악화일로를 거듭했고 끝내 전쟁으로 이어졌다. 신대륙의 점령으로 국부를 축적하고 '무

31　Frank Kermode, *The Age of Shakespeare*, The Modern Library, 2003, p. 21.
32　白海軍,《十二女皇12 *Queens and Empresses of the World*》, 中國友誼出版司, 2004; 김문주 옮김,《여왕의 시대: 역사를 움직인 12명의 여왕》, 미래의창, 2008, pp. 213~247.

적함대'의 위력에 기고만장한 스페인을 견제하는 방법은 해적질뿐이었다. 엘리자베스는 해적 대장 프랜시스 드레이크를 사령관으로 임명하여 전쟁에 나선다. 무적함대는 치명적 피해를 입고 스페인은 해상 주도권을 상실한다. 한편 스코틀랜드의 여왕 메리는 정변으로 에든버러를 탈출하여 엘리자베스의 보호를 받는다. 그러나 그녀를 왕으로 옹립하려는 가톨릭 세력의 음모가 발각되어 사형에 처해진다. 1603년 튜더 가문의 마지막 왕인 엘리자베스 여왕이 죽고 스코틀랜드 스튜어트 가문의 제임스가 등극하자 그를 제거하려는 시도가 일어난다. 1605년 11월, 의사당을 폭발하려던 음모가 발각되어 가톨릭 주모자들이 처형되었다.

1603년 봄 에든버러에서 칼뱅교도 대표들이 새 왕 제임스에게 제출할 청원서를 지참하고 런던행 여정에 올랐다. 자신들의 종교와 영국 국교의 차이점을 고려하여 자율성을 인정해 달라는 취지였다. 제임스는 거절했다. 엄한 칼뱅주의의 교육을 받고 자란 제임스이지만 국교의 수장으로서의 지위가 더욱 중요했다.[33] 청교도들의 불만은 증폭되었다. 청교도의 눈에 국왕은 가톨릭을 두둔하여 특허장을 비롯한 각종 혜택을 주었다고 비쳐졌다. 예식에서도 가톨릭 예식을 지원하여 청교도들의 반감을 샀다. 그리하여 17세기 초부터 영국 밖으로 도피처를 모색하는 비국교들이 대거 생겨나기 시작했다. 결과적으로 신대륙 아메리카의 탄생을 부추긴 셈이다.

---

33   Frank Kermode, 위의 책, pp. 50~60.

셰익스피어는 가톨릭교도?

　이와 같은 정치적·종교적 과도기에 윌리엄 셰익스피어는 어떤 종교를 신봉했는가? 이는 지난 150년 이상 치열한 논쟁거리였다. 대체로 셰익스피어 가문은 아버지 존 시절부터 영국 국교에 순응했다는 것이 정설이다. 그러나 가톨릭신자였다는 주장도 만만치 않다. 특히 셰익스피어의 어머니 아든가※는 순교자를 낼 정도로 독실한 가톨릭 가문이었다. 셰익스피어는 어머니의 영향으로 가톨릭 신봉자였고, 심지어는 소재의 기록이 분명치 않은 '잃어버린 세월' 동안 로마에서 종교 수련을 했다는 주장도 있다. 그 어느 쪽도 상대의 주장을 원천적으로 봉쇄하기 힘들다. 비록 중립적인 관찰자의 눈에는 견강부회로 비치는 주장도, 독실한 신앙인의 입장에서는 인류의 문성이 자신의 신앙을 공유한다는 믿음 자체가 신앙의 일부가 된 것이다.

　셰익스피어가 출생하기 5년 전인 1559년 「종교분쟁해결법 the Elizabethan Religious Settlement Act」이 제정되어 영국 국교와 로마 가톨릭은 완전히 분리되었다. 가톨릭이 금지되면서 표준기도서 the Book of Common Prayer가 강제되었다. 그러나 셰익스피어 생애 내내 종교개혁에 대한 저항이 계속되었다. 1562년 프로테스탄트 통치 4년째가 되어도 스트랫퍼드 공의회는 가톨릭 흔적을 제거하지 않았다. 어떤 '유리창 이미지'도 파괴하지 말 것이며 교회 내의 '기도 장소'를 황폐하게 버려두지 말라는 엘리자베스 여왕의 당부를 조심스럽게 따랐다. 공의회는 채색유리를 백색 패널로 대체했지만, 사용이 금지된 가톨릭 성조지 축제용 '조지 갑옷'을 온전하게 보관했다. 옛 신앙이 언제 다시 되돌아올지 아무도 알 수 없는 일이었으니.[34] 윌리엄 셰익스피어의 아버지 존은 자신이 가톨릭임을 천명하고 한동안 성공회 예배에 참석하지 않았다. 그러나 후일 존 부부는 자녀들을 통솔하여 전 가족이 국교에 복종선서를 한다.[35]

미국의 신역사주의New Historicism 학자이자 셰익스피어 연구가인 스티븐 그린블랫1943~ 은 셰익스피어가 숨은 가톨릭교도였다고 주장한다.[36] 영국의 셰익스피어 전문연구가 리처드 윌슨도 셰익스피어가 드러내지 않은 가톨릭교도였다는 상세한 증거목록을 제시한다.[37] 셰익스피어의 어머니 메리 아든Mary Arden 집안은 워릭셔 지방에서 독실한 가톨릭 가문이었다. 셰익스피어가 다닌 스트랫퍼드 문법학교King's New School 선생들 중에도 가톨릭 동조자가 다수였다. 혼전임신 중이었던 앤 해서웨이Anne Hathway 와 윌리엄 셰익스피어의 결혼식을 집전한 성직자도 목사 행세를 하는 가톨릭 신부라는 주장도 있다. 가톨릭 인물들의 전기를 집필한 조지프 피어스Joseph Pearce 는 셰익스피어의 작

34　Park Honan, 김정환 옮김, 위의 책, pp. 24~27.

35　Park Honan, 김정환 옮김, 위의 책, pp. 64~65, 99.

36　Stephen Greenblatt, *Will in the World: How Shakespeare Became Shakespeare*, London, 2004.

37　Richard Wilson, *Secret Shakespeare: Studies in Theatre, Religion and Resistance*, Manchester University Press, 2004.

품들은 그의 사후에 편집 과정을 거치면서 '반反가톨릭' 정서가 강화되었다고 주장한다. 특히 〈존왕〉, 〈리어왕〉과 〈햄릿〉 세 작품에는 현저한 종교적 사후검열이 가해졌다고 한다.[38]

그러나 셰익스피어는 국교 개신교도라는 주장이 더욱 강하다. 역사학자 앨프레드 라우즈1903~1997는 전기에서 시인은 절대로 가톨릭이 아니고 확고한 개신교도였다고 썼다. "신실한 교회 공동체의 일원으로 세례받았고, 성장하여 결혼했으며, 자녀들도 세례를 받고 주님의 품에 안겨 죽어 묻혔다."[39] 셰익스피어의 유언도 전형적인 프로테스탄트 문서 양식을 충실하게 준수했다.[40] 라우즈는 셰익스피어의 124번 〈소네트〉의 마지막 행에 언급된 "시대의 광대들the fools of time"이란 구절에 반反가톨릭 정서가 표출되었다고 주장한다. "평생 악을 행하다 죽는 순간에만 선량을 가장하는 자들, 시대의 광대를 증인으로 세울 터이니."〈소네트〉 124, 13-14 '시대의 광대'란 1605년 11월, '가이 포크스Guy Fawkes 의사당 폭발 음모사건Gunpowder Plot'에 연루되어 반역죄로 처형당한 가톨릭 예수회교도라는 것이다.[41]

셰익스피어의 전기를 쓴 숀바움은, 시인은 가톨릭이든 국교든 어

---

38 Joseph Pearce, *The Quest For Shakespeare*, San Francisco: Ignatius Press, 2008, p. 13.

39 Alfred Leslie Rowse, 위의 책, p. 447.

40 Alfred Leslie Rowse, 같은 책, p. 451.

41 Alfred Leslie Rowse, 같은 책, p. 187. 그런가 하면 1601년 엘리자베스 여왕 반란을 주모하다 처형당한 에식스 백작을 지칭한다는 설도 있다.

느 쪽으로도 깊은 신앙을 가지지 않았다고 결론을 내렸다.[42] 20세기 작가 조지 오웰George Orwell은 한 걸음 더 나아가 셰익스피어가 무신론자였다고 주장했다. 무신론자 설은 1848년 옥스퍼드 대학의 윌리엄 버치William Birch가 처음 주장한 이래 오늘날까지 이어지고 있다. 작가의 후기 비극 중 상식적 의미에서 기독교 교리가 투영된 작품은 거의 없다. 그나마 〈햄릿〉과 〈오셀로〉 정도가 기독교의 '품 안에' 쓰였다고 할 수 있지만 〈햄릿〉에도 유령 장면을 제외하면 현세의 불의를 바로 잡은 '내세'의 존재를 확신하게 하는 장면은 없다. 러시아의 셰익스피어 학자, 바딤 니콜라예Vadim Nikolaye는 셰익스피어가 반교회적 신념에 찼고 자살을 죄악으로 보지 않았다고 주장한다. 2008년 국제 셰익스피어 학회에서 이런 주장을 폈다가 참석자 대부분의 비판을 받았다.

이슬람에 대한 셰익스피어의 태도는 다면적이나 같은 시대의 작가들에 비해 전향적인 태도를 보인다는 평가를 듣는다. 그의 작품 속에 등장하는 무슬림은 〈타이터스 앤드로니커스〉의 무어인 아론Aaron the Moor, 〈오셀로〉의 주인공 용병대장, 그리고 〈베니스의 상인〉에 카메오로 등장하는 모로코의 왕자, 세 사람뿐이다. 이들 캐릭터는 1600년대 엘리자베스 궁정을 방문한 인물들에게서 영감을 얻었다고 한다. 오늘날 이슬람 세계에서도 셰익스피어에 대한 적대감은 거의 없어 작

42　Samuel Shoenbaum, *Shakespeare's Lives,* Oxford University Press, 1970, Revised Edition, 1991. 그는 또한 셰익스피어가 법률 수련을 받았다는 주장에 대해서도 부정적인 입장을 취한다(Samuel Schoenbaum, *William Shakespeare: A Compact Documentary Life*).

품은 널리 읽힌다. 셰익스피어의 작품들은 특정 종교와는 무관한 인류의 세속경전으로 굳건하게 자리 잡고 있다.

셰익스피어는 작품에서 개신교-천주교 사이의 갈등을 최소화했다는 평가를 받는다.[43] 그의 작품 속에 공식적으로 폐지된 가톨릭 교리가 투영되기도 한다. 〈햄릿〉에서 유령은 연옥1.5.13에서 출현한다. 연옥에서 온 유령이 복수를 외치는 것은 기독교 문학사에서 유례가 드문 일이다. 가톨릭은 살인을 부정하고 프로테스탄트는 지옥도 천국도 아닌 제3지대인 연옥의 개념을 폐지했다. 작가는 햄릿과 그의 심우, 허레이쇼가 프로테스탄트의 본산인 비텐베르크 대학에서 수학한 것으로 설정했다.[44]

〈로미오와 줄리엣〉에서 두 젊은이의 사랑을 로렌스 수사는 사랑과 자비의 극치를 보인 성직자로 그렸다. 희극에서는 가톨릭 수사들의 긍정적인 모습을 그렸다. 〈베로나의 두 신사〉에서 실비아가 숲속에서 만난 수사5.2.38가 한 예다. 같은 작품에서 패트릭 수사는 신자의 고해를 받는다. 5.2.41, 4.3.44 〈헛소동 Much Ado About Nothing〉에서 프랜시스 수사를 선량한 성직자로 묘사했다. 〈제12야〉의 신부priest, 〈좋으실 대로〉에서 프레더릭 공작에게 심대한 감화를 주는 '숲속의 늙은 종교인' 5.4.159-161도 가톨릭일 가능성이 높다. 〈베로나의 두 신사〉에서 가톨릭 고해성사 의식은 너무나 자연스럽게 진행된다.

---

43 Park Honan, 김정환 옮김, 위의 책, p. 493.
44 Srtephen Greenblatt, *Hamlet in Pugatory*, Princeton University Press, 2001.

연극, 제임스 궁정의 문화산업

엘리자베스 궁정의 국정은 만기친람^{萬機親覽}을 주도한 여왕의 효과적인 지배 아래 있었다. 반면 후임자 제임스는 중차대한 일을 제외한 일상 업무를 추밀원에 위임하고 국왕 자신은 자유롭게 살았다.[45] 제임스는 개인적으로 연극을 즐겼다. 대중 앞에 나서기를 극도로 혐오한 그는 연극에 심취하여 나름대로 연극비평에도 일가견을 보였다.[46]

셰익스피어가 등장하기 이전 여러 세기 동안 유럽 대륙에서는 유랑극단과 배우들이 도시를 전전하면서 연극을 공연했다.[47] 전용극장 하나 없이 교회, 사형대, 시장 거리, 대학과 대저택, 어디나 할 것 없이 즉석무대가 되었다.[48] 16세기에 잉글랜드에만 1백여 개의 유랑극단이 있었다. 때때로 해외 순회공연에 나서기도 했다. 주로 스페인, 이탈리아, 프랑스 등 남쪽 나라들_{Low Countries}과 독일이 대상지였다. 셰익스피어의 전성기였던 16세기 말에서 17세기 초에는 마드리드, 발렌시아, 파리, 볼로냐, 베네치아, 런던 등 서유럽 대도시에 연극 전용극장들이 건축되어 이탈리아 희극, 스페인 희극, 프랑스의 그리스

---

45 Brian Jay Corrigan, *Playhouse Law In Shakespeare's World*, Fairleigh Dickenson University Press, 2010, p. 106.

46 Brian Jay Corrigan, 같은 책, p. 25.

47 Frank Kermode, 위의 책, pp. 5~8.

48 Sir Walter Alexander Raleigh, *Shakespeare's England: an Account of the Life and Manners of his Age*, Vol II, Clarendon Press, 1916, xxv, pp. 283~310. (The Playhouse)

도 수난극 Confrerie de la passion 등을 정기적으로 공연했다.

영국에서는 1560년에서 1570년 사이에 여러 극단이 극장을 건축했다. 극단에 감독은 따로 없었고 배우가 주주가 되었다. 대륙에 비해 영국은 출발이 상당히 늦었지만 스튜어트 왕조에 들어서는 상황이 달라졌다. 제임스는 국정홍보에 예술의 효용을 인식했다. 엘리자베스 시대에 비해 문화사업 예산이 몇 배나 늘어났다. 전문건축가를 고용하여 극장을 지었다. 헨리 8세는 울지가 확장한 요크 대주교의 관저를 몰수하여 대연회장 White Hall 으로 삼았다. 제임스는 이 홀을 건축가이니고 존스 Inigo Jones 를 고용하여 화려한 극장으로 개축했다. 르네상스 시대 피렌체의 메디치가가 미켈란젤로를 후원하여 산로렌초 성당을 건설했고, 스페인의 펠리페 4세가 궁정화가 벨라스케스를 후원했듯이 제임스 궁정은 연극산업과 극단을 후원했다. 국왕의 선도에 따라 귀족들도 앞다투어 극단이나 배우의 후원자가 되었다. 그 결과 스튜어트 궁정은 유럽 대륙에 비해 극장과 극작가와 배우가 차고 넘쳤다.[49]

16세기 말에는 런던에 3천 명을 수용할 수 있는 야외극장 글로브 이 건립되었다. 사우스워크 지역에 선 이 극장은 오후 2시에 문을 열어 5시에 닫았다. 몇 년 후에 블랙프라이어즈 Blackfriars 에 실내극장이 세워졌다. 블랙프라이어즈는 원래 도미니크교단 수도원으로 여러 건물이 들어선 대형 단지였다. 이 지역은 본시 교단 소유의 '자유' 지역이

49　Brian Jay Corrigan, 위의 책, p. 169.

라 런던 시의 통제에서 자유로웠다. 템스강을 사이에 두고 글로브와 블랙프라이어즈는 대칭을 이루었다. 블랙프라이어즈에는 1576년 이미 극장이 건축되어 소년 배우들이 공연하다가 1584년 폐쇄된 바 있다. 1596년 이미 그 자리에 제임스 버비지 셰익스피어 극단의 간판 배우 리처드 버비지Richard Burbage의 아버지가 땅을 사들여 성인용 극장을 지었다. 새 극장이 건립되고 이듬해부터 공연이 시작되었다. 블랙프라이어즈는 글로브의 5분의 1 규모에 불과했으나 입장료는 훨씬 비싸서 글로브보다 더 큰 수입을 올렸다. 무엇보다 실내극장이라 저녁공연이 가능했다.[50]

셰익스피어는 당대 제1의 극작가로서 후원자의 지원을 받았다. 그러나 만족할 만한 수준은 아니었던 것 같다. 〈아테네의 타이먼〉에서는 화가와 시인을 부자들에게 기생하면서 후원자가 파산하면 즉시 외면하는 속물로 그리기도 했다.

1603년 3월 새 왕 제임스가 에든버러를 떠나 런던에 도착한 지 열흘도 안 되어 셰익스피어가 소속된 로드 체임벌린 극단Lord Chamberlain's Men에 '왕립극단King's Men'의 특허장을 수여했다. 1603년 5월 17일자로 발부 이제 왕립극단은 왕국의 모든 지역에서 자유롭게 공연할 특권을 얻었다. 잉글랜드 국왕 제임스의 첫해는 상서롭지 못했다. 런던을 강습한[51] 역병으로 인해 7월에야 치른 약식 대관식에도 일반인의 참여가 금지되었고, 이듬해 3월 15일에야 가두 열병식이 열렸다.

---

50   Frank Kermode, 위의 책, pp. 177~178.
51   Samuel Shoenbaum, 위의 책, p. 250.

왕립극단은 1년에 적어도 10~20차례 궁정에서 공연했다. 당초 크리스마스 12야에 한정되었던 연극 시즌은 제임스 치세 동안 서서히 확대되어 부활절 직전 사순절 Lent 까지 연장되었다. 1603년부터 1613년까지 왕립극단은 총 138회, 연평균 13.8회 궁정공연을 올렸다. 이 극단은 선왕 엘리자베스 치세 최후 10년 동안 총 32회 궁정공연을 했을 뿐이다.[52] 재코비언 궁정의 신하로서 왕립극단은 최고의 인기극단이었다. 1603년부터 1616년까지 궁정에서 상연된 299회 공연 중에 이 극단이 177회를 맡았고, 그중에서 셰익스피어가 쓴 작품은 가장 인기 있는 연극이었다. 왕립극단의 하청을 받은 벤 존슨, 보몬트 Francis Beaumont, 로런스 플레처 Lawrence Fletcher 등 동시대 극작가들도 셰익스피어의 협력자 내지는 조력자가 되었다. 왕립극단은 연극공연 외에도 궁정의 내빈 접대 등 각종 잡무도 수행했다. 그러나 인기 작가 셰익스피어도 은퇴한 이후로는 한물간 것으로 평가되어 1616~1642년 사이에 극단은 그의 작품을 단 16차례 공연했을 뿐이다. 반면 후배 작가들인 보몬트와 플레처의 작품은 합쳐서 50차례나 상재했다.[53]

셰익스피어는 국왕의 관심을 유념하여 극본을 쓰고 대사를 작성했다. 1604년 〈눈에는 눈 Measure for Measure 〉에서는 '국왕의 정의 King's Justice'라는 정치적·법적 문제를 다루었다. 이 문제는 1603년 월터 롤

---

52   Park Honan, 김정환 옮김, 위의 책, p. 99.

53   Alvin Kernan, *Shakespeare, the King's Playwright: Theatre in the Stuart Court 1603-1613*, Yale University Press, 1995.

리의 재판에서 큰 쟁점이 되었다. 〈맥베스〉에서는 스코틀랜드의 역사적 정통성을 부각시켰고, 1613년 봄에 초연한 〈헨리 8세〉는 제임스의 딸, 엘리자베스 공주의 결혼식을 축하하기 위해 존 플레처와 함께 각본을 썼다. 이 공연은 후일 왕이 될 엘리자베스 튜더 공주는 여왕의 이름을 땄다의 탄생을 축하하는 축포와 불꽃놀이로 클라이맥스를 장식했다.

1642년 청교도의회는 나라의 모든 극장을 폐쇄했고 위대한 연극의 시대는 종언을 고했다. 1660년 왕정복고와 더불어 다시 극장문이 열렸다. 그러나 이때 셰익스피어는 이미 옛 인물이 되었다. 이제 새로운 극작가 배우들이 새로운 형식의 연극을 만들어 냈다.[54]

법학원과 연극

셰익스피어가 잃어버린 세월 동안 법률 수련을 했다는 주장은 오래전부터 여러 사람에 의해 주장되었다.[55] 당시 런던의 연극산업은 법의 세계와 밀접하게 연관되어 있었다. 극작가는 대부분 법에 관심을

54　Alvin Kernan, 위의 책, p. 196.

55　Franklin Fiske Heard, *Shakespeare As A Lawyer*, Little Brown & Company, 1883; Sir Dunbar Plunket Barton, *Links Between Shakespeare and the Law,* Farber & Gwyer Ltd., 1920; W. Nicholas Knight, *Shakespeare's Hidden Life: Shakespeare at the Law 1585~1595*, Mason & Lipcomb, 1973; George W. Keeton, *Shakespeare's Legal and Political Background*, Sir Isaac Pitnam & Sons Ltd., 1967; O. Hood Philips, *Shakespeare and the Lawyers*, Methuen, 1972.

둘 수밖에 없었다. 셰익스피어 시대에 150명 이상의 극작가가 법학원 출신이었다. 그리고 부유한 집 자제인 법학원 학생들은 배우나 극단의 후원자가 되는 관행이 서 있었다.[56]

연극산업 자체가 일상적으로 법의 문제를 다루어야 했다. 극장의 건축과 임대, 극단의 구성원 간의 권리 관계 등 세부적 문제를 두고 소송에 소송을 거듭한 기록들이 풍부하다. 극장주였던 "제임스 버비지가 런던 연극가의 아버지라면 소송은 그 어머니다"라는 말이 전해 온다.[57]

1592년 어느 날 스트랫퍼드 청년 윌리엄 셰익스피어가 수도에 도착했을 즈음 연극은 런던 시민 대중의 도락이자 지식인들의 여흥이었다. 오후는 한가했고 뭔가를 기다리는 게으름뱅이들이 많았다. 법정과 법학원의 신사들, 그리고 주변의 지휘관과 병사들, 연극은 이들 젊은이를 위한 해방의 공간이었다. 도제들은 1페니만 내면 세 시간 동안 천역의 속박으로부터 일시 도피할 수 있었다. 상류층 또한 마찬가지였다. 상류사회는 법률과 소송이 삶의 핵심 요소가 되었고 연극은 중요한 도락이었다. 새롭게 신사 계급으로 부상한 상인과 그 아내, 입신양명의 꿈을 키우는 법학원 학생들도 연극의 주된 관객을 넘어 극본을 쓰고 제작에도 참여했다. 전통적으로 법학원은 군주에 대한 충

---

56 Bradin Cormack et al.(eds.), *Shakespeare and the Law: A Conversation Among Disciplines and Professions,* Univesity of Chicago Press, 2013.

57 Joseph Quincy Adams, *Shakespearean Playhouse*, (Peter Smith rep.), Gloucester, 1960, pp. 65~66.

성의무로 드라마를 후원했고, 시인과 장래 극작가들에게 숙소를 제공했다. 또한 1590년대 법학원은 소네트 작시를 위한 벌집이기도 했다. 많은 법학원에서 소네트 작법이 정식 교과목으로 채택되었다.[58]

홀본 인근의 많은 학생과 신사 계층의 체류자들과 공공극장을 드나들고, 배우를 찾고, 또 무대 가십을 듣고 할 시간이 넘쳤다. 1594년경 셰익스피어는 특히 그레이즈인Gray's Inn 법학원과 특별한 인연을 맺었음 직하다.[59] 여러 법학원 중에 가장 규모가 크고 유행에 민감한 그레이즈인에는 북부와 남부의 명문 세가의 자제가 많았다. 특히 북부의 과거 가톨릭 명문가가 선호하는 법학원이었다.[60] 남부 출신 중에 잘생기고 세련된 헨리 리즐리, 제3대 사우샘프턴 백작은 열렬한 예술 후원자였다. 1573년생인 그와 셰익스피어는 호모 에로틱한 교우관계를 맺을 만도 했다. 그의 아버지는 열렬한 가톨릭 신자로서 반역죄로 투옥된 경력이 있고, 미모의 어머니는 평민 애인을 두었다. 헨리는 열두 살에 케임브리지 세인트존 대학에 입학했고, 졸업 후에는 그레이즈인에 진학했다.[61] 사우샘프턴이야말로 단순한 후원자를 넘어 셰익스피어의 예술적 영감을 꽃 피우게 만든 일등공신일지 모른다. 〈비너

---

58 Park Honan, 김정환 옮김, 위의 책, pp. 147, 176, 235.

59 Basil Brown, *Law Sports at Gray's Inn,* 1594, Including Shakespeare's connection with Inn's of Court, the origin of the *Capias Utlegratum* re Coke and Bacon, Francis Bacon's connection with Warwickshire, together with a reprint of *Gesta Grayorum*, Cornell University Library, 1921.

60 Park Honan, 김정환 옮김, 위의 책, p. 234.

61 Basil Brown, 위의 책, p. 252.

스와 아도니스〉, 〈루크리스의 겁탈〉 그리고 〈소네트〉는 사우샘프턴에게 바친 셰익스피어의 문학적 연서라고 할 수 있다. 이 밖에도 〈베니스의 상인〉, 〈헛소동〉, 〈눈에는 눈〉, 〈사랑의 헛수고〉와 같은 고급 청중을 겨냥한 작품들에서도 법학원과 법률가들의 그림자가 짙게 드리워져 있다.

셰익스피어의 작품들은 법학원을 본거지로 둔 채 때로는 치열하게, 때로는 한가하게 미래를 꿈꾸며 일상을 빈둥거리는 청년들을 매료시킬 수 있었다. 그의 작품에 투영된 법의 이미지는 세상의 변화^{혁명} 아니면 최소한 개혁를 갈망하는 목소리일지 모른다. 그런가 하면 법학원 학생들의 얇은 주머니를 털기 위한 얄팍한 상업적 수단에 불과했을 수도 있다. 아마도 두 가지 요소를 모두 내포한 시대의 거울일 것이다.[62] 어쨌든 법은 셰익스피어 예술에 심층적으로 다가서기 위해서 반드시 거머쥐어야 할 중요한 열쇠이다.

---

62 Brian Jay Corrigan, 위의 책, p. 12.

1

맥베스

Macbeth
(1606)

악녀, 맥베스 부인?

마오쩌둥毛澤東의 세 번째 아내, 장칭江靑은 문화혁명을 주도하고 4인방의 리더로 남편의 사후에 권력을 승계할 야심을 품었다. 배우 출신 장칭은 젊은 시절부터 셰익스피어에 심취하여 평생 열렬한 셰익스피어 찬미자로 살았다.

"독이 오른 여자는 다루기 어렵다. 주석이 세상을 떠나면 장칭이 난동을 부릴 것이 분명하다. 셰익스피어를 많이 읽은 여자는 못돼 먹었다는 소리를 많이 들었어도, 저 정도일 줄은 몰랐다." 정적 예젠잉 葉劍英의 악담이다.[01] 이 말을 하면서 정적은 필시 맥베스 부인을 연상했을 것이다. 장칭은 감옥에서 죽었다. 맥베스 부인처럼 권력욕의 제

---

01   김명호, 《중국인 이야기》 3, 한길사, 2014, p. 194.

물이 된 것이다.

구소련 시절 한때 러시아판 셰익스피어가 인기를 얻었다. '붉은 셰익스피어' 시리즈는 원작을 계급 이데올로기에 맞추어 각색했다. 러시아판 〈맥베스〉에서는 스코틀랜드의 기이한 풍속대로 남자조차 모두 치마를 입는데 맥베스 부인만은 집 안에서 유일하게 바지를 입는 독불장군이다. 그녀는 남편에게 왕을 죽이지 않으면 잠자리를 거부하겠다고 위협한다. 고대 그리스 희극의 대가 아리스토파네스의 작품 〈리시스트라테 Lysistrate〉의 패러디다. 전쟁을 방지하기 위한 여성의 지혜로서의 성파업이 오히려 피를 촉구하는 위협으로 변질된 것이다.[02] 화를 불러들인 원흉인 세 마녀는 이웃나라 제국주의 국가 잉글랜드가 잠입시킨 첩자다. 그들은 '수염 난 마녀'로 변장하고 거짓 소문을 퍼뜨려 민심을 교란시키고 내란을 부추긴다.[03]

황야에서 세 마녀가 전장에서 귀환하는 개선장군 맥베스와 뱅쿼를 맞는다. '이 불길한 자매들 weird sisters'은 맥베스가 국왕이 되고 뱅쿼의 후손이 뒤이어 나라를 통치할 것이라고 예언한다. 이 말이 떨어지기 무섭게 맥베스가 코더 성주로 임명되었다는 소식이 도착한다. 마녀의 예언을 입증하는 듯하다. 소식을 들은 맥베스의 아내는 남편을 부추겨 덩컨왕을 살해할 공모를 한다. 왕이 맥베스의 성에 온다는

---

02   안경환,《법과 문학 사이》, 까치, 1995, pp. 354~356.

03   Academien M. S. Bazzagonov, *Shakespeare in the Red: Tales From the Bard by a Soviet,* New York: ARC Books, 1965, p. 12.

소식을 듣고 맥베스 부인은 천재일우의 기회를 놓치지 말라고 남편을 부추긴다. 보초에게 술을 먹여 남편이 왕의 침실에 접근하도록 주선한다.

> 나는 결심했소. 이 무서운 모험에 모든 것을 다 걸겠소. 1.7.79-80

마침내 결행에 나서는 맥베스의 눈에 공중에 떠다니는 칼의 환영이 보인다. 피 묻은 칼을 손에 쥔 채 맥베스는 아내에게 돌아온다. 공포에 떠는 맥베스를 아내가 진정시킨다. 부부가 함께 피를 씻을 때, 현관문을 두드리는 소리가 난다. 보초의 안내를 받고 들어온 맥더프가 왕의 시체를 보고 비상을 건다. 맥베스는 보초들을 죽인다. 부왕의 살해 소식을 들은 맬컴과 도널베인, 두 왕자는 각각 잉글랜드와 아일랜드로 도주한다.

맥베스는 왕이 되고 대역죄를 의심하는 뱅쿼를 죽인다. 그러나 뱅쿼의 아들, 플리언스는 도주한다. 그날 밤 신하들과 벌인 만찬장에 뱅쿼의 유령이 출현하자 공포에 휩싸인 맥베스가 이상 행동을 한다. 부인이 사태를 수습한다.

불안한 맥베스는 다시 마녀를 찾아가 자신의 운명을 점친다. 인원이 두 배로 보강된 마녀들은 버남 숲이 던시네인을 향해 행진하지 않는 한 왕위는 안전하다고 답한다. 또한 여자의 몸에서 출생한 사람은 누구도 맥베스를 죽이지 못한다고 덧붙인다.

잉글랜드로 도주한 맥더프가 맬컴을 설득하여 반란군을 모집한다는 소식이 들리자 맥베스는 맥더프의 아내와 어린 아들을 죽인다. 소식을 전해 들은 맥더프는 더욱 복수심에 불탄다. 맥베스 부인의 잠꼬대 속에 왕을 죽인 죄책감이 표출된다. 숲이 성을 향해 다가오는 장면을 보면서 맥베스는 아내가 죽었다는 소식을 접한다. 나뭇잎으로 만든 위장복을 입은 군사들이었다. 마지막 1 대 1 결투에서 맥더프는 맥베스를 죽이면서 자신은 어머니의 자궁으로부터 강제로 적출되었다고 말한다. 마녀들의 예언은 여전히 유효한 것이었다.

제임스 궁정의 연극

1603년 잉글랜드와 스코틀랜드 사이에 왕가의 통합이 이루어졌다. 튜더 왕조의 마지막 군주 엘리자베스가 죽자 스코틀랜드의 제임스 6세가 잉글랜드의 제임스 1세로 등극하면서 스튜어트 왕조가 개시되었다. 새 왕은 셰익스피어가 속해 있던 로드 체임벌린 극단Lord Chamberlain's Men 의 정식 후원자가 되고 극단은 '왕립극단King's Men' 으로 명칭을 바꾸었다.

1604년 8월 7일 오후, 국왕 제임스가 처남인 덴마크의 크리스티안 내외를 대동하여 배를 타고 햄프턴코트에 도착한다. 왕립극단의 공연이 기다리고 있다. 셰익스피어가 스튜어트 왕조 국왕을 유념하여 쓴 극이다. 방문자의 체면을 고려해 제1막 덴마크가 패배하는 장면을 공연에서는 생략한다.

〈맥베스〉에는 작가와 새 왕의 유착관계가 반영되어 있다. 우선 스코틀랜드의 대관식 장면을 두 차례나 언급하며 스쿤석 Scone石 의 상징적 의미를 부각시킨다. 이 돌은 신화시대부터 스코틀랜드 국민과 왕조의 수호석으로 숭배하는 영물이다. "그는 이미 왕에 추대되어 대관식을 하러 스쿤석에 갔습니다." 2.4.31-32 맥베스의 등극을 알리는 소식이다. 맥베스가 죽고 극이 종결되는 장면에도 스쿤석이 언급된다. 새 왕 맬컴은 나라의 모두를 포용하는 의도를 천명하고 스쿤석 앞에서 대관식을 거행한다. 5.11.40-41

역사적으로 검증되지 않았지만 제임스는 뱅쿼의 직계후손임을 자부하고 있었다. 제임스는 자신에 앞서 스튜어트가 여덟 명의 왕이 스코틀랜드를 다스렸다고 믿고 있었다. 이 사실은 극에 고스란히 반영되어 맥베스의 꿈에 나타난 뱅쿼는 여덟 명의 후손 왕을 대동한다. 4.1.126-140 04 어쨌든 이 작품은 '스튜어트 신화'를 대중의 머릿속에 각인시키는 데 기여했다. 그러나 19세기 이후의 연구에 따르면 뱅쿼는 허구의 인물이고, 스튜어트 가문은 맥베스 시대보다 약간 후에 스코틀랜드로 이주해 온 브레턴 Breton 가의 후손으로 밝혀졌다.

어둠의 극

〈맥베스〉는 셰익스피어 4대 비극 중 가장 분량이 짧다. 〈오셀로〉

04　극중에 선한 잉글랜드 국왕으로 언급되는 '가장 신성한 에드워드'(3.6.27)는 '참회왕 에드워드'(Edward the Confessor, 재위 1042~1066)를 지칭한다.

나 〈리어왕〉보다 1천 행이나 짧고, 〈햄릿〉의 절반을 약간 넘을 뿐이다. 작품의 상당 부분이 유실되었을 가능성도 있다. 1막의 진행 속도가 빠르고 캐릭터의 성격도 셰익스피어의 다른 비극의 주인공에 비해 평면적이다. 그러나 짐짓 강한 외형의 인간 내면에 감추어진 불안이라는 만인에게 공통된 성정과 심리를 파고든 수작이다.

〈맥베스〉는 내용도 현실적 무대도 어두운 연극이다. 전체의 3분의 2를 넘는 장면이 밤에 일어나면서 극의 침울한 분위기를 더한다. 덩컨의 살해 직전에 잠시 햇살이 비칠 뿐, 나머지 사건은 모두 어둠, 비, 폭풍우 속에서 또는 여명이나 한밤중에 일어난다.

한밤중에 유령이 출몰하고, 야음을 틈탄 살인이 벌어진다. 죄지은 자들의 양심을 자극하는 악몽이 밤에 동반된다. 주인공 맥베스의 성격도 위대한 전사에서 권력욕에 주린 마키아벨리언 살인자로 어둡게 변신한다. 살인 드라마가 진행되면서 암흑 속에 갇혀 있던 인간의 욕망과 갈등이 분출되고, 그 결과 모두의 인간성이 피폐해진다. 맥베스 부인은 '치명적 살인의 충동에 몰려' 1.5.39-40 '남자가 되어 unsex' 1.5.42 직접 잔혹한 행위를 주도한다.

맥베스 징크스

이 작품은 1606년 초연 때부터 저주와 재앙이 따른다는 소문이 떠돌았다. 왕비 역을 맡았던 소년 배우가 갑자기 열병에 걸려 죽자 급기야 셰익스피어가 대신 맡았다고 한다. 주술학에 심취하여 책을 쓰기도 한 국왕을 기쁘게 할 목적이었으나 오히려 국왕의 분노를 사서 5년간 상연을 금지당했다는 이야기가 전한다.

세 마녀를 여성 대신 남성 배역으로 분장시켰다. 헛것이 설치는 초현실적인 공포 분위기를 조성하기 위해서는 남성이 더욱 효과적이라는, 당시로서는 매우 파격적인 발상이었다. 물론 아직 여자 배우가 출현하기 전이라 여성 역도 남자의 몫이었다.

한때 영미연극계에서는 '맥베스 징크스'를 널리 믿었다. 희곡 역사학자 리처드 허깃의 말이다. "소름 끼치지만 사람의 마음을 단숨에 잡아끄는 강렬한 미신. 지극히 냉소적인 사람도, 감상 따위는 아예 모르는 현실주의자들도, 눈에 보이는 것만 믿는 유물론자도 맥베스의 징크스를 믿는다." 그리하여 〈맥베스〉라는 연극 제목 대신 '스코틀랜드 연극'으로 부르고, 주인공들을 "미스터 앤드 미시즈 M"으로 바꿔 부르기도 했다.

맥베스 캐릭터에서 주목할 점은 '상상의 힘'이다. 맥베스로 하여금 국왕 살해를 결행하게 만든 원흉은 아내가 아니라 맥베스 자신이 만들어 낸 '상상의 단도'다. 2.1.33-50

칼자루가 내 손 쪽으로 향해 있는 것이 눈앞에 보인다······ 아직도 보인다······ 피비린내 나는 일을 생각해서, 그것이 아직도 내 눈에 보인다.

'보인다'라는 단어가 세 차례나 반복되면서 점차 강화되는 살인자의 결행 의지를 추적한다. 마지막 한 번 더 내뱉으며 칼날과 칼자루에 '엉겨 있는 피'가 자신의 바람을 이루어 줄 것이라고 상상한다.[05]

극본

셰익스피어의 대본은 기본적으로 홀린셰드 Raphael Holinshed 의 《연대기 Chronicles of the reigns of Duncan and Macbeth 》1034~1057 와 돈월드 Donwald 의 작품 Murder of King Duff 을 기초로 했지만 세 마녀의 등장 등 독창적인 구성을 가미했다.

《연대기》에서 덩컨은 결점이 많은 비호감 인물이다. 반면 셰익스피어의 덩컨은 만인의 존경을 받는 군왕이다. 《연대기》에는 맥베스가 덩컨왕에 불만을 품을 만한 합당한 이유가 있음을 암시한다. 당시의 왕위계승 관습법에 따르면 맥베스는 덩컨의 아들 중 하나가 성인이 되기 전까지 왕위계승자의 지위를 보유했다. 그러나 덩컨왕은 미성년자인 왕자 맬컴에게 왕위를 넘긴다. 그래서 홀린셰드는 맥베스의 행보를 왕위 찬탈이 아닌 정치세력 간의 쟁투로 묘사한다. 맥베스는 10년간 선정을 베푼다. 그러나 후사가 없자 뱅쿼의 후손이 왕위를

05　Kenji Yoshino, *A Thousand Times More Fair: What Shakespeare Plays Teache Us About Justice*, Collins Publishers, 2011; 김수림 옮김, 《셰익스피어, 정의를 말하다》, 지식의날개, 2012, pp. 280~297.

이을 것이라는 마녀의 예언을 떠올리며 안달한다. 홀린셰드는 뱅쿼를 맥베스의 공범으로 기록한다. 그러나 셰익스피어는 뱅쿼가 국왕 살해에 가담하지 않은 것으로 그렸다. 제임스 1세가 뱅쿼의 후손이라는 전설을 유념했을 것이다.

2막에서 짐꾼은 자신이 지옥의 문지기라도 된 양 행세한다. "옳지, 저울대 양쪽에 말을 걸어 놓고 두 가지 서약을 얼버무리는 놈이 있구나. 하느님 이름을 맘껏 뭉그적거려 왔지만 애매모호하게 얼버무리는 것으로는 천국에 갈 수 없지."2.3.9-11 당시의 관객과 독자들은 '얼버무리는 놈equivocation'이란 다름 아닌 헨리 가넷Henry Garnett을 빗대었음을 알았다. 1605년 11월 가톨릭 예수회 신부 가넷은 고해성사를 주재하다 국회의사당 폭발 음모를 알게 되었다. 자신은 범죄에 가담하지 않았지만 범죄를 알고도 당국에 신고하지 않았다는 이유로 기소되었다. 가넷은 고해성사의 내용을 발설하지 않을 종교적 의무가 있기 때문에 자신의 결정은 위법하지 않다고 항변했다. 이 '발설금지의 원칙'이 '애매모호한 침묵'의 원칙으로 알려져 있다. 그러나 가넷의 주장은 받아들여지지 않고 그도 사형에 처해졌다.[06]

---

06 Alvin Kernan, *Shakespeare, the King's Playwright: Theatre in the Stuart Court 1603-1613*, Yale University Press, 1995, pp. 71~87; Yoshisno Kenji, 위의 책, p. 181(김수림 옮김, p. 305).

자연의 질서와 예언

문학작품 속에서 예언은 반드시 실현된다. 많은 경우 일반 독자가 예상치 못한 방법으로 말이다. 오이디푸스의 예언자는 오이디푸스가 아버지를 살해하고 어머니와 결혼할 것이라고 예언한다. 아버지 라이오스는 이를 막기 위해 온갖 수단을 동원하여 몸부림치지만 무용지물이 되고 결국 예언대로 실현된다.

〈맥베스〉에서도 마녀들은 실제로 일어날 가능성이 희박한 두 가지 상황만 피하면 맥베스는 왕위를 유지할 것이라고 예언한다. 첫째 예언은 "여자가 낳은 자는 맥베스를 해치지 못한다." 4.1.80-81 둘째 예언은 "버남의 숲이 던시네인의 높은 언덕까지 공격해 오지 않는 한" 4.1.93-94 맥베스는 패하지 않는다는 것이다. 첫 번째 예언을 맥베스는 "여자가 낳지 않은 자 none of woman born "에서 '여자' 대신 '낳지 않은 자'에 초점을 맞추어 해석했다. 그런데 맥더프는 "달이 차기 전에 어머니 배를 가르고 나온" 5.8.15-16 남자다. 즉 자연분만이 아닌 제왕절개시술을 통해 태어난 것이다. 셰익스피어 시대에는 산파가 자연분만을 도왔다. 그러나 제왕절개시술은 외과의사만이 할 수 있었다. 물론 의사는 모두 남자였다. 맥더프는 분명히 '여자'가 낳은 자도, 여자가 '낳은' 자도 아니다.

버남의 숲 Birnam Wood 도 마찬가지다. 이때 'Wood'는 숲으로도, 나무로도 해석될 수 있다. 마녀는 나무를 의미했으나 맥베스는 '숲'으로 오해한 것이다. '숲에서 꺾은 버남나무의 가지'로 맥베스를 폐위시킬 수 있는 것이다. 마녀의 예언에 따라 맥베스를 패망으로 인도할 자는 '나무를 손에 든, 왕관을 쓴 아이', 즉 1막에 등장하는 컴벌랜드 왕자 맬컴이다. 성 밖에 대군을 운집시킨 맬컴은 병사들에게 나뭇가지로 위장한 채 버남 숲에서 던시네인 언덕까지 진격하라고 명한다.[07]

주인공은 마녀?

작품에서 마녀는 불길한, 운명의 자매weird sisters다. 고대 앵글로색슨어로 'wyrdweird'는 '운명'이라는 뜻이다. 작품 〈맥베스〉가 상정한 고대 스코틀랜드의 역사는 연속적인 발전 과정이었다. 덩컨에게까지 이어진 왕조는 자연적 질서다. 야만인을 물리치고 개선하는 맥베스를 환영하며 덩컨은 "그대를 재목으로 키우겠소. 나라의 동량으로 만들겠소."라고 덕담을 건넨다.1.4.28 자연적으로 이어지는 왕조의 질서를 파괴한 맥베스의 죽음은 찬탈자에 대한 신의 응징이자 자연적 질서의 회복이다.

셰익스피어 시대에 마녀는 중요한 사회적 문제였다. 국왕 제임스는 전왕 엘리자베스가 16년 전에 처형한 스코틀랜드 메리 여왕의 아들이다. 제임스 자신이 스코틀랜드 국왕으로 재임하면서 《악마론 Daemonologie》1597을 저술하고 70여 명을 화형에 처한 바 있다. 《악마

07　Kenji Yoshino, 김수림 옮김, 위의 책, pp. 316~317.

론》은 제임스가 잉글랜드 왕에 취임한 직후 런던에서 재출간된다. 제임스는 이 책에서 식자들이 흔히 '흔들리고 미끄러운 호기심의 사다리를' 밟고 올라간다고 경고했다. "그들은 결국 합법적인 수단과 과학이 미치지 않는 곳까지 끌려간다…… 이 흑마술의 세계에 발을 들이는 학자들은 자신들이 신이라고 믿는다. 하지만 그들이 흑마술로 얻는 것은 어두운 세계에 몸담은 것에 대한 형벌로 주어지는 지옥의 공포와 악에 대한 지식뿐이다. 선악과를 먹은 아담이 그랬던 것처럼 말이다."[08] 제임스는 1604년 마녀규제법을 반포했지만 수시로 유죄 판정을 받은 마녀들을 사면했다. 자신은 마녀의 존재에 대해 회의적이었지만 정치적 목적으로 유용하게 이용한 것이다.[09]

마녀는 어둠, 무질서와 갈등의 상징이자 이 모든 악의 증인이자 대리인이다. 마녀의 출현으로 반역의 계기가 생기고, 반역의 결과로 파멸이 따른다. 셰익스피어 시대에 마녀는 가장 극악한 반역의 상징이었다. 정치적 반역자일 뿐만 아니라 정신적 반역자이기도 했다. 마녀는 현실과 망상의 경계 사이에 다리를 걸치고 양방향으로 혼란을 유도한다. 도대체 마녀는 운명의 예언자일 뿐인가? 아니면 운명을 이끄는 대리인인가? 어쨌든 마녀의 언행은 현실의 제약을 벗어나기에 상식과 논리에 구속되지 않는다.

---

08   Yoshino Kenji, 김수림 옮김, 위의 책, p. 422.
09   Garry Wills, *Witches and Jesuits: Shakespeare's Macbeth*, Oxford University Press, 1996, pp. 84~86.

이 작품에 악마가 직접 등장하지는 않는다. 그러나 지옥문 장면은 등장하고 세 마녀가 '우리들의 상전'이라고 부르는 헤카테 그리스 신화에서 암흑과 마법의 여신가 등장한다. 3.5; 4.1 헤카테는 마녀들을 꾸짖는다. 자신의 허락 없이 마녀들이 제멋대로 맥베스와 '죽음의 문제'에 관한 거래를 했다는 것이다. 4.1 근래에 들어와서는 마녀의 외형보다 심리적 분석이 담론의 핵심이 되었다. 고전적인 마녀의 형상은 뱅쿼의 표현대로 "옷차림이 너무나 거칠어서 이 세상 사람 같지 않다." 1.3.37-40 마녀는 눈앞에 보이는 것을 상상의 세계로 이끌어 초자연적 괴기스러운 형상을 만들어 낸다. 그리스 비극의 완성자, 아이스킬로스의 작품 《오레스테이아》 3부작의 완결편 《에우메니데스》에서는 구질서의 수호자를 상징하는 복수의 세 자매 Furies 는 뱀으로 목을 치장하고 산발한 머리에선 핏방울이 뚝뚝 떨어지는 형상을 하고 있다.[10] 에우메니데스 세 자매는 〈맥베스〉의 마녀 3총사의 원조일 수 있다.[11]

마르크스주의 문학비평가, 테리 이글턴은 이 작품의 주인공은 마녀들이라고 주장한다. 즉 세 마녀는 맥베스의 내면에 갇혀 있는 야심을 드러냄으로써 계급사회의 질서에 대한 숭배가 위선적 자기기만임을 보여 주는 문학적 캐릭터라는 것이다. 마녀들은 이러한 폭력적 사회질서로부터 추방된 자들이다. 그래서 그들만의 사회인 어두운 변방에 거주하면서 종족 간의 투쟁이나 군신의 예와 같은 전래의 질서

---

10   안경환, 위의 책, pp. 43~46.
11   Garry Wills, 위의 책, pp. 53~74.

를 거부한다. 그러면서 수수께끼 같은 말로 사회질서의 전복을 획책한다. 짓궂은 말장난이 맥베스의 마음속에 침투하여 내부로부터 허물기 시작하자 숨은 욕망이 드러난다. 그 욕망이 넘쳐흐르면서 맥베스의 정체성이 무너진다.[12]

〈공산당 선언〉1848의 구절대로 마르크스와 엥겔스는 부르주아계급은 모든 사회적 관계를 끊임없이 혁신하지 않으면 살아남을 수 없다고 주장한다. 지속적인 생산혁명, 사회적 상황의 끊임없는 동요, 영속적 불안과 격동이 이전의 모든 시대와 구별되는 부르주아 시대의 특성이다. 고정되고 얼어붙은 모든 관계는 구태의연한 일련의 편견 내지는 지론과 함께 해소되고 새로이 형성되는 것도 모두 정착되기 전에 이미 낡은 것이 되고 만다. 고체는 녹아서 공기가 되고 신성한 것은 비속하게 되어, 인간은 마침내 냉정한 의식으로 자신의 진정한 삶의 조건과 자신들 사이의 관계를 직시하지 않을 수 없게 된다.[13]

"고체는 녹아서 공기가 되고 신성한 것은 비속하게 되는", 이 구절은 마녀들의 긍정적 위반을 희화화한 것이라는 해석이다. 그런데 부르주아계급은 '고정되고 얼어붙은 모든 관계'의 타파를 새로운 형태의 착취를 만들어 내는 것으로 되돌려 놓기에 결국 파멸하고 만다는 것이다.[14]

---

12 Terry Eagleton, *William Shakespeare*, Basil Blackwell, 1986; 김창호 옮김, 《셰익스피어 다시 읽기》, 민음사, 1996, pp. 10~13.

13 Karl Marx & Frederick Engels, *Selected Works,* London: Methuen, 1968, p. 36.

14 Terry Eagleton, 김창호 옮김, 위의 책, p. 16.

〈맥베스〉는 1623년 이절판 Folio 에는 '사극'으로 분류되었으나 최종적으로 비극으로 낙착되었다. 〈리처드 3세〉의 경우도 당초에는 사극으로 분류되면서도 비극 타이틀을 함께 보유했었다.[15] 제임스는 스코틀랜드 역사극으로 이해했을지도 모른다. 이 작품이 '사극'에서 제외된 진짜 이유는 잉글랜드가 아니라 스코틀랜드의 역사를 다루었기 때문인지도 모른다. 어쨌든 작가는 이 작품을 통해 역사보다 중요한 그 무엇, 즉 역사의 구체성을 구비하면서도 철학적 지혜를 갖춘 생의 비전을 제시한 것이다.

유방의 법리

여성을 바라보는 남성의 시각이 몸에 고정될 경우 남녀 모두에게 위험이 초래된다. 바라보는 남자의 심리적 동요를 유발하기에 위험하고, 여성의 입장에서는 '고귀한 덕', 심지어는 생명조차도 잃을 위험이 수반될 수 있다. 낸시 비커스는 엘리자베스 시대의 작품을 통해 응시에서 강간으로 이어지는 과정을 분석했다.[16]

르네상스 탐험가들 역시 신세계를 난폭한 남성의 침입을 기다리

---

15   Sylvan Barnet, "Introduction"(lxiii-lxxiv), in William Shakespeare, *Macbeth*, The Signet Classics Shakespeare, Revised Edition, 1998.

16   Nancy Vickers, "The blazon of sweet beauty's best: Shakespeare's Lucrece", in *Shakespeare and the Question of Theory*, Patricia Parker & Geoffrey Hartman(ed.s), Methuen, 1985, pp. 95~115.

는 처녀지로 보았다. 콜럼버스는 1498년 신세계 남아메리카 대륙을 발견하고 나서 항해일지에 '에덴동산의 젖꼭지'에 비유하여 기록했다.[17]

셰익스피어는 유방이 공격당하는 모습을 빈번하게 그린다. 〈로미오와 줄리엣〉에서 줄리엣의 비극적인 오해가 어머니의 입에서 터져 나온다. "이 단도가 실수를 저질러……/ 어이없게도 내 딸의 가슴에 꽂혀 있구나." 5.3.201-204 〈안토니우스와 클레오파트라〉에서 독사에게 유방을 물려 자살하는 모습은 너무나 극적이다. "여기에 그녀의 유방에 피를 빨아먹은 구멍이 있구나." 5.2.342, 344 유방의 부정적 이미지의 압권은 맥베스 부인의 입을 통해 제시된다. 남편의 살인을 재촉하면서 거침없이 내뱉는다. 자신의 타고난 여성성을 부정하며 천성이 유약한 남편에게도 1.5.16 마음을 굳게 먹고 타인에 대한 배려를 줄이라고 다잡는다.

> 나는 젖을 준 적도 있고, 따라서 내 젖을 빠는 아기에 대한 사랑이 얼마나 극진한 줄도 알아요. 그러나 당신이 맹세해 왔듯이 내가 그러기로 맹세했다면 난 얼굴에는 미소를 머금고 있으면서도 이가 나지 않는 그의 잇몸에서 내 젖꼭지를 확 잡아 빼 버리고 머리통을 내동댕이쳤을 거예요. 1.7.54-58

그녀는 맥베스가 '인간에 애정이 담긴 젖으로 너무 가득 차 있어

---

17 Marilyn Yalom, *A History of Breast*, Knopf, 1997; 윤길순 옮김, 《유방의 역사》, 자작나무, 1999, pp. 122~123.

서 스스로 왕관을 쓰기를 주저할까 봐 두려워한다. 그래서 살인에는 다른 종류의 자양분이 필요하다는 결론을 내린다. "나의 이 여자의 유방에 다가와서/쓸개즙 대신 내 젖을 빠세요." 1.7.58 어머니의 젖이 어머니의 성격까지도 전달한다는 믿음이다. 자신의 복수욕을 자식^{남편}에게 전승시키려고 한다.

이렇듯 남편을 살인으로 내몰기 위해 자신의 젖이 쓸개즙으로 변하기를 바라거나 겁쟁이가 될까 봐 자신의 젖먹이 아기의 머리를 내동댕이치는 여성의 초상에는, 자양분을 공급하는 유방이 파괴의 동인으로 변할 수도 있다는 원초적인 두려움이 무심결에 드러난다. 그리하여 독물과 쓸개즙은 젖의 상징적 대체물, 즉 여성성의 본질에 가로놓여 있는 유독의 액체가 된다.[18]

비합리적 모순 덩어리

"맑은^{fair}[19] 것이 불결^{foul}하고, 불결한 것이 맑다. 불결한 안개 속을 둥둥 떠다니자." 1.1.11-12 막을 여는 마녀의 서두 대사가 극의 주제를 제시하고 기본 기조를 깔아 준다. 비합리성과 두려움, 두 개의 단어가 엮어 내는 모순이 전편을 관통한다. "한마디로 맥베스는 세상에 두려움을 전하는 캐릭터이다."[20]

---

18   Marilyn Yalom, 윤길순 옮김, 위의 책, p. 123.
19   두려움(fear)과 맑음(fair)은 당시 영어로는 발음이 같았다고 한다.

모순덩어리, 복잡, 암흑, 혼돈, 이중성의 늪이다. 전편을 통해 비이성적·초자연적 목소리가 충만하다. 이 점에서는 〈리어왕〉과 유사하다. 맥베스 부인은 살인의 후유증으로 몽유병, 정신병에 걸린다. 미셸 푸코의 말대로 꿈, 광기, 비합리성은 르네상스적 상상력의 원천이다.[21] 맥베스와 함께 마녀를 목격한 뱅쿼는 마녀의 정체를 의심한다.1.3.83-85 맥베스는 살인을 정당화시키며 비합리적인 논리를 동원한다. "격렬한 사랑이 급격히 발동하여 주저하는 이성을 뛰어넘었소."2.3.110-111 맥더프 부인은 처자를 팽개치고 정치 망명을 떠난 남편의 행위를 '사랑은 없고 겁만 넘친' '가장 비이성적 행위'라며 질책한다.4.2.12-14

영아 살해

맥베스가 저지른 가장 큰 죄악은 어린이를 죽인 것이다. 뱅쿼의 말을 빌리면 어린이는 "시간의 종자seeds of time"다.1.3.57 그렇다면 영아 살해는 시간의 성장을 원천적으로 봉쇄하는 죄악이다. 로스가 잉글랜드의 망명자들을 찾아 고국 스코틀랜드의 참혹한 상황을 전한다. "아, 가련한 조국. 차마 소식 전하기가 두렵구려. 우리의 조국이 아니라 무덤으로 불러야 할 판이요."4.3.164-166 그는 맥베스의 신하를

---

20 *Macbeth*, Penguin Books, 1967: Introduction, xxii, 2005.
21 미셸 푸코 지음, 《광기의 역사》, 이규현 옮김, 나남, 2010.

스코틀랜드의 자식으로 묘사한다. 맥베스의 전체주의 독재는 미래에 대한 전쟁이고, 이는 곧바로 미래 세대인 어린이의 학살이다.

맥베스의 말대로 '공포에 가득 찬' 5.5.13 무대이다. 어린이의 시체가 놓인 무대 위에서 공연하는 배우의 공포는 상상을 초월할 것이다. 이 극에서 어린이 캐릭터가 여럿 등장한다. 뱅쿼의 아들 플리언스와 맥더프의 아들인 '새 알egg', '물고기 새끼young fry' 4.2.84, 그리고 1만 명이 넘는 잉글랜드 대군이 쳐들어오는 사실을 보고하는 '풋내기 소년lily-livered boy' 시동이 그들이다. 5.3.15 맥더프의 영민한 아들은 어른의 세계에 이미 눈을 떴다. 아버지의 망명 소식을 들고 온 전령에게 태연하게 말한다. "아버지가 정말 돌아가셨으면 어머니가 우실걸. 울지 않으면 곧 새아버지가 생기겠지 뭐." 4.3.62-64 이들은 유령으로 현신하는 '피 흘리는 소년' 4.1.75 '왕관을 쓴 아이' 4.1.85의 현실적 존재다. 어린이는 '미래'에 대한 야망과 함께 영화롭던 과거에 대한 동경을 형상화한다.

맥베스 자신도 '끔찍한 생각' 2.1.8을 품지 않았던 순진무구한 시절에 대한 그리움을 토로한다. 맥베스는 남의 "아내, 자식, 하인, 닥치는 대로 죽이는 저승사자다." 4.3.217 그는 '자연의 씨'를 파괴하여 생명의 연장을 막는 파괴병자다. 4.1.58-59 "그에겐 자식이 없소"라며 맥더프는 맥베스를 냉혈한으로 규정한다. 4.3.215 자식이 없는 사내가 어찌 어린이를 죽이는 죄악의 의미를 알겠는가?

여성성의 변신

맥베스 부부는 스코틀랜드의 왕관을 쓰기 위해 온갖 위험을 무릅쓴다. 덩컨왕을 살해함으로써 대역죄 regicide를 범한다. 자신들의 행위가 무엇을 의미하는지 너무나도 잘 인식하고 있다. 맥베스의 살인은 왕국에 대한 반란이며, 우주의 질서에 대한 도전이다.[22] 그러나 리처드 3세처럼 맥베스는 왕위가 안전을 보장해 주지 못한다는 사실을 뒤늦게 깨닫는다. 3.1.49-50 자신의 생명과 안전을 확보하기 위해서는 도전자를 모두 죽여 없애야 한다는 강박감의 포로가 된다. "피는 피로 이어지고" 3.4.121 살인과 죽음이라는 '참혹한 상상' 1.3.137 이 그의 머리를 지배하는 한 살인은 계속될 수밖에 없다.

살인 후에 맥베스의 심리적 부담은 가중된다. 자신의 손님을 해치는 행위는 신뢰를 위반하는 가장 비열한 죄악이라는 전래의 신사도를 정면으로 위반한 것이다. 게다가 왕은 자신의 친족이 아닌가?

> 왕은 나를 이중으로 믿고 이곳에 왔소. 첫째, 나는 그의 근친이며 신하이므로 이런 일은 가당치 않소. 게다가 나는 이 집 주인으로 내 손으로 암살자의 침입을 막는 게 도리요. 1.7.12-16

부부가 살인을 음모하고 실행에 옮기면서 엄청난 비밀을 공유한

---

22 Rebecca Lemon, *Treason By Words: Literature, Law, and Rebellion in Shakespeare's England*, Cornell University Press, 2006, pp. 79~105.

다. 그 비밀은 폐쇄공포증과 함께 스스로 함정에 빠지는 열패감으로 이어진다. 그리고 그 비밀이 부부 사이를 갈라놓고 마침내 공멸의 길로 내몰린다.

맥베스는 아내의 말을 무조건 따라 덩컨의 살인에 나서지 않는다. 야망에 차 있으면서도 내심 주저하는 모습을 보인다. 마녀의 예언을 전해 받은 아내가 "당신은 이제 왕이 될 운명"1.3.48 이라고 말하자 "그 문제는 더 이상 거론하지 말자"1.7.31 라며 주춤하고는 '치솟아 오르는 야심'1.7.27 을 일시 제어하는 것처럼 비친다. 그러나 아내가 남편의 자존심을 송두리째 휘저으며 집요하게 강요하자 마침내 굴복한다.

입었던 희망의 의상이 술 취해 곤드레가 되었나요? 그러곤 잠에 떨어졌나요? 지금은 술에서 깨어나 함부로 떠드는 걸 숙취로 돌리나요? 이제부터 당신의 사랑도 그런 걸로 보겠어요. 당신은 욕망하는 일을 행동으로 옮길 용기가 없는 거지요? 인생의 보람으로 믿고 확신하는 것을 속담의 고양이처럼 비겁하게, '그러고 싶다' 대신 '그러기가 겁이 난다'로 살아가야 하나요?1.7.35-44

열 줄 대사로 맥베스 부인은 남편의 남자로서의 명예와 자존심과 아내에 대한 사랑을 무참하게 짓밟는다. 맥베스의 대답은 지극히 방어적이다. "그런 말 하지 마소. 나보다 더 용감한 사내는 없소."1.7.45-47

과연 맥베스 자신이 얼마나 절실하게 왕관을 쓰고 싶어 했던가? 그리고 그 목표를 위해 얼마만큼 적극적으로 실행에 참여했던가? 작가는 명확한 답을 주지 않는다. 관객의 입장에서도 쉽게 결론을 내리기 어렵다. 극 전체를 통해 맥베스가 한 역할은 무엇인가? 만약 마녀의 말대로 모든 것이 운명이라면 맥베스에게는 어떤 선택의 여지가 있었던가? 운명의 이름으로 덩컨을 죽여야 했던가?

1958년 노벨문학상 수상자로 결정되었던 수상은 사후 그의 아들이 1989년에 대신하였다. 러시아의 보리스 파스테르나크 Boris Pasternak, 1890~1960 는 셰익스피어를 번역하면서 이 작품의 주인공 맥베스를 도스토옙스키《죄와 벌》의 주인공 라스콜리니코프에 비유했다. "맥베스도 라스콜리니코프도 생래적 범죄인은 아니다. 그릇된 인간관계와 가치의 전도로 인해 범죄자가 되었다"라고 평했다. 맥베스 부인은 능동적이고 일관된 여성이다. 그녀는 남편의 숨은 욕망을 남편 자신보다도 단호하게, 그리고 일관되게 추진한 내조자다. 파스테르나크의 말에 따르면 맥베스 부인은 자신에게 닥칠 위해에도 불구하고 남편의 야심을 성취하도록 충실하게 조력한 여인이었다.

마녀의 예언을 듣고 맥베스의 '뇌는 열기로 마비되고' 2.1.39 강박관념의 포로가 된다. 덩컨을 죽이러 들어가면서 공중을 떠다니는 칼이 침실로 안내하는 환영을 본다. 마녀들의 장난인가? 아니면 두려움이 만들어 낸 환영인가? 덩컨을 죽이고 난 뒤에 맥베스는 다시는 잠을 자지 못할 것 같은 불안에 휩싸인다.

누군가의 목소리가 들리는 듯했소. '더 이상 잠들지 말라', '맥베스가 잠을 죽인다', 죄 없는 잠, 근심의 소매를 꿰매는 잠, 하루 삶의 죽음, 고된 노동의 목욕, 상한 마음의 향유, 대자연의 다른 행로, 인생

축제의 최고 자양분. 2.2.33-38

온 집안에 대고 연신 외친다. "'더 이상 잠들지 말라!' 글래미스가 잠을 죽여 코더는 더 이상 잘 수 없고, 다시는 맥베스가 잠에 들지 못하리라." 2.2.40-43 속을 앓는 비밀은 누군가에게 털어놓고 싶은 것이 인지상정이다. 그래야만 오래 참고 견딜 수가 있다.

> 맥베스 부인 : 모든 것을 소진하고도 아무런 소득이 없다. 바라던 것을 얻었지만 만족은 얻지 못했다. 파괴로 참된 기쁨을 얻을 수 없으니 차라리 내가 파괴되는 편이 나을까. 3.2.6-9

작가는 숨은 심리적 고통 때문에 부부 사이가 파탄에 이르는 과정을 그린다. 암살을 주도하며 더없이 강인한 모습을 보이던 맥베스 부인은 남편의 관심과 주의를 잃자 심주心柱가 송두리째 무너져 실성하고 잠꼬대를 한다.

> 망할 자국, 없어져! 없어지라니까. 하나, 둘시계 종소리, 응, 그럼 할 때가 됐어. 지옥은 어둡거든. 여보, 창피해, 군인이 겁나? 창피해. 왜 남이 알까 봐? 우리가 걱정해야 돼? 아무도 우리 권력을 시비하지 못하는데? 하지만 노인의 몸속에 그처럼 피가 많을 줄 누가 알았겠어? 5.1.33-38
> 의사의 진단대로 "병든 마음은 말 못 하는 베개에 비밀을 털어놓소. 왕비는 의사보다 사제가 필요하오." 5.1.69-70

아내의 발설로 부부의 생명에 위험이 초래된다. 작가는 맥베스 부인의 극적인 변신을 처절하게 그린다. 한때는 더없이 강건했던 여장부가 과거 자신의 아바타로 전락한다. 홀로 간직한 비밀이 정신적 분열을 초래하고 죽음이라는 망상의 포로가 된다. 작가는 맥베스 부부를 통해 극단적인 위기나 폭력적 한계상황에 선 인간의 모습을 보여 주며 인간성의 본질을 성찰하게 만든다. 덩컨의 살해는 치유 수단으로서의 잠으로 연결하고, 아내의 죽음은 맥베스로 하여금 인생 자체에 대한 허무감으로 몰아넣는다.

인생은 한갓 그림자놀이, 한동안 무대에서 우쭐대고 안달하다 흔적 없이 사라진 가련한 광대, 소리와 분노에 가득 찬, 아무런 의미도 없는 바보 이야기. 5.5.22-27

맥베스가 허공을 향해 내뱉은 '소리와 분노 Sound and Fury'는 1950년 노벨문학상 수상작가 윌리엄 포크너의 작품 제목으로 승계되어 후세인의 서가를 풍요롭게 만들었다.

뱅쿼의 유령

국왕을 죽이고 나서 맥베스는 '끝없는 불안'3.2.24에 시달린다. 마음은 '전갈로 가득 차고'3.2.37 뱀을 건드렸지만 죽이지 못한3.2.15 미완의 작업으로 인해 언제나 불만이고 불안하다. 뱅쿼가 살아 있는 한 비밀이 유지될 수 없다. 그뿐만 아니라 뱅쿼의 후손이 왕이 될 것이라는 마녀의 예언이 거슬린다. 뱅쿼는 분명히 자신의 범죄를 알고 있을 것이다.

그대는 이제 국왕, 코더, 클레미스, 모두 성취했소. 운명의 세 자매가 예언한 대로 매우 추한 연극을 벌였소. 3.1.1-3

마침내 맥베스는 뱅쿼를 죽인다. 아내에게도 비밀로 한 채 3.2.46 단독으로 내린 결단이다. 뱅쿼의 살해로 부부간에 분열이 일어난다. 뱅쿼의 유령이 등장한다. 극에서 가장 스릴 넘치는 드라마틱한 장면이다.

신하들과 함께한 만찬 식탁에 맥베스는 국왕 전용석을 찾지 못한다. 그러고는 뱅쿼의 유령을 향해 소리친다. "내가 그랬다고 말하지는 못하겠지. 피투성이 대가리를 내 눈앞에 흔들지 말라." 3.4.49-50 남편의 기이한 행동은 아내의 경계심을 발동시키기에 충분하다. 그러나 담대한 여인은 차분하게 사태를 수습한다.

앉으세요. 이따금씩 저러세요. 젊었을 때부터 그랬어요. 곧 발작이 가라앉을 거예요. 여러분이 너무 주시하시면 오히려 분노를 돋우고 격정이 길어져요. 잠자코 식사하시고 모르는 체하세요. 3.4.52-57

일종의 블랙 유머다. 만약 왕의 발작이 유난스럽다면 '모르는 체할' 수가 없다. 왕의 증상이 걷잡을 수 없이 심해지자 맥베스 부인의 조바심도 따라서 깊어진다. 황급하게 남편을 진정시켜야만 한다. 맥베스의 머릿속에는 피로 가득 차 있다.

　　인도적인 법률이 탄생하여 문명사회가 세워지기 전, 그 옛날에는 피를 많이도 흘렸다. 아니, 그 이후에도 차마 듣기에도 끔찍한 살육이 횡행했다.3.4.74-75 머리의 골수가 꺼지면 죽고 그것으로 끝장이었는데, 지금은 스무 번 머리에 치명상을 당해도 죽지 않아 우리를 의자에서 일으켜 세우는구나. 살인보다 더욱 괴이한 일이로다.3.4.74-82

　　맥베스의 파멸이 다가오면서 극은 종장을 향해 치닫는다. "나는 충분히 오래 살았어."5.3.24 이렇게 말하면서도 그는 삶의 의지를 접지 않는다. 아내의 사망 소식을 들은 맥베스의 독백이다. "내일과 내일과 내일이 매일처럼 기록된 시간의 마지막 순간까지 답답한 걸음으로 걸어오누나."5.5.19-22 새삼 삶의 무의미함을 절감하면서도 마지막 희망의 끈을 놓지 않는다. "버남 숲이 던시네인에 옮겨 오고 여자 몸에서 나오지 않는 너와 대적하지만 끝까지 해보겠다."5.10.30-32

　　"자유의 시간이다!"5.11.21 맥더프의 외침대로 '도살자 왕과 악귀 같은 그의 여왕'5.11.35이 죽자 비로소 피의 살육이 종결된다. 그의 입을 통해 맥베스 부인이 스스로 폭력적인 방법으로 목숨을 끊은 사실이 전해진다.5.1.71-72 맥더프는 핏방울이 뚝뚝 떨어지는 맥베스의 목을 들고 무대에 선다. 새 왕으로 추대된 맬컴과 함께 독재가 물러간 후, 새 질서를 세우는 과업을 의논한다.

공연의 역사

연극평론가들은 20세기 영어권에서 상재된 3대 맥베스 연극으로 로런스 올리비에 1955, 이안 매켈런 1976, 앤서니 셰어 1999 가 타이틀 롤을 맡았던 공연을 든다. 세 작품 모두 작가의 고향 스트랫퍼드에서 왕립 셰익스피어 극단 RSC 에 의해 상재된 것이다. 셰익스피어의 작품들 중에서도 특히 맥베스는 영국 토착 배우가 아니면 제대로 해낼 수 없다는 믿음이 있는 듯하다. 이 또한 맥베스 징크스의 하나일지 모른다. 로런스 올리비에는 아내 비비언 리와 함께 영화도 주연했다.

셰익스피어 공연이 전면 금지되었던 소비에트 치하의 체코 프라하에서 1977년, 5명의 배역만 등장하는 75분짜리 극을 집 안에서 공연하다 고초를 겪은 셰익스피어광, 파벨 코후트 Pavel Kohout 의 일화가 전해 온다. 일본에서는 1980년 니나가와 蜷川幸雄 프로덕션이 16세기 내전을 배경으로 각색했다. 타이틀 롤을 맡은 배우 츠카야마 마사네 津嘉山正種 의 빛나는 연기가 일본 관객을 사로잡았고, 1987년 런던 공연도 대성황을 이루었다. 평론가와 관객은 무대에 들어선 거대한 불교 제단과 축 늘어진 벚꽃이 상징하는 철학적·종교적 의미는 몰라도 시각적 미학만큼은 충분히 완상했다. 1980년 베이징중앙연극소의 샤오 종 徐曉鐘 소장이 연출한 작품은 문화혁명의 여진을 감안하여 정치적 색채를 희석시킨 심리 드라마로 포장했다. 그러나 관객들은 쉽게 연극의 주인공에게서 '위대한 주석' 마오쩌둥의 그림자를 감지할 수 있었다.

한국전쟁이 한창이던 1951년 9월, 국방부 정훈국의 지원으로 셰

익스피어 연극의 순회공연이 열린 것은
특기할 만한 일이다. 셰익스피어의 간판
작 〈햄릿〉이 대구와 부산에서 공연되었
고, 〈맥베스〉 이해랑 연출 는 이듬해인 1952년
부산 공연에 앞서 마산에서 초연되었다.

맥베스 공연 포스터(1884년경)

권력찬탈이라는 주제와 칼로 권력을
잡은 자는 칼로 망한다는 메시지가 선명
한 이 작품은 쿠데타로 정권을 잡은 군사
정권 시대에는 좀처럼 손대기 어려운 주제였다. 정치 민주화의 바람
이 불기 시작한 1990년대 들어서야 비로소 족쇄가 풀렸다. 1990년 여
인극장 강유정 연출 이 단초를 열었고, 영국 English Shakespeare Company, 일본 류
산지, 타이완 當代傳奇 등 외국 극단의 내한공연도 이어졌다.

영화는 더욱 시각적 호소력이 컸다. 일제강점기 초 1917년 7월
12일부터 3일간 미국 영화 〈맥베스〉가 서울의 유락관 有樂館 에서 상영
되었다.[23] 동양의 파리로 불리던 국제도시 상하이에서 배우의 꿈을 키
워 가던 장칭도 필시 이 영화를 보았을 것이다.

일본의 거장, 구로사와 아키라 黑澤明, 1910~1998 감독이 각색한 〈거
미의 성 蜘蛛巢城 〉 1957 은 괴기성만으로도 국제사회의 주목을 받았다.[24]

---

23 《매일신보》(1917. 7. 11); 신정옥, 《셰익스피어 한국에 오다》, 백산출판사,
1998, p. 219.
24 구로사와는 만년에 일본판 〈리어왕〉, 〈란(亂, Ran)〉(1985)을 감독하여 초일급
의 셰익스피어 각색자로 인정받았다.

작품은 두 개의 영문 제목을 달았다. 원제목을 직역한 'The Castle of The Spider's Web' 타이틀과 함께 '피의 왕관Throne of Blood'이라는 선택적 제목을 달았다. 일본인의 감각과 정서를 감안하면 전자가 더욱 호소력이 높다. 버남 숲이 '거미 숲'이 되고 물레로 실을 잣는 마녀의 형상에서 몸통으로 실을 뽑아내는 동물의 이미지가 연상된다. 그렇다면 '거미'라는 동물에 어떤 의미를 담은 것일까? 한국 시인의 구절에서도 단서를 얻을 수 있을 법도 하다.

> 머리카락보다도/ 길고/ 미세한/ 보일 듯 말 듯 가느다란 줄
> 그런데도 목숨만을 노리는/ 질기고/ 검은/ 줄[25]

2007년의 영화는 현대판으로 각색했다. 세 간호원이 시체에서 장기를 꺼내며 마녀의 주문을 읊는다. "맑은 것이 불결하고, 불결한 것이 맑다." 요리사 세 명이 국왕의 음식에 독을 타면서 그 유명한 맥베스의 대사를 나직하게 중얼거린다. "내일, 내일, 내일…… 소리와 분노……"[5.5.18] 2016년에는 부인을 주인공으로 한 영화 〈맥베스 부인Lady Macbeth〉이 제작되어 페미니즘 셰익스피어의 논의거리를 더욱 풍부하게 만들었다.

---

25 〈거미줄 세상 1〉, 《뭉클: 이람 구명숙 시집》, 황금알, 2019, p. 89. 그런가 하면 정반대로 근면한 삶의 이미지를 강조하는 작가도 있다(신정자, 《거미는 아름다운 집을 짓는데: 신정자 포토 에세이》, 글나무, 2016).

2

말괄량이 길들이기

The Taming of the Shrew
(1590~1594)

드센 여자, 말괄량이

남자란 무엇인가? 여자란 무엇인가? 남자와 여자가 부부로 함께 살려면 무엇을 준비하고 어떻게 변해야 하는가? 물음은 있지만 정답은 없다.[01] 셰익스피어의 희극, 〈말괄량이 길들이기〉에는 동서양을 막론하고 사내들이 즐겨 인용하는 구절이 있다. 이른바 '케이트의 웅변'으로 불리는 경구다. 이 구절을 어떻게 해석할 것인가? 바로 이것이 이 연극의 요체이자 관객과 독자의 과제다.

못났네요. 찌푸린 이맛살을 펴세요. 그대의 주인, 임금님, 지배자에게 상처를 주는 그런 비웃음을 거둬요…… 남편은 주인이며 생명

---

01 안경환, 《남자란 무엇인가》, 홍익출판사, 2017.

이며 보호자며…… 백성들이 임금님께 지우는 책임을 아내는 남편에게 지우는 거지요. (……) 남편이 당신의 의무를 기꺼이 받아들이면 그 손으로 정성껏 섬기세요. 5.2.136-179

백성이 임금에게 복종하듯이 아내는 남편에게 복종하는 거지요. 아내가 심술궂고 고집 세고 새침하고 남편의 옳은 뜻을 따르지 않는다면, 남편의 반역자가 아닌가요? 5.2.160-165

한두 세대 전까지도 한국인의 가정생활에서 금과옥조로 받아들여야 하던 '여필종부女必從夫'의 선언문이다. 그러나 이 구절의 평면적인 읽기를 넘어 작품 전체를 찬찬히 살펴보면 작품 이면에 깔린 사회적 메시지는 그리 단순하지 않다.

이 작품은 남편이 폭력으로 아내를 길들인다는 야만적인 민간설화에 바탕을 둔 것이다. 르네상스 시대에 위압적인 여성에 대한 남성의 두려움이 표출된 작품이기도 하다.[02] 16세기 영국에서 말괄량이 shrew라는 단어는 남자의 말에 거칠게 대꾸하거나 토를 다는 여성을 폄하하여 부르는 비어卑語였다. 말이 많아도, 성적으로 방종하거나, 심지어는 인물이 못생겨도 말괄량이다. 캐서린의 모델은 많다. 무수한 민요와 발라드가 말괄량이 타령을 풀어놓았다.[03]

---

02 Park Honan, *Shakespeare: A Life,* First Edition, 1998; 김정환 옮김, 《셰익스피어 평전》, 삼인, 2018, pp. 194~195.

03 1607년 즈음하여 아서 핼리어그(Arthur Halliarg)라는 사람이 쓴 〈The Cruell Shrow(Cruel Shrew)〉라는 발라드도 있다. marybarrettdyer.blogspot.kr/2014/06/the-ballad-of-cruel-shrew.html(2020. 2. 20. 접속)

한마디로 남성 중심의 가부장적 통제에 순응하지 않는 여성을 마녀의 전 단계인 말괄량이로 규정했다. 이 작품에서도 '드센 여자', '저주받을 말괄량이' 1.1.182, '악마의 어미' 1.1.105, '마귀의 성정' 2.1.26 등 남자에게는 악마 같은 존재로 묘사된다. 통제할 수 없는 여성을 악마로 간주하는 것은 여성의 자유에 대한 남성의 두려움 때문이다. 그래서 드센 여자는 '수레를 태우거나' 1.1.55, '재갈을 물려서' 4.1.196 라도 '길들여야' 2.1.269 한다는 것이다. 04

실제로 영국 남부 지방에서는 아내의 목에 밧줄을 감는 것은 예사였고, 입에 '재갈 scold's bridle'이라는 금속 투구를 씌우고 입속에 금속을 밀어 넣어 혀를 누르기도 했다. 북부 잉글랜드와 스코틀랜드에서는 의자에 묶어 공개 모욕을 주는 비인간적 처사를 자행했다. 1655년 한 젊은 퀘이커교도 처녀는 강제로 묶여 뉴잉글랜드로 송출되었다. 신세계에서도 식민지 정부의 종교적 박해 대상이 되었음은 물론이다.

이 작품에 대한 후세인의 평가는 전해 옮기는 것조차 곤혹스럽다. 19세기의 작가 버나드 쇼는 친구에게 보내는 편지에 이 작품은 "첫 마디부터 마지막 단어까지 여성은 물론 남성에 대해서도 사악한 모욕"이라고 혹평했다. 절대다수의 비평가와 독자는 버나드 쇼의 평가에 동감할 것이다. 그렇다면 작품이 탄생할 당시의 관객과 독자의 반응은 어땠을까? 당시의 법에 따르면 가장을 살해하는 것은 준반역

---

04   한도인, 〈'길들이기' 혹은 소통의 강요: 말괄량이 길들이기 The Taming of the Shrew〉, *Shakespeare Review*, 54.2, 2018, pp. 305~323, 307.

petty treason 이었다. 이러한 시대적 상황을 감안하면 캐서린의 말은 여필종부라는 보편적 윤리관을 복창復唱했을 뿐인지 모른다. 즉 당시의 보편적인 남자 관객과 독자의 기호에 영합하는 대사라는 것이다.

그러나 이런 전형적인 해석과는 다른 해석도 풍부하다. 작품이 탄생할 즈음 여성의 사회적 지위와 정치적 역할에 대한 관념이 바뀌고 있었고, 이렇듯 변화하는 시대에 남자의 사회적 성찰을 촉구하는 작품이라는 평가도 있다. 당시에 중매결혼 대신 자유결혼이 새로운 추세로 일고 있었다. 관객으로 하여금 아버지가 일방적으로 딸의 혼사를 결정하는 혼인제도의 문제점과 이러한 제도를 바탕으로 일방적 횡포를 휘두르는 페트루치오에 대한 반감을 유도할 의도로 쓴 작품이라는 요지다. 한때는 더없이 견고했던 가부장제에 붕괴의 조짐이 보이고 있었다. 이 작품에서도 가부장적 사회에 저항하던 캐서린이 아버지가 정해 준 남자와 순순히 결혼하고, 아버지에 순종하던 비안카는 아버지의 허락을 받지 않고 루센티오와 비밀리에 결혼하는 결말에서도 가부장제의 허상이 엿보인다.[05]

작품의 지리적 무대는 이탈리아의 여러 도시다. 19세기에 들어 작가가 실제로 이탈리아를 방문한 것이 틀림없다는 주장이 나돌았다. 《베로나의 두 신사》1589~1591에서는 내륙도시 베로나와 밀라노 사이를 배를 타고 내왕하는 터무니없는 오류를 범한 작가다.[06] 그런데

---

05 한도인, 위의 글, p. 311.
06 안경환,《에세이, 셰익스피어를 만나다》, 홍익출판사, 2018, pp. 151~175.

이 작품에 그린 이탈리아의 문물과 풍광이 너무나도 생생하고 정교해서 책이나 여행자의 기록을 읽고서는 결코 묘사할 수 없는 직접 체험이 녹아 있다는 것이다.[07] 그러나 두 작품 사이의 시차가 불과 1, 2년인 점을 감안하면 설득력이 약한 주장이다. 게다가 이 작품에서도 지리적 오류는 반복된다. 내륙도시인 베르가모에 돛을 만드는 장인이 있고 비온델로는 배를 타고 파도바에 내린다. 이 도시의 주민 그루미오는 큰 화물선을 소유하고 있다. 파도바 또한 내륙도시다. 이러한 지리적 오류는 작품 전개에 결정적인 흠이 될 수 없는, 작가의 정당한 상상력의 소산일 뿐이다.[08]

구혼 경쟁 플롯

작품의 주된 플롯은 한량 청년 페트루치오와 고집불통 말괄량이 처녀 캐서린이 결혼하여 부부생활의 질서를 정립해 가는 과정이다. 보조 플롯은 캐서린의 동생, 비안카를 둘러싸고 벌어지는 구애자들 간의 경쟁이다.

파도바의 귀족 밥티스타에게는 딸이 둘 있다. '말괄량이'로 소문난 맏딸 캐서린에게는 장가들겠다는 사내가 없다. 반면 조신한 미인

---

07   Charles Armitage Brown, *Shakespeare's Autobiographical Poems: His Sonnet Clearly Developed,* 1843, London: James Bohn, pp. 100~118.

08   Samuel Schoenbaum, *William Shakespeare: A Compact Documentary Life*, Oxford University Press, Revised Edition, 1987, p. 171.

으로 평판이 자자한 작은딸 비안카 앞에는 구애자가 줄을 서 있다. '처녀다운 유순함을 지닌' 1.1.70. 비안카는 아버지를 비롯한 모든 남성들에게 '보물' 2.1.32 같은 존재다. 반면 큰딸 캐서린은 지극히 거친 '혀' 4.3.77 때문에 사내들의 기피 인물이 되었다. 아버지는 자연적인 순서를 고집한다. 맏딸이 시집가기 전에는 동생의 혼사는 거론조차 하지 않겠다는 것이다. 그래서 비안카의 구애자들은 합심하여 그녀의 앞길을 가로막고 있는 장애물을 치워 줄 기사를 구한다.

세부 플롯은 더욱 복잡하다. 대학에 들어가기 위해 파도바에 온 루센티오가 비안카의 가정교사를 지원한다. 자신은 라틴어 교사 캄비오로 위장하고 하인 트라니오에게 주인 행세를 시킨다. 이어서 베로나의 청년 페트루치오가 하인 그루미오를 대동하고 도착한다. 그는 오랜 친구 호텐시오에게 아버지가 죽었기에 장가들어 새 인생을 찾겠다고 말한다. 호텐시오는 페트루치오에게 캐서린을 신부감으로 추천한다. 그리고 자신은 리티오란 이름으로 음악 선생이 된다. 그리하여 루센티오 캄비오와 호텐시오 리티오는 비안카를 상대로 구애전을 벌인다.

페트루치오는 거친 캐서린을 친절하고 너그럽게 받아 준다. 캐서린은 여태껏 자신이 만난 사내들 중에 유일하게 관용이 넘치는 사내인 페트루치오와 결혼하기로 동의한다. 그러나 페트루치오는 결혼식에서 주례 신부를 때리고 미사주를 들이마시는 등 난동을 부려 좌중을 당혹스럽게 만든다. 식이 끝나기가 무섭게 페트루치오는 캐서린의 반대를 무릅쓰고 억지로 끌다시피 하여 자신의 고향으로 간다. 신랑 신부가 떠나자 그레미오와 트라니오^{루센티오}가 정식으로 비안카에게 청혼하고 조건이 나은 루센티오가 승자가 된다. 이 과정에서 욕심이 앞선 루센티오는 감당하기 힘든 고액의 지참금을 약속한다. 우여곡절 끝에 양가 부모 사이에 지참금 문제가 타결되자 둘은 정식 부부가 된다. 예비부부는 혼담 과정에 루센티오의 아버지 역할을 할 사람을 내세우기로 합의한다. 한편 루센티오는 호텐시오에게 비안카의 험담을 하여 경쟁자를 제거한다.

베로나로 돌아온 페트루치오는 신부 '길들이기' 작업에 착수한다. 음식도 제대로 주지 않고 마음에 드는 옷도 못 입게 한다. 핑계인즉, 고귀한 신부의 품위에 걸맞지 않은 저급품이라는 것이다. 그는 사사건건 캐서린의 의견에 반대하고 자신의 황당한 주장에 동의할 것을 강요한다.

페트루치오와 캐서린 부부는 비안카의 결혼식에 참석차 파도바로 돌아온다. 둘은 도중에 빈센티오를 만난다. 빈센티오가 여자라고 우기는 페트루치오의 억지를 캐서린은 군소리 없이 받아들인다. 캐서린의 엄청난 변신에 주위가 경악한다. 남편이 해를 달이라고 우겨도 남편 말이 옳다고 한다. 그러고는 덧붙인다. "만약 주인께서 호롱불이라고 하시면 지금부터 제게도 호롱불이지요."^{4.5.14-15}

파도바에서 루센티오와 트라니오는 나그네 학자에게 부탁하여 빈센티오 행세를 시키고 비안카에게 지급할 지참금 문제를 해결하게 한다. 책략을 알아차린 비안카는 루센티오와 도주하여 결혼한다. 한편 호텐시오는 돈 많은 과부를 아내로 맞아들인다. 극의 마지막에 비안카와 루센티오, 과부와 호텐시오, 그리고 캐서린과 페트루치오, 세 쌍의 부부가 회동한다. 페트루치오의 제안으로 누가 가장 남편에게 순종하는 아내인지를 가리는 내기를 벌인다. 각자 하인을 시켜 아내들을 부르자, 캐서린 혼자만이 나타난다. 남편에게 승리를 안겨 준 그녀는 두 패자 부부에게 아내는 남편에게 절대 순종해야 한다면서 일장 연설을 쏟아낸다. 모두가 페트루치오의 아내 길들이기가 성공한 것을 축하하면서 연극은 막을 내린다.

서막의 역할

연극은 현장성이 생명인 공연예술이다. 셰익스피어 시대의 연극은 런던 상류사회의 예술인 동시에 무지렁이 대중의 도락이었다. 관객은 사전에 극의 플롯이나 배우의 대사를 읽지 않고 현장에 앉는다. 인쇄본이 정식으로 출간된 것은 셰익스피어가 죽고 난 뒤의 일이었다. 〈말괄량이 길들이기〉에서는 전형적인 프롤로그 대신 〈서막 Induction〉이 마련되어 있다. 거의 300행에 달하는 긴 분량이다. 작가의 특별한 의도가 있을 법하다. 본극에 앞서 해설자가 등장한다. 프롤로그처럼 예비지식이 없는 관객에게 앞으로 전개될 사건의 배경이 되는 '짧은 역사'를 설명한다. 그리스 연극에서 코러스가 담당했던 역할이다.

〈서막〉은 두 장면으로 구성된다. 첫 장면에서 주정뱅이 슬라이가 술집에서 쫓겨난다. 취기에 자신이 영국 '정복왕 리처드'의 후손이라고 우겨 댄다. 영국인의 상식을 뒤엎는 술주정이다. '정복왕 윌리엄 William the Conqueror, 윌리엄 1세'을 모를 영국인이 어디 있으랴! 흡사 한국인 관객 앞에서 단군왕검과 왕건을 혼동하는 격이다. 슬라이는 조용히 물러가지 않으면 순검巡檢을 부르겠다는 주모에게 대고 어깃장을 부린다. '법대로 대응'하겠다는 것이다. 범법자든 누구든 법의 보호를 받을 수 있다는 법에 대한 패러디다.

사냥에서 돌아오던 영주가 등장한다. 주정뱅이 슬라이의 행색을 보고 장난기가 발동한다. 영주는 유랑극단 배우들에게 요청한다. "내무슨 장난을 꾸미는데 너희들 재주가 필요하다." 〈서막〉 1, 97-98 그 장난이란 세상을 속이는 일이다.

〈서막〉의 두 번째 장면에서 영주는 속임수를 써서 슬라이로 하여금 자신이 대공大公, Archduke인 양 착각하도록 만든다. 그리고 그를 연극에 초청한다. 연극은 남편을 여자로 분장한 '아내'로부터 떼어 버리기 위해 고안한 놀이다. 술과 정신병을 가장하여 15년 동안 정신을 놓았던 대공의 건강이 회복된 것을 기념하는 희극 공연이다. 〈서막〉 2, 126-140 슬라이는 "나란 놈은 기독교 천지에서 으뜸가는 거짓말쟁이다"라고 허풍을 떤다. 〈서막〉 2, 20. 본 극에 앞서 이런 내용의 서막을 삽입한 작가의 의도가 무엇이었을까? 아마도 본 극에서 벌어질 온갖 사건이 술에 취한 사내들의 푸닥거리에 불과하다는 예고는 아닐까?

여성의 방어적 폭력

드센 여자, 캐서린은 거침없이 폭력을 쓴다. 그러나 그녀가 사용하는 폭력의 본질은 다분히 과시용이고 방어적 기제다.

페트루치오 : 착한 케이트, 이 몸 신사로서
캐서린 : 어디 또 한번 맛볼래? (때린다)

캐서린의 공격을 받은 페트루치오는 폭력에는 폭력으로 맞서겠다며 위협을 준다. "한 번만 더 그랬단 봐라. 모가지를 비틀어 버릴 테니."2.1.223 그러나 영리한 캐서린은 남자의 약점을 찌른다. "그랬단 봐라, 네 집안 문장紋章이 없어질 테니. 날 때리면 당신은 신사가 못 돼. 신사가 아니면 문장도 못 가지지."2.1.217-221 여자를 때리는 것은 상류층 남자의 치욕이다.[09]

일단 아내를 자신의 소유물로 확보하자 소중하게 지킬 각오를 행동으로 보여 준다. 도중에서 맞닥뜨린 불량배를 제압하는 페트루치오의 책임감(?)은 찬양받아 마땅하다.

이 여자는 내 물건, 내 재산, 내 집, 내 세간, 내 전답, 내 창고, 내 말, 내 소, 내 당나귀, 나의 모든 것이야.

---

09 B.J. Sokol & Mary Sokol, *Shakespeare, Law and Marriage*, Cambridge University Press, 2003, p. 136.

여자가 여기 있는데 어느 놈이 건드려!

파도바 가는 길을 말리는 자는, 아무리 난 척해도 매운맛을 보게
돼.

그루미오, 칼을 빼라! 도둑 떼에 포위됐다. 네가 사내라면 마님을
보호해라.

걱정 마, 귀염둥이. 건드릴 놈 없다고. 백만이라도 맞서 너를 지킬
테니. 3.3.231-234

혼인과 재산

조건이 맞는 남녀가 일단 결혼만 하면 무난한 가정생활을 누리게
마련이다. 만약 불행한 일이 닥치면 그것은 피할 수 없이 감내해야 할
운명이다. 실로 편리하기 짝이 없는 결혼관이 지배하는 사회다. 작품
의 드러난 주제는 물론 혼인이다. 사랑이라는 혼인의 정서적 조건보
다 재산이라는 경제적 조건에 초점을 맞추고 있다. 백수건달도 부유
한 신사의 딸과 혼인만 하면 팔자가 풀린다. 그러니 신부감이 말괄량
이라도 청혼자의 눈으로 보면 재산이 더 중요하다. 일단 결혼에만 성
공하면 내게 맞게 길들이기만 하면 된다.

페트루치오에게 가장 중요한 결혼조건은 재산이다. 어느 누가 말
괄량이 캐서린을 신부로 맞을까, 모두가 걱정하는 판에 호텐시오가
나선다. "당신이나 나나 그런 소란스러운 악다구니를 도저히 견뎌 낼
수 없지만, 수많은 흠에도 불구하고 돈이 넉넉하니 찾아보면 데리고

갈 너그러운 사내가 있을지 누가 알아요." 1.1.125-128

다음 장면에 페트루치오의 말이 이어진다. "당신 보기에 페트루치오의 아내가 될 만큼 돈 많은 색시라면 — 내 사랑에는 돈이 기본 가락이오. — 플로렌티우스의 아내^{민담 속의 추녀}든 시빌 같은 늙은이든 소크라테스의 마누라 크산티페 같은 악처 아니라, 그보다 백배 더해도 나는 *끄떡*하지 않아." 1.2.65-71

그레미오가 맞장구친다. "돈만 듬뿍 준다면 노리개 같은 애송이나 이빨도 다 빠지고 쉰두 가지 병을 달고 다니는 노파라도 좋다나요. 돈만 잔뜩 안고 온다면 말입니다." 1.2.77-80

호텐시오가 본론으로 들어간다.

> "페트루치오, 얘기가 이쯤 됐으니 농담으로 꺼낸 말을 계속하겠소.
> 돈 많고 젊고 예쁘고 귀부인에 합당한 최상의 교육도 받은 아가씨를
> 아내로 맞도록 주선해 줄 수 있소.
> 근데 유일한 결점은, 사실 상당한 결점인데
> 성질이 몹시 고약하단 말이요.
> 말도 못 할 독설에다 대책 없는 심술덩어리요.
> 나라면 아무리 형편이 무너져도
> 금 노다지를 준대도 결혼은 못 하겠소." 1.2.81-90

페트루치오가 호텐시오의 한가한 걱정을 묵살하고 자신만만하게 나선다.

"관둬요, 호텐시오, 자넨 돈의 힘을 모르는구먼.
그녀 아버지 이름만 알려 주구려.

가을 구름 뻐개는 우레처럼 욕설이

시끄러워도 그녀를 눌러 타겠소." 1.2.91-94

아무리 말괄량이 딸이지만 아버지의 생각은 다르다. 결혼 생활을
지탱하는 것은 부부간의 사랑이다. "좋소, 근데 별난 것을 얻어야 하
오. 그녀의 사랑 말이오" 2.1.25 라는 장인의 말에 페트루치오는 "그건
문제가 아니지요. 나도 사내의 성질이 있어요." 2.1.27-29 라고 맞선다.
그의 관심사는 오로지 재산뿐이다.

착한 딸, 비안카의 결혼도 마찬가지로 재산 문제가 핵심 조건이
다. 그레미오와 루센티오 트라니오, 두 경쟁자를 두고 신부의 아버지 밥
티스타가 게임의 룰을 발표한다. "실행증서 deeds 를 제출하는 사람이
상을 받아야죠. 둘 중 지참금을 더 많이 내는 사람이 비안카의 사랑을
얻을 거요." 2.1.344-346 실행증서란 법적 행위 또는 채무를 이행한 증서
를 말한다. 역시 금전이 핵심이다.

과부산 또는 부부공동재산제

페트루치오 : 나는 내가 소유하고 있는 재산의 주인이다. 신부는 나의
소유물이고 나의 동산이자 집이요……

희극은 당시의 혼인 법리를 충실하게 투영한다. 전문적인 법률
용어가 빈번하게 등장하여 무식쟁이 관객을 혼란에 빠뜨리기도 한

다. 영국 코먼로 아래서 부동산은 원칙적으로 남자만이 소유할 수 있다. 그러나 여성을 보호하는 특별한 법적 조치가 고안되어 있었다. 과부산dowery, 寡婦産 과 부부공동재산제도jointure 가 대표적이다. 그러나 이 제도들은 매우 복잡하여 법률 전문가의 도움 없이는 이용이 불가능했다. 혼인의 당사자나 관련자가 토지를 보유한 귀족, 신사, 또는 부유한 상인인 경우에 협상 과정은 매우 복잡했다는 것을 작가는 잘 알고 있었다.[10] 〈좋으실 대로〉의 로잘린드는 부부공동재산 계약 속에 주택이 포함된 것을 알고 있다. 4.1.48-52 〈윈저의 명랑한 아낙네들〉에서 샐로는 슬렌더를 대신하여 앤 페이지가 할아버지로부터 받을 상속 재산과 과부산을 포기하는 대가로 150파운드의 부부공동재산제를 제안한다. 3.4.47-48 〈말괄량이 길들이기〉에도 이러한 혼인의 재산법리가 상세하게 나타나 있다.[11]

> 밥티스타 : 내가 죽은 뒤 나의 소유지 절반과 나의 재산 중 2만 크라운을 지참금으로 내놓겠소. 2.1.120-121
> 페트루치오 : 그러면 나는 그 지참금에 대하여 따님이 나보다 오래 살아 과부가 될 경우에 나의 모든 소유지와 차지권을 포함한 일체를 따님에게 물려줄 것을 확약하겠습니다. 그러면 이 계약을 상호 이행하기 위해 밥티스타 씨와 나 사이에 밀랍으로 '특별계약special contract under seal'을 체결하는 것이 어떻겠습니까? 2.1.122-126

---

10   B.J. Sokol & Mary Sokol, 위의 책, pp. 56~72.
11   B.J. Sokol & Mary Sokol, 같은 책, pp. 180~184.

비안카의 구혼자, 그레미오가 재산을 자랑한다. 다분히 허풍이다. 아내가 과부^{feme covert}가 되면 재산을 공유할 것이라며 거짓말을 한다._{2.1 342-358} 이에 루센티오의 대리인 자격으로 트라니오는 좀 더 확실한 부부공동재산제를 비안카에게 약속한다며 결혼 조건을 제시한다.

> 나는 부유한 피사 성 안의 호화로운 저택 서너 채를_{그것도 파도바에 있는 그레미오 씨의 저택에 손색이 없는} 따님에게 물려주겠습니다. 덧붙여서 매년 2천 다카트의 소출이 나는 비옥한 토지를 드리지요. 이 모든 것을 따님의 부부공동재산으로 넘겨 드리지요._{2.1.359-376}

그레미오는 대형 화물선 한 척을 더 내겠노라고 조건을 올린다. 그러나 트라니오는 그레미오가 제시하는 어떤 조건도 그 두 배를 내겠노라고 한다. 이제 비안카의 배우자는 결정되었다._{물론 이런 거래는 법적 효력이 없다. 트라니오는 주인 행세를 한 하인일 뿐 법적 대리인이 아니었을 것이기 때문이다.}

지참금과 관련된 페트루치오의 특이한 주장은 이 극의 중요한 메시지다.

> 나와 결혼하는 것이지, 어디 내 의복과 결혼한다는 말이요? 할 수만 있다면 신부가 입을 옷을 뜯어고쳐 내가 입고 싶단 말이오. 이 헌 누더기를 갈아 치우게. 그러면 케이트도 좋고 나도 좋을 것 아니요?…… 사랑의 키스로써 나의 권리를 확고히 해야지._{3.2.117-120}

교육과 언어

파도바 남성이 요구하는 여성의 미덕은 침묵이다. 그 침묵은 남성의 언어를 따라 하기다.1.1.82-84 캐서린의 과격한 언어는 외형은 공격이지만 본질은 방어다. 자신을 길들이려는 페트루치오에게 지속적으로 저항한다. "나는 여자가 저항할 용기가 없으면 바보 취급을 당한다는 것을 알아."3.2.222-223 충분히 이유 있는 반항이다. "내 마음속의 울화가 말을 하게 하는 거야. 그렇지 않고 참으면 가슴이 터지고 말테니."4.3.77-78

페트루치오는 캐서린에 대한 자신의 폭력 행위가 '치료remedy'라고 주장한다.2.1.21 페트루치오는 아내에게 물리적 폭력을 사용하지 않는다. 오로지 '말로 길들이기'다.[12] 페트루치오는 자신을 악마를 순치하는 퇴마사로 자처한다. 말괄량이, 마녀 등 지속적으로 케이트의 가족을 악마에 비유한다. 캐서린에게 거절당한 호텐시오도 "주여, 이런 악귀들 무리에게서 우리를 구해 주소서."1.1.66 캐서린의 아버지조차도 딸에게 "마귀가 씌었다"2.1.26라고 한탄한다. 페트루치오는 그 마귀의 순치에 나선다. 폭력이 아닌 말로 적확한 수사를 동원하여 그녀의 야수성을 순치한다.

그녀가 나오면 내가 용기 있게 구애해야지.

---

12   Samuel Schoenbaum, 위의 책, p. 135.

그녀가 악다구니를 쓰면 꾀꼬리 소리 같다고 하고.

얼굴을 찌푸리면 함초롬히 이슬에 젖은

새벽 장미처럼 청초하다고 해야지.

입을 굳게 다물고 말 한마디 없으면

말이 청산유수라고 칭찬을 해 대고

폐부를 찌르는 웅변이라고 부추겨야지.

당장 꺼지라고 소리치면 한 주일 동안

함께 있어 달라고 해서 감읍한다고 조아려야지.

결혼을 거절하면 예식을 올리고 성혼을 선언할 날을

학수고대한다고 애걸해야지. 2.1.169-179

여기에서 페트루치오는 캐서린의 언어 체계에 직격탄을 던진다.
자신의 이름이 '캐서린'이라고 하자 2.1.183 페트루치오는 '케이트'로
부르겠노라고 선언하고 2.1.185 계속 그 이름으로 부른다. 이러한 호칭
변경은 이중적 의미를 지닌다. 케이트는 캐서린의 애칭인 동시에 하
대하는 별호 別號 이기도 하다.

페트루치오 : 나는 그대 케이트를 길들이기 위해 이 세상에 태어난 사
람이오. 2.1.270-271

캐서린이 분노하듯이 페트루치오는 밥을 굶기고, 잠을 재우지 않
고 이 모든 행위를 '완벽한 사랑의 이름으로' 저지른다. 4.3.12

그녀가 뭐라고 말하든 듣는 자신은 의도적으로 '오독 誤讀 '하겠다

고 선언한다. 그리하여 기표자^{記標者, signifier}와 기의자^{記意者, signified}의 관계를 혼동시킨다. 그녀의 언어 체계를 붕괴시키고 인격을 빼앗는다. 예를 들어 만인 앞에서 캐서린이 이제 자신의 재산이 되었다고 공개 천명한다. 3.2.232-234

또한 케이트라는 이름을 연상시켜 '케이크', '고양이 cat' 2.1.185-195 등으로 좀 더 은유적으로 표현한다. 때로는 매와 같은 야생동물에 비유한다. 2.1.8; 4.1.177-183 심지어 사냥꾼의 훈련 은유를 쓰기도 한다.

> 지금쯤 내 보라매가 배가 고파 야단이지만 땅에 내려오기 전에 배가 차면 안 돼. 4.1.177-178

캐서린은 이에 맞서 페트루치오를 거북이나 게에 비유한다. 2.1. 그리하여 언어 자체가 전장이자 전쟁의 수단이 되었다. 승리자는 페트루치오다. 페트루치오가 결혼식을 올린 직후에 자신의 집에서 주도권을 잡자 캐서린이 반발하며 소리친다.

> 나도 당당하게 말할 권리가 있단 말이야. 그래서 말하는데 나는 아이가 아니야. 당신보다 윗사람도 내 말을 막지 않았어. 정 듣기 싫으면 귀를 막아. 치미는 내 성질, 혓바닥이 말할 거야. 잠자코 참았다간 속이 터지고 말 거야. 그렇게 되기 전에 실컷 소리칠 거란 말이야. 4.3.74-80

캐서린은 자신에게도 고유한 언어 체계가 있음을 천명한다. 언어

^{주권자인} 페트루치오가 뭐라 하든 자신이 생각하는 바를 자유롭게 말할 각오다. 그러나 이내 주저 앉는다. 100행 아래에 둘이 주고받는 언어는 확연하게 다르다. "보아하니 지금 저녁 7시쯤 됐으니 너끈히 점심 ^{dinner-time} 때면 도착하겠다." 페트루치오의 말에 캐서린은 "외람된 말씀이지만 지금 2시쯤이니 저녁식사 시간^{supper time}에 도착하겠는데요.", "내가 말에 오르면 7시야. 내가 '말하는' 것을 '보고' 내가 '생각하는' 대로 '행동'해.", "아직도 말대꾸야. ……내가 몇 시라고 하면 그런 줄 알란 말이야." 4.3.184-192

페트루치오의 '언어 게임' 작전이 바뀐다. 처음에는 아내의 말을 잘못 이해하는 것처럼 행동한다. 그러나 나중에는 작전을 바꾸어 정면으로 무시한다. 그리고 자신의 불합리한 주장과 요구에 대해서도 절대적으로 복종할 것을 요구한다. 아내의 복종을 끌어내는 한, 이 게임에서 승리하고 세상을 재창조할 수 있다. 캐서린은 남편의 주장에 따라 '해'와 '달'을 바꾸기도 한다.

> 캐서린 : 해든 달이든 당신 마음대로 하세요. 당신이 호롱불로 부르고 싶으면 지금부터 나한테도 호롱불이지요. 4.5.12-15

> 캐서린 : 당신이 해가 아니라면 해가 아니죠. 당신 마음처럼 달도 변해요. 당신이 부르고 싶은 이름대로죠. 이 몸 캐서린도 그렇게 따라 부르죠. 4.5.19-22

이 장면에서 캐서린은 '남편의 말 says'이 자신의 '지식 know'보다 앞선다고 선언한다. 이 순간부터 캐서린의 언어 질서도 바뀐다. 여태까지의 상스러운 언어를 접고 남편의 수사에 걸맞은 언어를 사용할 것을 약속한다. 그녀도 그녀의 언어도 길들여진 것이다.

에드워드 로버트 휴가 그린 캐서린
(1898년)

마지막 장면에 세 명의 새신랑이 내기를 건다. 길들여진 정도를 시험하는 것이다.

호텐시오가 묻는다. "이게 무슨 전조인가?" 페트루치오가 내기의 의미를 설명한다. "그야 평화의 전조지. 사랑의 전조요, 평온한 생활의 전조요, 엄숙한 지배권의 전조요, 정당한 주권의 전조지. 한마디로 말해서 별것 아니고 아름답고 행복한 것 외에는……" 5.2.28

최종 승자 페트루치오의 마지막 대사다. "우리 세 사람이 결혼했지만 자네 둘은 뱀을 잡았어." 5.2.190 뱀은 지상낙원 에덴동산의 평화로운 질서를 깨뜨린 악의 원흉이다. 뱀과 함께 살 결혼 생활이 행복할 리 없다.

캐서린의 최후 연설

"남편은 하늘, 여자는 풀!" 캐서린의 최후 연설을 어떻게 해석할 것인가? 연극의 요체이자 관객과 독자의 과제다. 앞서 이야기한 대로 가부장제의 금과옥조인 '여필종부'의 선언이라는 지극히 안이한 해석에 대해 강한 반론들이 제기되어 왔다. 그중 하나가 여성의 몸을 주체적으로 본 해석이다. 캐서린은 길들여진 것이 아니라 페트루치오가 그렇게 착각하도록 가장한 것일 뿐이라는 의미이다. 그녀의 대사 처음 몇 줄은 여성의 몸에 대한 이야기다. 엘리자베스 시대의 연극에서 여자 역은 소년이 맡는 것이 정석이었다. 그러니 여성의 몸에 관한 언급은 모두 반어적 아이러니 용법일 뿐이라는 것이다. 그런데 유독 캐서린만은 소년이 아니라 성인 남자가 맡았다고 한다. 그래서 극의 마지막에 와서 건장한 남자 배우가 바람직한 여성의 역할에 대해 훈계하는 장면은 아이러니가 아닐 수 없다는 것이다.

16세기 말~17세기 초에 아내에 대한 훈육 수단으로 폭력을 사용하는 것을 규제하는 법이 강화되기 시작했다. 새로운 시대 조류에 상응하여 창녀를 매질하거나 마녀를 화형에 처하는 종래의 관행도 재검토하는 계기를 마련했다. 이런 관점에 착안해 아내의 순화 방법이 폭력 대신 언어라는 의미에서 이 작품은 여성 인권의 신장에 기여했다는 주장도 있다. 마르크스주의 이론에 입각하면 페트루치오는 비록 물리적 폭력은 사용하지 않은 비폭력적 인물이지만 복종을 강요하는 지배자임에는 의문의 여지가 없다. 캐서린의 자발적 복종은 생존을 위한 불가피한 선택이었다.

페트루치오와 캐서린의 관계를 전통적인 아리스토텔레스 윤리학 이론으로 설명할 수도 있다. 페트루치오는 《니코마코스 윤리학 *Nicomachean Ethics*》에 제시된[1.7-8] 덕의 설계자다. 그는 복종이라는 케이트의 새로운 덕목을 개발하고[5.2.118] 그 결과로 부, 행운, 덕, 우정, 사랑, 가정의 평화와 안정이라는 아리스토텔레스 행복론의 모든 요소를 페트루치오에게 선사한다. 아내 길들이기는 단순한 교육이 아니다. 기술을 통해 즐거움을 찾는 게임이다. 다소 거친 것은 기본인 일종의 스포츠다. 때때로 근육이 찢기고 뼈를 다치기도 한다. 이런 고답적인 주장의 이면에는 변태성욕적 사내의 윤리가 감추어져 있다.

캐서린과 페트루치오는 서로 으르렁대며 끊임없이 부딪치지만, 다른 관점에서 보면 둘 다 세상의 관습을 뛰어넘은 자유로운 영혼들이다. 두 사람의 결혼은 자유로운 영혼들 간의 자발적인 결합이다. 캐서린은 가부장제에 도전하고 페트루치오는 보란 듯이 가부장제를 이용했을 뿐이다.[13]

---

13 Lynda E. Boose & Richard Burt(eds.), *Shakespeare the Movie: popularizing the Plays on film, TV and video*, Routledge, 1997; 장원재 옮김, 《셰익스피어와 영상문화》, 연극과인간, 2002, p. 133.

키스 미 케이트!

1899년 이래 셰익스피어 희곡을 영화로 만든 작품은 400여 편에 달한다는 추측이다.[14] 주제와 내용이 끝없는 논쟁거리인 만큼 〈말괄량이 길들이기〉는 무수히 많은 영화와 뮤지컬로 만들어졌다. 가장 유명한 작품은 1967년 이탈리아인 프란코 체피렐리 감독의 영화다. 체피렐리는 20세기 최고의 은막 스타 부부를 캐스팅했다. 사상 최고의 미인이라는 할리우드 배우 엘리자베스 테일러와 정통 셰익스피어 배우 출신의 영국 신사 리처드 버튼이 각각 캐서린과 페트루치오 역을 맡았다. 톱스타 기용은 제작비 모금에 매우 유익한 전략이기도 했다. 두 배우는 주연이자 투자자로 영화 제작에 참여했다. '어울리지 않는 배우 기용'이라는 위험 부담과 '파격적 발탁'이라는 신선함을 동시에 선보였다. 몸속에 르네상스 문화가 속속들이 체화된 피렌체 출신 감독은 이 작품에 이어 〈로미오와 줄리엣〉1968과 〈햄릿〉1990, 도합 세 편의 셰익스피어 영화를 제작했다. 정통 셰익스피어 배우 출신인 로런스 올리비에가 영국 문화유산의 정통 상속자로서 그 유산을 이방인들에게 나누어 주는 역할을 자처했다면, 체피렐리는 자신이 문화적 이방인으로 다른 이방인들의 안내자 역할을 수행한 것이다.

---

14 1999년까지 344편이었다(Richard Kenneth, *A History of Shakespeare on Screen*, Cambridge University Press, pp. 299~307). 이 중에서 손익분기점을 넘긴 제작자는 올리비에, 체피렐리, 브래나, 세 사람에 불과하다(Lynda E. Boose & Richard Burt(eds.), 위의 책, pp. 97~98).

1953년 조지 시드니George Sidney 감독이 메가폰을 잡은 뮤지컬 영화 〈키스 미 케이트 Kiss Me, Kate!〉는 셰익스피어의 미국화에 성공한 작품이다. 1999년 하이틴을 겨냥한 영화 〈네가 싫은 열 가지 이유10 Things I Hate About You〉도 상당한 반향을 일으켰다. 1978년 셰익스피어 축제에서 캐서린 역을 맡았던 메릴 스트립Meryl Streep은 자신의 극중 성격에 대해 색다른 평가를 내렸다. 즉 한없는 열정과 사랑의 소유자인 캐서린은 자신의 권리를 포기한 것이 아니라, 스스로 성찰하여 좀 더 성숙한 인간으로 태어나는 변화의 계기로 삼았다는 것이다.

1948년 브로드웨이 뮤지컬 〈키스 미 케이트!〉는 1970년 런던에서 리바이벌되었다. 그 후로 런던과 브로드웨이에서 경쟁적으로 제작되어 장기공연의 호황을 누렸다. 물론 제목은 원작 속의 페트루치오의 대사에서 땄다. 말괄량이 처녀에서 순종하는 여인으로 탈바꿈한 아내의 대변신에 만족감이 넘쳐 짐짓 부드럽게 건네는 말이란, "어이, 말괄량이, 이리 와서, 키스나 해!" 5.2.180 이에 앞서 페트루치오는 대로 한복판에서 아내에게 호령한다. "먼저 내게 키스하고 집에 가자!" 5.1.134 이 모두 사랑의 이름으로 행하는 사내의 호기이자 변덕이다. 뮤지컬의 대사에는 원작을 패러디하는 흥미로운 구절이 담겨 있다. "만약 내가 아직 총각이라면 절대로 마누라를 얻지 않으리라."[15] 시대가 근본적으로 바뀌었다는 또 하나의 징표이기도 하다.

---

15 *The Shakespeare Book,* Penguin Random House, 2015, p. 35.

3

페리클레스

Pericles, Prince of Tyre*

(1607)

* 초판본인 1608년판에는 막의 구분 없이 전체 22개 장으로 구성되어 있었다. 18세기 이후 편집자들이 5막으로 나누었으나 옥스퍼드판은 본래의 텍스트를 고집한다. 이 글에서도 옥스퍼드 기준을 따랐다. *William Shakespeare, The Complete Works*, Oxford University Press, 1988; *The Oxford Shakespeare: William Shakespeare & George Wilkins, A Reconstructed Text of Pericles, Prince of Tyre*, Roger Warren(ed.), Oxford University Press, 2003.

첫 번째 로맨스극

내게 세상살이는 끝없는 폭풍우의 연속이다. 모든 사랑하는 사람
과 갈라져서 살았어. S.15.71

셰익스피어 첫 번째 로맨스극인 〈페리클레스〉1608는 주인공의 반
복되는 부당한 박해와 불운한 고난 끝에 적대자와 화해하고 재생의
기회를 얻는다는 플롯이다.[01]

지중해 지역의 대국 안티오크의 궁정이다. 여행자 신분으로 대국
에 온 페니키아 지역 오늘날의 레바논의 소국, 티레의 젊은 군주 페리클레

---

01 셰익스피어극의 한 장르로서 로맨스극이란 〈페리클레스〉, 〈심벨린〉, 〈겨
울 이야기〉, 〈템페스트〉의 네 작품을 아울러 부른다. (그리고 사람에 따라서
는 〈두 귀족 친척〉을 더하기도 한다.) 〈심벨린〉과 〈겨울 이야기〉는 '희비극
(tragic commedies)'으로 부르기도 한다.

스는 안티오커스 국왕이 내는 수수께끼를 풀어야 한다. 정답을 맞히면 공주를 얻지만 실패하면 사형이다.

"나는 독사가 아니로되, 나를 낳아 기른 어머니의 살을 먹고, 남편을 구하려 찾아다니다 아버지에게서 사랑을 얻었다. 그는 아버지이자 아들이며 자상한 남편, 나는 어머니에 아내 그리고 자식, 어찌 여럿이며 둘이 될 수 있으랴?" 목숨이 아깝거든 이 문제를 풀어라!

페리클레스는 즉시 답을 알아차린다. 국왕 안티오커스와 딸이 근친상간을 범하고 있는 것이다. 프롤로그의 해설자 존 가우어 John Gower, 1330~1408 가 관객에게 이미 일러 준 바 있다. "부왕은 딸에게 애정을 느끼고, 마침내 패륜의 정을 맺었소. 아, 나쁜 딸! 그보다 더 나쁜 아비!" 〈프롤로그〉 21-27 근친강간 incest 은 영국 코먼로상 중죄 felony 였고 스코틀랜드에서는 사형에 처했다. 20세기 초까지 미국의 대부분 주에서도 징역형이었다.

정답을 말해도, 내놓지 못해도 죽음을 피할 수 없다. 곤경에 빠진 페리클레스는 기지를 발휘해 정답을 알지만 좀 더 숙고할 시간을 달라고 요청한다. 왕은 40일의 말미를 준다. 그러면서 자신의 비밀을 알아차린 나그네를 은밀하게 죽이라고 명한다. 임무를 맡은 자객의 답이다. "폐하, 저의 피스톨 사정거리 안에 들기만 하면 간단히 해치울 것입니다." S.1.219-220 [02]

---

02 물론 극의 시대적 배경은 피스톨이 발명되기 전일 것이다. 이렇듯 셰익스피어

페리클레스는 죽음의 위협 앞에서도 당당하다.

유언이나 남기겠습니다. (……) 저는 폐하를 비롯한 모든 선량한 분께 즐거운 평화를 유증합니다. 땅에서 얻은 재물은 모두 땅에 되돌리겠습니다. S.1.90-95

내부에 죄악이 있다는 것을 알면서도 문에 손을 대려는 사람은 온전한 사람이 아니다…… S.1.122-124

폭군은 키스할 때가 더 무섭소. S.2.85

그는 위장된 미소의 정체를 간파하는 통찰력의 소유자이기도 하다.

죄악은 또 다른 죄악을 부추긴다. 불을 때면 연기가 나듯이 음욕엔 살인이 따른다. 독살과 배신은 죄의 하수인이며 오직 수치를 피하려는 방패막이다. S.1.180-185

해설자의 코멘트가 관객의 공분을 유도한다.

변장한 페리클레스는 도주하여 고국 티레로 돌아온다. 그러나 초강대국의 군주 안티오커스의 위협 앞에 국경도 방패가 못 된다.

무서운 군대를 온 땅에 쫙 깔아 전쟁을 빙자하고 위세를 과시하면, 온 나라가 겁에 질려 기를 펴지 못하고, 군대는 저항도 못하고 항복

의 작품 속에 명백한 오류도 적지 않다.

하여, 무고한 백성들이 징벌을 받게 된다. 내가 아니라 그들의 안위가 걱정이다." S.2.22-27

초강대국을 이웃에 둔 작은 나라 지도자의 비애다.

충신 헬리카누스는 주군에게 일시 해외망명을 권유한다. S.2.108-112 페리클레스는 그를 섭정으로 임명하고 이웃 나라 타르수스로 피신한다. 그러나 이 작은 나라도 극심한 기근에 시달리고 있어 손님을 환대할 처지가 아니다. 페리클레스는 싣고 온 곡식을 풀어 인도적 지원을 건넨다. 총독 클레온과 디오니자 부부의 감사를 뒤로하고 페리클레스는 항해를 계속한다.

페리클레스의 배는 폭풍우에 휩쓸려 펜타폴리스 해변에 좌초한다. 다행스럽게 어부들의 구조를 받아 목숨을 건진다. 펜타폴리스의 왕 시모니데스는 딸 타이사의 생일을 기념하여 무술대회를 연다. 타이사는 이방인 무사 페리클레스에게 끌린다. "낯선 무사입니다······ 그의 격언은 '희망 속에 나는 사노라'입니다."[03] S.6.2.2.45-47 무술대회에서 페리클레스는 최종 승자가 된다. 국왕은 당초에는 뜨내기 기사가 탐탁지 않았으나 점차 신뢰가 쌓이고, 무엇보다도 딸이 너무 좋아하기 때문에 둘을 결혼시킨다.

한편 천륜을 어긴 안티오커스왕이 천벌을 받은 듯 벼락을 맞고 죽는다. S.81-84; S.8.25-27; S.22.108-109 이제 위협이 사라졌으니 고국에 돌아

---

03 He seems to be a stranger... the motto is *In hac spe vivo*.

오라는 전갈을 받고 페리클레스는 임신한 타이사와 함께 귀국길에 나선다.

그러나 귀국길도 평탄하지 않다. 항해 중에 다시 폭풍우를 만난다. 타이사는 선상에서 마리나를 낳다 탈진한다. 선원들은 폭풍을 잠재우려면 타이사의 시신을 바다에 수장해야 한다고 우긴다. 갓 태어난 딸이라도 구하기 위해 페리클레스는 마지못해 동의한다.

유모 리코리다는 페리클레스에게 아기를 넘긴다. "돌아가신 왕비님이 남기신 아기를 품에 안아 보세요." S.11.17 페리클레스에게 마리나는 죽은 아내 타이사의 분신이다. 어머니를 대체한 딸의 탄생은 대우주의 '가장 난폭한 환영' S.11.30 이다.

> 이보다 더 험난한 출생이 어디 또 있을까! (……) 너의 탄생을 알리기 위해 불, 공기, 물, 흙, 그리고 하늘이 이렇게 일제히 뒤끓고 있구나. S.11.29-35

천행으로 수장한 관 속의 타이사는 에페수스 해안에서 구조된다. 남편과 딸아이가 죽었다고 생각한 타이사는 다이애나 신전을 지키는 사제가 된다.

페리클레스의 항해는 계속된다.

> 존경하는 클레온 폐하, 나는 떠나야 하오. 열두 달 시한이 지났어요. 타르수스는 평화 중에 다투고 있소. S.13.1-3

페리클레스는 마리나를 클레온 부부에게 맡겨 두고 티레로 돌아와 주군 역할을 수행한다. 마리나는 잘 자란다. 그러나 클레온 부부는 양녀가 자신의 딸 필로텐보다 빛나게 되자 자객을 시켜 죽이려고 한다. 그러나 마리나는 살해되기 직전에 해적이 납치한다. 임무를 완수하지 못한 자객이 사태의 추이를 관망한다.

좀 더 살펴보아야지. 아마도 육욕만 채우고 배에는 데리고 가지 않을지 모르는 일이야. 강간한 후에 버리고 가면 내 손으로 처치해야지. S.4.148-151

해적은 마리나를 미틸레네의 사창가에 팔아넘긴다. 사창가에서도 마리나는 순결을 유지하면서 사내들의 도덕적 개안에 나선다. 장사를 망친 포주는 그녀를 양갓집 규수의 가정교사로 빌려 준다. 마리나는 음악과 예능 선생으로 명성을 얻는다.

딸을 되찾으러 타르수스에 돌아온 페리클레스에게 클레온 부부는 마리나가 죽었다고 말한다.

그 애는 죽었어요. 양부모는 운명의 여신이 아니에요. 양육은 하지만 수명을 보증할 수는 없어요. S.17.14-15

슬픔에 짓눌린 페리클레스는 항해를 계속하여 미틸레네에 상륙한다. 총독 리시마커스는 빈객을 접대하기 위해 품위 있는 여성 마리나를 소개한다. 당초 유곽에서 돈으로 사려고 했던 처녀다. 인생 스토리를 주고받은 페리클레스와 마리나는 자신들이 부녀 사이임을 확인한다. 페리클레스의 꿈에 다이애나 여신이 나타나서 자신의 신전으로 오라고 고한다. 페리클레스는 신전에서 죽은 줄만 알았던 아내 타이사를 만난다. 마침내 14년 동안 헤어져 있던 세 가족은 재결합한다. 한편 사악한 클레온 부부는 민중의 반란으로 죽는다. 리시마커스는 마리나를 아내로 맞는다.

이산가족의 재결합

작품의 메인텍스트는 가족의 이중 재회를 통해 흔들렸던 가족 구성원 간의 관계가 회복되는 과정을 담아낸다. 서브텍스트는 근친상간에 대한 페리클레스의 내면의 공포와 불안, 그리고 그 해소와 해방의 구조를 갖춘다. 이 작품에서 셰익스피어는 근친상간의 욕망은 인간의 내면에 숨어 있는 보편적 속성이라는 것을 암시한다.

〈페리클레스〉의 액션은 제9신의 마지막을 분기점으로 전·후반으로 나뉜다. 전반부 제8신에서 페리클레스의 생명을 위협하던 '방해인물'인 안티오커스가 천벌을 받아 죽고, 이어서 페리클레스가 타이사와 결혼하면서 정점에 달한다. 후반부는 페리클레스가 다시금 폭풍으로 인해 딸과 아내를 잃고 염세 우울증으로 나락에 빠졌다가 잃었던 가족을 되찾는 과정이다. 전반부는 페리클레스의 운명의 하강을, 후반부는 상승을 그린다.

작품의 서브텍스트 또한 이 기준에 따라 양분된다. 작품 초반을 지배했던 주제인 근친상간은 천벌로 종식되어 수면 아래로 가라앉는다. 그러나 후반은 근친상간의 위험에 대한 '역공포'의 구조다. 페리클레스는 특별한 이유 없이 딸의 양육을 클레온과 디오니자 부부에게 맡겨 딸과 거리를 둔다. 근친상간을 피하기 위해서이다. 멀리 둠으로써 성적 유혹을 피할 수 있는 심리적 거리를 확보할 수 있기 때문일지 모른다.[04]

부녀의 이별과 재결합의 과정에서 인간 심성에 내재하는 악이 초자연적 힘으로 극복된다. 딸 마리나는 아버지 페리클레스의 방황과 고난에 종지부를 찍는 데 결정적으로 기여한다. 페리클레스는 딸의 출생과 동시에 아내 타이사를 잃고 독신으로 지낸다. 마리나는 어머니가 비운 자리를 대신하는 모성애를 발휘한다. 바다에서 상징적 죽음을 경험한 타이사는 순결을 지키는 사제가 되어 무대 뒤편으로 사라지고, 그녀의 죽음과 동시에 탄생한 마리나에게로 주된 역할이 넘겨진다. 로맨스극에서는 비극과 사극에서 억압의 대상인 여성적 미덕이 만개하는 것이다.[05]

가우어의 에필로그가 이를 확인해 준다.

---

04 이용관, 〈셰익스피어의 페리클레스에 담긴 이중의 전략: 텍스트와 서브텍스트〉, *Shakespeare Review*, Vol 52, No. 3, Fall 2016, pp. 377~395, 379.

05 오수진, 〈셰익스피어의 페리클레스와 황석영의 심청에 나타난 여성의 몸과 모성〉, *Shakespeare Review*, Vol 53, No. 1, Spring 2017, pp. 53~75.

안티오커스와 딸 사이의 불륜은 당연하고도 정당한 응보를 받았다. 페리클레스와 그의 왕비와 딸은 가혹하고도 극심한 악운에 시달렸지만 미덕은 잔인한 파멸의 폭풍을 견뎌 냈고 하늘이 보우하사 마침내 환희의 왕관을 쓰게 되었다. S.22. 에필로그. 1-6

텍스트 ― 저자 논쟁

〈페리클레스〉의 텍스트와 저자를 둘러싸고 논쟁이 이어져 왔다. 이 작품은 셰익스피어의 단독 작품이 아니라고도 한다. 앞부분은 동업자 조지 윌킨스 George Wilkins 가 집필했다는 것이 옥스퍼드 측의 입장이다. 윌킨스의 작가 경력은 매우 짧았고 1606~1608, 폭행, 공무 집행방해 등 여러 가지 죄명으로 법의 제재를 받았고, 매춘에 깊이 관여한 기록이 있다.[06] 이와 대조적으로 케임브리지판은 셰익스피어의 단독 저술이라는 견해를 견지한다. 어쨌든 셰익스피어가 작품의 주된 저자임은 분명하다. 적어도 텍스트의 절반 이상, 특히 제9신의 페리클레스와 타이사가 만나는 장면 이후는

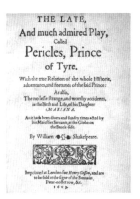

윌킨스와 함께 집필한 것으로 알려진 사절판(Quarto)의 표지 (1609년)

06 Charles Nicholl, *The Lodger Shakespeare His Life on Silver Street*, Penguin Books, 2007; 안기순 옮김, 《(실버 스트리트의 하숙인) 셰익스피어》, 고즈윈, 2009, pp. 273~288.

셰익스피어의 단독 작품이라는 것이 정설인 듯하다.

이 극은 초연 당시부터 대중적으로 인기가 높았다. 1606년 1월 5일부터 1608년 11월 23일까지 무려 3년 가까이 공연했다는 런던 주재 베네치아공화국 대사_{초르치 구스티니안}Zorzi Giustinian 의 사적 기록이 있다. 그러나 기록의 신빙성은 의심스럽다. 작가의 동시대인인 벤 존슨은 관객이 '보잘것 없는' 이 작품에 열광하는 모습을 한탄하기도 했다.⁰⁷

셰익스피어 시대에 전설적인 권위를 누린 중세 영국의 시인, 존 가우어가 매 막의 프롤로그에 해설자로 나선다. 첫 장면의 개막사다. "옛날에 불렀던 노래를 다시 부르기 위해 늙은 가우어가 무덤에서 나왔으니." S1.1-2 당시에는 가우어의 등장만으로도 흥행에 도움이 되었을 것이다.

청교도 공화정 기간1649~1660에 전면 금지되었던 연극 공연이 왕정복고 이후에 재개되면서 가장 먼저 상연된 셰익스피어 작품이 바로 〈페리클레스〉였다. 그러나 반짝 인기는 이내 사라지고, 작품은 오랫동안 휴면 상태에 머물렀다. 제2차 세계대전 후에 비로소 비교적 활발하게 무대가 열렸다.

수 세기 동안 작품의 공연을 가로막은 요인은 많다. 첫째 작품의 '표준' 텍스트가 없다는 점이다. 〈이절판Folio〉, 〈사절판Quarto〉 등 셰익스피어의 작품들은 텍스트에 많은 손상corrupt 이 따랐다. 이 작품의 경우는 더욱 심했다. 옥스퍼드와 케임브리지, 영국의 양대 명문대학

---

07   Ben Jonson, "Ode To Himself."

사이에 벌어진, 한 치의 양보도 없는 텍스트 편집 전쟁도 이런 사정을 반영한다.

어쨌든 최근에 이르기까지 연극인들의 반응은 기껏해야 미지근했다. 빅토리아 시대에는 당대의 도덕 기준에 따라 사창가와 근친상간 장면은 삭제되었고, 20세기 중반까지도 상류사회가 기피하는 작품으로 남아 있었다. 그런가 하면 대중의 숨은 호기심을 유발하는 '지하 텍스트'로 유통되기도 했다.

2003년 일본의 셰익스피어 전문 연출가 니나가와 유키오蜷川幸雄, 1935~2016는 이 작품을 인형극으로 만들어 런던 런던 국립극장National Theatre of London에서 상연하여 호평을 받았다. 〈햄릿〉만 여덟 차례 감독한 그는 이 작품에 특별한 애착을 보였다. 2012년 국립 그리스 극단이 아테네 올림픽 기념행사의 일환으로 연 셰익스피어 축제Shakespeare World Festival에서 이 작품을 상재하여 원작 캐릭터의 지중해 투어 무대를 확장했다. 우리나라에서는 2010년 극단 화동연우회가 초연한 바 있다. 화동연우회는 국내 초연 작품만 공연하는 전통을 고수하고 있다.

시대와 매춘

깨끗한 색시 있는가? 아무 짓을 해도 의사가 필요 없는 색시 말이야. S.19.4.6.33-35

총독 리시커마스는 사창가의 단골손님이다.

천하에 거지 나라, 싸구려 조반 값도 못하는 네 년 정절 타령으로 장사를 망칠 양이면 차라리 내가 애완견처럼 불알을 까도 좋다. 이리 와! S.19.4.6.173-178

'신상품'을 길들이고 규율을 책임진 매음굴의 펨프, 볼트의 으름장이다.

"이건 직업이라고도 장사라고도 할 수 없지." S.15.4.2.22. 자조에 찬 포주댁은 신상품 공급이 원활하지 않아 불평이 이만저만 아니다. "우리는 색시가 모자라 이번 대목에 너무 손해를 보았어." S.15.4.2.24-25

볼트, 저 계집애의 특징을 잘 알아 둬. 머리색, 용모, 신장, 나이 등을 알아서 숫처녀라는 것을 보증하여, '가장 돈 많이 내는 사람을 첫 손님으로 받겠다'고 외우고 다녀. 그런 처녀는 비싸다고. 사내들이 옛날처럼 지금도 그렇다면. S.15.4.2.51-55

그년은 프리아포스 남성 생식의 신 일지라도 동결시켜 씨를 말려 버릴 거야…… S.19.12-13

시궁창에서 정절을 지키고 진흙 속에서 연꽃을 피우겠다는 철없는 종업원에 대한 업주의 불평이다.

손님들에게 책임량을 채우고 맡은 소임을 다해서 내 장사에 도움이 되어야 하는데도, 이치가 어떠니, 사람의 도리가 어떠니 하면서, 기도하고 무릎 꿇고 지랄병을 떠니, 마귀라도 그녀와 키스 값을 흥정하면 청교도가 돼 버릴 판이야. S.19.5.2.14-20

셰익스피어는 미틸레네의 사창가를 통해 당시 영국의 현실을 투영하고 풍자한다. 또 미틸레네의 대척점에 에페수스를 내세운다. 에페수스는 종교적 기적을 창출한 신비로운 장소다. 반면 미틸레네는 1609년의 런던이자 현실의 세계다. 종교적 신비는 오래전에 사라졌고 더 이상 기적은 기대할 수 없다. 설령 기적이 일어나더라도 그것은 '허위의 경이'일 뿐이다.[08]

가족 질서와 세대교체

〈황무지〉의 시인, T. S. 엘리엇 T. S. Elliott, 1888~1965은 제21신의 부녀 재상봉 장면이 초超드라마틱한 연극의 진수라고 극찬한다. 유능한 극작가는 관객의 심리상태를 장악한다. 셰익스피어는 시종일관 관객의 긴장을 거머쥐고 마지막에는 기대를 충족시킨다. 비극의 관객은 극의 종장에 수많은 죽음을 기대할 것이다. 로맨스극이나 희극의 관객은 결혼이나 가족의 재결합을 기대한다. 〈페리클레스〉도 예외는 아니다. 헤어진 가족을 찾는 마지막 장면에 이르기까지 각 배역은 관객의 긴장과 기대를 고조시킨다. 잃었던 딸과 아내를 다시 찾는 14년 긴 세월 동안 페리클레스의 삶은 자신의 말대로 끊임없는 폭풍우의 연속이었다. S.15.71 한때는 절망한 나머지 석 달 동안이나 세상과 절연

---

08 Tiffany Werth, *The Fabulous Dark Cloister*, Johns Hopkins University Press, 2011, pp. 87~88; 이용관, 위의 글, p. 387에서 재인용.

하고 누구와도 말을 나누지 않았다. S.21.18

충신 헬리카누스가 장막을 걷어 침대에 누운 그의 모습을 보여 준다. 수염이 더부룩하게 자란 해쓱한 노인을 처연한 눈으로 바라보며 관객을 향해 하소연한다.

풍채 좋은 분이었어요. 운명의 그 밤이 저분을 저렇게 몰아가기 전에는 S.21.29-30

페리클레스 자신의 방백이다.

슬픔이 북받쳐 울기라도 해야 풀리겠다. 사랑하던 아내가 이 처녀와 비슷했지. 딸도 비슷했지. 아내의 넓은 이마, 키는 똑같아. 깃대처럼 곧았지. 은방울 목소리도. 보석 같은 두 눈도. 화사한 속눈썹도 주노^{헤라} 같은 걸음걸이도. 목소리는 들을수록 더욱 귀가 굶주리고 허기가 더하지. 아가씨, 어디 사시오? S.21.95-102

마리나의 대답이다. S.21.104-105

제 삶의 내력을 들으시면 거짓말이라고 웃으실 거예요. S.21.107-109

그러나 이미 호감과 신뢰가 쌓인 페리클레스다.

네 입에서 거짓말이 나올 리 없어. 너는 정의처럼 겸손하며 왕관을 쓴 진실이 거주하는 궁전 같아. S.21.110-112

마리나라는 이름을 듣고서는 행여 신의 장난이 아닌지 의심한다. 그녀의 어머니가 바다에서 죽었다는 말을 듣고서는 신묘한 꿈을 꾸는 듯한 환각에 빠진다. S.21.149

저의 아버지 왕께서 저를 타르수스에 남겨 두셨는데, 잔인한 클레온과 악독한 아내가 제 목숨을 노려 악한을 시켜 죽이려 했지요. 칼로 찌르려는 순간 해적 떼가 나타나서 저를 납치하여 미틸레네로 끌고 왔어요. 그런데 폐하, 무엇을 원하세요? 왜 우세요? 혹시 저를 사기꾼으로 보세요? 정말이에요. 저는 페리클레스왕의 딸입니다. 선량하신 왕께서 생존해 계신다면 말입니다. S.21.158-166

이야기를 듣는 페리클레스의 눈시울이 붉어진다. 그러나 아직도 마리나가 합법적인 딸로 확정되기 위해서는 보강 증거가 필요하다. 어머니의 이름을 대야만 한다. 어머니가 타이사라고 밝히자 비로소 페리클레스는 친생자 인지절차가 완결되었음을 선언한다.

일어서라. 넌 내 딸이 분명하다. S.21.200

딸을 찾았다. 이제는 아내를 찾아야 한다. 신의 인도가 따른다. 다이애나 여신의 명에 따라 타이사가 사제로 있는 에페수스 사원을 찾아 자신의 정체를 밝힌다. S.22.22-27 남편의 목소리를 들은 타이사가 환희를 안고 실신한다. 14년간의 별리 끝에 부부와 딸은 재결합한다. 페리클레스의 '끝없는 폭풍우'는 마침내 가라앉는다. 쌓였던 절망은 기쁨의 희망으로 바뀐다. 페리클레스의 말대로 모든 것을 시간이 해결해 준다.

> 그러고 보면 인간을 지배하는 자는 세월이다. 세월은 인간의 어버이도 되고 무덤도 되지. 제가 내키는 대로 무엇이든 주면서도 이쪽에서 바라는 건 순순히 주지 않지. S.7.45-47

행여 시간이 해결해 주지 못하면 체념하고 잊어버리는 수밖에 없다. 그것을 가리켜 운명이라고 부른다.

삶의 의욕을 상실하고 거의 식물인간 상태에 머물러 있던 페리클레스는 마리나가 '혈통'에 대해 언급하자 반응을 보인다. 마리나에게 어느 나라 출신이냐고 묻자 그녀는 "어느 나라 사람도 아닙니다. 보시는 바와 같이 평범한 인간입니다" S.21.104-105 라며 수수께끼 형식으로 답한다. 이름도 없이 시종일관 침묵한 안티오커스의 딸과는 달리 마리나는 시종일관 대화를 주도한다. 자신이 페리클레스의 딸이라는 결정적인 대답에 앞서 페리클레스의 성급한 질문에 대해 인내를 요구하며 대화를 이끈다. 안티오커스의 딸과는 달리 그녀는 아버지에 의해 규정되거나 종속되지 않는다. 안티오커스의 딸과는 달리 마리나는 늙은 아버지를 섹스 대신 대화로 이끌어 내는 수사력을 발휘하여 기적적인 가족 재회를 성취한다.[09]

---

09 이용관, 위의 글, p. 389.

선상에서의 소박한 부녀 상봉 장면과는 대조적으로 페리클레스와 타이사 부부의 재회 장면은 화려한 다이애나 신전에서 이루어진다. 타이사는 소중히 간직하고 있던 반지를 인식표로 제시한다. 페리클레스가 감격한다.

> 타이사의 입술에 닿는 순간 이 몸은 그대로 녹아 없어져도 좋습니다. 오! 자, 이제는 바다가 아닌 내 품에 묻히시오. S.22. 5.3.38-41

부모의 재회에 마리나가 합창한다.

> 제 마음도 어머니의 가슴에 안기고 싶어 뛰고 있어요. S.22. 5.3.42

후반부를 매듭짓는 이 장면은 전반부의 어두운 주제와 대조를 이룬다.

안티오커스 딸의 몸속에 합체되었던 어머니–아내–딸의 관계가 해체되고 남편과 아버지로서의 페리클레스의 정체성이 확보된다.

해럴드 블룸은 이 작품이 많은 결함에도 불구하고 극작가로서의 셰익스피어의 능력이 빛난다고 평한다. 블룸은 1·2막을 셰익스피어 자신이 쓰지 않았지만, 후반 3막을 집필하여 작품의 완성도를 높이는 데 결정적으로 기여했다는 것이다.[10] 마치 바둑의 이어두기 연기連棊 처

---

10 Harold Bloom, *Shakespeare: The Invention of the Human*, Riverhead Books, 1998, pp. 603~613.

럼 후속 작가의 능력이 판의 승패를 좌우하는 것이다.

광대한 무대 ─ 지중해

작품의 지리적 무대는 이례적으로 넓어 지중해 연안 대부분 지역을 아우른다. 주인공들은 지중해 동북의 안티오크, 티레, 타르수스에서 북아프리카의 펜타폴리스, 그리고 에게해의 미틸레네에 이르기까지 광대한 지역을 유랑한다. 그러나 중요한 것은 여행 그 자체보다 여행을 통한 자아 발견이다. 신고 끝에 잃었던 아내와 딸을 되찾는 과정에서 주인공이 겪는 심리적 상태의 변화가 중요한 요인이다.

클레온 부부에게 딸을 맡기고 떠난 뒤^{제13신} 페리클레스는 모녀와 재회할 때^{제21신}까지 무대에 등장하지 않는다. 무언극^{제18신, 제22신} 중 마리나의 '무덤'에 상징적으로 등장한 것을 제외하고는. 페리클레스의 부재 동안 극은 마리나의 행로를 추적한다. 마리나가 명실상부한 주역으로 극을 이끈다. 시련과 자기 수련을 통해 페리클레스는 욕정에 불탄 젊은이에서 가족애가 충만한 원숙한 사내로 승화되는 것이다.

작품 초반에 페리클레스는 분명히 정욕에 휩싸인다. 안티오커스의 딸을 보자마자 그녀의 미모에 현혹된다. "봄날 같은 자태로 미의 여신들조차 그녀의 시녀가 된다. 얼굴은 찬사로 점철된 책이어서 최고의 기쁨만을 읽을 수 있다"^{S.1.13-14}라며 칭송한다. 그리고 자신의 욕정을 솔직하게 고백한다. "나는 나를 사내로 만들어 사랑을 알게 하시고, 저 천상의 나무 열매를 목숨을 걸고서라도 맛보고 싶어 하는 정욕을 이 가슴속에 불타게 만드신 신들이여!" S.1.20-23

'천상의 나무' 열매는 성서의 선악과를 의미한다. 그러나 페리클레스는 그 열매를 따는 죄를 범하지 않는다. 안티오커스의 수수께끼에서 부녀간의 근친상간을 읽어 냈기 때문이다. 안티오커스는 수수께끼 음모를 통해 딸의 구혼자들을 차단함으로써 왕국을 계승할 후계자를 얻지 못한다. 이는 "군왕에게 힘을 주고 백성에게는 기쁨을 가져다주는 자손을 얻기 위해" S.2.72-73 안티오커스의 궁정에 온 페리클레스와 대비된다.

법은 누구 편인가?

"부자의 돈지갑과 가난한 사람의 한숨이 대법원의 판결에 어떤 영향을 미쳤는가?" 한때 법과 법률가의 천국으로 불리던 미국의 대법원사를 분석한 학자가 던진 화두였다. 법은 과연 누구 편인가?[11]

새삼스러운 논제가 아니다. 법이 없는 곳에서는 노골적인 약육강식이 횡행한다. 먹이사슬로 이어진 자연의 법칙이다. 법이라는 인위적 질서도 대체로 강자의 편에 선다. "인간이 육지에서 하는 짓과 다

---

11   Russell W. Galloway, *The Rich and the Poor in Supreme Court History*, 1983, Revised Edition, 1992; 안경환 옮김, 《법은 누구 편인가》, 고시계, 1985; 개정판, 교육과학사, 1992.

를 게 뭐야? 고기도 큰놈이 작은놈을 잡아먹는 거지." S.5.69-70 작품 속 선장의 넋두리를 통해 만고불변의 진리이자 만세통용의 상식이 천명된다.

약자에게 법은 너무나 멀리 있다. 그래서 법의 문전을 지키는 문지기가 필요하다. 어부의 냉소 어린 불평이다. "

선장님. 좀 거들어 주시오! 고기 한 마리가 그물에 걸리긴 했는데 끌어낼 수가 있어야죠. 가난한 놈이 법적 권리를 주장하는 것 같구려…… S.5.155-156

누구나 힘들여 한 일에 대해 정당한 보상을 기대한다. 단순한 시혜를 넘어선 당당한 법적 권리로 인정받고 싶은 것이다.

어부 2 : 그렇지만 들어 보시오. 거친 풍랑을 헤치고 이 갑옷을 건져 낸 건 우리들이요. 배당금condolements이나 사례금vails이 있어야 하는 게 아니오? S.5.186-189

부자 클레온은 남의 도움을 받는 것을 수치로 여긴다.

가난을 우습게 여기고 원조란 말을 꺼내는 것조차도 수치로 여겼지. S.4.30-31

그는 '화불단행禍不單行'이라는 비참한 자의 삶의 경험칙도 안다.

불행은 혼자 오지 않고 반드시 후계자를 대동하고 오는 법이요. S.4.62

생산적 정조, 소모적 욕정

마리나의 정조는 안티오커스 딸의 정욕보다 더 생산적이다. 불륜의 딸은 아비와 함께 공멸을 초래하는 반면, 마리나는 아버지에게 새 삶을 선사한다. "기쁨 속에 빠져 죽을까 두렵구나. 이리 오너라. 내가 너를 낳았더니 이제 네가 나를 낳는구나." S.21.183-184 아비는 재회한 딸을 자신에게 새 삶을 준 어머니로 받아들인다.

딸은 정신적으로 병든 아비를 치유하고 회복시켜 준다. 가우어의 표현을 빌리면 "그녀는 불멸의 존재처럼 노래하고, 경탄할 만한 곡조에 맞추어 여신처럼 춤을 추었다. 학자를 무색케 하는 실력에다 바늘을 들면 꽃, 새, 나뭇가지, 열매, 이 모든 자연 본연의 형상을 수놓는다." S.19.3-6

정절의 표상인 마리나의 감화를 받은 두 고객이 매음굴을 떠나면서 주고받는 대화다.

신사 1 : 이런 곳에서 신성한 설교를 듣게 되다니. 어디 꿈에라도 생각했겠나?

신사 2 : 그러게 말이야. 이젠 사창 출입은 끊어야겠어. 여사제의 성가나 들으러 갈까?

신사 1 : 앞으로 조신하게 살아야지. 외도는 완전히 끊어야겠어. S.19.4-9

이 작품은 여성의 몸과 마음이 변화하는 과정을 그려 낸다. 육체와 정신을 분리하여, 여성의 권력의지와 욕망을 드러냄으로써 새로운 여성성 내지는 모성상을 제시한다.[12]

자신의 지위를 되찾은 페리클레스는 마리나의 치유력을 출산이라는 여성의 힘과 연관시킨다. 탄생의 이미지 속에 새 삶을 얻게 된 기쁨을 표현한다.

> 너를 낳아 준 아버지를 다시 태어나게 하는구나. 너는 바다에서 태어나 타르수스에서 매장되었다가 바다에서 되살아난 것이다. S.21. 5.1.185-187

아버지와 딸의 상호 교감은 어머니 타이사가 회복하는 계기가 된다. 의술에 능한 어부에게 구조되어 기적적으로 소생한 타이사는 달의 여신 다이애나를 섬기는 여제가 된다. 다이애나 신전에서 이루어진 가족의 재회는 출산과 양육을 신성한 제의祭儀로 바꾸면서 모성의 의미를 강화한다. 셰익스피어는 타이사에게서 성적 욕구를 제거하고 순결한 어머니로 제시함으로써 여성성은 '순수한 상상력'의 이상이 된다.

---

12   오수진, 위의 글, p. 54.

마리나와 심청

한국문학사에서 가장 지성적인 작가로 인정받는 최인훈[1936~2018]은 《광장》[1965]으로 소설세계를 평정(?)한 뒤 희곡으로 전향했다. 그에게 희곡은 글쓰기를 완결하는 최종 작업이었다.[13] 심청을 소재로 한 최인훈의 희곡 〈달아 달아 밝은 달아〉[1978]는 마치 셰익스피어의 〈페리클레스〉에 대적하기 위해 쓴 것 같은 인상을 받는다.

조선국 황해도 황주군 도화동에 봉사인 심학규 씨가 살았다. 아내를 일찍 잃어 갓 난 딸 청이를 동네 젖을 구걸하며 얻어 먹였다. 그 딸이 열다섯 살이 되자 심학규는 뺑덕어미를 후처로 받아들인다. 둘이서 청이를 남경 장사꾼에게 팔아넘긴다.

용궁이란 다름 아닌 남경의 매춘부집이다. 심청은 유곽생활 중 인삼장수 조선 청년의 도움으로 귀국길에 들어섰으나 임진왜란이 국토를 유린한다. '조선의 해당화'는 왜군에 잡혀 일본으로 끌려간다. 또다시 유곽생활을 하다 파파 할머니가 되어서야 도화동으로 돌아온다. 달 밝은 밤, 어린아이들을 모아 놓고 중국 용궁, 일본 용궁 이야기를 들려 준다. 작품 속에 이순신 장군도 등장하지만 '효'의 미담도, 용궁도 연꽃도 황후도 없다. 오로지 문학적 상상과 그 상상을 생산하는 인간의 어두운 삶이 숨어 있을 뿐이다. 최인훈이 〈페리클레스〉에서

---

13   김윤식, 《문학사의 라이벌 의식》 2, 그린비, 2016, pp. 291~299.

차용한 화두는 인류 보편의 금기, 바로 근친상간이다. "과년한 딸은 장님 아니더라도 홀아비 아비와 함께 살 수 없다. 근친상간을 피하려면 집을 떠나야만 한다."

'문제 작가' 황석영이 후속 작업을 자원했다. 다만 배경이 된 시대를 아편전쟁 이후로 설정했다. 남경 대갓집 노인의 동첩童妾으로 팔려간 심청은 노인이 죽자 유곽신세로 전락한다. 동료 창녀가 죽으면서 남긴 아이를 키운다. "링링은 죽었어요. 제가 이 아이의 엄마예요."[14] "청이는 손님이 없을 때는 언제나 유자오를 데리고 잤다. 태어나면서부터 어머니의 얼굴도 모르고 눈먼 아버지에게서 동냥젖을 얻어먹으며 자라난 심청은 그 애가 바로 자신의 어릴 적 모습 같았던 것이다."[15] 남경, 싱가포르, 타이완, 류큐 지역 유곽을 전전하면서 기아 보호 활동을 통해 모성애를 발휘하다 강제병합 직후에야 제물포로 귀환한다. 귀국하면서 자신이 보살피던 혼혈아 '기리'도 데리고 온다. 서양 열강과 제국주의의 희생양이 아시아 타자들을 보살피며 확대된 모성을 획득한 것이다. 페리클레스처럼 끝없는 폭풍우의 연속이었던 유랑생활을 마감하고 마침내 서럽게 팔려 떠났던 도화동에 다녀오고 연화암을 지어 '연화보살'이 된다. 페리클레스의 지중해 문화에 대응하는 심청의 황해 문화권이 형성된 것이다. 김윤식의 표현을 빌리면 "심청은 조선의 것이자, 중국의 것, 그리고 일본의 것이 된 것이다."[16]

---

14 황석영,《심청, 연꽃의 길》, 문학동네, 2007, p. 344.
15 황석영, 같은 책, p. 328.

심청의 한반도 바깥 송출 작업은 문학 이전에 음악이 선도했다. 윤이상의 오페라 〈심청〉은 1972년 뮌헨 올림픽 개막 축하곡으로 작곡한 것이었다. 작품의 하이라이트는 황후 청이 부녀상봉의 기쁨을 극대화하는 장면이다. 원작대로 전국의 맹인들과 함께 잔치를 벌인다. 딸의 목소리를 들은 아비 심학규의 눈이 번쩍 뜨인다. 좌중의 모든 장님도 일제히 눈을 뜬다. 윤이상으로 인해 심청전은 조선의 것이자 세계의 것이 되었다. 서양인들은 이 작품을 한국판 〈페리클레스〉로 받아들였다.

---

16 김윤식, 위의 책, p. 299.

4

사랑의 헛수고

Love's Labour's Lost
(1594~1595)

시적 작품, 지적 관객

　모든 사랑은 숭고하다. 사랑에 쏟은 노력과 열정이 현실의 비극으로 끝나더라도 누군가를 사랑했던 사실 그 자체가 숭고한 삶의 성취다. "사랑하였으므로 행복하였네라." 청마 유치환의 시 구절〈행복〉에 노곤한 안온함을 누리던 그 세대 한국의 독자에게 셰익스피어의 희극 제목은 허허롭기 짝이 없다. 학교에서 배운 현대 영문법에 비추어 보면 제목 Love's Labour's Lost 은 매우 어색하다. "Love's labour is lost" 또는 "The lost labours of love"가 더욱 자연스럽게 느껴진다. 그런데 놀랍게도 500년 후세대 이방인의 상식은 셰익스피어 시대에도 마찬가지였다고 한다. 굳이 현학적 냄새를 피우기 위해 시적 변용을 가한 제목이라는 것이다.[01] 해체 비평의 대가, 해럴드 블룸 Harold Bloom,

1930~2019은 이 작품을 가리켜 셰익스피어 최초의 완벽한 성취라고 극찬하지만[02] 대중적 인기는 미미하다. 후세인에게는 이미 사라진 고어가 너무 많은 데다 작품의 무대도 낯설기 때문이라고도 한다. 한때 프랑스 영토 내의 작은 공국公國이었던 나바르가 지도상에서 사라지자 더욱 낯설게 느껴진다.

'말장난pun'도 매우 심하다. 발언의 중량감과 내용이 화자의 극중 신분에 어울리지 않는 경우도 많다. 셰익스피어의 작품 전체에서 가장 긴 신920~1000행도 이 작품에 있다.5막 2장 또한 무려 27글자의 긴 라틴어 단어가 무식쟁이 광대 코스타드의 입에서 나온다.[03] 5.1.39-40 게다가 편집에 따라 가장 긴 연설이 주인공 비론의 입에서 뿜어져 나온다. 4.3.284-361 이 모든 것이 독자와 관객을 겹으로 짜증나게 만든다.

난해한 법률 용어도 너무 많다. 거드름이 차고 넘치는 법적 표현도 몹시 거슬린다. "소정의 형식과 절차에 따라in the manner of" 1.1.202, "적수赤手로 체포되어 taken with the manner" 1.1.200, 노역보상remuneration, 4.1.131 등등 한도 끝도 없다.

---

01 G.R. Hibbard(ed.), "Introduction", *Love's Labour's Lost: The Oxford Shakespeare,* Oxford University Press, 1990, p. 12.

02 Harold Bloom, *Shakespeare: The Invention of the Human*, Riverhead Books, 1998, pp. 121~147.

03 honorificabilitudinitatibus: '명예로 가득 찬 상태'라는 뜻이다.

아르마도 : 이 편지를 자크네타에게 갖다 줘. 자, 이게 수고비^{remuneration}
야. 부하에게 수고비를 주는 게 명예를 유지하는 데 최선의 방법이
거든. 4.1.128

코스타드 : 리뮤너레이션을 조사해 봐…… 세 파딩이라는 라틴어로
군. 4.1.131~133

작가의 초기작으로 1594년에서 1595년 사이에 완성하여 1597년
법학원에서 여왕의 친견 아래 공연한 기록이 있다. 작가는 법학원 학
생들을 주된 관객으로 상정한 정황 증거가 풍부하다. 5막 2장의 '모스
크바이트' 가장무도회는 1594년 크리스마스 시즌의 그레이즈인 법학
원^{Gray's Inn}의 축제에서 아이디어를 얻었다고 한다. 셰익스피어의 소
속 극단^{Lord Chamberlain's Men}이 공연에 참여한 것이 분명하다고 한다.
12월 18일 법학원 축제 준비위원장^{Lord of Misrule 또는 Prince of Purpole}이 이
웃 법학원인 이너템플^{Inner Temple} '대사'들의 방문을 받았다. 그러나
관객들이 무대로 난입하는 등 난리가 벌어졌다. 그날 연극 〈헛소동
Comedy of Errors〉 대신 '광란의 밤^{Night of Errors}'이 되었다는 연수생의 기
록이 있다. 그로부터 며칠 후인 〈제12야〉에 러시아 모스크바 황제의
대리인을 자처한 패거리가 방문하여 혼란을 수습했다.⁰⁴

이전 두 해는 런던의 연극 팬에게는 시쳇말로 '사는 게 사는 게 아
니었다.' "1594년 황량한 추운 봄날, 남부 잉글랜드에 역병이 줄고 배

---

04   G.R. Hibbard(ed.), 위의 책, pp. 46~47.

우들이 잿빛 하늘 아래 런던으로 돌아왔다. 우중충한 봄이다. 모든 극장이 문을 닫았던 지난 2년은 공연단에게는 커다란 형벌이었다."[05]

이 작품은 셰익스피어가 전염병 시기1592~1593를 전후하여 법학원 학생과 변호사들을 염두에 두고 썼다는 정황이 보인다. 법학원의 '수다꾼'들이 즐길 음란 대사가 많다. 무릇 공부하는 청년은 여색을 삼가야만 한다. 나바르왕의 3년 금욕 면벽수행面壁修行 계획은 청년기의 집중면학을 도모하는 기관에 흔히 있는 일이다.

셰익스피어는 역병 기간에 에로틱한 작품 두 편을 쓴다. 남녀 독자를 모두 염두에 두었다. 그러나 오비드풍의 우아미와 재치로 풀어낸 강간, 유혹, 여성의 슬픔 이야기는 한가한 지식인 청년들에게 좋은 파적破寂 거리였을 것이다. 〈비너스와 아도니스〉, 〈루크리스의 겁탈〉과 함께 이 작품도 신출내기 작가가 교양인 사회에서 '시인'으로 인정받기 위해 출품한 신춘문예 출품작이었을지도 모른다.[06]

〈사랑의 헛수고〉는 셰익스피어의 모든 작품 중에서 가장 '시적'인 작품이다. 대사의 3분의 2 이상이 운율을 맞춘 정형시로 엮어져 엘리자베스 궁정의 지적 관객들이 가장 선호하는 작품 중 하나였다. 그러나 후세인들에게는 인기가 떨어졌고, 18, 19세기에 들어서는 가장 덜 공연되는 작품 중의 하나가 되었다.

---

05 Park Honan, *Shakespeare: A Life,* First Edition, 1998, 김정환 옮김,《셰익스피어 평전》, 삼인, 2018, p. 280.

06 Park Honan, 같은 책, p. 242.

"그대는 왜 시종일관 아무 말도 없지?"라고 선생 홀로페르네스가 묻자 시골보안관 덜은 "도통 무슨 말인지 알 수가 없는뎁쇼."라고 답한다.5.1.142~144 관객들은 보안관 덜처럼 '무슨 말인지' 모를 말장난에도 흥겨움을 나눈다. 근래 들어 난해한 대사들을 대중의 기호에 맞추어 쉬운 말로 바꾸는 작업이 시도되고 있다.

데이트 금지법

극의 주제는 단순하고 선명하다. 건전한 성적 호기심과 욕망은 남자의 인격적 성장과 사회의 발전에 필수적 요소라는 것이다. 교육과 성장, 사랑과 결혼, 정치와 사회활동, 이 모든 일을 유능하게 처리해 내려면 여자와의 사랑을 경험해야만 한다. 여인과의 사랑만이 진정한 삶의 교육이라는 메시지다. 그러나 현실은 우려스러웠다. 중세 암흑기를 벗어나 르네상스에 접어들면서 여성의 성적 욕망의 표현이 강해지자 남자의 위기의식이 고조되었다. 행여 아내의 부정을 부추기지나 않을까 두렵기도 했다. 여자는 태생적으로 요물이다. 그러니 가능하면 감금하고 봉쇄하고 억압하고 외면해야 한다고 했다.

"공부할 때는 여자를 멀리하라!" 동서고금을 막론하고 사춘기 아들을 가진 부모들의 기호에 맞는 메시지다. 20세기 전반 미국의 독실한 기독교 가정의 부모들도 신봉한 경구다. 연방대법원 판사로 입신한 윌리엄 더글러스William O. Douglas, 1898~1980의 어머니는 대학생 아들

이 이성 교제는 물론 자위행위라도 하면 뇌가 녹아내린다고 경고했다.[07]

　나바르의 젊은 국왕 페르디난드는 동년배의 측근 신하 셋에게 칙령을 내린다. "제1조. 어떤 남자든 향후 3년 동안 어떤 여자와도 대화하는 것이 발각되면, 조정이 판단하기에 적절한 방법으로 최대한의 공개모욕을 가한다." 법의 명분과 논리인즉 장차 훌륭한 지도자가 되려면 결정적인 시기에 학문에 정진하고 여색을 금해야 한다는 것이다. 국왕 자신도 함께 금욕의 계율을 지킬 것을 맹세한다. "문명을 억압하는 위험한 법이로군"1.1.127, "절식節食에 공부, 게다가 여자 면회 금지라니. 이건 청춘 왕국에 대한 공공연한 반역이요."4.3.289-290 주인공 비론의 촌평처럼 자연의 이치에 역행하는 조치다. 세 청년 신하 중 뒤메인과 롱거빌은 즉시 동의하고 서약서에 서명한다. 그러나 독자적인 생각의 소유자로 반골 성향이 다분한 비론은 즉답을 피하고 시간을 끈다.

　여자를 안 보고, 공부만 하고 금식하며, 잠도 안 잔다는 건, 지키기에 너무 힘들지요.1.1.48-49
　독서의 진미를 전혀 모르는 이지요. 말하자면 종이도 안 먹었고, 먹물도 안 마셨소. 머리를 채우지 못해 짐승이나 마찬가지지요.1.1.82-85

07　안경환,《윌리엄 더글러스 평전》, 라이프맵, 2016.

현실적 애로에 앞서 그의 신념은 국왕의 정책과는 정반대다.

여인의 눈동자에서 이런 교훈을 얻지요. 프로메테우스의 불처럼
빛을 내지요. 여인은 책이요, 예술이요, 학문으로 온 세상을 보여 주
고 끌어안고 양육하지요. 4.3.326-329

그런데 돌발사태가 발생한다. 종주국인 프랑스의 공주 일행이 예
방한다는 통보다. "폐하, 폐하께서 이 조항을 위반하셔야 합니다. 아
시다시피 곧 프랑스 공주가 곧 도착하실 테고 폐하가 친히 접견하셔
야 하니까요." 1.1.128-133 불가피하게 일시 예외 조항을 만들 수밖에 없
다. 비론이 지적하듯이 칙령은 애초부터 현실성이 없었다. 국왕 스스
로 이 약조를 엄격하게 준수할 수 없고, 예외적인 상황을 염두에 두
고 있었다. 비현실적인 법일수록 한 번 예외 조항이 받아들여지면 전
체가 무너지게 마련이다. 독자적 사고의 소유자로 반골 성향이 다분
한 비론은 왕명의 틈새를 알아차린 후에 비로소 금욕의 맹세에 동참
한다.

불가피한 경우에는 서약을 어길 테니 모든 조항에 서명하겠습니다.
만약 한 조항이라도 어기면 영원한 수치를 감수하겠습니다. 1.1.153-155
학문이란 언제나 이렇게 빗나가기 일쑤지요. 공부는 하지만 정작
더 중요한 일을 잊어버리지요. 1.1.140-142
불가피할 때는 3년 안에 3천 번이라도 파약할 수 있는 것입니다.
사람의 타고난 천성은 인력으로는 어쩔 도리가 없지요. 1.1.148-149

프랑스 공주 일행이 도착한다. 종주국 공주는 봉신封臣국 국왕의 미지근한 환영에 짐짓 화가 난 것처럼 행동한다. 공주는 국왕에게 해묵은 국가 사이의 금전 거래와 부채 문제를 따지고 든다. 2.1.127-147 공주를 수행한 숙녀들은 제각기 왕의 신하들을 한 사람씩 지정하여 칭찬을 내린다. 마리아는 롱거빌을, 캐서린은 뒤메인을, 로잘린은 비론을 각각 지명한다. 이미 직접 만났거나 그들의 신상정보를 숙지하고 있다.

국왕과 일행이 무대를 떠난다. 세 신하는 차례차례 되돌아온다. 각각 보이에게 자신이 끌리는 숙녀의 이름을 묻는다. 이즈음에서 셰익스피어는 가장 고전적이고도 효과적인 희극 기법을 선보인다. 우선 예고적 단서를 보여 주고, 관객의 마음속에 특정한 결과를 예측하게 만드는 기법이다. 4막 3장이 가장 규모가 크고 유쾌한 장이 선다. 비론이 손에 종이를 들고 입장하여 자신의 심경을 토로하는 독백을 쏟아 낸다. 유쾌한 어조로 자신이 사랑에 빠졌음을 고백한다.

> 에, 로잘린은 이미 내 소네트를 받았어. 광대가 전달했어. 바보가 보냈고, 그녀가 받았어. 착한 광대, 더욱 착한 바보, 더없이 아름다운 여인이여. 4.3.12-14

관객은 편지가 로잘린에게 전달되지 않은 사실을 정작 비론 자신은 모른다는 사실을 안다. 편지는 코스타드에게 전해졌고 이제 곧 국왕의 손에 들어갈 것이다. 그럼에도 불구하고 이 시점까지는 비론의 소망이 이루어지는 것처럼 보인다. 국왕 자신이 공주에게 쓴 연시를 들고 입장한다. 놀란 비론이 나무에 올라 몸을 숨겨 국왕이 시를 읽는 모습을 엿본다. 국왕이 낭송을 마치자 롱거빌이 등장하여 마찬가지로 자작시를 낭송한다. 뒤메인도 나와 '천사 같은 케이트'에게 바치는 시를 낭송하고 나서 다른 세 사람도 자기처럼 사랑에 빠졌으면 좋겠다고 한다. 그의 소망이 이루어졌다. 캐릭터들이 역순으로 등장한다. 롱거빌이 나타나서 뒤메인이 사랑에 빠졌다며 놀린다. 왕이 나타나서 둘을 꾸짖는다. 마지막으로 비론이 나타나서 셋을 모두 놀린다. 비론의 태도가 너무나 당당하여 국왕은 진정성을 의심한다. 이때 코스타드와 자크네타가 함께 등장한다. 손에는 비론이 로잘린에게 보낸 연서가 들어 있다. 이것으로 상황은 종료된다. 적어도 겉으로는 사랑의 적이었던 비론은 노골적인 찬미자로 변신한다.

메인플롯 ─ 서브플롯

이 작품은 세 가지 점에서 이례적이다. 첫째, 전면에 드러나지는 않지만 '죽음'이 중요한 극의 요소로 작용한다. 프랑스 국왕의 죽음으로 결혼도 약혼도 무산된다. 둘째, 희극의 정석인 결혼도 약혼도 없이 극이 종결된다. 셋째, 이렇다 할 스토리의 극적 전개가 없다.[08]

작품은 메인플롯과 서브플롯으로 나눌 수 있다. 메인플롯은 나바

---

08 G.R. Hibbard(ed.), 위의 책, p. 12.

르와 프랑스, 두 궁정의 청춘 남녀 네 쌍 사이에 벌어지는 사랑 게임이다. 서브플롯은 궁정연애를 뒷받침해 주는 하층계급 인물들의 에피소드들이다.

남자들 중 중심인물은 단연 비론이다. 극중 비중도 매우 높다. 전체 대사의 4분의 1 내지 5분의 1을 비론이 차지한다. 이는 동료들도 인정하는 바이다. 공자의 제자로 치면 안회顏回에 해당한다고 할까? 누가 감히 안회에 견주기를 바라랴?何敢望回 《논어》, 〈공야장〉, 8 국왕도 비론을 함부로 다루지 못하고 그의 정교한 논리에 말려든다. 롱거빌과 뒤메인을 대동하고 나타난 국왕이 비론을 불러 이들이 위증을 범했는지 '입증prove'하라고 명령한다. 비론은 다면적인 성격의 흥미로운 인물이다. 연애시의 창작 능력을 포함한 지적 능력이 출중하다.

그는 동료들의 망상을 가차 없이 단죄한다.

속인의 논평을 불허하는, 그대 눈동자의 천상의 속삭임이 아니었던가요. (……) 이 몸이 맹세한 것은 여자를 멀리함이요. 그러나 그대는 여신, 어찌 여신을 멀리하리오. 내 맹세는 지상의 것, 그대는 천상의 사람. 4.3.61-64

롱거빌이 마리아 앞으로 보내는 연애시를 무참하게 깎아내린다.

이건 정말 심한 상사병인데. 인성과 신성을 혼동하고, 바보 같은 계집을 여신으로 보신단 말이야. 명실공히 우상숭배로군. 방백, 4.3.71-72

국왕이 주동한 사내들의 집단 푸닥거리에 자아비판의 칼날을 들이대기도 한다.

바보가 셋이면 4인조가 되기에는 하나가 모자라지 않습니까. 저 사람과 당신과 폐하와 소인은 사랑의 소매치기올시다. 모두가 사형을 당해야 마땅합니다. 4.3.206

그는 때때로 자조에 찬 자아비판으로 내면의 성찰에 소홀하지 않는다. 3막 1장과 4막 3장의 독백은 그가 비상한 능력의 소유자임을 입증해 준다.

사랑이란 놈 큐피드은 에이잭스처럼 미친놈이거든. 엉뚱하게도 죄 없는 양들만 마구 죽인단 말이야. 4.3.6
정의는 언제나 대가를 치르지요. 4.3.360
자비가 바로 법의 목적을 성취하오. 어찌 자비 없는 사랑이 있으리오? 4.3.339-340

그의 어록은 찬란하다.

1592~1594년 기간에 링컨스인 Lincoln's Inn 법학원의 학생이었던 극작가 존 던 John Donn 이 비론의 실제 모델이라고도 한다. "나는 이중의 바보. 사랑에 빠지고, 또 그걸 시에다 쓰다니." 5.2.760-764 비론의 구절은 던의 작품에서 차용한 것이라는 주장도 있다. 09

---

09   G.R. Hibbard(ed.), 위의 책, p. 40.

비론은 진취적이다. 자신이 독립된 인격체로 주변 인물과 다르다는 점에 불안을 느끼지 않는다. 그는 어떤 주제이든 피하지 않고 답한다. 상대는 물론 자신에 대한 비판도 서슴지 않는다.

비론의 대사를 치밀하게 추적해 보면 빛light, 눈eye, 책book, 이 세 단어가 되풀이하여 출현한다. 세 개념 사이의 관계는 복잡하고 함축적이다. 빛은 의미의 이해, 특히 세상살이의 이해를 의미한다. 또한 빛은 인간의 눈으로 하여금 보는 능력을 준다. 사실적 의미에서뿐만 아니라 형이상학적 의미에서도 개안을 시켜 준다. 물론 눈은 빛을 지각하는 신체 기관이다. 그러나 사랑하는 사람의 눈으로 볼 때는 눈은 책을 의미할 수 있다.

> 빛은, 빛을 찾으며, 정말 빛에서 빛을 갈취합니다. 그러므로 빛이
> 어둠 속에 놓여 있는 곳을 그대가 찾을 때
> 그대 두 눈을 읽으므로 그대의 빛이 어두워지나니. 1.1.77-79

3행짜리 대사에 무려 일곱 차례나 '빛'이 내려 비친다.

눈은 빛의 도움으로 책에 담긴 의미를 올바르게 이해하기도 하고 오해하기도 한다. 비론의 표현을 보면 이 점이 명확해진다. 그의 어법은 영리하고 섬세하고 인위적이다. 그러나 전하고자 하는 메시지는 매우 단순하여 듣는 사람의 상식을 겨냥한다. 국왕이 도서관을 운영하려는 계획을 비론이 비판하며 흥을 깬다고 비난하자 비론은 즉시 반박한다. "새들이 노래할 틈도 없이 어찌 여름이 오며, 5월에 눈발이

나 크리스마스에 장미를 어찌 바랄 수 있겠나이까?" 1.1.102-107 매사에 순리와 순서가 있는 법이다. 이렇듯 간단명료한 답으로 문제의 본질을 꿰뚫는다. 비론의 이 말은 극 전체를 관통하는 주제가 된다.[10]

공주를 수행한 세 여자는 국왕의 세 정신과 짝을 이룬다. 금발의 마리아와 캐서린은 각각 롱거빌과 뒤메인의 파트너가 된다. 이들과는 달리 로잘린은 전통적인 금발 미인이 아니다. 셰익스피어에게 구원의 여인인 〈소네트〉의 '다크 레이디'처럼 흑갈색 머리칼 5.2.32 에 피부색이 가무잡잡하다. 비론의 독백에 로잘린의 용모가 적나라하게 그려져 있다. "셋 중에 제일 못생긴 여자를 사랑하고, 앞이마가 벨벳처럼 희멀쑥한 포목에다 까만 구슬 두 개가 눈알이라고 박혀 있지." 3.1.190-192 그녀 자신도 솔직히 인정하듯이 외모는 밋밋하다. 5.2.20 한마디로 로잘린은 겉모양보다 속이 찬 여자다. 물론 그녀는 공주의 세 수행원 중에 리더격으로 비론의 상대가 되는 것은 당연하다. 둘은 성격적으로 닮아 있다. 특히 비론을 고문 torture, 5.2.62-68 하기 위해 기다리는 로잘린의 모습은 비론을 빼박았다.

그녀의 법률 지식도 수준급이다. 당대의 법률과 양모 모자 착용법을 알고 있다. "법이 시키는 대로 규격 모자 statute caps를 쓰는 게 좋아요." 5.2.281 1571년 의회는 법률을 제정하여 귀족을 제외한 모든 평민은 주일과 공휴일에 반드시 양모 모자를 착용할 것을 강제했다. 양모업자의 이권을 보장하기 위한 조치였다. 게다가 그녀는 명예훼손

---

10   G.R. Hibbard(ed.), 위의 책, p. 33.

의 법리에도 정통하다. "명예훼손은 듣는 사람의 귀가 결정하지 입을 놀리는 사람의 혀가 결정하는 것이 아니죠." 5.2.844-845

당당하고도 도도한 여성이다. 보이에가 장난삼아 로잘린에게 키스하려고 들자 로잘린은 정색하며 꾸짖는다. "제 입술은 공유지 common가 아니에요. 엄연한 사유지several란 말이에요." 멋쩍은 표정으로 보이에가 소유주가 누구냐고 묻자 그녀는 "저의 운명과 제 자신이지요" 2.1.220-224라며 자신이 사내의 종속물이 아니라 독립된 인격체임을 강조한다. 이어서 그녀는 "나바르는 역병에 '감염되어 infected' 2.1.228 나쁜 영향을 미친다affected"며 2.1.230 나바르 사내들의 얄팍한 철학과 대여성관을 비판한다.

마지막 순간까지 그녀는 비론과의 관계를 주도한다. 1년하고도 하루 후에 다시 만날 때까지 로잘린은 비론에게 그동안 환자들을 잘 보살피라고 주문한다. 비론이 병원은 죽음만 가득할 뿐, 농담조차 할 수 없다고 불평하자 "농담jest[11]의 효과는 듣는 사람의 귀에 있지, 말하는 사람의 혓바닥에 있는 것이 아니에요." 5.2.844-845라며 따끔하게 충고한다. 농담과 명예훼손의 미묘한 차이를 판단하는 것은 가해자의 오도된 선의가 아니라 피해자의 감정이다. 마치 21세기 성희롱의 법리를 미리 접하는 듯한 느낌이 든다.

---

11 농담 또는 명예훼손, 어느 쪽으로도 해석할 수 있다.

프랑스 공주와 신하 보이에

극 전체를 이끌어 가는 캐릭터는 프랑스 공주다. 로잘린은 비론이 국왕을 리드하듯이 공주를 리드하지 못하고 오로지 충실한 수행자의 역할에 만족한다. 공주는 닥친 상황을 영민하게 타개하면서 전체 분위기를 주도해 나간다. 공주의 신하, 보이에도 주목할 캐릭터다. 경륜을 갖춘 이 중년 신사는 나바르 남자와 프랑스 여자, 두 그룹 사이에 가교를 건설해 준다. 공주를 본 나바르왕은 첫눈에 사랑에 빠진다. 낌새를 눈치챈 보이에가 공주에게 귀띔한다.

폐하의 모든 태도가 눈이라는 마당에 모여들어 그분이 생각하고 계신 것이 거기에 죄다 나타나 있습니다. 또한 보석에서처럼 공주님의 모습을 아로새긴 그의 심장은 그 자랑스러운 마음을 숨기지 못하고 안타까워서인지 서둘러 눈 속으로 굴러 들어갔습니다. 2.1.238-242

보이에는 홈그라운드 남성과 방문자 여성들의 메시지를 중간에서 전하고, 재치 있는 멘트로 우호적인 분위기를 조성해 나간다. 재담을 장기로 삼아 능숙한 중매쟁이 역할을 해 낸다. 이런 보이에를 가리켜 캐서린은 '할아버지 큐피드'로 부른다. 2.1.253 마리아와 로잘린도 각각 '늙은 색광' 2.1.252, '비너스의 아들' 2.1.254 로 부르며 친근감을 표시한다.

'서브플롯'의 캐릭터들도 유사한 분류가 가능하다. 아르마도, 홀로페르네스, 너새니얼, 이 셋은 식견과 허세를 겸비한, 궁정 문화와 연극무대에 익숙한 캐릭터이다. 이들과 대칭점에 순박한 시골사람들이 있다. 목가적 분위기를 만끽하는 광대 코스타드, 시골 보안관 덜, 그리고 소치기 처녀 자크네타가 그들이다. 잃을 것도 감출 것도 전혀 없는 이들은 자신이 보고 듣고 느끼는 바를 거리낌 없이 털어놓는다. 이 두 그룹 사이를 이어 주는 중개자가 아르마도의 시동 모스다. 이 조숙한 소년은 성인들의 사랑 게임을 숙지하고 있지만 아직 스스로 실천할 나이가 아니다. 유쾌한 큐피드 역할을 도맡아 수행하면서 코스타드와 진한 유대감을 느낀다. "내게 너와 같은 자식이 있다면 얼마나 좋을까? 최고의 아비 노릇을 할 텐데." 5.1.66-69 홀아비 코스타드의 아쉬움이다. 소치기 소녀 자크네타를 보는 순간 중년 사내 코스타드의 이성은 마비된다. 이럴 때도 어린 큐피드가 오히려 의연하게 허황된 성인 세계를 조용히 관망한다.

전원무용극, 언행의 동반

말은 행동으로 이어지지 않으면 공허하다. 극 전체를 통해 말과 행동이 분리되지 않고 함께 진행된다. 극의 기조는 남녀노소가 들판에서 한데 어울려 춤추는 '전원田園무용 country dance'으로 불러도 무방하다. 이 연극에서 안무적 배려가 매우 중요할 듯하다. 무대감독은 개막 시점부터 왕궁 밖에서 춤사위가 벌어질 것 같은 분위기를 조성한다.

제1막에 두 사람홀로페르네스, 너새니엘을 제외하고 모든 남자 배역이 무대에 등장한다. 제2막에서 공주 일행이 도착하여 금녀의 성 정문 앞에 도열한다. 국왕이 정신들과 함께 환영 접견을 나온다. 자연스럽게 네 쌍의 남녀가 줄지어 정렬한다. 실제로 춤을 추지는 않지만 가상의 쌍쌍댄스가 벌어지는 것이다. 남자들이 성 안으로 사라지자 무대에 남은 방문객 여성들은 보이에와 함께 상황을 논의한다. 주와 객, 두 그룹은 마지막 장면에서야 비로소 직접 대면한다. 여자들이 먼저 등장해서 각자가 남자들로부터 받은 값비싼 '선물'을 서로 보여 주고, 선물에 동봉한 연서들을 조롱한다. 보이에로부터 국왕과 '서생book men'들이 "이야기하고 구애하고 춤을 추러"5.2.122 온다는 소식을 전해 들은 공주는 대응 전략을 꾸민다. 사내들이 모스크바 사람을 가장하고 방문하자 공주 일행은 가면을 쓰고 맞이하여 상대방으로 하여금 정체성의 혼란을 일으킨다. 보이에의 말대로 "가면을 쓴 미인은 봉오리 속의 장미꽃과 같은 것입니다."5.2.295-297

'모스크바 사람Muscovites'을 자칭한 사내들이 등장한다. 무대에는 다시 네 쌍의 두 줄이 만들어진다. 그러나 엉뚱한 짝끼리다. 여자들이 선물과 편지를 바꿔치기했기에 사내들은 엉뚱한 여자를 상대로 춤을 청한다. 사내들이 물러가자 여자들은 그들이 당황하던 모습을 상기하며 즐거워한다. 서브플롯의 나머지 세 쌍은 멀찌감치 떨어져 이야기를 나눈다. 가면을 벗고 자리로 돌아온 국왕 일행은 패배를 인정한다. 남녀 일행이 한데 둘러앉아서 홀로페르네스가 기획한 '9인 위인 극단

The Pageant of the Nine Worthies'의 공연을 감상한다. 축제가 한참 흥이 오를 때 프랑스에서 사자가 도착하여 국왕의 부음을 전한다.

이제 마지막으로 메인플롯의 네 쌍은 교대로 무대 중앙에 서고, 서브플롯의 세 쌍은 뒤편에 흩어져 배경 분위기를 돋운다. '1년 하고도 하루' 후에 댄스파티를 재개하기로 하고 일행은 해산한다. 공주는 구애자 사내들에게 1년 하루의 대기 기간을 준다. 그동안 세상과 사람들에 대해 더 공부하라는 주문이다.

> 에필로그 : 우리의 구애는 전통극처럼 끝나지 않아요. 처녀 총각은 맺어지지 않지요. 5.2.855

> 처녀 총각은 짝을 짓지요. 만사형통이지요. 〈한여름 밤의 꿈〉 3.2.461-463

〈한여름 밤의 꿈〉 3막 로빈 굿펠로^펙의 말과는 정반대이다.

'12개월하고도 하루twelve months and a day'는 영국 전래의 격언에 속하는 '마법의 숫자'로 제프리 초서의 《캔터베리 이야기》 중 〈바스의 아낙네 이야기〉 이래 많은 작품에 인용된다. 이 극에서는 마지막 100행에 두 차례 등장한다. 부왕의 사망으로 왕위를 승계한 공주가 1년 후라고 선언한 것 5.2.792을 로잘린이 하루를 더하고, 국왕이 복창한다. 5.2.809, 858 셰익스피어의 다른 작품 어디에도 이 구절은 없다.

남자의 허세, 여자의 지혜

작품 전체를 통해 남자들은 여자의 매력에 빠져들지 않는다며 위장하는 반면, 여자들은 사내들의 어색한 표리부동을 지켜보면서 즐거워한다. 이 단순한 이야기를 작가는 고도의 언어 게임으로 이끌어 간다. 나바르 국왕은 프랑스 공주 일행을 성 밖에서 영접한다. 공주는 외교 문서, 국가 부채 등등 문제를 거론하며 봉신국 군주의 기를 꺾는다. 그러고는 지극히 비현실적이라 위선으로 비치는 국왕의 금욕 정책을 조롱한다. 2막 1장의 초입에 공주가 묻는다. "경들 중에 누가 덕망 높은 공작님의 서약에 동참할 공증인을 알고 있나요?" 2.1.37

극의 종장은 이례적인 마감이다. 비론 일행은 홀로페르네스가 기획한 축제에 참석한다. 여자들은 조용한 관객으로 머무르는 데 비해 사내들은 너무나도 심한 조롱을 퍼부어 홀로페르네스의 핀잔을 듣는다. "너그럽지도, 점잖지도, 겸손하지도 않아." 5.2.622

시로 읊는 사랑은 아무리 아름다워도 실제의 사랑을 대체할 수 없다. 〈로미오와 줄리엣〉이나 〈좋으실 대로〉와 같은 후기 작품에서도 보는 바와 같이 사랑의 시에 탐닉한 젊은 연인은 문장 속의 사랑을 현실의 사랑으로 착각한다. 나바르의 왕과 그의 정신歷臣들도 이런 착각에 빠져 여인들에게 주도권을 빼앗긴다. 사내들은 구애할 대상인 여자들을 속일 수 있다고 생각했으나 저의를 쉽게 간파당한다. 마침내 비론은 사랑의 이미지보다는 현실의 자신을 직시해야 한다는 것을 깨친다.

약조를 어기고, 우리 자신을 찾읍시다. 약조를 지키다간 우리 자신을 잃게 되겠어요. 4.3.337-338

전형적인 희극의 종장인 결혼식은 없다. 사랑은 인내하는 것. 인내하면서 쌓아 가는 것이다. 다른 희극에서와는 달리 이 작품에서는 음악의 역할이 미미하다. 마지막 막이 내리면서 음습한 노래, 두 곡이 연주된다. 뻐꾸기의 노래가 봄을, 부엉이의 노래가 겨울을 상징한다. 이 장면의 해석은 분분하다. 프랑스 국왕의 영전에 바친 음울한 조사라고 하는가 하면 반대로 국왕과 신하들에게 새로운 사랑의 인생을 격려하는 찬가라고도 한다.

현실과 환상의 괴리, 그 가운데서 연결고리를 만들어 주는 것이 시간이라면 계절 노래는 시간의 무게를 환기시키는 데 유용하다. 대조되는 계절은 사랑을 대하는 정반대되는 두 가지 태도를 상징하는 것이다. 꽃피고 새우는 봄이 찬바람 불어 몸을 움츠리게 만드는 겨울과 대조된다. 인간의 활동을 극대화하는 봄이 극소화하는 겨울과 대비되면서 삶의 부침이 조명된다.

그러나 봄과 겨울, 두 계절은 서로 대비되지만 동시에 서로 보완되기도 한다. 남자와 여자도 마찬가지다. 봄은 사랑과 환희의 계절이지만 뻐꾸기 소리가 상징하듯 위장과 기만의 계절이기도 하다. 겨울은 기침과 빨간 코로 상징되지만 또 한편으로 보상의 계절이기도 하다. 가족이 둘러앉아 보시기에 담은 튀긴 사과 요리를 후후 불면서 먹을 때 사람들을 노려보듯 응시하는 올빼미의 목에서 새어 나오는 경쾌한 음악을 완상하는 여유의 계절이기도 하다. 두 개의 대조되는 음악은 동시에 묘한 균형감과 화합의 무드를 제공하는 것이다.

"열매 맺은 사랑의 수고"

1973년 니콜라스 나보코프가 작곡하고 희극과 비극의 요소를 결합하여 각색한 오페라는 20세기 영국의 계관시인 오든^{W. H. Auden}이 대본을 썼다. 고국을 떠나 미국에서 하버드 교수로 정착하면서 두 문화권의 접목에 앞장선 사명감의 발로이기도 했다.

2000년 케네스 브래나가 주연·감독한 영화는 1930년대 세팅의 뮤지컬이었으나 흥행은 시들했다. 1985년 BBC가 셰익스피어 TV 프로젝트의 일환으로 작품을 만들면서 의상과 풍경을 18세기 세팅으로 택했다. 근래 들어서는 "열매 맺은 사랑의 수고^{Love's Labour's Won}"로 제목을 고친 뮤지컬 공연도 눈에 띈다. 1603년 셰익스피어가 실제로 이 제목으로 쓴 작품이 인쇄되었다는 기록도 있다.

흥미로운 사실은 2005년, 아프가니스탄의 수도 카불에서 각색된 연극이 현지 배우들에 의해 현지어^{Dari}로 공연하여 찬사를 받았다. 전쟁 중 이슬람 근본주의자들의 테러가 성행하는 가운데서도 기독교 국가의 대표적 문성^{文聖}의 작품을 공연하는 것은 매우 이례적이다. 더더구나 이슬람 세계에서는 터놓고 말하기를 꺼리는 사랑 문제를 정면으로 다루었다니.

5

심벨린

Cymbeline, King of Britain
(1610~1611)

역사와 신화 ― 고대 잉글랜드

영국사의 기원은 언제까지 소급하는가? 어느 나라나 마찬가지로 영국의 고대사도 사실과 신화와 범벅으로 세부사항을 두고 끊임없는 학술 논쟁이 이어지고 있다.

1610년 홀린셰드 Raphael Holinshed 의 《연대기 Chronicles 》에 등장하는 킴벨린 Kymbeline, Cunobelinus 왕은 예수와 같은 시대에 남부 잉글랜드를 다스렸다고 한다. 셰익스피어는 이 작품에 스코틀랜드와 웨일스를 함께 끌어들인다. 〈맥베스〉, 〈리어왕〉과 함께 〈심벨린〉은 셰익스피어의 역사극 중 정식 '사극'으로 분류되지 않는 일종의 '외전 外典' 사극으로 규정할 수도 있다.

이 작품에서 셰익스피어는 유난히 많이 자신의 선행 작품들의 내용을 끌어들인다. 〈로미오와 줄리엣〉, 〈헨리 5세〉, 〈끝이 좋으면 다 좋다〉, 〈리어왕〉, 〈오셀로〉, 〈안토니우스와 클레오파트라〉에 더하여 〈루크리스의 겁탈〉까지 암시한다.[01] 그만큼 작가의 만년에 저술한 일종의 통합 회고작 성격이 엿보이기도 한다.

복잡한 플롯

상처한 브리턴의 왕 심벨린이 재혼한다. 새 왕비가 권력을 좌지우지하고 국왕은 허수아비로 전락한다. 심벨린은 딸 이모진을 왕비의 전남편 소생인 클로텐과 결혼시키려고 한다. 이모진은 아버지의 뜻을 거역하고 신분이 낮은 포스투머스와 결혼한다.

딸의 자유결혼을 인정하지 않는 심벨린은 딸의 연인을 이탈리아로 추방한다. 그곳에서 포스투머스는 난봉꾼 자코모를 만난다. 그는 여성의 정절을 믿지 않는다. 세상의 모든 여자는 타고난 음욕이 있고 분출될 기회만 있으면 언제나 쉽게 터진다고 믿는다. 그는 이모진을 유혹할 자신이 있다며 포스투머스와 내기를 걸고 잉글랜드로 건너가 이모진에게 접근한다. 이모진이 일언지하에 거절하자 속임수를 써서 상자 속에 숨어 그녀의 침실에 틈입한다. 주인이 잠들기를 기다렸다가 상자에서 나와 이모진의 팔찌를 훔쳐 낸다. 그 팔찌는 포스투머스

---

01 Park Honan, *Shakespeare: A Life*, First Edition, 1998: 김정환 옮김, 《셰익스피어 평전》, 삼인, 2018, p. 512.

가 사랑의 징표로 준 것이다.

한편 클로텐은 집요하게 이모진에게 치근댄다. 그러나 그녀가 요지부동이자 복수를 다짐한다. 이탈리아로 돌아온 자코모는 훔친 팔찌를 포스투머스에게 보여 주면서 이모진 침실의 상세한 모습을 전한다. 아내의 배신을 확신한 포스투머스는 하인 피사니오에게 편지를 보내 아내를 죽이라고 지시한다. 그러나 이모진의 정절을 믿는 피사니오는 이모진에게 남자로 변장하고 남편을 직접 찾아 나서라고 설득한다. 그리고 포스투머스에게는 지시대로 이모진을 죽였다고 보고한다. 이모진이 궁정을 떠나자 왕비는 노골적인 권력의지를 드러낸다.

그녀가 사라졌으니 영국의 왕관은 내 손에 달려 있지. 3.5.64

이탈리아행 도중에 이모진은 웨일스의 숲에서 길을 잃고 동굴에 이른다. 동굴에는 부당하게 추방당한 귀족 벨라리어스가 두 아들, 가이더리어스와 아비라거스와 함께 살고 있다. 두 청년은 본시 국왕 심벨린의 왕자들이었으나 벨라리어스가 추방당하면서 분풀이로 납치했던 것이다. 벨라리어스 가족은 남장한 이모진을 환영한다. 이모진을 추적하여 포스투머스의 옷을 입고 나타난 클로텐을 가이더리어스가 결투 끝에 죽인다. 이모진은 왕비가 준 약을 마시고 가사假死 상태에 빠진다. 벨라리어스와 양아들들은 잠든 이모진을 목이 잘린 클로텐의 시체 옆에 안치한다. 가사 상태에서 깨어난 이모진은 곁의 시신을 포스투머스로 착각하고 절망에 빠진다.

로마 군대가 브리턴이 중단한 조공을 요구하며 침입한다. 로마군은 이모진을 길잡이로 고용한다. 포스투머스와 자코모는 로마 군대에 합류한다. 그러나 포스투머스는 도중에 탈영하여 조국을 위해 용감하게 싸운다. 그는 아내가 죽었다고 생각하고 한순간 자신의 잘못을 뉘우친다. 로마 군대는 패퇴한다. 벨라리어스 가족의 전공이 높다. 아직도 죄과를 씻지 못했다고 자책하는 포스투머스는 자진하여 로마군의 포로가 된다.

그날 밤 천상의 주피터 신이 포스투머스 선조의 혼령들로 하여금 후손을 보우保佑하게 하겠노라고 약속한다. 다음 날 심벨린이 포로들을 심문하면서 모든 혼란이 해소된다. 포스투머스와 이모진은 재결합하고 부부는 자신의 죄를 고백한 자코모를 용서한다. 황무지의 두 청년이 왕자임이 밝혀지고 벨라리어스도 복권된다. 사악한 왕비는 죽고 국왕은 권력을 되찾는다. 마지막 조치로 심벨린은 로마 포로를 전원 석방하고 다시 로마에 조공을 바칠 것을 약조한다.

이렇게 복잡한 사건들은 세 개의 플롯으로 압축할 수 있다. 즉, 개인적 차원에서 포스투머스와 이모진의 결혼, 가족적 차원에서 왕자들의 납치, 그리고 국가적 차원에서 빚어내는 로마 제국과 브리턴의 갈등이다. 이러한 갈등과 해소가 각각 희비극tragic comedies, 전원 로맨스극pastoral romance, 역사극history의 기본 틀을 이루면서 엉켜 있다. 플롯의 전개에도 세 개의 다른 시대가 혼재되어 있다. 즉 로마 시대의 브리턴, 중세에서 르네상스로 전환하는 시기의 이탈리아, 그리고 제임스 1세 시대의 영국이다. 따라서 세 개의 플롯 중 어디에 비중을 두느냐에 따라 작품의 장르가 달라질 것이다.[02] 이 3대 플롯에 애국심, 남녀의 성적 편견과 역할, 신의 의미, 신분과 교육 등등 다양한 세부 주제가 얽혀 있다.

로마와 브리턴

이 작품의 플롯은 역사적 사실과는 무관하다. 주인공의 라틴 이름 포스투머스는 고대 브리턴인의 이름으로는 어울리지 않는다. 브리턴에서 추방된 그는 르네상스 시대 이탈리아로 건너간다. 현지에서 친구가 된 필라리오와 자코모는 다른 시대의 프랑스와 잉글랜드 이야기를 늘어놓는다. 로마의 장군 루키우스가 웨일스의 밀퍼드헤이븐에 상륙한다. 이 항구는 튜더 왕조의 성지다. 브리턴 궁정의의 이름 코넬리어스는 15세기 독일의 마술사 코르넬리우스 아그리파를 연상시킨다.

플롯이 뒤죽박죽이라 평론가들의 혹평을 받았다. 그러나 근년에 들어와서는 무대극으로는 수작이라는 평판을 얻고 있다. 이러한 잡탕은 작가의 부주의에 기인한 것만은 아니다. 현실과 신화적 요소를

02　Roger Warren(ed.), *The Oxford Shakespeare*, p. 26; 이용관, 〈내러티브 형식의 새로운 브리턴 역사 만들기〉,《공연예술저널》 24, 2016, pp. 174~196, p. 175에서 재인용.

결합시킨 의도적 설정이다. 사악한 계모, 동굴에 사는 잃어버린 왕자, 잠자는 미녀 등등 요정 이야기에다 비극적 요소를 섞었다.

작가는 자신의 선행 작품에서 많은 내용을 이식해 왔다. 자코모에게 속아 아내를 의심하는 포스투머스는 이아고에 속아 정절의 아내 데스데모나를 죽이는 오셀로를 연상시킨다. 잠에서 깨어나서 옆에 누워 있는 남편을 발견하는 이모진은 로미오의 시신을 발견하는 줄리엣의 재판이다.

이모진은 셰익스피어가 창조한 여성 캐릭터 중에 가장 찬양받은 주인공이다. 심주가 굳고 용감하며 충직하고도 사려 깊다. 극의 시작에 포스투머스도 그녀의 배필로도 자격이 차고 넘치는 영웅으로 소개된다. 그러나 국외추방과 동시에 고귀한 품성은 사라지고 건달의 간계에 빠지는 어리석음을 드러내어 하인을 시켜 아내를 죽이려는 악마로 표변한다.

많은 비평가가 포스투머스는 이모진의 배필 자격이 없다고 비판한다. 페미니스트 비평가들은 여성을 처녀 아니면 창녀로 양분하는 고루한 남성 윤리의 전형으로 포스투머스를 지목한다.

브리턴 궁정의 질서가 흔들린다. 퇴폐적 부패와 로마적 영예에 대한 미망으로 가득 찬 궁정의 삶은 황무지에서 자란 왕자들의 건강한 삶과 대비된다. 포스투머스의 영웅적 덕성도 로마 진영의 경쟁적 삶 속에서 의미를 상실한다.

목가적 분위기에서 왕자들은 정직하고 진실한 사내로 자란다.

"이 좁은 동굴을 궁궐로 삼은 위대한 분들, 그 누구도 이분들을 능가하지 못하리." 3.6.79-84 청년들을 처음 본 이모진의 입에서 터진 감탄사다. 물론 이들이 자신의 오빠인 줄은 꿈에도 알 리 없다.

부패한 궁정과 정결한 시골의 대조는 셰익스피어의 여러 작품에 등장한다. 〈한여름 밤의 꿈〉, 〈좋으실 대로〉, 〈겨울 이야기〉에서 등장인물들은 야생의 체험을 통해 새로운 삶의 지혜를 터득하고 심신을 치유한 후에 궁정생활로 복귀한다. 심벌린의 궁정은 문명 로마와 야생의 웨일스의 사이, 제3의 지대에 자리매김한다. 심벌린은 로마와 화친을 맺고 웨일스 황무지에서 자란 아들들을 궁정에 불러들인다. 로마와의 전쟁을 부추기며 자신의 아들 클로텐을 왕위에 올리려던 왕비가 죽자 해결의 실마리가 풀린 것이다.

극을 마무리하며 국왕이 화합의 메시지를 던진다.

앞으로 가자. 로마와 브리턴의 기수가 우호의 깃발을 함께 흔들어라…… 피 묻은 손을 씻기 전에 이처럼 평화롭게 맺은 전쟁은 없다. 5.6.480-486

작품에는 작가 시대의 정치적 상황이 투영되어 있다. 셰익스피어 시대에 브리턴의 정신과 영혼을 바로 세우기 위한 정신문화 운동이 치열하게 전개되고 있었다. 국교로 탄생한 성공회는 아직 민중의 삶속에 굳건하게 뿌리내리지 못하고 있었다. 1605년 의사당 폭발 음모 사건 Gunpowder Plot 에서 보듯이 가톨릭 세력이 다시 정권을 잡을 우려도 컸다. 극중에 포스투머스는 로마에서 프랑스인과 이탈리아인 그리고 스페인인에게 농락당한다. 이들 모두 대표적인 가톨릭국가 사람들이다. 스페인을 상대로 독립전쟁을 치르고 있던 신교국가 네덜란드는 영국 내의 문제에 침묵으로 일관한다.

작품의 저작권과 공연권이 왕립극단 King's Men 의 소유였던 만큼 작품은 제임스 국왕 앞에서 공연되었을 가능성이 크다. 고대의 심벨린과 마찬가지로 현왕 제임스도 '브리턴'의 국왕이다. 잉글랜드와 웨일스와 스코틀랜드, 그리고 아일랜드를 통합한 단일 왕국이다. 제임스도 심벨린처럼 2남 1녀를 두었고 극의 종결에서 심벨린처럼 로마교황청와 평화협상을 진행하고 있었다. 물론 작품 속의 로마는 고대 로마, 즉 전 유럽이 '팍스 로마나 Pax Romana'의 별칭처럼 평화로운 전성기를 구가하던 시대의 로마였다. 또한 고대 로마는 신의 나라였다. 작품에서 로마의 신 주피터가 포스투머스에게 정의를 세우고 이모진을 되돌려 줄 것을 약속한다.

극의 마지막에 심벨린은 로마가 건설한 타운인 런던을 행진하여 주피터 신전으로 간다. 대화합이 이루어진 것이다. 자코모의 뉘우침과 자백, 포스투머스와 이모진의 화해, 잃어버린 왕자를 되찾은 국왕, 악의 화신이었던 죽은 왕비만 제외하고는 모두가 화합의 무대에 동참한다.

자유결혼

극의 서두에 심벨린은 "'분노의 불길'이 타오르고"[1.1.78], 포스투머스를 보자마자 "천박한 것"[1.1.126], "내 핏줄에 대한 모독"[1.1.129]이라고 퍼붓고 국외로 추방한다. 길을 떠나면서 포스투머스는 이모진에게 사랑의 징표로 팔찌를 준다.

이렇게 하찮은 나를 선택하셔서 큰 손실을 보게 했지만 이런 작은 선물 교환에서도 내가 이득을 보는군요. 이 팔찌는 내 사랑의 수갑이오. 내 이 수갑을 세상에서 가장 아름다운 죄수에게 끼워 드리겠소.[1.1.120-124]

'교환 exchange', '손실 loss'과 같은 민사법 용어뿐만 아니라 '수갑 manacle', '죄수 prisoner'와 같은 형사법 용어도 사용한다. 제임스 시대의 법률 용어들이다.

이모진의 구애 작전에 나선 클로텐의 푸념이다.

똑똑한 하녀 한 사람을 변호사로 써야겠어. 내가 내 사건을 다루기 힘드니까.[2.3.71-74]

이모진도 법적 은유를 동원한다.

연인과 위험한 계약을 하는 사람은 달라야 해. 계약을 위반하면 감

옥행이지만 밀초 때문에 큐피드의 비밀이 지켜지니까. 3.2.36-39

시골 청년 가이더리어스도 생활 법리에 정통하다.

제멋대로 행동 못 하는 채무자의 감옥이지. 3.3.33-34

우리는 법의 혜택을 입은 적이 없어요. 그런데 건방진 놈이 위협을
한다고 해서 우리가 떨 이유가 어디 있어요? 재판장도 사형집행인도
저희들끼리 연극을 하라지요. 우리가 법을 무서워할 이유가 어디 있
어요? 4.2.126-130

법이 자신의 정당한 권리를 보호해 주지 않기 때문에 법을 위반한
다는 주장이다.

심벨린은 황녀 이모진과 평민 포스투머스 사이의 결혼을 공인
하기를 거부한다. 그는 포스투머스를 '상것'이라고 부르며 폄하한
다. 2.3.39 그리고 딸을 강하게 질책한다.

너는 무일푼 거지를 택했어. 내 왕위를 대대로 이을 네가 그렇게
천한 자와 배필이 될 수 없다. 1.1.142-143

부왕의 뜻을 어긴 딸은 너무나 당당하다. 딸은 포스투머스가 클
로텐보다 우수한 이유를 상세하게 내세운다. 1.1.145-151 그녀는 정신
이 빈곤한 클로텐을 참새 puttock 에, 그리고 타고난 품성이 고귀한 포스
투머스를 독수리 eagle 에 비유한다.

그렇게 안 된 것이 얼마나 다행인지! 저는 참새를 버리고 독수리를 택했어요. 1.1.140-41

이모진에게 외면당한 클로텐은 자신의 패배를 인정하지 않는다.

그대는 부왕을 거역하는 죄를 범하고 있소. 그대가 천한 놈과 맺었다는 그 혼약, 남의 동정으로 자라나 궁정의 찌꺼기와 찬밥이나 먹고 자란 자와의 혼약은 무효요. 2.3.109-112

클로텐은 두 사람의 혼인은 "계약도 아무것도 아니다."라고 단언한다. 2.3.112 이미 주피터 신전에서 정식으로 혼례를 올린 사이인데도 말이다. 5.5.200

왕가의 혼인

"왕가의 족보는 개 족보"라는 속말이 있다. 왕가의 혼인은 여염집과는 달리 근친혼이 성행하고 당사자의 자율이 극도로 제한된다. 사극 〈헨리 5세〉에서 왕자 해리와 프랑스의 카트린 공주의 결혼이나 〈존왕 King John〉에서 프랑스의 도팽과 잉글랜드의 블랑시의 결혼처럼 왕가의 혼인은 국제 평화와 영토분쟁의 해결과 같은 정치적 동기가 우선이고 당사자의 감정은 부차적이다.

심벨린왕은 이모진이 코먼로상 근친상간과 중혼의 상태에 빠질 것이 분명한데도 클로텐과의 결혼을 강요한다. 비록 아버지도 어머니도 다르지만 법적으로는 엄연한 남매 간의 결혼이다. 일반인의 경우라면 분명히 족내혼 내지는 근친상간으로 금지되었을 것이다. 그러나 왕가의 혼인은 통상의 법과 기독교 윤리에는 어긋나더라도 국왕 대권의 일부로 수용될 수 있다. 왕자가 없는 심벨린왕의 입장에서는 딸의 혼인을 통해 적정한 혈통의 후계자를 선정하는 일도 중요할 것이다.

막이 열리면서 심벨린 궁전의 두 조신朝臣이 최근에 일어난 국혼國婚 논란을 두고 의견을 나눈다. 왕녀가 국왕의 동의 없이 혼인한 것이다. 두 조신은 겉으로는 국왕의 분노에 동조하지만 내심 국왕 부부의 의도가 좌절된 것을 기뻐한다. 1.1.10-21

신하 1 : 왕국의 계승자인 공주께서는 국왕께서는 최근에 결혼하신 왕비의 외아드님과 결혼시킬 뜻이었지만 가난하지만 훌륭한 신사와 혼인하셨지. 그래서 공주의 남편은 추방되고 공주는 감금되었지. 신하들은 모두 슬픈 얼굴을 하고 있지만 국왕은 분노의 마음으로 가득 차 있어.

신하 2 : 국왕은 그러한가?

신하 1 : 공주와 결혼 못 한 사내와 그 결혼을 열망한 왕비 또한 슬퍼하겠지. 하지만 신하들은 왕이 상심한 것처럼 얼굴을 찌푸리고 있지만 내심으로는 기뻐하지 않은 사람은 하나도 없을걸. 1.1.3-16

천성인가? 아니면 교육인가?

신분제도는 배우자를 선택할 수 있는 젊은이들의 자유를 막는다. 이 작품은 사람의 타고난 덕성 natural virtue 이 출생 신분을 극복한다는 메시지를 전한다. 스스로는 고귀한 출생 신분을 모른 채, 거친 환경에서 자란 왕자들을 고매한 인품의 소유자로 그린다. "타고난 내면의 불꽃을 감추는 것이 얼마나 힘든가! 이 청년들은 자신이 왕자임을 모르고 있는데도." 3.3.79-80 그리하여 이들은 타고난 재능을 믿고 전쟁에 나서 무예를 과시할 것을 기대한다. 처음에 반대하던 양아버지 벨라리어스도 이들의 완강한 결심을 칭찬하면서 함께 전장에 나선다. 4.4. 43-47 당초 아버지의 축복 없이 결혼한 이모진도 곡절 끝에 육친의 품에 안긴다. 5.6.266, 269

왕비의 아들로 궁정 교육 속에서 성장한 클로텐이 신사와는 거리가 먼 행동을 하는 반면, 자신이 왕가의 혈통인 줄 모르고 산골 촌부의 아들로 자란 형제는 정중한 기사도를 보인다. 둘 사이 대결의 결과 야비한 클로텐이 가이더리어스 폴리도르 의 칼을 맞고 죽는다. 이 사실이 알려지자 가이더리어스는 왕족살해 lese-majesty 의 죄로 사형을 선고받는다. 그러나 양부 벨라리어스가 "이 소년은 그가 살해한 자보다 더욱 고귀한 신분입니다." 5.6.303 라며 정체를 밝히자 즉시 정당방위로 인정되어 무죄가 선고된다.

사형죄의 유무죄가 사회적 신분에 따라 달라지는 기이한 판정은 물론 셰익스피어 시대의 영국법은 아니다. 극의 배경이 된 시대의 로마법도 아닐 것이다. 가이더리어스의 사면은 왕위의 계승에 직접 영향을 미친다. 적통의 장남으로 판명된 그가 제1순위 왕위계승권자로 결정되면서 이모진의 지위는 잠정적인 후계자 heir-apparent 에서 둘째 왕자 아비라거스에 이어 제3순위자로 강등된다. 5.6.373 이러한 지위의 변동이 국왕의 피후견인 포스투머스의 무단 결혼에 대한 법적 책임을 경감시켜 사면의 대상이 된다.

작품 〈심벨린〉은 한 인간의 품성과 능력을 결정하는 것은 선천적 유전자인가 아니면 후천적 교육인가 nature vs. nurture 라는 교육학의 해묵은 논쟁 소재를 출생에 따른 신분, 후견인제도, 혼인의 자율권, 왕위의 승계 등 복잡다기한 법률 문제와 함께 엮어서 제시한다.

이 복잡한 문제들은 다소 어처구니없이 쉽게 해결된다. 5.6.383~393 즉 이 모든 갈등이 심벨린 한 사람의 개안으로 종결되는 것이다. 마지막까지 소신에 찬 원칙을 고집하던 그는 어느 순간 갑자기 딸의 도주 결혼을 오히려 축복으로 받아들이고, 5.6.393~397 내쳤던 포스투머스를 '사위 son'로 부르며 받아들인다. 5.6.422 이어서 모든 사람에 대해 사면을 선언하면서 로마와의 평화조약에도 서명한다.

> 신의 업적을 찬양합시다.
> 복된 제단에 제물을 바치고
> 불을 붙여 연기가 높이 날아오르게 합시다.
> 자, 어서들 사원으로!

로마와 영국이 우방으로 함께 손잡고

럿스타운의 대로를 걸어

주피터 신전에서 평화를 조인합시다.

전쟁의 유혈이 마르기도 전에

이렇게 평화를 얻게 된 것은

이번이 처음이지. 5.6.477-484

피후견인제도와 혼인

법적으로 미성년자에게는 후견인이 필요하다. 영국 코먼로상 아동의 부모가 아닌 사람이 후견인 guardian 으로 지정된 경우, 아동의 혼인을 주도하는 것은 부모가 아니라 법적 후견인이다. 후견인의 보호를 받는 모든 아동이 피후견인 ward 이 되는 것이 아니다. 아동의 사망한 아버지가 영주에게 농역 農役, socage 또는 군역 軍役, military tenure 의 의무를 부담했던 경우에 한정된다. 그러므로 피후견인제도는 아버지가 사망한 경우에만 발생하고 어머니의 생존 여부는 무관하다. 후견은 피상속자가 법적 성년 남성은 21세, 여성은 통상 16세, 결혼한 경우에는 14세 에 이를 때까지 존속된다.

셰익스피어의 작품 속에도 후견인제도가 등장한다. 일단 후견인이 되면 각종 경제적 이득과 함께 보호 의무와 책임이 따른다. 작품속에서 등장하는 후견인은 선인이기도 악한이기도 하다. 후견인제도는 배우자의 자유로운 선택을 제약한다. 목동 벨라리어스는 궁에서 실종되었던 두 왕자를 훌륭하게 키웠다. 그가 모범적인 후견인임에는 의문이 없다. 반면 국왕의 후견 아래 성장한 포스투머스는 후견인의 동의 없이 결혼한다. 고아 포스투머스가 심벨린왕의 궁정에서 키워졌다는 것, 그리고 그의 친아비가 귀족계급 무사였기에 아들 또한 왕의 피후견인이라는 추정이 가능하다.[03]

밀퍼드헤이븐, 튜더 왕조의 성지

극은 밀퍼드헤이븐에서 종결된다. 이 장소는 역사적 의미가 크다. 1485년 프랑스 브르타뉴에 망명 중이던 헨리 튜더7세가 돌아와 이곳에서 전열을 정비하여 리처드 3세를 격파했다. 헨리의 승전 결과 장미전쟁이 종결되고 튜더 왕조가 탄생했다. 밀퍼드헤이븐 항구는 헨리 7세로부터 이어지는 제임스 왕가의 정치적 성지이자 폭정에 맞선 토착민들의 저항을 기리는 역사적 장소이다.[04]

추방당한 벨라리어스가 은거한 곳도 바로 밀퍼드헤이븐 지역이다. 초동이 된 왕자들은 '아버지'의 안분지족安分知足, 전원생활의 철학에 반발한다.

---

03 B. J. Sokol & Mary Sokol, *Shakespeare, Law, and Marriage*, Cambridge University Press, 2003, pp. 42~55.

04 박효준, 〈심벨린의 정치성〉, *Shakespeare Review*, Vol 53, No. 2, Summer 2017, pp. 217~238, 230.

가이더리어스 : 아버지의 굳은 연세에는 어울리는 삶이겠지요. 그러
　　나 우리에겐 무지의 소굴이고 꿈속에서나 하는 여행이고 빚쟁이의
　　감옥이어서 한 발짝도 밖에 나가 보지 못했어요. 3.3.29-33
아비라거스 : 우리가 아버지 나이가 되면 할 말이 뭐가 있겠어요?
　　…… 우리는 아무것도 본 것이 없어요. 짐승이나 마찬가지입니다.
　　3.3.40

　　두 청년은 세상에서 고립된 삶을 살면서 적정한 양육과 교육의 기
회를 박탈당했다. 견문은 없고 미래는 암울하기 짝이 없다. 이런 그들
에게 새로운 사명이 주어진다. 왕국의 정통성 회복과 새로운 브리튼
의 역사 만들기에 참여할 운명이다. 셰익스피어는 밀퍼드헤이븐이라
는 황량한 장소를 시련에서 극복으로, 죽음에서 부활로 이어지는 성
스러운 장소로 설정한다.

　　극의 초반에 이모진은 궁정생활을 하면서 신분의 차이가 없는 소
박한 전원생활을 동경한다. "내가 소치기의 딸이고, 나의 레오나터스
포스투머스가 이웃 양치기의 아들이었다면 좋았을 것을." 1.1.149-150 그러
나 궁정을 떠나 밀퍼드헤이븐에서 새로운 생활을 모색하면서 열린 자
세와 사고를 보인다. "태양이 비치는 곳이 어디 브리튼뿐인가? 낮도
밤도 브리튼에만 있나? …… 브리튼 바깥세상에도 사람들이 살고 있
겠지." 3.4.136-138

　　그녀는 로마 장군 루키우스에게 자신을 '아무것도 아닌 존재
nothing' 4.2.368 로 소개한다. 자신의 이름을 충성을 의미하는 '피델레

Fidele' 4.2.380 로 칭하며 그의 시종이 된다. 장차 로마와 브리턴의 관계 정상화에 기여할 준비를 하는 것이다. 또한 이는 포스투머스와의 재회를 위한 준비 과정이기도 하다. 피델레라는 이름은 아내의 정절과 나라 사이의 신뢰라는 이중적 의미를 지닌다.

밀퍼드헤이븐은 5막의 중심무대로 로마와 브리턴의 중심인물들이 모두 집결한다. 1막 이후 4막에 이르기까지 누적된 갈등을 해소하는 해결의 장이 열린다.

> 미인은 순결을 지킬 수 없는 것인가. 가식의 연애는 딴 사내가 생기면 무력해지는 건가. 여자의 맹세는 도덕이 아니라, 눈앞에 보이는 사내마다 내거는 입발림인가! 2.4.108-113
> 인간을 만드는 데 여자가 없으면 안 될까? 우리는 모두 사생아 2.5.1-2 ……내 몸속에도 부도덕한 여자의 피가 흐르고 있을 것이다. 아첨도, 기망도, 음란도, 복수도, 탐욕도, 변덕도, 중상도, 사람이 저지를 수 있는 모든 죄악, 아니 지옥이 알고 있는 모든 죄악이 모두 여자의 것. 2.5.1-12, 19-25, 2.4.155-156, 2.4.17-18

이렇듯 이모진에 대한 극도의 분노를 여성 전체로 확대했던 포스투머스는 3, 4막에서는 자취를 감추었다가 5막에서 재등장하여 극의 마무리 작업을 이끌어 간다. 그는 주로 독백을 통해 의사를 전달한다. 5막 서두에서 용서와 회개의 고백을 통해 갈등 해결의 실마리를 제공한다.

세상의 남편들이여. 당신들이 내가 했던 대로 행했더라면 얼마나
많은 사내들이 사소한 잘못을 트집 잡아 자신보다 나은 아내들을 죽
였겠는가?5.1.2-5

그런데 이 극에서 애국심을 고취시키는 인물 중에 악당 캐릭터인
왕비와 클로텐이 포함된 점은 석연치 않다.05 비록 전쟁에서 승리했지
만 심벨린왕은 로마에 계속 조공을 바칠 것을 약속한다. 왕의 백부개시
벌린조차 조공을 거부해야 한다고 주장한다. 3.1.11 클로텐도 강경하다.
"앞으로도 수많은 시저가 나오겠지요. 브리턴은 엄연한 독립국인데
우리에게 코가 달렸다고 해서 돈을 낼 이유가 어디 있어요."3.1.12-16
왕비는 더욱 당당하다. "시저가 우리를 정복한 듯하지만 이 땅에서는
실패했어요. '왔노라, 보았노라, 정복했노라'라는 그자 특유의 허세
를 여기서는 부리지 못했다, 이 말이지요."3.1.23-25 브리턴이 로마에
게 조공을 바칠 것인가라는 중차대한 국사에서 심벨린은 새 왕비의
아들 클로텐에게 "네 어머니가 결정하도록 하라."3.1.40라며 악녀에게
가장 중요한 국정 문제에 대한 판단을 위임한다.

신의 섭리

이 작품에는 '신의 선택'이란 단어가 유난히도 많이 등장한다. 심

---

05 박효준, 위의 글, p. 229.

벨린의 궁극적 갈등 해결은 신의 섭리에 달려 있다. 피사니오는 포스투머스와 이모진, 그리고 클로텐으로부터의 소식이 두절되자 노심초사하여 신에 매달린다. "이제는 하늘에 맡기는 수밖에 없다."4.3.41 전쟁에 승리한 심벨린도 분쟁의 해결을 신에게 위탁한다. "하늘이 이 모든 것을 바로잡으리라."5.4.68 또한 전쟁포로가 된 루키우스는 전쟁에서 이기고 지는 것은 운이라고 말하면서5.4.75-76 그것도 신의 뜻이라고 주장한다.5.4.78-79 운명은 신의 섭리인 것이다.

브리턴이 로마에 승리했음에도 불구하고 이모진은 루키우스를 계속 섬기겠다고 충성을 맹세하고,5.4.404-405 심벨린은 로마 제국에 복종하고 종전대로 조공을 바치기로 약속한다.5.4.461-463

심벨린의 결정은 기독교 섭리의 일부다. 그것은 아우구스투스의 평화, 즉 전 세계가 그리스도의 탄생에 필요한 평화를 존속시키는 조건을 가능하게 하기 때문이다. 심벨린은 그리스도 탄생 무렵의 브리턴왕이다. 언젠가 브리턴은 로마 제국의 몸체가 기독교라는 좀 더 큰 그리스도의 몸 안에 흡수될 것이다.06

오도된 성적 집착

21세기에 들어 이 작품은 사내들의 성에 대한 오도된 집착을 풍자한다는 페미니스트적 해석이 강하게 대두되었다. 포스투머스는 이기

---

06   이용관, 위의 글, p. 193.

적 사랑의 인식을 드러낸다. 사랑의 징표로서 반지와 팔찌에 대한 과도한 집착 때문에 이모진의 순결을 놓고 자코모와 '내기'를 걸어 갈등을 자초한다.

한편 클로텐은 성적 열등감에 시달린다. 일방적으로 사랑하는 이모진을 수중에 넣기 위해 전문악사를 동원한다. 악사들에게 세레나데를 주문하면서 "너희들의 손놀림으로 그녀를 '꿰뚫어 penetrate'다오. 혀로도 해보자꾸나." 2.3.13-14 겉으로 드러난 것은 기악과 성악을 통한 정서적 호소이지만, 숨은 기제는 성적 공격이다. 일종의 청각적 겁탈이다. 자신의 입으로 고백하고, 2.3.29 주위 인물도 증언하듯이 그는 '거세된 닭' 2.1.21, 즉 성적 무능력자이다. [07]

이모진이 구애를 거부하자 클로텐의 열등감은 더욱 자극된다. 포스투머스와 자신을 비교하는 것조차 참을 수가 없다.

당신의 머리카락 한 올 한 올이 당신과 같은 사람으로 변한다손 쳐도 포스투머스의 몸을 감싼 남루한 옷이 더욱 소중해요. 2.3.130-133

분노한 클로텐은 복수를 다짐하지만 오히려 자신이 희생양이 된다. 작가는 클로텐이 무대에 처음 등장하면서부터 그가 우연히 희생양이 된 것처럼 복선을 깐다.

07　David M. Bergeron, "Sexuality in Cymbeline", *Essays in Literature* 10:2, Fall 1983, p. 163; 이용관, 위의 글 p. 180에서 재인용.

전하, 셔츠를 갈아입으시는 것이 좋겠습니다. 그렇게 과격한 행동을 하시니 마치 제물처럼 온몸에서 김이 나고 있군요. 1.2.1-2

클로텐은 자신이 제물이 될 줄 모르고 복수를 계획한다.

포스투머스, 네 머리가 지금은 네 어깨 위에 붙어 있지만 이제 곧 떨어져 나갈 테고, 네 여자는 겁탈당할 것이며, 너의 옷은 그녀의 면전에서 갈가리 찢길 것이다. 그러고선 그녀를 발로 차면서 제 아버지에게 끌고 가야지. 4.1.14-18

클로텐의 발언은 포스투머스가 '정조 내기'에서 자코모에게 졌다고 생각한 순간 그의 입에서 터져 나온 발언과 흡사하다.

그녀가 여기에 있다면 사지를 찢어 버리고 말 테야. 아니 궁궐에 가서 그녀의 부왕 앞에서 그래야겠다. 2.4.147-149

관객^{독자}은 폭행의 충동에 사로잡힌 포스투머스와 클로텐 사이에 공통점을 감지한다. 후일 프로이트가 세운 가설에 따르면 클로텐은 포스투머스의 대리 자아, 그중에서도 부정적 자아가 외부로 구현된 인물이다. 클로텐은 포스투머스 대신 죽는다. 포스투머스의 셔츠를 입고 웨일스로 복수의 길에 나섰다가 가이더리어스에게 참수당한다.
포스투머스와 이모진은 정식 결혼을 했지만 성적 결합은 없었다.

그녀는 남편인 나에게조차도 정당한 기쁨을 억누르고 절제를 호소
했다. 2.4.161-162

자코모와 포스투머스 사이에 '정조 내기'는 이탈리아와 브리턴,
두 나라의 자존심이 걸린 문제이기도 하다. 포스투머스가 이모진이
유럽 여성보다 "더 아름답고 덕이 있고 현명하며, 정숙하고 충실하고 재주
있고 어떤 유혹에도 넘어가지 않는다."1.4.55-56고 자랑한다. 자코모의
반박인즉,

우리 이탈리아 여성보다 뛰어나다는 말은 용납할 수 없소. 1.4.62

포스투머스의 재반박이다.

당신네 이탈리아에는 내 아내의 정조를 빼앗을 한량은 절대로 없
소…… 이탈리아에 아무리 도둑이 많아도 내 반지만은 절대로 훔칠
수 없소. 1.4.90-94

개인의 정절 문제가 국가적 충절의 문제로 확대된다. 정직한 브
리턴인이 교활한 이탈리아인을 상대하는 것이다. 극의 후반부에서
자코모는 "이 이탈리아인의 두뇌가 아둔한 브리턴인을 상대로 수작
을 꾸몄다."5.4.196-197 라고 실토한다.

남성 로고스의 상실과 회복자로서의 여성

남성 자율권의 실패가 극의 심리적 시작이다. 자율권을 상실한 아버지 심벨린의 심리와 이를 치유하는 딸 이모진의 역할이 대조된다. 카를 융의 '집단무의식' 이론에 따르면 남성의 로고스와 여성의 에로스가 균형을 이루는 곳에 일상의 행복과 사회의 안정이 이루어진다. 로고스는 이성적 사유로 집안의 질서를 통제한다. 반면 에로스는 감성적인 포용의 미덕으로 돌봄과 인내를 통해 후세에 전승한다.

셰익스피어극에서 젊은 여주인공과 아버지의 갈등은 '어머니의 부재'로 인해 발생한다. 이 극에서 딸 이모진은 계모에게 국정 주도권마저 빼앗긴 부왕의 흔들리는 로고스를 되찾아 주는 역할을 한다. 자코모의 참회, 포스투머스의 후회와 심벨린의 의식 변화 등등 불안정한 로고스의 소유자인 남성 캐릭터들을 뒷받침해 주는 것이 여주인공이다. "여성은 남성의 그림자가 비추는 바로 그 지점에 서 있다"라는 카를 융의 논제가 제시된 것이다. 〈페리클레스〉의 마리나의 경우와 같이 통치자의 권위와 온정적인 부권이 회복되는 계기는 승화된 의식의 소유자인 딸을 통해 마련된다.[08]

---

08 박정재, 〈심벨린(Cymbeline): 남성들의 로고스의 상실과 회복자로서의 여성의 심리학적 분석〉, *Shakespeare Review*, Vol. 55, 2019, pp. 215~234.

과부는 악처?

    동시대 작가들과는 달리 셰익스피어는 작품 속에 아내가 남편을 살해하거나 상해하는 장면을 거의 넣지 않았다. 그러나 예외적으로 이 작품에서 무명의 사악한 여왕이 자신의 아들을 왕으로 만들기 위해 국왕의 살해를 기도한다. ^{5.6.49-91} 이 경우는 반역죄에 해당하는 것으로 통상의 남편 살해와 다르다. 가장을 살해하는 것은 준반역 ^{petty treason} 이다. 말괄량이 캐서린의 유명한 연설 구절 속에 법리가 담겨 있다. 〈말괄량이 길들이기〉, 5.2.160-165

    셰익스피어극에서 과부는 흔히 악처로 그려진다. 특히 〈타이터스 앤드로니커스〉, 〈말괄량이 길들이기〉, 그리고 이 작품에서 잘 드러난다. 〈타이터스 앤드로니커스〉에서 새 왕비, 타모라는 욕정, 탐욕, 부정, 사악함의 화신이다. 그러나 결혼 상대자인 새 황제 새터니어스 ^{Saturnius} 도 마찬가지로 악한이다. 서로 어울리는 배필이라고나 할까. 〈말괄량이 길들이기〉에서 구혼에 실패한 호텐시오는 '외모보다는 여성다운 착한 마음씨' ^{4.2.41} 의 소유자일 것으로 착각하고 과부와 결혼한다. 그러나 알고 본즉 그녀 또한 모태 말괄량이다. ^{4.2.50-52}

    〈심벨린〉에서 클로텐의 어머니, 새 왕비는 이름조차 없다. "그^왕가 근래 결혼한 이 과부에게는 끝없는 재앙이 일어난다." ^{1.1.5-6} 라고 무성의하게 언급되어 있을 뿐이다. 극도의 푸대접이다.

6

두 귀족 친척

The Two Noble Kinsmen
(1634)

사후 친자 인지 작품

〈두 귀족 친척〉은 〈에드워드 3세〉와 함께 20세기 후반에 들어서야 비로소 셰익스피어가 쓴 것으로 공인받은 작품이다. 법률적 표현을 빌리면, 오래 버려져 있다가 작가의 사후에 친자식임을 인지받은 자녀에 비견할 수 있을까? 제프리 초서의 《캔터베리 이야기 The Canterbury Tales 》에 담긴 〈기사 이야기 Knight's Tale 〉 로맨스를 재코비언 Jacobean 시대극으로 전환한 것이다. 로맨스는 기독교 이전의 유럽에서 구전되던 이교도의 설화를 재구성한 이야기였다. 초서는 중세 기독교 종교관을 포함시키면서 알레고리 요소를 담은 문학으로 승화시켰다. 그로부터 2세기 후 셰익스피어는 동업자 존 플레처와 함께 당시에 인기가 일던 로맨스 희비극으로 리메이크한 것이다. 이들의 리메이크 이전에도 최소한 두 차례 희곡으로 연출된 바 있다. 두 동업자는 같은 시기에 〈헨리 8세〉도 공동으로 집필한다. 이때 셰익스피어는 이미 은퇴한 몸으로 고향 스트랫퍼드에서 유유자적 만년을 즐기고 있었다. 따라서 이 작품에도 후배 플레처의 기여가 더욱 컸을 것이라는 추정이 가능하다.

〈프롤로그〉에서 작가는 위대한 초서의 명성을 승계할 야심을 강하게 품지만 뜻을 이루지 못할 것을 두려워한다.

> 새 연극은 처녀와도 같은 것이지요. 건전하고 건강하면 손님도 많이 끌고 돈도 많이 생길 것입니다.1-3
>
> 만인이 칭송하는 초서의 이야기라 영원불멸의 작품으로 살아 있습니다. 우리가 이 고귀한 이야기의 품격을 떨어뜨려, 후세인들의 첫 반응이 야유라면 위대한 초서의 관이 흔들리고 땅 속에서 통탄할 것입니다. '오! 바람을 일으켜 멍청한 작자의 쭉정이를 날려 버려라. 내 월계관을 망가뜨리고 내 작품의 명성을 로빈 후드보다 가볍게 만들다니'라며 한탄할까 봐 걱정이오.13-21
>
> 이 연극이 우리에게 다소나마 무료함을 달래 주지 못하면 손실이 너무 커서 이 짓을 걷어치워야 하겠습니다.31-33

만약 흥행에 실패하면 극단 배우들의 생계가 위태로울 것이다.

우울한 좌절

극의 개시부터 우울과 좌절의 분위기가 감돈다.[01] 막이 열리면서 예정했던 아테네의 공작 테세우스와 아마존의 여왕 히폴리타의 결혼식이 느닷없이 등장한 세 여인 때문에 중단된다. 테베의 왕 크레온에게 저항하다 죽은 이웃 세 나라 왕의 부인들이다. 남편들의 장례도 치르지 못하게 하고 시신을 까마귀밥으로 내버린 크레온을 응징해 달라는 청원이다. 소포클레스의 비극 〈안티고네〉의 주제이기도 하다. 죽은 자에 대한 응분의 예를 금하는 것은 인간성에 대한 모독이자 왕국의 법보다 상위에 있는 자연법 natural law 의 위반이다.

초서의 테세우스는 세 왕비의 호소를 즉시 받아들여 크레온의 정벌에 나서지만 셰익스피어의 테세우스는 주저한다. 한 왕비가 호소한다.

> 회의에서 주피터마저 빼낼 수 있는,
> 여인의 팔이 그대를 공식적으로 안아
> 품을 때는 간청도 소용없지요. 오! 그녀의 앵두 같은
> 입술이 폐하의 탐스러운 입에 맞출 때, 썩어 가는 왕들과
> 눈물로 푸석한 왕비들을 생각할 틈이 어디 있으리오. 1.1.175-180

---

01   남장현, 〈《두 사촌 귀족》에서 좌절과 상충의 생성 역할〉, *Shakespeare Review* Vol. 52, 3 Fall 2016, pp. 353~376.

간절한 읍소에도 불구하고 미동도 보이지 않던 테세우스는 히폴리타와 에밀리아의 협박 어린 간청을 들은 후에야 비로소 결심한다. '초야'의 환희를 연기할 대의명분이 서는 일일 것이다.

히폴리타 자매도 멸망한 나라의 귀부인이다. 여전사들이 세운 아마존국은 멸망하고 여왕 히폴리타는 항복하여 테세우스의 아내가 될 예정이다. 여동생 에밀리아도 언니와 함께 아테네에 복속한다.

히폴리타는 만약 테세우스가 이들의 청원을 들어 주지 않으면 잠자리를 거부하겠다며 협박한다. 여성 주민뿐인 아마존국에서 남자는 후손을 생산하기 위해 필요한 시점에 일시 수입해서 쓰고 이내 버렸었다.

섹스 파업은 아리스토파네스의 희극 〈리시스트라테〉에 등장하는 에피소드다. 스파르타와 아테네 사이에 전쟁이 벌어진다. 같은 신을 섬기는 그리스인 사이의 내전이기도 하다. 아테네의 여성 지도자 리시스트라테는 스파르타의 람피토와 공모하여 전쟁을 종식시킬 묘책을 고안한다. 그리하여 사내들이 전쟁을 포기하기 전에는 잠자리를 거부하는 섹스 파업을 감행할 것을 합의한다.[02]

히폴리타가 모든 여자의 입장을 대변하여 청한다.

더 진한 저의 욕구를 절제하고 당장 약이 필요한 슬픔을 고쳐 주지 않으면 모든 여인의 욕을 제 한몸이 받게 되어 있어요. 1.1.189-193

---

02 안경환, 《법과 문학 사이》, 까치, 1995, pp. 354~356.

에밀리아도 동참한다.

> 형부께서 들어주시지 않으면 이후로 형부께 어떤 청도 드리지 못
> 하고, 저도 남편 얻을 생각을 버리겠어요. 1.1.205-208

두 여인의 청원을 받아들인 테세우스는 테베 정벌에 나선다. 팔
라몬과 아시테, 테베의 두 친척 청년은 독재자 크레온의 학정에 시달
렸음에도 침입한 외적 아테네를 상대로 조국 수호 전쟁에 기꺼이 나
선다. 둘은 적국의 포로가 되어 감옥에 갇히나 운명에 순응하고 심리
적으로 안정된 날을 보낸다.

감옥에 갇힌 사촌들은 같은 여자를 사랑하게 된다. 상대는 다름
아닌 히폴리타의 동생 에밀리아다. 둘이 맹세한 '영원한 우정'이 흔
들린다. 테세우스는 아시테를 아테네에서 추방하고 팔라몬은 죄수로
남긴다. 아시테는 석방되어 추방 명령을 받으나 신분을 감추고 숲속
에 숨어 살다 씨름 경기에 이겨 에밀리아의 경호원이 된다.

아시테는 추방 명령을 어기고 농부로 가장하여 숲속에 삶면서 에
밀리아의 동향을 추적한다. 한편 팔라몬에게 반한 간수의 딸이 그를
탈옥시켜 숲속에 숨겨 준다. 팔라몬은 숲속에서 아사 직전의 아시테
와 조우한다. 둘은 여전히 사랑의 쟁투를 계속하고 결투에 합의한다.
아시테는 팔라몬에게 음식을 제공하여 동일한 신체적 조건으로 결투
에 임한다. 그러나 결투를 결행하기 직전에 테세우스에게 발각된다.
테세우스는 두 청년 모두에게 사형을 선고하나, 히폴리타와 에밀리

아의 간청을 듣고 국외 추방으로 조정한다. 둘 다 떠나기를 거부하자 에밀리아에게 둘 중 한 사람을 선택하라고 명한다. 에밀리아가 결정을 내리지 못하자 테세우스는 둘에게 한 달 말미를 주고 결투로 승패를 가릴 것을 명한다. 승자는 에밀리아와 결혼할 것이되, 패자는 사형에 처한다는 것이다.

한편 간수의 딸은 짝사랑의 번민에 넘쳐 미쳐 버린다. 연신 헛소리를 내지르고 허깨비춤을 춘다. 동네 가무단이 그녀를 발견하여 합류시킨다. 사냥에서 돌아온 국왕 내외가 나타나자 환호하는 가무단은 국왕 부처 앞에서 '모리스 댄스'를 공연한다. 국왕은 무지렁이 극단에게 상을 내린다. 테세우스는 팔라몬의 도주에 책임이 없는 간수를 면책하고 사랑 때문에 이성을 잃은 딸도 사면한다. 간수의 친구인 의사가 처녀의 정신병을 치료하기 위해 가짜 팔라몬을 주선하기도 한다. 이전에 그녀에게 구애하던 청년을 팔라몬이라고 속인 것이다. 딸의 건강은 서서히 회복된다.

결투에 앞서 아시테는 마르스 신에게 자신의 승리를 빈다. 팔라몬은 비너스 신에게 에밀리아와 결혼하게 해 달라고 빈다. 그리고 에밀리아는 다이애나 신에게 자신을 가장 사랑하는 사람과 결혼하게 해 달라고 기도한다. 결투에서 아시테가 팔라몬을 이긴다. 그러나 극적인 반전이 일어난다. 패자 팔라몬이 사형 집행을 기다리는 동안 전령이 달려와 아시테가 말에서 떨어져 죽었다는 소식을 전한다. 아시테는 죽기 직전에 에밀리아에게 팔라몬과 결혼하라고 당부한다.

우정과 애정

한 여자를 두고 갈등하는 두 사내의 우정, 셰익스피어 작품 상당수가 이 문제를 다룬다. 이 작품보다 20년 전 〈베로나의 두 신사〉 1589~1591에서도 이 주제를 다룬 바 있다. 줄기차게 작가의 관심을 붙잡아 둔 주제였다.

두 남자 사이의 돈독한 우정은 이성의 등장으로 균열이 생긴다. 갈등이 해결되려면 장애요인이 제거되어야만 한다. 사랑으로 인한 반목, 원망, 실망, 좌절, 분노, 겹겹이 쌓인 갈등 끝에 두 사내는 목숨을 건 결전을 벌인다. 그러고는 극적인 타협을 이룬다.

"피보다 진한 내 사랑, 팔라몬이여." 1.2.1 두 사촌은 함께 감옥에 갇혀 바깥세상과 단절해 있으면서 "슬픔을 함께 나눈다." 2.2.60 강하게 저항하기보다는 서로를 위무하면서 내일을 준비한다. 이 모습을 지켜본 간수의 딸은 놀란다. "둘은 식사도 잘하고, 언제나 명랑하고 많은 이야기를 나누지요. 자신들의 속박과 불행에 대해서는 한마디 불평도 없지요." 2.1.37-39 아시테는 감옥을 세속의 악과 부패로부터 자신들을 지켜 줄 '신성한 성역'으로 간주한다. 2.2.71

우리는 젊지만 명예로운 삶을 추구해. 함부로 어울리는 교제와 방종으로 순결을 더럽힌 여자처럼 우리를 명예에서 멀어지게 만든다…… 이렇게 함께 있어 서로에게 무진장한 금광이 되고 서로의 아내가 되어 끊임없이 새 사랑을 낳으니, 아버지며 친척이며 친구며 가족이다. 나는 그대의 상속자heir가 되고 그대는 나의 상속자가 되지. 이곳은 우리의 유산inheritance이 되고. 2.2.73-80

감옥에 갇힌 두 사람은 내면의 세계를 성찰하며 자족적 세상을 상상한다. 그들은 감옥이 마치 질투, 질병, 육체적 사랑 등 세상의 모든 번뇌로부터 자신들을 지켜 주는 방벽이라도 되는 양 여긴다. 감옥에서 팔라몬은 바깥세상은 '한갓 번지르르한 그림자에 불과'한 것을 꿰뚫어 본다. 2.2.102-103

신영복의 《감옥으로부터의 사색》을 떠올린다. 무기징역을 선고받은 20대 혈기왕성했던 청년은 감옥을 사색과 성찰의 수련장, 즉 소중한 인생의 대학으로 삼았다. 20년 후 육신의 자유가 주어졌을 때 그의 마음은 한층 승화된 자유인이 되어 있었다. 사색에 사색을 더하여 새로운 인간으로 재탄생한 그는 나랏일과 사회제도보다 인간과 인간 사이의 본질, 그 관계의 미학을 탐구하여 '더불어 숲'의 철학 세계를 건설하고 시대의 스승으로 살다 안온한 마음으로 떠났다.[03]

팔라몬은 아시테와의 관계를 "영원히 깨어지지 않을 우정"2.2.114-115으로 표현한다. 이러한 믿음은 극적 아이러니로 나타난다. 극도의 상호 헌신을 맹세한 언어는 이내 극한 비난으로 바뀐다. "친구가 어찌 배신할 수 있나? 그처럼 고귀하고 아름다운 부인을 배신으로 얻는다

---

03   신영복, 《감옥으로부터의 사색 — 통혁당사건 무기수 신영복 편지》, 햇빛출판사, 1988; 최영묵·김창남, 《신영복 평전》, 돌베개, 2019.

면 정직한 사람은 다시는 사랑하지 말아라." 2.2.233-236

여자의 출현으로 남자끼리 다진 결속은 실로 허무하게 무너진다.

> 팔라몬 : 그럼 그녀를 사랑한단 말이야?
> 아시테 : 누군들 안 그럴 수 있어?
> 팔라몬 : 그녀를 원하는 거야?
> 아시테 : 너무나 절실하게.
> 팔라몬 : 내가 먼저 보았어. 2.2.159-163

"내가 먼저 보았어"라는 말로 둘 사이에 균열이 시작된다. 마치 누가 먼저 선점만 하면 여자의 마음을 확인할 필요도 없이 저절로 따라오게 되어 있는 듯한 사내들의 윤리관이다.

의절義絶하기에 앞서 아시테가 팔라몬을 비난한다. "간악하게, 이상하게, 너무나 고귀한 혈통에 어울리지 않게 행동했다." 2.3.193-194 그러나 비록 한 여자를 두고 애정의 경쟁자가 되었지만, 인간으로서의 예의는 잃지 말아야 한다. 그게 사내의 도량이자 미덕이다. 결투에 나서기에 앞서 둘은 서로를 껴안고 점잖은 격려를 주고받는다.

> 아시테 : 팔은 가리지 않고 싸울 텐가?
> 팔라몬 : 한결 더 가볍겠지.
> 아시테 : 하지만 장갑은 껴라. 너무 작구나. 내 것을 써라, 착한 사촌.
> 3.6.63-65

아시테는 죽어 가면서 팔라몬에게 당부한다. 에밀리아에 대한 사랑은 결코 뒤지지 않지만 사랑과 운명의 신이 택한 승자에게 축복을 보낸다.

에밀리아와 결혼하게나. 그녀와 함께 세상의 모든 기쁨을 만끽하시게나. 5.6.90-91

남자의 사랑, 여자의 사랑

팔라몬와 아시테는 "이 세상에 우리 둘만큼 서로 사랑한 사이는 없을 거야"라고 다짐한다. 2.2.113 그러나 관객은 달리 생각할지도 모른다. 죽은 친구 플라비나에 대한 에밀리아의 사랑 또한 두 남자 사이의 사랑에 뒤지지 않는다. 에밀리아도 열한 살 때 친구 플라비나가 죽자 자신의 우정과 사랑이 끝났다고 탄식했다.

죽은 친구를 회상하며 되뇌인다. "여자 사이의 진정한 사랑은 이성과의 사랑보다 더욱 진한 거야." 1.3.81-82 죽은 여자 친구의 추억 때문에 오랫동안 남자에게 정을 줄 수 없을 것 같다고 말한다. 애정과 결합된 우정은 남녀 차이가 있을 수 없다. 극의 마지막에 에밀리아와 팔라몬은 둘 다 '사랑하는 사람을 잃은' 5.6.112 슬픔을 극복하고 결합한다. 우열을 가릴 수 없이 출중한 두 청년 중에 자신의 의지와는 무관하게 남은 자를 안아야 하는 잔인한 선택을 강요당한 에밀리아가 울부짖듯 외친다.

이런 게 승리인가? 신이여, 자비는 어디로 갔나요? 당신들의 뜻으로 그럴 수밖에 없었지만 어떤 여인보다도 더 귀중한 목숨과 헤어진, 친구 잃은 불쌍한 이 왕자를 위로할 책임을 제게 주지 않았다면 저 역시 죽어야 하고 죽고 싶어요. 5.5.137

테세우스는 남은 두 사람에게 넋두리하듯 인간의 운명을 결정하는 것은 인간 자신이 아니라 신이라는 철학적 메시지를 남긴다.

오, 신묘한 신들이여, 어찌 우리 인간을 이렇게 다루시나이까?
5.6.131–132

짝사랑의 비련

팔라몬을 짝사랑한 간수의 딸의 독백이다. 오필리어를 연상시키는 대목이다.

어쩌다 내가 이분을 사랑하게 된 걸까? 2.4.1
나를 좋아할 리 없는데. 난 천하고 아버지도 보잘것없는 간수잖아. 그분은 고귀한 왕자님이시고, 결혼은 꿈도 꾸지 못하는데, 노리개가 되는 것은 바보짓이지. 2.4.2–5

그러나 자신도 주체할 수 없는 충동과 사명감의 포로가 되어 님을 감옥 밖으로 내보낸다.

넌 미쳤어. 2.2.204

사내들은 미친 존재야. 2.2.125

간수의 딸은 팔라몬에 대한 이룰 수 없는 사랑으로 미쳐 간다.

3막 2장은 사랑에 빠진 처녀의 독백만으로 구성된다. 음식을 가지고 숲으로 돌아온 그녀는 팔라몬이 사라진 것을 발견하고 행여 야수의 공격을 받고 죽지 않았나 하는 걱정으로 두려움도 느끼지 못한다. 3.2.5-6 이틀 동안 밥도 못 먹고 3.2.25 정신이 혼미한 상태에 이른다.

이태백의 명시 〈추풍사秋風詞〉 구절이 떠오른다.

그리움의 문에 들어서니, 入我相思門

그리워하는 고통을 알았네. 知我相思苦

정신 줄을 놓지 말자. 이러다 물에 빠지거나, 자신을 찌르거나 목을 매면 안 돼. 오, 내 안에서 타고난 모든 것을 멸하고. 3.2.29-31

절망의 늪에서 벗어날 수 있는 유일한 길은 스스로 사라지는 것이다. 자살의 가능성이 비친다.

모든 일이 다 끝났는데, 나만 끝내지 못한 거야. 결론은 이것, 끝, 그게 다야. 3.2.36-38

다시금 오필리어가 연상된다.

여성 공동체의 꿈

남자 때문에 미쳐 버린 간수의 딸은 여성 공동체를 생각한다.

친구를 데려가야지. 나처럼 사랑하는 백 명의 까만 눈 처녀들을.
머리에는 수선화 꽃띠를 메고, 앵두 입술과 연분홍 장미 같은 뺨을
지닌 우리 모두 신비스러운 춤을 추며. 4.1.71-75

이 생각은 팔라몬을 풀어 줄 때부터 암시적으로 표출된 바 있다.

정직한 마음의 처녀들이 나를 기리는 노래를 부르며, 순례자처럼
고귀한 죽음을 택했다고 기억해 주겠지. 2.4.14-17

여성 공동체의 꿈은 극의 초반부에 앵두 입술의 히폴리타가 "우
리 성의 타고난 자매"를 언급하면서 제시된 바 있다. 여성 사이의 유
대는 에밀리아와 플라비나의 우정에서 견고해진다. 아시테와 팔라
몬, 에밀리아, 그리고 간수의 딸로 이어지는 동성 공동체는 간수의 딸
이 광기 속에서 '꿈꾸는 다른 세계, 더 나은 세계' 4.3.4-5 일 수 있다. 그
러나 그런 세상은 상상 속에서만 존재할 수 있는 환상의 세계이다. 현
실의 세계는 남녀의 끊임없는 욕망과 욕망의 부재로 고통받는 인간으
로 가득 찬 세상이며, 남녀 사이의 사랑과 갈등이 야기하는 죽음과 어
둠으로 가득 찬 세계일지도 모른다. [04]

---

04   남장현, 위의 글, p. 367.

7

소네트

Sonnets
(1593~1603)

시인, 셰익스피어

불세출의 극작가, 윌리엄 셰익스피어는 자신의 조국에서는 '시인 The Bard, The Poet'으로 불린다. 군이 '스트랫퍼드'라는 출생지를 수식어로 붙이지 않아도 '시인'이라면 그를 지칭하는 것으로 아는 사람이 많다. 군이 필적할 만한 경쟁자가 있다면 존 밀턴John Milton, 1608~1674 정도일 것이다. 셰익스피어의 희곡 39편은 대사의 절반이 운문으로 쓰였으니 그럴 법도 하다. 그런데 셰익스피어의 작품 중에 정식으로 '시'로 분류되는 작품들이 있다. 셰익스피어 시의 대명사인 〈소네트〉에다 〈루크리스의 겁탈〉, 〈비너스와 아도니스〉, 〈연인의 탄식〉, 《열정적인 순례자》를 한 보자기로 싸서 '셰익스피어 시'로 부른다.

《열정적인 순례자》

1599년 런던에서 출판된 시선집 《열정적인 순례자 *The Passionate Pilgrim*》 출판인 윌리엄 재거드 William Jaggard 에는 20편의 시가 실려 있었다. 셰익스피어가 저자로 표시되어 있었으나 실제로 그의 작품은 6편에 불과했다. 〈소네트〉에서 2편,[01] 〈사랑의 헛수고〉에서 3편을 뽑았고, 〈비너스와 아도니스〉의 일부가 수록되었다. 셰익스피어의 작품은 시선집의 앞쪽에 수록되어 있다. "내 애인은 자기는 진실이라고 맹세하나 거짓인 줄 알면서도 믿어 주어" 1번, 〈소네트〉 138, "내 사랑은 둘, 위로와 절망. 언제나 천사처럼 내 귀에 속삭이지." 2번, 〈소네트〉 144 3~5번은 〈사랑의 헛수고〉에서 옮겼다. "그대 눈의 천사 같은 수사학에 이 세상 누구도 대적하지 못하리" 4.3.58-60, "사랑 때문에 맹세를 어기면 어찌 사랑을 맹세하랴?" 4.2.106-109, "어느 날, 운명의 그날" 4.3.99-118 순으로 실려 있다.

〈연인의 탄식〉

1602년경에 쓴 〈연인의 탄식 A Lover's Complaint〉은 사내에게 농락당하고 버림받은 여인의 비가 悲歌 다. 가문의 차이, 부모의 반대 등을 내세워 자신의 행위를 변명하기에 급급한 사내의 비열함이 엿보인다.[02]

---

01 《셰익스피어의 소네트 *Shakespeare's Sonnets*》가 정식으로 출판된 것은 1609년이다.

02 Park Honan, *Shakespeare: A Life*, First Edition, 1998, 김정환 옮김, 《셰익스피어 평전》, 삼인, 2018, p. 407.

법률 용어들과 함께 법적 은유가 진하게 깔려 있다.

> 꼭꼭 접은 쪽지들도 많이 있었고
> 읽어 보곤 한숨을 쉬고, 찢어 던지고
> 사랑 문구 새긴 posied 상아 반지, 금반지를 깨뜨려서
> 흙 속에 무덤 찾아 누우라 하고
> 구슬프게 피로 쓴 편지들도 있었는데
> 명주실로 예쁘게 정성스레 감아서
> 정교한 비밀을 단단히 봉인했다 sealed . 43-49
>
> 그대 요구에 낡아 빠진 이야기는
> 교훈이 무색해지며 그대 불을 지르면
> 재산과 효성과 법률 law 과 가문의 명성이
> 식어 빠진 장애물 impediments 이 되고 마는 것.
> 사랑의 무기는 평화이니 규율과 이치와 수치에 저항하여
> 뼈아픈 강제와 충격과 공포의 쓴맛을 달게 만드오.
> 내 마음에 딸려 있는 저들의 마음도
> 내 마음이 터질세라 피나는 아픔으로
> 애원의 한숨을 당신에게 보내니
> 이 마음을 겨냥한 포격을 중지하고
> 정다운 내 말을 차분히 들어주어
> 내 마음의 진실을 내세우고 보증하는
> 강렬한 이 맹세를 strong-bonded oath
> 믿어 주시오. 267-280

그러고는 내 얼굴을 바라보던 두 눈에

고였던 눈물을 떨구고 말았소.

두 뺨은 샘에서 흐르는 냇물이 되고

짠 눈물은 급류가 되어 흘러내렸소.

뺨 위에 흐르던 눈물 강의 예쁨이란!

물속에 비친 붉게 탄 장미꽃 더미

장미 뒤덮은 수정처럼 맑은 장막!

오오, 어르신, 눈물 한 방울 속에

지옥 같은 마술이 들어 있나요?

아무리 돌 같은 심장이라도

눈물의 홍수가 잠식하지 않겠어요?

오오, 갈등! 차가운 정절, 뜨거운 분노

더운 불과 차가운 물이 한데 하나니. 281-294

그 모든 꾸민 감정, 꾸어 온 표정이

한 번 속인 여자를 다시 속이고

뉘우치는 처녀를 또다시 울리겠지. 327-329

〈불사조와 비둘기〉

불사조와 비둘기는 각각 용맹과 순결을 상징한다. 불사조는 아라
비아에서 살다가 자신의 몸을 불살라 죽고 다시 태어난다는 전설의
새다. 즉 부모 없이 스스로 생멸 윤회의 순간을 선택하는 지혜의 새

다. 이 시는 영원히 죽지 말아야 하는 순수한 사랑의 죽음에 대한 진혼곡이다. 죽어서도 다시 되살아나는 불멸의 사랑에 대한 찬가이기도 하다.

> 불사조와 비둘기는 날아갔으며
> 서로를 불태우고 사라져 버렸다.
> 둘은 나뉜 사랑으로 사랑했지만
> 그 본질은 하나 속에 들어 있으니
> 분명히 둘이면서 구분이 없어
> 사랑의 숫자는 죽어 버렸다. 23-28
> 심장이 따로 떨어져 있으나 찢어지지 않았다.
> 거리가 있으나 공간은 보이지 않았다. 29-30

소네트, 영어 최고의 사랑 노래

셰익스피어 시의 압권은 물론 〈소네트〉다. 이탈리아어로 소네토 sonnetto는 '작은 소리'라는 뜻으로 어떤 형식이든 짧은 시를 의미했다. 그러나 셰익스피어 시대에는 특별한 운율 구조를 갖춘 14행시를 지칭하게 되었다. 소네트는 이룰 수 없는 사랑에 대한 애절한 그리움이나 비현실적인 꿈을 노래하는 귀족문학의 전형이 되었다. 페트라르카1304~1374가 구원의 여인 라우라에게 보낸 사랑의 찬가가 고전적 모델이다.

소네트 쓰기는 유럽의 궁정시인들 사이에 널리 유행했고 셰익스피어 시대 영국에서도 보편화되었다. 당시 법학원 교육에도 소네트 읽고 쓰기는 중요한 과목이었다. 소네트 14행의 구성을 보면 각 4행으로 이루어진 3개 문단이 전장이 되고, 마지막 2행이 후장이 된다. 한시의 기승전결처럼 앞서 세 문단에서 전개된 이미지가 마지막 2행에 와서 구체화된다. 마지막 2행은 우리나라 시조의 후장과 같이 순조로운 흐름을 깨뜨리며 비약의 멋과 맛을 보여 준다. 첫 행은 악센트가 약강으로 된 단어를 사용한다. 셰익스피어의 〈소네트〉는 영어로 쓴 최고의 사랑 노래로 애창된다. 20세기 중반까지도 미국의 상류사회 자제들의 혼인에 성경과 함께 단골로 암송되었다.

진실한 마음이 결합한 혼인에
장애물을 용납하지 않으리.
변할 명분 따라 변하고
변절하고 변심하는 사랑은
사랑이 아니로다. 결단코 아니로다!
사랑은 영원히 변치 않는 표적
거센 비바람에도 흔들리지 않는 반석
방황하는 배들에게 밤하늘의 북두성이로다.
높이는 가늠할 수 있어도 깊이는 알 수 없는 것
사랑은 세월의 광대가 아니다.
장밋빛 입술과 뺨은 세월의 낫에 베일지라도
사랑은 짧은 시일에 변치 않으리.

운명의 칼날이 내릴 때까지 견디어 나가는 것.

만일 이것이 틀린 생각이고

또 틀린 것이 입증된다면

나는 맹세하리라.

여태까지 그 누구도

사랑하지 않았노라고. 〈소네트〉 116

〈소네트〉는 셰익스피어의 초기 작품인 만큼 시인의 자전적 요소가 강하고 현시적 자만심을 노골적으로 드러냈다는 평가를 받는다. 문학적 가치에 대한 비평가들의 평가는 인색하다. 이 사실에 분개한 워즈워스William Wordsworth, 1770~1850는 〈소네트를 멸시하지 말라! Scorn not the Sonnet: Critic, you have frowned〉라는 제목의 시를 쓰기도 했다. 셰익스피어 이후로 가장 위대한 영국 시인 중의 하나로 숭앙받는 그는 소네트야말로 셰익스피어의 심장을 여는 열쇠라고 썼다. "이 열쇠를 가지고 셰익스피어 그 마음의 문을 열었고."[03]

〈소네트〉 속의 시인은 자신의 작품이 세세연년 변치 않는 명성을 누릴 것이라는 확신을 편다. "대리석도, 왕후를 위해 세운 금빛 찬란한 기념비도, 이 시보다 오래 남지 못하리라." 〈소네트〉 55 이 말로도 부족하여 천상천하 유아독존에 찬 선언을 주저하지 않는다. "인간이 숨을 쉬고 눈으로 볼 수 있는 한, 이 시는 살아 그대에게 생명을 주리니." 〈소네트〉 18

---

03   …with this key Shakespeare his heart unlocked.

154편의 소네트는 각각 독립된 한 편의 시로 읽어도 무방하다. 사랑을 전면에 내세우나 이면에 담긴 욕망, 배신, 늙음, 시간, 죽음[04] 등등 인간사의 모든 주제에 대한 성찰이 담긴 잠언이기도 하다.

네덜란드 라이덴의 한 건물 벽에 적힌 셰익스피어 〈소네트〉 30번

엘리자베스 시대 말기에는 신에 대한 사랑을 찬송하는 종교적 소네트가 성행했다. 성직자 시인, 존 던 John Donne, 1572~1631 이 대표적인 예다. 셰익스피어의 〈소네트〉 146번도 종교적 소네트로 분류된다. 이 〈소네트〉는 다른 153편과는 확연히 다르다. '신성한 소네트holy sonnet' 또는 '신의 명상divine meditation'이란 별명을 얻을 정도로 종교적 색채가 짙다. "불쌍한 영혼, 죄 많은 흙덩이…… 사람이 먹는 죽음을 네가 먹으리라. 죽음이 죽으면 죽음은 사라지리니."[05]

154편 소네트 전체를 하나의 긴 스토리로 엮을 수도 있다. 나이 든 시인과 외모, 신분, 재력을 두루 갖춘 젊은 '친구', 그리고 시인의 숨은 연인인 '검은 여인Dark Lady', 세 주인공 사이의 사랑과 배신, 이른

---

04 L. C. Knights, *Some Shakespearean Themes*, Stanford University Press, 1960, pp. 45~63('시간의 개념'); Bradin Cormack, "Shakespeare Possessed: Legal Affect and the Time of Holding", in Raffield & Watt(eds.), *Shakespeare and the Law*, Hart Publishing Co., 2008, pp. 83, 92~93.

05 Giorgio Melchiori, "Poor Soul: Sonnet 146 and Ethics of Reigion", *Shakespeare's Dramatic Meditations: An Experience in Criticism*, Oxford: Clarendon Press, 1976, pp. 161~196.

바 '삼자 동거menage à trois'의 갈등이 이야기다. 사랑과 갈등의 구체적 양상에 초점을 맞추어 154편의 순서를 재배열하는 시도도 있다.

시인은 친구를 끔찍하게 사랑한다. 우정 이상의 애정이다. 그러나 그 친구는 시인을 배반하고 검은 여인을 빼앗아 간다. 상심한 시인은 한동안 번민 끝에 친구의 배신을 용서하고 우정을 회복한다. 시인은 여인을 악마로 규정하는 반면, 친구는 악마의 유혹을 받은 천사로 여긴다. 대체의 평자들은 〈소네트〉 전체를 크게 2부로 나눈다. 전반부1-126는 시인이 친구에게 건네는 찬사와 충고의 모음이다. 후반부127-154는 애인의 미모를 찬미하면서 그녀의 부정한 행실을 비판한다. 평자에 따라서는 전반부를 좀 더 잘게 나누기도 한다.[06]

자전적 스토리?

작가의 개인적 체험과 시대적 사건이 작품에 투영되는 것은 지극히 자연스러운 일이다. 〈소네트〉 154편은 오랜 시일에 걸쳐 저술했고

---

06 즉 1~26번은 친구에게 결혼을 권유하는 내용이 주조를 이루고, 27~55번은 자신의 애인을 빼앗아 간 친구를 용서하는 내용이다. 56~77번은 친구의 냉담함을 비판하고 인생의 무상함을 경고한다. 78~101번은 친구가 다른 시인을 칭찬하고 자신의 명예를 훼손한 데 대한 비난을 담는다. 102~126번은 자신을 겨냥한 비판에 대해 침묵하는 사유를 변명한다. 127~152번은 애인의 부정(不貞)을 고발하는 내용이다(Charles Armitage Brown, *Shakespeare's Autobiographical Poems: His Sonnet Clearly Developed*, 1843, London: James Bohn, pp. 38~99).

자전적 요소가 풍부하다. 전기작가와 평자들마다 자신의 관심과 관점에 따라 작가의 일생과 연관을 찾아내기 바쁘다.[07] 단행본《셰익스피어의 소네트 *Shakespeare's Sonnets*》가 1609년에야 출간된 것은 어머니 생전에는 펴내지 않겠다는 작가의 결심 때문이었다고도 한다. 시골 아낙네가 노여워할 음란 문구들을 예술의 이름으로 설득할 자신이 없었을 것이다. 어쨌든 작가는 어머니를 땅에 묻고 난 지 8개월 후에 비로소 사랑의 시집을 세상에 내놓는다.[08]

셰익스피어는 작품을 '유일한 어버이 the only begetter' Mr. W. H.에게 헌정한다. 헌정사는 "모든 행복과 영원히 살아 있는 시인의 축복을 드리며"라는 구절로 마감한다. Mr. W. H.의 정체에 대해서는 구구한 추측이 있지만 윌리엄 하비 William Harvey 라는 주장이 설득력을 얻었다. 그는 셰익스피어의 후원자였던 사우샘프턴 백작의 의붓아버지였다.[09] 〈소네트〉의 주인공인 고귀한 청년이 바로 사우샘프턴이라는 가설에 충실한 추론이다. "가장 아름다운 사람에게서 번식을 바람은 미의 장미를 죽이지 않게 함이니."I.1, 2 작품집을 여는 1번 〈소네트〉의 첫 구절, '가장 아름다운 사람'은 물론 사우샘프턴일 것이다.

07   A. L. Rowse, *William Shakespeare: A Biography*, Harper & Row, 1963, pp. 161~200.

08   Park Honan, 김정환 옮김, 위의 책, p. 499.

09   Giorgio Melchiori, 위의 책, pp. 269~270.

'다크 레이디'의 정체는?

우리 애인의 눈은 태양을 닮은 데라고는 하나도 없고

그녀의 붉은 입술보다도 산호가 훨씬 붉으며

눈은 하얀데, 왜 유방만은 거무튀튀할까^{dun}

…… 하지만 난 하늘에 맹세코 내 사랑이 허무맹랑하게 비유된

그 누구 못지않게 드문 미인이라. 〈소네트〉 130

〈소네트〉 127~152에 자주 등장하는 '다크 레이디 Dark Lady'가 실제 인물인가?[10] 이 또한 대중의 관심사였다. 〈소네트〉의 세 주인공 모두 가상의 캐릭터일 뿐, 그들이 실제 인물이라는 신화는 후세인의 창작이라는 냉정한 주장도 있다. 그러나 전기적 요소에 집착하는 사람들은 집요하게 정체를 추적한다. 그 결과 셰익스피어보다 신분이 높았던 상류사회의 여자라는 결론을 내린다. 엘리자베스 궁정을 출입하던 사교계 여인으로 사우샘프턴과도 근접 교류할 수 있었던 '루시 니그로 Lucy Negro, Black Luce'라는 별명의 여인을 지목한다.[11] 그녀는 직접 사창을 경영하기도 했다고 한다. 다크 레이디는 적갈색 피부와 머리칼의 여인을 의미할 뿐 결코 흑인을 지칭하는 것은 아니다.

---

10 대표적인 '다크 레이디 소네트'로 127, 130, 131, 142번의 다섯 편을 들기도 한다.

11 여왕의 사교클럽(Queen's Gentlewomen) 회원. Samuel Shoenbaum, *William Shakespeare: A Compact Documentary Life*, Revised Edition, Oxford University Press, 1987, p. 125.

엘리자베스 여왕도 적갈색 머리였다. 적갈색은 기품 있는 여군주의 위용을 상징하는 색깔이었다.[12] 그래서 '다크 레이디 소네트'를 여왕의 찬미가로 규정하는 턱없는 비약도 있다.

아들의 죽음

〈소네트〉 37번은 아들의 죽음과 관련 있을지 모른다. 셰익스피어의 아들 햄넷은 열한 살이 되던 해 1596에 원인 모를 병으로 죽었다.

> 노쇠한 아비의 기쁨은 왕성한 자식의 젊은 행동을 보는 것이듯, 그렇게 나는 운명의 무서운 심술로 절름발이 되어, 내 모든 위안을 그대의 가치와 진실에서 찾습니다. 〈소네트〉 37, 1-4

참척慘慽의 슬픔은 세상의 모든 아비에게 공통된 비극이다. 셰익스피어보다 1세기 앞서 지구 반대편에 살았던 조선시대의 유학자 김종직 1431~1492은 마흔넷에 아들을 잃고 비탄에 빠졌다가 쉰여섯에 다시 얻은 감동을 당나라 한유 韓愈, 768~824의 선례에 기대어 두 편의 시에 적었다.

> 한퇴지의 창자 백 년이나 괴롭고 아팠어라. 百年酸痛退之腸

---

12 Marilyn Yalom, *A History of Breast*, Knopf, 1997, 윤길순 옮김, 《유방의 역사》, 자작나무, 1999, pp. 115~116.

네가 무슨 죄가 있어 내 앙화殃禍를 대신 받았나. 汝有何辜代我殃

눈은 침침하고 이도 다 빠졌건만 眼有昏花牙齒無
조물주가 나를 내치지 않으셨나 보네. 猶誇造物不嫌吾

한국 근대문학의 비조鼻祖 춘원 이광수가 43세 중년에 아들 봉근을 잃고 상심하여 칩거하며 쓴 편지들이 연상된다. 1년에 걸쳐 쓴 망자기亡子記는 그의 다른 어떤 작품보다 필부의 가슴에 진한 감동을 전한다. 미국 땅에서 조국의 독립을 도모하던 망명지사 이승만의 아들 태산은 일곱 살에 고아원에서 죽어 필라델피아 외곽의 공동묘지에 묻혀 있다. 이승만이 어린 아들의 죽음에 어떤 반응을 보였는지는 전혀 알려진 바가 없다. 아들의 죽음으로 셰익스피어의 남계 후손은 절손되었고, 몇 세대 후에는 여계 후손도 끊어졌다. 그리고는 모든 후세 영국인의 조상이 되었다.[13]

미워서 외면한 아내?

그녀는 '미워서 외면해 버리고'라는 말에서 '미워서'를 잘라 내고, '당신이 싫은 게 아니어요'라는 말로 내 생명을 구했다.[14] 〈소네트〉 145, 13-14

---

13 Samuel Shoenbaum, 위의 책, p. 319.
14 'I hate' from hate away she threw, And saved my life, saying not you.

"미워서 외면해 버린다 hateaway"라는 문구는 시인이 아내 앤 해서웨이 Anne Hathaway를 직접 겨냥한 표현일지 모른다. 셰익스피어는 아내를 사랑하지도, 제대로 보살피지도 않았다는 것이 전래의 통설이다.

셰익스피어의 결혼은 〈비너스와 아도니스〉에서 읊은 것처럼 시종일관 여자가 주도한 것일지도 모른다. 여덟 살 연상의 노처녀 앤이 미성년자 윌리엄을 유혹한 것일까?[15] 혼전 임신으로 인해 결혼에 이르기까지 곤혹스러운 절차를 거쳐야 했던 그다. 결혼 후 3년, 아직 법적 성년21세도 되기 전에 세 아이의 아버지가 된 그다. 그것으로 부부애가 마감된 듯, 둘 사이에 더 이상의 소생이 없다.

런던에 살면서 촌부 아내를 애절하게 그리워하지 않았을 것이다. 학대는 하지 않았을지 몰라도 성심껏 가장의 책무를 다했다는 증거도 없다. 상당한 재산을 축적한 그가 죽으면서 아내에게는 남긴 유산이라고는 '두 번째로 좋은 침대', 달랑 하나뿐인 비정한 남편이 아니었던가?[16]

전염병 해의 기록

대니얼 디포 Daniel Defoe, 1660~1731는 《전염병 연대기 A Journal of the Plague Year》1722를 썼다. 1664~1665년 런던 대역병의 참상을 그린 상

---

15 Samuel Schoenbaum, 같은 책, p. 91.
16 안경환, 《법, 셰익스피어를 입다》, 서울대학교출판문화원, 2012, pp. 32~35.

상적 다큐멘터리 소설이다. 코로나19 사태로 온 나라가 마비된 2020년 봄 대한민국의 모습을 후세인은 어떻게 기록할까?

　주기적으로 역병이 엄습하는 유럽의 도시는 지옥이었다. 그중에서도 런던은 악명 높은 전염병 도시였다. 도시는 재앙의 진원지다. 런던은 영국에서 유일한 도시였다. 나머지 국토는 전원 낙토였다. 낙원은 무료하고 지옥은 소란스럽다. 지옥에서는 뭉치면 죽고 살려면 흩어져야 한다. 지천으로 깔린 것이 주검이고 가까이 문을 두드리는 것이 저승사자다. 1592년에서 1593년까지 한 해 동안 런던 인구의 14%가 사라졌다. 기독교식 장례조차 치르지 못하고 잿더미로 변한 시신도 부지기수다.

　런던의 모든 극장이 폐쇄되자 일거리를 잃은 극단들은 지방 순회공연에 나선다. 한적한 시골길의 목가적 풍경을 그린 유랑극단의 배우 시인의 필치가 섬세하다.

> 철 지난 제비꽃의 까만 곱슬머리가
> 하얀 서리를 뒤집어쓴 모습을 볼 때면,
> 뜨거운 여름 태양 빛에 소 떼를 가려 주던 키 큰 나무들이 헐벗은
> 채 서 있고. 〈소네트〉 12

시인은 런던에 남은 고귀한 친구를 생각한다.

> 당신을 여름날에 비할 수 있을까요? 당신은 그보다 더 곱고 온화해

요. 〈소네트〉 18, 1-2

자연의 손이 직접 그린 여자 얼굴이 당신의 얼굴이며 내 열정의 주인이에요. 당신은 예쁜 여자의 마음씨를 지녔고 간사한 여자의 변덕은 몰라요. 〈소네트〉 120, 1-4

이 여성적 미덕을 갖춘 고귀한 남자가 누구일까? 다름 아닌 바로 19세의 미소년, 사우샘프턴이다.[17]

내 사랑의 영주님, 봉신封臣의 신분으로
당신의 진가가 제 의무를 강하게 짜 놓으신
당신에게 저는 이 글로 쓴 사절을 보내 드리니
의무를 증언할 뿐, 재능을 보이기 위함은 아닙니다.
너무도 거대한 의무라 그토록 빈약한 제 문재文才가
드러낼 말이 부족하여 헐벗어 보일지 모르는. 〈소네트〉 26, 1-6

마차에 소품들을 잔뜩 싣고 이 마을 저 마을 떠도는 여정은 피곤하기 짝이 없다. 시인은 지친 몸을 누추한 여인숙에 의탁한다.[18]

종일 걸어 피곤해 잠자리로 달려가오.
여행으로 지쳐 버린 팔다리의 귀한 안식.
하지만 육신의 노역이 끝나자 정신의 고통이 시작되네. 〈소네트〉 27, 1-4

---

17 A. L. Rowse, 위의 책, p. 144.
18 A. L. Rowse, 위의 책, p. 163.

셰익스피어의 활동기 중에 역병은 두 차례 더 런던을 유린한다. 1603년 5월부터 이듬해 4월까지 모든 연극공연이 금지되었다. 제임스 국왕의 대관식 행사도 최소 규모로 축소되었다. 제임스의 정적은 스코틀랜드의 얼치기 촌놈을 잉글랜드의 국왕으로 승계시킨 잘못을 신이 응징한 징표라며 루머를 퍼뜨리기도 했다. 1608~1609년에도 마찬가지 상황이 벌어졌다. 그때마다 무대공연의 부담을 던 셰익스피어는 의연하게 창작에 몰두했다. 하늘의 저주가 내린 강제휴가를 축복으로 삼았던 것이다.

죽음의 미학

오, 당신이 당신 자신이라면! 하지만 당신은 이 땅에 살 때만 당신 것이에요. 다가오는 종말에 대비해야 해요. 〈소네트〉 13, 1-3

당신도 알다시피 탕자들만 그러겠지요. 아버지가 있었으니, 아들에게도 일러 두세요. 〈소네트〉 13, 13-14

행운이나 액운이나 역병 plague 이나 한해 旱害 의 시절의 일기를 말하거나. 〈소네트〉 14, 3-4

어차피 피할 수 없는 죽음이라면 의연하게 받아들이자.

이 모든 것에 지쳐, 편안한 죽음을 부르며 나는 웁니다.
절름발이 휘청이므로 못 쓰게 된 힘

그리고 당국에 의해 혀가 묶인 tongue tied by authority

그리고 어리석음이 의사처럼 숙련된 자를 통제하는

그리고 단순한 진리를 단순성이라 잘못 부르는

그리고 사로잡힌 선善이 사악한 대장에게 시중을 드는.[19] 〈소네트〉 66

죽음을 알리는 교회의 종소리

더 이상 저를 위해 울지 마세요. 제가 죽을 때

댕댕 시무룩한 종소리가

세상에 경고하는 것을 그대 들을 뿐.[20] 〈소네트〉 71

따지고 보면 죽음은 안정의 약속이며 또 희망, 욕망, 수치, 이 모든 것으로부터 구원받는 약속이 아닌가. 죽음을 내세울 때 가장 사랑의 확신에 차 있다.

내가 그녀를 '사랑'으로 부른대서 양심없다 말하지 말라. 내 그녀의 사랑에 살다 죽는 몸이기에. 〈소네트〉 151, 13-14

시인은 여느 사람이 아니다. 시인의 죽음은 한 개인의 죽음이 아니라 한 세계의 종말이다. 시가 영원히 살아남듯이 시인도 영원불멸의 존재가 아닌가?

---

19 Park Honan, 김정환 옮김, 위의 책, p. 214.

20 Park Honan, 같은 책, pp. 270~271.

그러나 안심하시라. 저 잔학한 포교가

어떠한 보석도 허락하지 않고 나를 데려갈 때면

나의 생명은 이 시 안에 얼마의 몫interest을 가져

이 시는 오래도록 그대 곁에 있는 나의 기념물로 머물리라stay.

그대가 이 시를 다시 읽으시면 그 핵심이

그대에게 바침을 아시리라

흙으로 돌아가는 것은 흙뿐이요, 그건 응당 그의 몫이요

나의 영혼은 그대의 것, 그것은 내 선의 심장

내 육신이 죽어 벌레의 먹이가 될지라도

그대가 잃은 것은 단지 생명의 찌꺼기에 불과하리

어느 철면피의 칼에 비열한 승리가 이루어지고

이는 그대가 기억하기에는 너무나 미천한 일이어라.

그것시의 가치는 그 안에 지니고 있는 것이라

그것은 바로 이것으로, 이는 그대와 함께 남으리라remains. 〈소네트〉 74,
1-14

〈소네트〉에서 화자시인는 닥쳐올 자신의 죽음을 알려 주면서 별
리를 슬퍼하지 말 것을 당부한다. 대신 그가 남긴 시가 시인의 정신을
계승하여 전해 주므로 행복한 만족을 누릴 수가 있으니라. '그대와 함
께' 머무르고stay 남을 것이니까remains.

사랑, 그 고상함과 음란함

〈소네트〉는 사랑을 심오하게 탐구하는 주옥같은 언어와 함께 동음이의어의 말장난과 성적 농담으로 가득 찼다. 이를테면 여성 성기에 대한 조심스러운 암시와 발기하고 시드는 남성 성기에 대한 더 노골적인 암시도 담겨 있다. 엘리자베스 시대 사람들에게 간통은 서출을 암시했고, 가문의 명예와 존속을 위협하는 것으로 인식했다. 〈소네트〉135와 136은 남근과 여근으로 월의 비어를 사용하여 간통자를 비난한다. 시인이 음탕하게 자신의 숙녀에게 묻는다.

> 그대의 월will이 크고 넓을진대, 한 번도 나의 월을 그대의 것 안에 숨겨 주지 못한단 말이오?〈소네트〉 135, 5-6
> 몹쓸 거절로 잘생긴 구애자를 죽이지 말라, 모두 하나로 뭉쳐 내 안의 월을 보라.〈소네트〉 135, 13-14
> 네 영혼이 알 듯이 네 안으로 들어가겠다. 네 사랑으로 내 사랑을 만족시켜라. '월'이 네 사랑의 보석함을 채워 줄 것이니.〈소네트〉 136, 3-6

월은 시인의 이름, 윌리엄일 수도 있고 의지를 지칭할 수도 있다. 그런가 하면 남녀의 성기를 의미하는 은어이기도 하다.[21]

---

21 Park Honan, 김정환 옮김, 위의 책, p. 273.

사랑의 별리

햇님 같은 그대 눈이 내게 인사조차 외면할 때
그런 때가 온다면, 내 그날에 대비하여,
또 사랑이 옛정을 버리고
돌이킬 수 없는 변심의 구실을 찾을 때,
내 그날을 대비하여 스스로 부족함을 인식하고
여기서 나 자신을 방어하노라.
그대의 정당한 권리를 지지하고
나 자신에 반대하여 손 들어 증언하노라.
그대가 가련한 이 몸을 저버리는 것은 법이 인정하는 바이니,
내 사랑 받겠노라 주장할 이유가 없어라. 〈소네트〉 49, 5-14

시인은 친구가 자신을 떠날 날이 올 것을 미리 알고 있다.

사랑도 사람의 일이라 만날 때에 미리 떠날 것을 염려하고 경계하지 아니한 것은 아니지만, 이별은 뜻밖의 일이 되고 놀란 가슴은 새로운 슬픔에 터집니다.
…… 우리는 만날 때에 떠날 것을 염려하는 것과 같이 떠날 때에 다시 만날 것을 믿습니다. 한용운, 〈님의 침묵〉

사람을 사랑한다는 사실만으로는 어떠한 법적 권리도 생기지 않는다.

나 보기가 역겨워

가실 때는

말없이 고이 보내드리오리다.

영변에 약산

진달래꽃

아름 따다 가실 길에 고이 뿌려오리다. 김소월, 〈진달래꽃〉

님의 "가시는 걸음 걸음" 내가 깔아 드린 꽃을 "사뿐히 즈려 밟"을 때, 이별의 슬픔이 축복으로 승화된다. "죽어도 아니 눈물 흘리"는 인고忍苦의 세월을 넘기면 아련한 그리움만 가슴에 포근히 정좌하게 된다. 그러나 사랑의 별리가 법의 문제로 전환되면 생경한 언어가 쓰린 가슴을 더욱 후벼 판다.

잘 가시라, 그대는 내가 소유possessing하기에 과분하여라.

그대도 자신의 가치estimate를 잘 알고 있으리로다.

그대 가치의 특허장charter이 그대를 석방하나니

그대에 대한 내 인연은 이제 모두 끝났으니

그대의 허락 없이 내 어찌 그대를 붙잡으리오.

그대 부를 지닐 자격이 내게 어찌 있으리오.

이 아름다운 선물을 향유할 권리 내게 없기에misprision

내 특허patent는 시효가 소멸하여 원상회복하노라.

그대는 그대 자신의 진가를 몰랐거나

나를 잘못 알고 착오misprision로 주었으리라.

바른 재량으로 돌려 드리는 것이라.

꿈에 속는 듯, 그대를 가졌었거니

잠들 때는 황제요, 깨면 일개 서생이라. 〈소네트〉 87, 5-14

특허는 국가가 법으로 부여한 독점적인 권리다. 특허 기간에 경제적 이익을 독점할 수 있는 배타적 권리다. 영국은 해외 식민지 경영을 국왕이 발부한 특허장에 의존했다. '동인도회사'는 곧바로 인도를 다스리는 식민지 정부를 지칭했다. 일본이 조선총독부의 식민지 경영을 지원하기 위해 설립한 동양척식회사도 영국식민지 특허장의 변형인 셈이다. 사랑은 서로에게 인정한 특허다. 특허권을 타인에게 양도하기 위해서는 양도의 대가를 지불받아야만 한다.

시인은 친구가 자신을 떠나는 것은 자신에게는 그를 붙잡아 두었던 대가관계인 자신의 매력과 선물이 더 이상 존재하지 않기 때문이라고 체념한다. 이 시의 마지막 구절은 동료 시인 말로의 죽음을 애도하는 문장이라는 해석이 있다. 말로의 장시 〈히어로와 리앤더 Hero and Leander〉는 셰익스피어의 〈비너스와 아도니스〉의 경쟁작이었다. 셰익스피어의 후원자 사우샘프턴의 마음이 둘 중에 말로 편으로 더욱 기울어졌을 때 셰익스피어는 안달했다. 말로가 시를 완성하지 못하고 사고로 죽자 안심하고 추도사를 쓸 수 있었다고 한다. '황제로 영면한 천재, 일개 서생으로 남은 자신'을 대비하여 먼저 백옥루白玉樓에 좌정한 영적 도반에 대한 극진한 예의를 갖추었다는 이야기도 그럴듯하다.[22]

윤리적 강론

〈소네트〉 94번은 '권력의 윤리ethics of power' 문제를 다룬다. 다른 소네트들이 주로 개인적 차원의 사랑과 윤리 문제에 집중한 반면, 이 작품은 사회적 동물로서의 인간의 윤리에 천착한다.[23] 현실세계에서 권력은 윤리와 도덕을 초월한다. 성공한 반란은 곧바로 정당한 혁명으로 포장된다. "승자는 관군官軍, 패자는 반군叛軍"이라는 공식이 통용되는 것이 권력의 세계다. 그러나 윤리를 잃은 권력은 결국에는 역사의 악으로 규정되게 마련이다. 셰익스피어가 사극들에서 보여 주고 싶어 했던 절실한 메시지였을 것이다.[24]

지도자의 윤리적 덕목을 "남을 해칠 권세 있으면서도 아무도 해하지 아니하고, 겉모양은 두려우나 속은 부드럽고, 남을 움직이되 자신은 반석 같아. 흔들리지 않고 유혹에는 둔한 사람."1-4 마지막 행은 권력의 부패를 통매痛罵하는 경구로 마감한다. "썩은 백합이 잡초보다 더욱 냄새가 고약하다." 같은 구절이 사극 〈에드워드 3세〉에도 있다. 2.1.451 이를 단서로 〈에드워드 3세〉의 저술 연도를 가늠하기도 한다.

〈소네트〉 94번은 동아시아 최대의 고전,《논어》의 첫 문장 마지막 구절을 연상시킨다. "남이 나를 알아 주지 않아도 성내지 않는다면

---

22 A. L. Rowse, 위의 책, p. 175.
23 A. L. Rowse, 같은 책, pp. 71~93.
24 Giorgio Melchiori, 위의 책, pp. 35~69.

군자답지 아니한가?"〈학이學而〉 1편 남의 말에 흔들리지 않고 자신이 우주의 중심인 그런 군자라면 기독교《성경》에서 기리는 '스스로 있는 자I am that I am'에 근접할 것이다.《구약》,〈출애굽기〉 3.14 한 신실한 평론가의 해설이 예사롭지 않게 들린다.

> 무한한 우주 공간과 이를 다스리는 하느님이 소네트라는 좁은 공간에 머물러야만 한다. 그것은 가난한 사람의 영역이자 끊임없는 변화와 모순 속에서도 진정과 진실, 그리고 지식과 지혜를 연마할 수 있는 유일한 광장이다. 인간은 바로 이 세상의 신이다. 그는 또한 이 말을 한 시인이기도 하다.[25]

법률 소네트

〈소네트〉에는 법적 용어와 은유가 풍부하다. 〈소네트〉를 읽고 쓰기는 법학원 정규 과목의 일부이기도 했고, 지적인 생도들이 선호하는 파한破閑 놀음이기도 하다.

〈소네트〉 13번은 청춘과 사랑의 유한성을 기한이 정해진 임대차lease에 비유한다. 1 대 1, 배타적 연인관계 미국식 표현으로 steady한 사이에 있는 경우는 단순한 임대차보다 더욱 강력한 법의 보호를 받는 전세에 비유할 수 있다. 전세제도 key-money rental는 세계에 유례없는 한국의 고유한 제도이다.

---

25 Giorgio Melchiori, 위의 책, p. 196.

아, 언제나 그대가 그대였으면! 사랑하는 이여.

그러나 그대는 지금의 그대가 아닐 터인즉

닥쳐오는 종말에 대비해야 하느니

그대의 미모를 타인에게 주어야 한다.

그래야만 그대가 빌려 지니고 있는hold in lease 미美는

기한determination 이란 것이 없고

그대 죽은 후에도 다시 그대가 남아 있으리.

아름다운 후손issue 이 그대의 미를 간직하리니. 〈소네트〉 13, 1-8

미인도 죽음을 피할 방도는 없다. 오로지 후손을 통해 자신의 미모를 연장시킬 수 있을 뿐이다. 시인은 한시적 임대차tenancy for years 라는 법적 개념을 원용한다. 그리하여 기한의 갱신을 통한 영구적 상속을 도모할 것을 권고한다. 부동산의 사용 계약에 일정한 기간이 정해져 있는 경우에 임대차leasehold 또는 tenancy 라고 한다. 사용 기간이 끝나는 경우를 기한 만료termination 라고 부른다.[26]

전문 증거의 신빙성

아, 사랑에 진실한 나는 진실하게 쓰리라.

그러므로 나의 연인은 하늘의 별들과 같이 광채는 없어도

---

26 Andrew Zurcher, "The Love of Persons: Common Law and the Epistemology of Conscience in the Sonnets and A Lover's Complaint", *Shakespeare and Law,* Methuen Drama, 2010, Arden Shakespeare, ch. 3, p. 75.

그 어느 어머니의 아들만큼 아름다운 것임을 믿어라.

허튼소리 즐기는 사람들은 제멋대로 hearsay 떠벌리라고 해라.

내 사랑은 팔 것이 아니니 과찬하지 않으리. 〈소네트〉 21, 9-14

〈소네트〉 21번은 형사법리를 원용한다. 일말의 숨김도 보탬도 없이 진실만을 말하겠다는 선서를 법정에서 한 후에는 거짓 증언을 하면 위증죄 perjury를 면할 수 없다. 증인 자신이 직접 보고 들은 것이 아니고 타인에게서 전해 들은, 이른바 '전문 증거傳聞證據, hearsay'는 상대방에게 불리한 증거로 채택하지 않는 것이 영국 코먼로의 대원칙이다. 왜냐하면 증언 내용에 대한 법정의 반대심문이 불가능하기 때문이다. 시인은 이 법리를 잘 알고 있다.

양질의 물건은 굳이 선전하지 않아도 좋다. 모든 어머니에게 공통된 기쁨은 자식 칭찬을 듣는 것이다. 자식에 대한 남들의 칭찬을 액면 그대로 믿을 수가 없다. 내다 팔 물건은 선전이 필요하다. 그러나 팔지 않을 물건은 선전할 필요가 없다. 내 사랑은 '파는' 것이 아니라 마음이 가는 대로 '주는' 것이니까.

변호인의 역할

육체가 범한 죄를 이성 sense 으로 다스려

그대를 고발한 자 그대의 변호인 advocate 이 되도다.

나 자신에 대한 논고를 시작하노라.

이처럼 사랑과 미움에 내란이 생겨

내게서 훔쳐 가는 예쁜 도둑에게

나 스스로 종범 從犯, accessory 이 되고 말아요. 〈소네트〉 35, 9-14

'변호인 advocate'이란 당사자를 대리하여 재판을 수행하는 법률 전문가를 의미한다. 로마 시대의 직책 advocatus 에서 유래하는 말이다. 영국에서 이 단어는 법정에서 구두변론을 하는 법률가가 아니라 당사자의 심문을 조력하는 직업을 의미했다. 법정에서 판사와 배심원 앞에서 변론하는 법정변호사는 따로 있었다 serjeant 또는 barrister. 오늘날에도 영국의 변호사 직역은 사무변호사 solicitor 와 법정변호사 barrister 로 분리되어 있다. 이성 sense 이란 합리적 행동을 결정할 수 있는 양식을 의미할 것이다. 종범 從犯 이란 주범의 범죄행위를 조력하여 실행에 관여하는 사람이다. 사랑의 주범과 종범을 동일인으로 설정하는 것은 사랑에 빠진 사람의 주체할 수 없는 심리 상태를 극화시키는 문학적 기법일 것이다.

주범이 처벌받지 않고서는 종범은 처벌되지 않는다. 사랑이 죄가 안 되면 사랑의 종범인 미움도 죄가 되지 않을 것이다.

배심제도의 우려

나의 눈과 마음이 서로 치열하게 싸우는도다.

그대 모습을 차지하는 전공 戰功을 다투어 챙기려고.

눈은 마음이 그대의 초상 보기를 거부하고

마음 또한 눈에게 그럴 권리를 부정한다.

마음이 변론하기를 그대가 자기 몸속에 있다 하고

그곳은 수정 같은 눈으로는 들여다보지 못하는 밀실이라고.

그러나 피고 defendant 는 부정하지.

수려한 그대 모습은 오로지 자신 안에만 있다고 하지.

이 다툼을 가리기 위해 선임된 배심원 empanelled 들은

제각기 가슴에 품은 생각들이 달라.

마침내 평결 verdict 로 눈과 마음의 몫으로 절반씩 moiety 으로 나누었지.

그대의 겉모습은 내 눈의 몫이요.

그대 내심의 사랑은 내 마음의 몫이라고. 〈소네트〉 46, 1-14

'사랑 법정'의 갈등은 46번 〈소네트〉에서 재현된다. 눈과 마음, 대립하는 양 당사자 간의 세부적인 소송 절차를 은유적으로 그린 수작이다. 배심의 구성에서 최종 평결에 이르기까지 지극히 복잡한 소송절차를 작가는 꿰뚫고 있었다. 영국은 지구상에서 가장 먼저 배심제도를 정착시킨 나라다. 재판에 배심제도가 등장한 것은 오랜 인간의 믿음이 흔들리게 된 증거다. 초자연적 존재가 인간사의 시비를 판가름해 준다는 믿음이 설 자리를 잃은 것이다. 중세의 암흑의 장막을 떨쳐 나온 사람들은 이성으로 확인한 사실만을 근거로 시비를 가려야 한다고 믿게 되었다. 1215년에 열린 제4차 라테란 공의회 the Fourth Lateran Council 가 계기를 마련했다. 공의회는 성직자들의 시련재판 참여를 금지했다. 1220년 웨스터민스터 지방의 형사재판에서 처음으로

배심재판이 열렸다.

배심재판 이전에는 시련재판ordeal, 면책선서 재판compurgation, 결투재판trial by duel, 세 유형의 사건 모두 신의 이름으로 판단을 내렸다. 시련재판은 피고인들을 물에 빠뜨리거나 쇳덩이로 지지거나 하는 방법으로 진상을 규명했다. 면책선서 재판은 피고를 옹호하는 사람들이 신 앞에 결백을 맹세하는 면책선서를 한다. 결투재판은 고소인과 피고소인이 결투로 시비를 가린다. 셰익스피어 작품에도 결투재판이 많이 등장한다. 그러나 정의를 그르치는 결투재판은 한 차례도 등장하지 않는다.[27]

셰익스피어 시대에 들어서는 배심제도가 확고하게 자리 잡았다. 셰익스피어는 배심재판에 대한 우려를 작품 속에 표현했다. 〈눈에는 눈〉에서 안젤로의 말이 대표적인 예다.

죄수한테 사형선고를 내리는 배심판사 열두 명 중에 심판을 받은 죄수보다 더 무거운 죄를 지은 죄인이, 한두 명쯤 있을지도 모르오. 2.1.19-21

〈헨리 8세〉에도 비슷한 내용이 나온다. 〈헨리 8세〉는 셰익스피어 자신의 시대를 기준으로 근현대사를 각색한 작품이다. 서리 백작은

---

27 Kenji Yoshino, *A Thousand Times More Fair: What Shakespeare's Plays Teach Us About Justice*, Harper Collins Publishers, 2011, p. 92; 김수림 옮김, 《셰익스피어, 정의를 말하다》, 지식의날개, 2012, p. 172.

울지 추기경이 버킹엄을 모략했다고 비난한다. 서리 백작을 기소한 '귀족배심원단'의 배후에 울지가 있었다. 3.2.269

〈소네트〉에서도 작가는 시적 은유를 통해 배심재판에 대한 우려를 드러낸 것으로 보인다.

저당권

> 이렇게 고백하노라, 그는 그대의 것이라고.
> 이 몸도 그대의 처분에 따를 저당물 mortgaged .
> 내 몸 기꺼이 그대에게 몰수 forfeit 당하리.
> 다른 내 몸, 돌려 주어 restore 달래 준다면야. 〈소네트〉 134, 1-4

1601년 에식스 백작이 반란을 일으킨다. 공범 사우샘프턴의 집에서 모의가 이루어졌다. 에식스는 즉시 사형을 선고받고 집행된다. 사우샘프턴에게도 사형이 선고되었으나 어머니와 아내의 탄원을 받아들여 엘리자베스 여왕은 사형을 면제하고 런던탑에 가둔다. 사랑하는 친구가 감옥에 갇혀 있고, 시인은 친구를 위해 대신 투옥될 각오를 다진다. 저당권은 채무의 담보로 타인의 토지에 대한 권리를 취득하는 법적 장치다. 저당권이 설정된 토지를 양도할 수 있는 유일한 방법은 저당권자에게 응분의 대가를 지급하고 저당권을 말소하는 것이다. 나의 몸과 마음에 그대가 저당권을 가진 만큼 그대가 요구한다면 기꺼이 목숨을 바쳐야 하는 것이다.

사랑의 권리

늘은 밤까지 고달프게 그대의 영상을 찾느라

감기는 내 눈을 뜨고 있게 함은 그대의 의지 will 인가?

그대 닮은 그림자로 하여금 나를 속여

선잠 깨우는 것이 그대의 욕망 desire 인가?

그것은 내게서 부끄러운 짓, 어리석은 때 찾아내고자

나의 소행을 조사하기 위해 멀리 계신 그대가

그대의 정신 spirit 을 보내시는 것인가?

나를 질투의 대상으로 여겨서.

오, 아니라, 그대의 사랑, 많긴 하나 그만큼 크지는 못하도다.

나의 눈을 깨어 있게 하는 것은 내 사랑이라.

그대 위해 잠 안 자고 불침번을 서면서

내 안식을 교란 defeat 하는 것도 바로 나의 참된 사랑이라.

나는 그대 위하여 지켜보노라. 그대 먼 곳에서

모르는 이들을 가까이 데리고 깨어 계실 때. 〈소네트〉 61, 1-14

사랑하는 사람 사이에 어떤 권리와 의무가 있는가? 사랑하는 사람의 권리로 연인에게 어떤 것을 요구할 수 있으며 어떤 요구에 응할 의무가 있는가?

연인은 상대방에 대해 세 가지 요구를 한다. 상대방 때문에 자신이 잠을 이루지 못한다. 구체적으로 의지 will, 욕망 desire, 아니면 정신 spirit 인가를 따진다. 답은 셋 중 어느 것도 아니다. 자신이 잠 못 이루는 진짜 이유는 상대방에 있는 것이 아니라 바로 자기 자신에게 있기 때문이다.

신분법law of estate이 불면의 침상을 지배한다. 내 것과 네 것, 피아彼我간mines and thines, 라틴어로 meum et tuum 재산분쟁의 법리가 투영되어 있다. 두 번째 행은 법률 용어로 사랑하는 사람의 신체가 곧바로 소유권 분쟁의 대상임을 비유한 것이다.

나의 소행을 조사하기 위해 멀리 계신 그대가 그대의 정신spirit을 보내시는 것인가? 나를 질투의 대상으로 여겨.

연인의 정신spirit을 연인이 소유한 재산의 법적 상태를 조사하기 위해 파견된 관리판사의 대리인에 비유한다. 국왕은 토지의 소유권에 관한 분쟁을 조사하기 위한 관리를 임명할 수 있다. 1581년에는 스코틀랜드 인근의 여러 카운티에서 발생한 분쟁을 조사하기 위해 위원회를 창설한 바 있다.[28] 통상적 분쟁에서 이 일은 카운티 집행관escheater의 소임이었다.[29] 집행관의 업무처럼 연인의 정신은 '증서deeds', 즉 행위[30]를 '조사pry'한다. 다시 말하자면 증거를 수집하는 것이다. 법적 은유는 다음 '분행'으로 이어진다. 자신을 교란하는 것, 패배defeat란 증서를 무효로 한다undeed는 뜻이다.[31]

---

28   Andrew Zurcher, 위의 책, pp. 57~102.
29   〈소네트〉 151편에 등장하는 'cheater'는 escheater의 변용이다.
30   deed는 프랑스어로는 fait, 즉 증서를 의미한다.

작가는 사랑을 법과 결합시킨다. 사랑이란 무지에서 경험으로 성숙하는 것이 아니라 점유 possession, kind , 권리 right, true , 불법행위 tort, the fair 의 세 단계를 거쳐 완성되는 것이다. 법과 사랑의 고차원적인 화합이자 불화라고나 할까?[32]

한恨의 연극, 소네트

〈소네트〉는 한국에서 연극으로 공연되었다. 산울림 소극장은 2013년부터 신진 연출가의 고전의 재해석 프로젝트를 기획했다. 2018년에는 〈셰익스피어를 만나다〉라는 주제로, 셰익스피어를 각색한 5편의 작품을 상재했다. 〈오셀로의 식탁〉, 〈5필리어〉, 〈햄릿〉, 〈로미오와 줄리엣〉과 함께 〈소네트〉가 한상웅의 연출 2018.1.31~2.11 로 선보였다. 원작이 한 여성을 둘러싼 두 남자 사이의 우정과 갈등을 다룬 작품이라면, 한국판 연극 〈소네트〉는 한 여성의 인생과 사랑 회고록이다. 한국 여인의 한恨의 정서를 짙게 투영했다는 평이 따랐다.[33]

---

31 Andrew Zurcher, 같은 책, pp. 62~63.

32 Andrew Zurcher, 같은 책, p. 63.

33 김경혜, 〈시를 연극으로 ─ 극단 Creative 틈의 〈소네트〉 공연 리뷰〉, *Shakespeare Review*, Vol. 54, 2018.1, pp. 233~229.

8

비너스와 아도니스

Venus & Adonis
(1592~1593)

여성 주도의 사랑

셰익스피어의 장시 〈비너스와 아도니스〉는 그의 작품으로는 가장 먼저 '발간'되었다.₁₅₉₃ 당대의 영국인이라면 누구나 숙지했을 법한 그리스 신화를 새로운 문학 장르로 재현했다. 기원 전·후 1세기에 활약한 로마 시인 오비디우스의 《변신 이야기》에 담긴 내용이다. 약강오보격 弱强五步格, iambic pentameter 기법을 사용한 총 199연, 1194행의 장시는 출간과 동시에 엄청난 인기를 얻어 1640년까지 15판이나 간행되었다고 한다. 본문에 앞서 내건 헌정문의 의미가 남다르다. 자신의 후원자인 헨리 사우샘프턴 백작에게 바치는 "소인의 최초 창작the first heir of my invention"이다. 후세인들은 시의 주제와 내용과 함께 이 헌정 구절을 자신의 첫사랑에게 바치는 첫 선물에 널리 인용한다.

특히 주목할 점은 구애의 주도자가 남성이 아니라 여성이라는 것이다. 길고 길었던 중세 암흑의 터널을 벗어나면서 신에 의해 결박되었던 인간의 이성과 욕망이 서서히 여명의 빛을 받기 시작한 르네상스 초기다. 오랜 세월 동안 꼭꼭 다져 눌러져 있던 여성의 숨은 욕망을 밖으로 표출하는 것이 용인되는 새로운 시대 사조였다. 그런가 하면 이렇듯 당돌한 신여성에 대한 남성의 두려움 또한 널리 퍼져 나갔다. 이런 시대에 고전을 빙자한 남녀의 진한 사랑 이야기에 지식인 대중이 열광하는 것도 무리는 아니었으리라.

사랑의 여신, 비너스는 미소년 아도니스에게 구애한다. 시종일관 사랑은 여신의 주도 아래 진행된다. 열정도 비탄도 여신의 몫이다. 지극히 인간적인 신의 면모는 그리스 문화의 특징이다. 남녀의 애정이 개입하면 신과 인간의 경계가 무너진다. 비너스는 신의 지위에서가 아니라 여자의 자격에서 남자를 유혹하는 것이다. 풍부한 사랑의 경험을 갖춘 여자가 순진무구한 동정의 소년에게 구애하는 것이다. 이런 설정은 그동안 숨은 여성의 욕망을 극대로 표출시키는 데 더없이 유용하다.

첫 연에 주제가 선명하게 드러난다.

검붉은 낯빛으로 태양은 일어나
슬퍼하는 아침에게 작별을 고할 때
사냥터를 달리는 장미 뺨의 아도니스
사냥을 사랑하고 사랑을 냉소하는 미동美童. 1-5

아직 소년은 정신적으로 성숙하지 않았다. '사냥을 사랑하고 사랑을 냉소하는 아이'일 뿐이다. 비너스는 아도니스에게 접근하여 입맞춤을 애원한다. 당혹스러운 표정으로 말안장에 앉아 있는 아도니스를 여신은 마구잡이로 끌어내려 나무에 밀치고 땅 위에 눕혀 마구 키스를 퍼붓는다.

여자는 타는 석탄처럼 붉고 뜨겁고 남자는 부끄러워 붉히나 정열은 차다. 35-36

청년의 수줍음이 여신의 욕망을 더욱 가열한다. 일찍이 군신 마르스를 사랑의 노예로 삼은 그녀다. 자신의 사랑을 받는 것이 얼마나 큰 특권인지, 여신은 소년에게 감언이설을 쏟아 낸다.

아이야, 사랑은 그렇게 가볍고 상쾌한 것인데, 유독 너한테는 그리도 무겁게 느껴져? 156-157

그러나 아도니스는 뜨거운 한낮 태양 빛에 화상을 입을지 모른다며 그녀를 뿌리치고 말 위에 오른다. 258 이때 인근에 있던 발정한 암말이 힝힝거리자 아도니스가 탄 수말이 고삐를 끊고 달려간다. 비너스는 재차 아도니스의 손을 잡고 구애한다. '설옥雪獄에 갇힌 백합' 362 아니면 '석고 속의 상아.' 365-366

여신이 남녀상열지사의 본질을 귀띔해 준다.

너의 말은 당연히 암놈의 접근을 환영하는 것이야. 애정은 불타는 숯불과도 같아서 놓아 두면 심장을 불살라 버려. 386-389

비너스는 아도니스에게 말로부터 사랑하는 법을 배우라고 강권한다. 짐승도 그러하거늘 하물며 사람이야.

한 번만 제대로 배우면 절대로 잊어버리지 않을 것이야. 407-408
고집스러운 소년에게 다가가는 여신을 눈여겨보기란 기막힌 구경이다! 344-345

중립적인 관찰자인 화자의 눈에 비친 '비대칭' 연령 남녀의 사랑 장면이다.

그녀의 얼굴빛이 서로에게 겨루는 꼴.
붉은빛과 하얀빛이 서로를 죽이는구나!
한순간 두 뺨은 핏기 없이 하얗다가
다음 순간 번개처럼 붉은 불을 내뿜는다.
앉아 있는 소년 앞에 그녀는 서 있다가
겸손한 연인처럼 꿇어앉는다.
예쁜 한 손으로 모자를 벗기고
다른 예쁜 한 손으로 뺨을 어루만지니
새로 내린 하얀 눈에 자국이 생기듯
더 예쁜 그의 뺨에 손자국이 남는다. 344-354

미숙한 수줍음과 수치심이 소년을 더욱 곤혹스럽게 만든다.

사랑은 빚지는 거래요. 나는 빚지기 싫어요.
내 사랑을 말하라면 멸시밖에 없어요.
사랑은 살아 있는 죽음이고
같은 숨으로 울고 웃는 거라 들었어요. 412-415

여신은 소년 앞에 쓰러진다. 수줍은 소년은 죄의식을 느끼면서도 여신을 달래어 일으켜 세우고 작별 키스를 건넨다. 그러나 불타오르는 여신의 욕정은 스쳐 가는 키스로 진정되지 않는다. 겁에 질린 소년은 자신은 아직 사랑을 하기에는 너무 어리다고 말한다.

나 스스로 깨치기 전에 내게 사랑을 가르치려 들지 마세요. 어부는 어린 물고기는 잡지 않아요. 525

어설픈 달램이 더욱 여신의 욕정을 부추긴다. 소년이 멧돼지 사냥을 떠나야 한다고 말하자 여신은 행동으로 저지한다.

두 팔로 목을 끌어안은 채 그녀가 쓰러지니 여신의 배 위에 소년이 넘어진다. 593-594

행여 소년이 다칠세라, 굳이 사냥을 하려면 야수 대신 토끼처럼 온순한 동물을 쫓으라고 여신은 충고한다. 소년은 욕정의 포로가 된 여신에게 경고한다.

> 감히 사랑이라 말하지 마세요. 땀내 나는 욕정이 이름을 빼앗고, 사랑은 하늘로 날아가고, 욕정은 겉으로는 순진한 채 가장하고, 아름다움을 삼키고 수치로 물들였죠. 벌레들이 연한 잎을 갉아먹듯이 광분한 폭군이 더럽혀서 먹어 치우지요. 사랑은 비 개인 뒤 햇살처럼 포근해도, 욕정의 결과는 햇빛 뒤의 광풍 같아요. 799-800

가까스로 여신의 손아귀를 벗어난 소년이 해방감에 춤출 때, 뒤에 남은 여신은 비탄에 신음한다.

> 가슴을 두드리니 신음이 절로 터져 나와. 근처의 동굴들이 모두가 괴로운 듯. 여신의 신음을 그대로 따라내어, 한숨에 한숨이 겹쳐 첩첩이 쌓인다. "아, 이 아픈 가슴이여!" 스무 번 외치자, 스무 번 메아리가 스무 번 되돌아온다. 829-834

그러나 기어코 여신이 우려했던 일이 일어나고야 만다. 소년은 멧돼지의 공격을 받고 죽는다.

> "나도 멧돼지처럼 어금니가 길었다면 먼저 키스로 아도니스를 죽였겠지. 하지만 그는 죽었어. 소년의 젊음이 내 젊음에 축복을 주지 않아 나야말로 저주받았어." 이 말을 토해 낸 그녀는 자리에 쓰러져 끈적이는 그의 피를 자신의 얼굴에 바른다. 1117-1122

죽어서 누워 있던 소년이 그녀의 눈앞에서 연기처럼 사라진다. 땅바닥에 쏟아져 있던 소년의 피에서 하얀 줄이 비껴 있는 붉은 꽃이 피어나니 소년의 하얀 볼과 둥글게 방울 지어 하얀 볼에 돋보이던 핏방울을 닮았구나. 갓 피어난 꽃향기를 고개 숙여 냄새 맡고. 아도니스의 숨결과 비교하고는 죽음으로 말미암아 빼앗겼으니 자신의 가슴속에 살리라 한다. 가지를 꺾으니 상처에서 흐르는 초록색 즙을 눈물에 비유한다. 1166-1176

불쌍한 꽃아, 이것이 네 아빠의 버릇이었어. 무척 향기롭던 아빠의 향기로운 자녀야.

슬픈 일을 볼 때마다 눈시울을 적시곤 했단다. 스스로 크는 게 그의 소원이었단다. 네 소원도 그럴 테지. 하지만 알아 두렴, 자손이나 내 품이나 시들긴 마찬가지란다. 1177-1182

이곳 내 품이 네 아빠의 잠자리였어, 너는 그의 자식이니 이제 네 차지야. 그러니 비어 있는 이 요람에 편히 쉬어라. 밤낮없이 뛰는 내 심장이 너를 흔들어 주게. 애틋한 사랑의 꽃에 입 맞추지 않고서는 한 시간의 1분도 허비하지 않으리니. 1183-1188

상심한 여신은 극진히 연인의 장례를 치르고 영원히 은둔한다.

그래서 허망한 세상과 작별하고
은빛 비둘기 떼에 멍에를 메니
새들은 안주인을 가벼운 수레에 태워
텅 빈 하늘을 높이 올라 빠르게 날아
파포스 비너스 여신의 신전 로 향한다.

거기서 여신은 칩거하며

세상과 영원히 절연한다. 1189-1194

　사랑의 여신이 영원한 은둔의 유택幽宅에 좌정한 지 4백 수십 년 후, 그리스의 민족시인은 셰익스피어가 못다 전한 여신의 영탄가를 이렇게 썼다. "진정으로 사랑했던 이여, 내 불운하여, 그대를 만나지 않았었다고 말하리라." 니코스 카잔차키스 양의 동서, 육의 남북을 막론하고 진정으로 사랑했던 사람은 복되도다. 비록 심중에 내려앉아 손으로 쓰다듬을 수는 없어도.

법과 사랑 이야기

　이 작품은 당대에는 물론 후대에도 오랫동안 법의 재갈을 의식해야만 했다. 원작의 문학적 가치가 어쨌든 노골적으로 사용된 음란한 시어 때문에 엄격한 검열을 받아야만 했다. 20세기 중반 미국에서도 엄격한 '성인용' 도서 판정을 받아 학교와 공공도서관에서 소장이 금지되었다. 저자가 인류의 시성, 셰익스피어라는 사실도 면죄부가 되지 않았다.

　내 기꺼이 그대의 놀이터가 되려니. 그대는 나의 사슴. 둔덕이든 계곡이든 어디서나 마음대로 풀을 뜯어라. 언덕이 메마르면 입술에서 풀을 뜯고. 조금만 더 내려가면 달콤한 샘이 있지. l.231-234

이쯤이면 오늘날 기준으로도 '19금'으로 분류할 수도 있을 법하다.

사랑의 시 〈비너스와 아도니스〉의 숨은 특징은 군데군데 법의 언어로 사랑의 문제를 해설하는 점이다. 기막힌 비유에 법률 전문가들도 찬탄을 금하지 못한다. 하기야 셰익스피어 시대 극작가들은 대부분 법적 소양이 깊었기에 당시로서는 특별히 놀라운 일이 아니었을지도 모른다.

> 분한 여신의 하소에 입은 막히고
> 붉은 뺨과 불같은 눈에는 분노의 빛 뚜렷하고
> 사랑의 신이되 자신의 사랑을 다스릴 줄 모른다.
> 여신은 울고 무엇인가 말하고 싶어 하나.
> 흐느끼는 눈물마다 생각은 끊어진다.^{217, 222}

사랑의 여신이 판사의 입장이 된다. 자신과 아도니스 사이에서 발생하는 사랑의 문제에 대해 스스로 재판관이 되는 비상식적인 상황이 벌어진 것이다. 이는 법의 대원칙에 어긋난다. 누구에게도 자신의 이해관계가 걸린 문제를 판단할 권한이 주어지지 않은 것이 법이다. '로마인의 신성한 어머니'인 여신의 광적인 사랑을 묘사하면서 시인은 법적 절차와 재판관을 비유로 등장시키는 것은 재미있는 발상이다. 법은 사랑 같은 것이라서 그런가. "법은 사랑처럼, 억지로는 못하고 벗어날 수도 없는 것, 사랑처럼 우리는 흔히 울지만, 사랑처럼 대개는 못 지키는 것." 오든 W. H. Auden 의 명시 〈법은 사랑처럼 Law, Like Love 〉 1967 구절이 새삼 절절하게 가슴에 저며든다.

우리나라에도 '중이 제 머리를 깎지 못한다'는 속담이 있다. 사랑의 당사자는 자신의 문제를 객관적인 잣대로 판단할 능력이 없는 법이다.

> 자신의 법에 포로가 되어 경멸의 미소 짓는 사랑의 여왕, 실로 가없도다. 251-252

사랑의 여신이면서도 정작 자신이 사랑하는 대상에게는 한 줌 사랑의 불꽃도 일으키지 못하는 무력한 상황을 역설적으로 그린다. 2행짜리 짧은 문구에서 사랑의 신, 비너스는 인간의 법보다 더 큰 법을 부여하는 지위에 있지만, 그녀가 세상에 부여하는 그 숭고한 법을 정작 자신은 누릴 수 없는 무력함을 한탄한다. 사랑이란 바로 그런 것이다.

또한 시인은 사랑을 표현하는 수단과 기법을 변호사와 의뢰인의 관계에 비유하기도 한다.

> 혀 tongue 의 도움을 못 받는 사랑은
> 세 겹으로 억울하다고 연인들은 말한다.
> 뚜껑 덮인 솥, 가로막힌 강물
> 하나는 점점 끓고, 하나는 점점 막힌다.
> 가슴 heart 에 숨긴 슬픔도 그러할진저
> 맘껏 말로 발산하면 사랑의 불도 식으련만

사랑의 변호인 attorney 이 침묵하고 말면
의뢰인 client 의 가슴은 터지리라.
소송 suit 에 절망하여. 327-336

'혀'는 사랑의 변호인이다. 사랑 법정에서 변호사가 말을 하지 않으면 사랑의 뜻은 전달되지 않는다. 가슴 심장, 사랑 은 여기에서 혀의 의뢰인의 지위에 선다. 그래서 혀는 가슴을 대변해야만 한다. 변호인처럼. 물론 변호인은 자신에게 사건을 의뢰한 의뢰인의 이익을 위해 변론할 의무가 있다. 당연히 말해야 할 때, 침묵할 수는 없다. 그렇지 않으면 의뢰인의 소송에서의 입장에 치명적인 장애가 발생할 수도 있다. 그러나 사랑은 다르다. 절실하게 사랑하는 사람 앞에서는 가슴이 벅찬 나머지 말을 잃기 십상이다.

서로 주고받는 사랑은 법적 용어로는 계약이다.

청순한 입술이여, 내 부드러운 입술에 찍힌 달콤한 날인 seal 이여,
이런 날인을 길이 받자면 무엇으로 계약 contract 을 해야 할까?
내 몸을 파는 것도 불사하리라, 임이 사서 값 치르고 소중히 가꾸어 주신다면. 임께서 사신다면 유실 流失, slip 의 염려도 없으니 임의 증인을 이 밀랍 seal manual 처럼 붉은 내 입술에 누르시라. 511-516

셰익스피어 시대에 계약서는 밀랍 蜜蠟 으로 봉인 seal 하는 관행이 있었다. 위조를 방지하기 위해서이다. 부동산 거래 등 특정한 내용의 계약은 봉인하지 않으면 효력 자체가 없었다. 많은 사람이 자필 서명

과 함께 자신에게 고유한 밀랍 봉인을 사용했다. 우리나라의 인감도장에 해당한다. 키스의 기술이 벌꿀로 봉한 계약서에 효력을 주는 행위로 비유된다. 아도니스의 입술이 벌꿀로 축인 비너스의 입술에 누른 흔적을 남기는 것이다.

당사자의 합의를 기초로 성립한 계약은 성실하게 이행되어야 한다. 위반하면 손해배상의 책임을 진다.

천 번의 키스면 내 마음을 살 수 있으니
편리한 대로 시시로 나누어 갚으시라.
천 번의 키스쯤 임에게 드리지 못하겠소.
헤아리는 것도 순식간이요, 마치는 것도 순식간이니.
갚지 않아 빚이 두 배로 늘어도 이천 번 키스 정도야 무어가 대수이리오. 517-522

계약contract은 한쪽이 청약offer하고 그 내용을 상대방이 승낙acceptance함으로써 성립한다. 계약은 당사자 사이에 주고받는 대가관계가 있음을 전제로 한다. 이러한 대가관계를 전문용어로 약인約因, consideration이라고 한다. 한쪽은 주기만 하고 다른 쪽은 받기로 하는 증여gift의 약속은 계약이 아니다. 영국법에서 증여는 계약이 아니다. 증여하겠다는 약속은 지키지 않아도 상대방은 이행을 강제할 아무런 법적 권한이 없다.

사랑의 여신은 자신의 마음을 천 번 키스를 해 주면 '약인'으로 자신의 마음을 팔겠다는 계약을 청약한다. 이런 계약의 청약을 승낙함으로써 아도니스는 전혀 손해 볼 것이 없다면서 강하게 유혹한다. 만약 아도니스가 계약을 어길 경우 벌금으로 두 배의 배상을 물어야 한다. 천 번의 키스 약속을 위반한 벌로 2천 번의 키스로 갚아야 하는 것이다. 아이러니 중의 아이러니다.

마지막으로 시인은 흔들리지 않는 사랑을 부동산 신분권과 연관 짓는다.

> 그대 아비의 침상은 여기 내 가슴속에 있소. 그대는 아비의 최근 친이니 응당 여기 누울 권리가 있소. 자, 이 텅 빈 요람에서 안식할지어다. 나의 고동치는 가슴이 밤낮으로 그대를 흔들어 깨울 터이니.
> 1183-1186

아도니스가 출생으로 얻는 신분권 birth right 은 부동산 real estate 의 상속권으로 구체화된다. 부동산은 최초의 자녀 first born 또는 최근친 next of blood 에게 상속된다. 아도니스의 입장에서는 이보다 더 확실한 권리가 없다.

사랑의 결실도 상실도 법이 보살핀다. 한마디로 셰익스피어의 사랑은 철저하게 법의 보살핌을 받는 사랑이다.

9

루크리스의 겁탈

The Rape of Lucrece
(1594)

수치 羞恥 의 문화

셰익스피어 작품에는 '부끄러움 또는 수치심 shame'이란 단어가 총 334회나 등장한다. '죄의식 guilt'은 총 33번 사용되었다. 수치심과 죄의식은 비슷한 듯하지만 의미가 다르다. 전자는 도덕적 개념이지만 후자는 법적 개념이다. 전자는 자발적인 내면의 성찰이지만 후자는 상대방에게 끼친 해악에 대한 책임 의식이다. 양자는 치유 방법도 다르다. 수치심은 오로지 자신과의 화해를 통해서만 극복될 수 있을 뿐이지만, 죄의식은 처벌받거나 피해자에게 보상함으로써 무마할 수 있다.

현대인에게 점점 죄의식은 엷어지고 수치심도 사라져 간다. 국제금융자본주의가 지배하는 21세기에 들어 인류는 영적 파산 상태에 직면하고 있다. 수치심이 마비된 뻔뻔함이 오히려 생활의 지혜로 둔갑하기도 한다. 하루가 다르게 '가상의' 세계가 현실을 흔들고, 상업광고는 인간의 저급한 욕망을 노골적으로 자극하여 돈벌이에만 혈안이 되어 있다. 독일의 마르크스주의 철학자 아도르노Theodor Adorno, 1903~1969의 말대로 이드id를 에고ego로 전면 대체하는 심리적 전도 현상이 만연한다.[01]

고대 그리스 · 로마 문화의 본질을 '수치심의 문화'라고 규정한 학자들이 있었다. E. R. Dodds, 1893~1979 기독교 문화도 그렇게 말할 수 있을 것이다. 오셀로는 아내의 부정을 묵과하는 것은 '기독교인의 수치'라고 믿고 데스데모나를 살해한다. 2.3.163

셰익스피어의 〈소네트〉 110번을 해석하면서 조지 오웰은 이 시는 배우라는 직업에 대한 저자 자신의 '유사 수치감half-shame'의 표현이라고 규정한다.[02] 〈헨리 6세〉 제2부에서 글로스터 공작부인 알리에노르는 반역죄로 체포된다. 올곧은 남편의 탄식이다. "무지렁이들이 그대 얼굴을 쳐다보며 그대의 수치심을 비웃고 있소." 2.4.10-14 알리에노르의 답변이다. "경께서는 저의 '공개적인 수치'를 보러 오셨나요?" 2.4.20 알리에노르는 반역죄를 저지른 죄의식보다 '응시강간'을 당하는 수치심을 더욱 참기 어렵다. 아내가 반역죄를 저지른 것은 충

---

01 Ewan Fernie, *Shame in Shakespeare*, London: Routlege, 2002, pp. 12~14.

02 George Orwell, *Lear, Tolstoy, and the Fool,* Frank Kermode(ed.), London: Macmillan, 1969, p. 159.

직한 신하인 남편에게도 수치가 아닐 수 없다.

〈비너스와 아도니스〉에서 말발굽에 차여 쓰러진 아도니스가 여신 비너스의 품에 안겨 회복한다. 남자의 수치심을 촉발하기에 충분하다.

셰익스피어의 작품에서 위기에 처한 남자는 문명적·종교적 가치를 상실하여 권력자로서의 위용이 흔들린다. 그것은 사내의 크나큰 수치다. 맥베스 부인은 남편의 불안과 수치심을 자극하여 살인을 교사한다. 헨리 6세의 왕비 마거릿은 유약한 남편을 제쳐두고 전투에서 앞장선다. 그녀가 남편에게 내뱉는 노골적인 모욕의 언사는 평화 시라면 가히 대역죄 감이다.

> 도대체 당신은 뭘로 만든 사내요? 싸우지도 뛰지도 않으니. 〈헨리
> 6세〉 제2부, 5.2.75-77

정조는 여성의 자부심이다. 이를 잃은 것은 수치다. 〈끝만 좋으면 그만이지〉의 다이애나의 자부심에 찬 선언을 보라.

> 나의 정조는 우리 가문의 보배, 조상 대대로 물려받은 가보
> 만약 내가 잃는다면 더없이 큰 죄악. 4.2.46-49

〈헛소동〉에서 혼사를 앞둔 딸이 신랑으로부터 '썩은 오렌지' 4.1.130 라는 고발을 당하는 것은 아비의 크나큰 수치다. 신부의 아버지는 신랑에게 온전한 상품을 인도할 도덕적·법적 의무를 진다.

여성의 폭력 또한 조신한 미덕에 어긋나는 수치다.〈헨리 6세〉

〈헨리 6세〉 제3부에서 마거릿 왕비로부터 어린 아들의 피 묻은 손수건을 받아든 요크가 수치심 없이 뻔뻔스러운 그녀를 '아마존 여인' 같다며 매도한다.1.4.111-120 마거릿은 성경에 등장하는 창녀에 비유되기도 한다.〈예레미야〉 3.3

셰익스피어극에서 수치심은 영적 여행의 출발점이다. 비극에서 로마인은 수치심과 공생하지 못한다. 아리스토텔레스의 정의에 따르면 비극의 주인공은 고귀한 인물이어야 하기 때문이다. 명예를 잃으면 곧바로 죽음으로 직행하는 것이 영웅에게 강요된 운명이다. 브루터스, 안토니우스, 코리올레이너스…… 로마의 영웅은 항상 죽음의 문턱에 서 있다. 그러나 비극 밖에서 영웅은 수치를 감내하고 재생의 과정을 극복해 낸다.

로마 귀부인의 수치

로마 군인에게도 여성의 겁탈은 떳떳하지 못한 수치스러운 행위다. "가엾게도 여자의 얼굴은 자신의 과오를 적은 책"이기에 타퀸은 루크리스를 겁탈하면 그녀 남편의 얼굴에도 치욕이 각인될 것이라고 203 생각한다. 그 치욕은 노예의 낙인보다 영원히 지워지지 않고523-524 그로 인해 태어난 자식은 이름 없는 사생아의 멍에를 지고 살아야 한다.519

로마 군인의 아내, 루크리스에게도 정조를 잃은 수치는 살아서는 회복할 수 없다. 뒤늦게 나타난 남편을 향해 루크리스는 퍼붓는다. "타퀸의 모습을 보고 당신을 맞았는데, 내게 수치를 주려 그자의 형상을 하고 왔어요?" 596-601

1594년 셰익스피어는 서사시 〈루크리스의 겁탈〉을 발표한다. 바로 직전 해에 발표한 〈비너스와 아도니스〉에서 예고한 바 있었다. 자신의 후원자인 사우샘프턴 백작에게 헌정하면서 다음 작품은 '한층 더 공들여' 쓰겠다고 다짐한 바 있었다. 시의 수준에 시인의 각오가 반영된 듯하다.

"헨리 로즐리, 사우샘프턴 백작 _겸 리치필드 남작"에게 바치는 7행 길이 헌사는 "귀공께 드리는 소인의 사랑은 끝이 없사옵고"로 시작한다. 헌사에 이어 〈개요 The Argument 〉가 시극이 그린 사건의 배경을 간추린다.

로마 시인 오비디우스의 작품 《파스티 Fasti 》와 리비우스 Titus Livius 의 《로마사》에 기술된 내용이다. 실제 사건을 몇 세기 뒤에 쓴 탓에 정식 역사로는 수용되지 않는다. 로마의 역사서는 모두 기원전 390년 골족의 침입 시 파괴되었기에 그 이전 역사는 다분히 신화적 요소가 강하다. 로마 황제 루키우스 타르퀴니우스 Lucius Tarquinius(Tarquin) 는 자만심이 강해 '거만한 타퀸 Tarquin the Proud '이라는 별명을 얻었다. 그를 승계한 아들 섹스투스 타퀸이 이 시극의 강간범이다. 기원전 509년 섹스투스는 왕의 측근 정신 廷臣 콜래틴의 아내 루크리스를 강간한다. 루크리스가 자살하자 황제의 조카는 그녀의 시체를 광장에 전시한다. 브루터스의 주동으로 민중 반란이 일어나 왕족은 추방되고 공화국이 들어선다.

플롯은 비교적 단순하다. 첫째, 개인적 차원에서 정숙한 여성이 강간당하고 자살하자 남은 가족이 복수하는 과정이다. 둘째, 공적 차원에서 가해자 폭군을 추방하고 민주적 정부를 세우는 시민의 승리를 그린다. 전체 줄거리를 루크리스의 강간이 일어나기 전과 후로 나누어 살펴볼 수 있다.

겁탈 이전의 광풍

시극의 시작에 앞서 해설자가 전개될 사건의 전말을 요약하여 전한다. 시의 본문은 도입부에서부터 박진감이 넘친다. 전투가 한창인 아르데아 읍, 로마 군진의 두 장수 타퀸과 콜래틴은 전투의 긴장을 해소하는 방담을 나눈다. 타퀸은 황제의 아들이다. 콜래틴은 자신의 아내 루크리스가 미모와 정절을 함께 갖춘 여인이라고 자랑한다. 세상에서 가장 큰 바보가 아내 자랑하는 사내라는 속담이 있다. 동서고금에 보편적인 금언일지 모른다.

어여쁨은 변호인이 없어도 사내의 눈을 설득할 힘이 있으니, 그토록 사사로운 사실을 알림에 그 어떤 변명이 필요하리오! 어찌하여 콜래틴은 남몰래 간직할 값비싼 보석을 도둑의 귀에 흘려 넣었는가! 28-32

질투와 음심이 함께 동한 타퀸은 이튿날 아침, 군진을 빠져나와 로마로 향한다.

> 욕정에 불타는 타퀸이 로마 군진을 떠나 콜래틴의 집으로 불을 감
> 추고 간다. 희뿌연 재에 숨어 콜래틴의 어여쁜 사랑. 3-6

루크리스는 남편의 용맹을 극찬하는 왕자를 환대하며 집에 머물
게 한다. 자신의 눈으로 직접 본 루크리스는 듣던 것보다 더욱 아름답
고 청순하다. 주체할 수 없는 욕정에 객客은 잠을 못 이루고 끝내 안주
인의 침실에 침입한다.

긴 독백을 통해 타퀸은 내심의 갈등을 토로한다.

> 그가 꾸민 끔찍한 짓에 하얗게 공포에 질려
> 뒤따를 위험을 곰곰이 생각해 보고
> 그로 인해 어떤 고통이 뒤따를지 재어 본다. 183-186

> 이 행동이 어떤 재앙을 불러올지 나는 안다.
> 자라는 장미는 어떤 가시가 방비하는지 나는 안다.
> 벌꿀은 독침이 경비 서는 줄도 안다.
> 이 모든 일을 사전에 고려하였으나
> 내 의지는 귀머거리라 어떤 충고에도 귀 기울이지 않는 법,
> 다만 미모를 보는 눈만 살아 있어
> 법률도 도덕도 아랑곳없이 미모에 현혹된다. 492-497

타퀸은 자신이 루크리스에게 가할 행위가 초래할 위험을 충분히

예상한다. 그러면서도 제어할 수 없는 욕망의 조언을 구하는 듯하다. 광인의 사랑이다. '법도 도덕도 아랑곳없이' 루크리스의 침실에 접근하는 모습을 상세하게 그린다.

> 젖가슴은 파란 줄을 친 상아 지구본. 정복되지 않은 두 개의 대륙.
> 주인의 명예밖에 모르고 맹세하여 주인만 받드는 봉우리. 407-410

> 그의 손은 거침없이 진격한다, 그녀의 벗은 유방을 향해
> 그녀의 왕국의 한복판에 진지를 세우고자.
> 그의 손이 올라갈 때 정맥 사병들은
> 맥없고 창백한 망루를 버리고 도주한다. 438-442

잠에서 깬 루크리스가 타퀸에게 애원하며 도대체 왜 이런 악행을 저지르려는지 이유를 캐묻는다. 악한의 대답인즉,

> 그대의 얼굴 빛 때문이라. 백합마저 질투심에 노하여 창백해지고
> 붉은 장미마저 부끄러워 낯 붉히게 되는 그 빛 때문이니라.
> (……) 그대의 그 눈이 나를 위해 그대 자신을 배반하느니라. 477-483

> 진정한 경건의 화신인 그녀
> 날카로운 매 발톱 아래 놓인 사슴처럼
> 무법천지 황야에서 애소할 뿐
> 인정도 도리도 모르고 추악한 욕정밖에 없는
> 사나운 야수에게. 542-546

강자가 약자를 유린하는 야수의 법칙이 지배하는 황야에서는 법과 이성은 무용지물이다.

> 그녀는 전지전능한 주피터의 이름으로 그에게 호소한다.
> 기사도를, 신사도를, 다정한 친구의 맹세를 들어 읍소한다.
> 때 아닌 눈물을, 남편에 대한 사랑을, 신성한 인간의 도리를, 보편적인 신의를 들며 하늘과 땅, 그리고 천지의 권능을 들어 애소한다.
> (……) 청컨대 전하의 자리로 돌아가시라. 추악한 욕망에 굴하지 마시고 명예를 지키시라. 568-574

그러나 솟구친 음심에 모든 인간의 도리가 무너진 겁탈자는 만약 끝까지 저항하면 그녀와 시녀를 함께 죽이겠노라고 위협한다.

> 네 목숨과 정절을 빼앗고 네 집의 천한 노예 하나를 죽여서 너의 품 안에 그자를 놓아, 그 짓을 보고 너를 죽였다고 하리라. 511-515

그리고는 최후의 순간까지 저항하는 루크리스를 짓눌러 강간한다.

> 울부짖는 소리를 홑청으로 눌러, 그녀의 머릿속에 가두어 놓고, 정숙한 두 눈이 슬픔으로 쏟아내는 정결한 눈물 속에 더운 낯을 식힌다. 680-683

광풍이 휩쓸고 간 자리

그러나 그녀는 생명보다 귀중한 것을 잃었다.
그는 쟁취하였으나 그것은 다시 잃게 되는 것
이렇게 강요된 화평은 더욱 격렬한 투쟁을 부를 뿐
찰나의 기쁨은 기나긴 고통을 자아낼 뿐
뜨거운 욕정은 차가운 경멸로 바뀌리라.
순결한 정조를 강탈해 갔건만
욕정이란 도둑은 훨씬 가난해진다. 688-694

야수의 욕정이 자아낸 광풍이 지나간 후 남는 것은 가해자에게나 피해자에게 무거운 짐이다.

그녀는 그자가 남긴 욕정의 짐을 지고, 그자는 무거운 죄책감을 지게 되었다. 734-735

급한 욕심을 채웠지만 뒤따라 솟구치는 수치심을 주체하지 못한 타퀸은 도망친다.

어둠을 무기로 이기고도 진 포로는 도주한다. 어떤 명약으로도 다스리지 못할 상처를 얻었으니, 탈취된 전리품은 너무나 고통스럽다. 그녀는 그가 남긴 욕정의 짐을 지고 그자는 무거운 죄책감의 짐을 진다. 726-730

이 시점부터 화자는 루크리스의 서사에 초점을 맞춘다. 그녀는 일련의 탄식을 통해 타퀸에 대한 저주를 쏟아낸다. 밤, 시간, 기회, 전쟁, 나라······ 자신이 평생 경험한 세상사의 모든 주제와 현상에 대해 저주와 조소를 퍼붓는다. 그러나 하녀에게는 진상을 털어놓지 않는다. 치욕을 당한 귀부인으로서 최후의 자존심이 걸린 문제이다. 그리고 남편에게 편지를 보내 집으로 오라고 부른다. 남편을 기다리는 동안 트로이의 포위와 멸망 과정에 대한 긴 은유를 이어 간다. 자신에게 일어난 개인적 불행이 곧 망국의 비극으로 확대될 것이라는 예언을 함축한다.

> 아 위안을 말살하는 밤이여, 지옥의 영상이여
> 수치스러운 희미한 등기사 register 여 공증인 notary 이여. 762-763

비록 남편의 전우이지만 외간 남자를 집에 들여 밤을 보내게 한 것이 치명적인 실수였는가? 기회가 도둑을 만든다는 금언도 있지 않은가?

> 아 악한 기회여, 네 죄가 크도다.
> 역도로 하여금 반역을 실행케 한 것도 너다.
> 늑대에게 새끼 양을 잡을 틈을 준 것도 너다.
> 죄악을 꾸민 자가 누구이든 그 시간을 지시한 것도 너다.
> 정의를, 법을, 도리를 경멸한 것도 너다. 876-880

루크리스의 자책은 이어진다.

> 너는 수녀에게 맹세를 깨뜨리게 하고
> 불을 일으켜 금욕을 녹인다.
> 너는 정조를 압살하고 신의를 살해한다.
> 너는 추잡한 선동자, 악명 높은 뚜쟁이. 883-886

사람의 생명과 안전을 지키고 권리를 보호하는 사회제도가 제대로 작동하지 못하면 온갖 범죄와 악이 횡행할 수밖에 없다. 자신의 불행을 막지 못한 근본 원인을 사회안전망의 구축에 실패한 나라의 실정 탓으로 돌리기도 한다.

> 환자가 죽어 갈 때 의사는 잠자고
> 고아가 굶을 때 압제자의 뱃살은 늘어진다.
> 과부가 읍소할 때 법관은 주지육림에 빠지고
> 역병이 창궐할 때 관리는 노름질에 빠지고. 901-904

시간은 재앙을 예방하지 못했듯이 이미 입은 치욕적인 상처를 치유해 주지도 못한다.

> 못난 시간, 추악한 밤의 단짝, 근심 걱정을 전달하는 간사한 역마
> 젊음을 삼키는 자, 거짓 기쁨, 거짓 노예.
> 슬픈 소식을 전하는 야경꾼, 죄의 짐꾼, 선의 덫.

모든 것을 기르고 죽이는 너. 교묘히 속이는 시간. 내 말을 들어.

내 죄를 범했으니 죽음도 책임져. 922-928

시간의 임무는 원수에 대한 증오를 달래고

세평에서 부풀어진 오해를 잠재우는 것

천륜 부부의 침상의 낙을 망치는 건 결코 아니지. 936, 938

시간의 영예는 상쟁하는 국왕들을 화해시키고

거짓의 가면을 벗기고 진실을 드러내는 것.

연조 깊은 물건에 시간의 도장을 찍어 주는 것

아침을 일깨우고 밤의 파수를 보는 일.

악을 행한 자를 응징하고, 바르게 살 때까지 채찍질하는 일. 939-943

악의 응징

이제 악한의 응징은 법의 차원을 넘어선 것이다.

닥쳐라, 헛된 일이로다. 너는 천박한 얼간이 하인이로다.

무익한 췌사贅辭로다, 나약한 판관들아.

교묘한 언변을 연마하는 학교에 처박혀

멍청한 논객들과 한가롭게 말장난이나

두려움에 벌벌 떠는 의뢰인의 변호사나 되어라.

내게는 변론 따위는 짚 한 올의 가치도 없다.

내 일은 이미 법의 차원을 초월한 것이니 1016-1022

아버지와 함께 남편이 도착하자 루크리스는 치욕스러운 사건의
전말을 알린다. 처음에는 가해자의 이름을 특정하지 않았으나 모두
가 복수를 맹세하자 가해자 타퀸의 이름을 밝힌다.

내가 잃은 보석의 귀하신 주인, 내 결단이 당신의 자랑이 될 거예요.
그래서 당신은 복수하게 되어요. 타퀸을 어떻게 할지 내게서 배우
세요.
당신의 사랑인 내가 원수인 나를 죽이니
가증스러운 타퀸에게 나를 위해 결행하세요.
내 유언을 요약하면 다음과 같아요.
영혼과 육신은 하늘과 땅의 것이고
결단은 남편인 당신의 몫이오.
명예는 상처를 입힌 칼의 몫이고
수치는 내 생명을 망친 자의 것이지만
내 수치를 생각하지 않을 이들만
살아 있는 내 명성을 나눠 가질 것이니. 1190-1203

잔혹한 판사는 입 다물라고 엄명하고
정의를 내세워 정당한 청원을 막았소.
새빨간 음욕이 증인이 되어 증언하되
판사의 눈을 현혹시킨 그대의 미모 소치라.
판사의 눈을 빼앗았으니 그 죄인 죽어서 마땅하지. 1648-1652

저를 위해, 당신의 아내였던 여인을 위해,

들어주세요. 그토록 사랑했다면, 지체 말고 원수에게 복수하세요.
당신과 저, 그리고 그 자신의 원수예요. 저를 과거에서 지켜 준대도
너무 늦었어요. 하지만 범인을 죽여야 해요.
정의를 소홀히 하면 악이 활개를 쳐요. 1681-1687

이 말을 남기고 순식간에 몸에 지니고 있던 칼로 자신을 찔러 자살한다. 때를 놓친 은장도이지만 정절의 날은 시퍼렇게 살아 있다.

그러면서 그녀는 순결한 가슴팍에 예리한 칼을 박아 영혼을 내보내니.
영혼이 깃들었던 더럽혀진 감옥의 깊디깊은 근심에서 해방을 만끽한다. 1723-1726

딸의 뒤를 따라 아버지도 스스로 목숨을 끊어 치욕의 외투를 벗어던진다.

아버지가 자결한 딸의 몸에 자신을 던지자, 그 붉은 샘에서 브루터스가 모진 칼을 뽑으니, 약한 피가 복수하듯이 따라 나오며. 1734-1737

남편 또한 죽음으로 사랑하는 아내의 뒤를 따르려고 했으나 브루터스가 만류하며 자살 대신 복수를 충동한다.

루크리스의 가슴에서 칼을 빼낸 브루터스는
슬픔의 승강이를 두 사람이 벌이자

자존과 위엄으로 말투를 달리하여
그녀의 상처 속에 못난 짓을 파묻는다. 1807-1810

'브루터스'라는 이름은 원래 '못난이'라는 뜻이라고 한다. 위장된 이름 뒤에 숨겨져 있던 영웅의 진가가 드러난 것이다. 민중혁명을 주도하여 폭군을 추방하고 공화국의 건설을 주도하여 세세연년 숭앙받는 영웅으로 자리매김한 것이다.

신중한 판결에 대해 맹세를 마치고
죽은 루크리스를 로마로 옮겨
피 흘리는 시신을 광장에 전시하고
타퀸의 악행을 공개하기로 결의하고
신속하고 부지런히 실천에 옮기자
이를 옳게 여긴 로마 시민들은
이구동성으로 타퀸의 영구추방을 결의했다. 1849-1856

셰익스피어는 자신의 다른 작품들에도 〈루크리스의 겁탈〉을 언급한다. 〈심벨린〉에서 이모진의 침실에 잠입하는 자코모는 자신의 행위를 '정절을 훔치는' 타퀸에 비유한다. 2.2.12-14 〈타이터스 앤드로니커스〉에도 이 작품이 인용된다. 강간 후에 육참당한 라비나를 보고 삼촌 마커스는 '그 옛날 브루터스가 루크리스의 남편과 아버지와 함께 복수한' 선례를 들면서 집단 복수를 촉구한다. 4.1.89-94

〈맥베스〉의 독백에도 덩컨을 죽이기 위해 접근하는 강간범 타퀸

렘브란트가 그린 루크리스(1666년)

의 발걸음이 언급되어 있다. "목표물을 향해 유령처럼 다가간다."2.1.52-56 정절한 여자의 강간은 국왕의 시해에 버금가는 범죄다. 〈말괄량이 길들이기〉에서 페트루치오는 장래의 장인에게 딸을 루크리스처럼 정숙한 아내로 만들겠다고 공언한다. 2.1.292-293

〈제12야〉에서 하녀 마리아가 주인 올리비아의 글씨를 흉내 내어 말볼리오를 속이기 위해 쓴 편지에 담긴 '루크리스의 단도 같은 침묵'이란 구절을 말볼리오는 드러내어 말 못 하는 자신을 사랑하는 올리비아의 암호라고 편리하게 해석한다. 2.5.102

그만큼 〈루크리스의 겁탈〉은 시인 셰익스피어의 자부심의 상징이기도 하다. 일부 페미니스트 비평가들은 이 서사시를 오비디우스의 《변신 이야기》제6권의 필로멜라와 프로크네의 신화와 비교한다. 즉 셰익스피어는 강간당한 여성의 잔인한 복수를 정통의 대안으로 설정하지 않는다. 필로멜라의 경우와는 달리 루크리스는 강간당한 후에도 발언 능력을 유지한다. 이러한 입장에서 보면 루크리스의 자기희생자살이 유일한 정치적 선택이라는 메시지를 던짐으로써 좀 더 능동적인 복수의 기회를 차단한 것이다. 그녀의 복수는 남자 대리인 브루터스에 의해 이루어진다. 강간범의 아버지와 삼촌이 주동이 되어 폭군 타퀸을 영구히 추방하고 공화국 체제를 건설하는 역사적 과업을 이룸으로써 여성의 역할에 내재된 한계를 노정한다.

낸시 비커스는 엘리자베스 시대의 작품에서 여성의 몸을 응시에서 강간으로 이어지는 과정을 분석하면서[03] 이 작품을 대표적인 예로 들었다. 셰익스피어와 엘리자베스 시대의 동료 남성들이 물려받은 신新플라톤주의 전통에 따르면, 사랑하는 애인은 미모와 덕망을 함께 구비해야 하고 무엇보다도 남성의 성적 욕망을 만족시키기보다는 단호하게 거부할 수 있어야만 한다. 그리하여 남성으로 하여금 단순한 성욕을 넘어서 고귀한 정신적 진가를 발견하도록 주도해야 했다. 실로 과중한 이중적 책임이 여성에게 부과되었던 것이다.

03　Nancy Vickers, "The blazon of sweet beauty's best: Shakespeare's Lucrece", in *Shakespeare and the Question of Theory*, Patricia Parker & Geoffrey Hartman(eds.), Metheun, 1985, pp. 95~115.

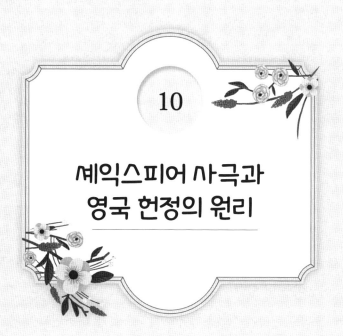

10

셰익스피어 사극과
영국 헌정의 원리

셰익스피어가 지은 사극은 모두 11편으로 모든 작품의 제목에 국왕의 이름이 들어 있다.[01] 오랫동안 10편으로 알려져 왔으나 근래 들어 〈에드워드 3세〉가 셰익스피어의 작품으로 추가 공인되었다. 모든 작품을 혼자서 쓴 것은 아니다. 〈에드워드 3세〉와 〈헨리 8세〉는 공저자가 있고, 〈헨리 6세〉의 저술에도 다른 작가의 보조가 있었다.

셰익스피어가 다룬 역대 국왕들을 연대순으로 재위 기간을 정리하면 존왕1199~1216, 에드워드 3세1327~1377, 리처드 2세1377~1399, 헨리 4세1399~1413, 헨리 5세1413~1422, 헨리 6세1422~1461, 1470~1471, 리처드 3세1483~1485, 헨리 8세1509~1547가 된다. 〈헨리 4세〉는 1·2부로, 〈헨리 6세〉는 1·2·3부로 나뉘어 별도의 작품으로 썼다. 그러니까 역대 제왕 8명

---

01 〈헨리 6세〉 제2부, 〈리처드 2세〉, 〈리처드 3세〉, 세 편의 사극은 필자의 첫 번째 셰익스피어 에세이집 《법, 셰익스피어를 입다》(2012)에서 다루었다.

을 타이틀 롤로 선택한 것이다. 〈헨리 6세〉의 폐위와 복귀 사이에 잠시 왕관을 썼던 에드워드 4세[1461~1470]는 〈헨리 6세〉 속에 흡수되었다.

공연된 순서는 〈헨리 6세〉 제2부[1590~1591], 〈헨리 6세〉 제3부[1591], 〈헨리 6세〉 제1부[1592], 〈리처드 3세〉[1592], 〈에드워드 3세〉[1592~1593], 〈리처드 2세〉[1595], 〈존왕〉[1596], 〈헨리 4세〉 제1부[1596~1597], 〈헨리 4세〉 제2부[1597~1598], 〈헨리 5세〉[1599], 〈헨리 8세〉[1613]이다.

작가가 은퇴한 후, 제임스 1세 재위 중에 공연된 〈헨리 8세〉를 제외하고는 모두 엘리자베스 1세 재위 중에 저술, 공연되었다. 〈존왕〉, 〈에드워드 3세〉, 〈헨리 8세〉의 세 편을 제외하고는 리처드 2세에서 리처드 3세 사이, 즉 1390년에서 1485년 튜더 왕조가 성립할 때까지 시기를 집중하여 다루었다. 〈헨리 6세〉 3부작에 〈리처드 3세〉를 더하여 제1차 4부작 First Tetralogy 으로 부르고, 〈리처드 2세〉, 〈헨리 4세〉 제1부, 〈헨리 4세〉 제2부, 〈헨리 5세〉를 한데 묶어서 제2차 4부작 Second Tetralogy 또는 〈헨리아드 Henriad〉라 부르며 그중에서도 전 세 편을 '볼링브로크극 Bolingbroke Plays'[02]으로 부른다.

16세기 영국에서 국왕의 권리는 의회와 법원에 의해 제약을 받았다. 셰익스피어의 사극이 저술될 당시 영국 헌정은 국가기관 사이의 권한 배분의 원칙을 좀 더 정교하게 정립하기 위한 정치적·법적 논쟁이 전개되고 있었다. 법적으로는 선험적 자연법에서 인간이 제정한

---

02 Robert Sandler(ed.), *Northrope On Shakespeare*, Yale University Press, 1986, pp. 51~81.

실정법으로, 경제적으로는 봉건주의의 잔재를 청산하고 자본주의로, 사회적으로는 신분에서 계약으로의 전환이 진행되고 있었다. 이러한 사회 변화는 기존 제도에 대한 재검토와 함께 새로운 제도의 정립을 요구하였다. 한마디로 중세 봉건주의 유산을 청산하고 새로운 시대 정신을 구현하는 정치적·법적 제도의 건설이 진행 중이었다.

국왕, 의회, 그리고 법원의 공조를 통해 정립되어 온 영국 코먼로는 이 세 기관 사이의 주도권 투쟁의 결과가 반영되어 있다. 셰익스피어를 포함한 당대의 사극 작가들은 국왕과 신민 臣民, subject 의 관계, 그리고 그 관계를 정립하는 법의 역할을 그려 냈다. 말로 Christopher Marlowe 나, 우드스톡 Peele Woodstock 을 포함한 작가들은 영국의 군주제는 헌법의 제약을 받는 현대 용어로 '제한군주제'라는 신념을 공유했다. 신민의 복지를 도모하고 전통으로 확립된 제반 법규를 준수함으로써 비로소 국왕은 성군 聖君으로 인정받는 반면, 이를 무시하는 경우에는 반란을 유발하는 것으로 그렸다.[03]

당대의 다른 어느 작가보다도 셰익스피어는 역사를 극의 소재로 적극 활용했다. 셰익스피어의 사극 11편 중 최소한 9편이 엘리자베스 여왕의 사망 1603 전에 쓴 것이다. 제1차 4부작은 1485년 헨리 7세의 등극으로 튜더 왕조가 열릴 때까지를 다루었다. 이어서 제2차 4부작

---

03 Edna Zwick Boris, *Shakespeare's English Kings, People and the Law: A Study in the Relationship between the Tudor Constitution and the English History Plays*, ch.1 Constitutional Background, New Jersey: Associated University Presses, 1978, pp. 21~55.

은 시간을 역류하여 이전의 시대를 다루었고, 그 후에 〈존왕〉을 썼다. 〈헨리 6세〉 1·2부에서는 의회의 개회, 국왕평의회 council 의 회의, 사법 제도의 운영 등을 조명했으며, 특히 봉건제도의 핵심인 신분에 따른 권리, 의무에 초점을 맞추었다.

그러나 리처드 2세에서 헨리 5세에 이르기까지 세 명의 국왕의 치적을 극화시키면서도 봉건제하의 국왕과 영주의 관계에 대해서는 거의 다루지 않았다. 리처드 2세의 등장 이전에 이미 국왕, 의회, 법원이라는 정부 기관 사이의 법적 권한 배분이 이루어졌다. 헨리 6세 시절에 법원장 chief justice 을 지냈고, 코먼로에 관한 체계적인 저술을 남긴 포테스큐 John Fortesque 경은 "영국 국민은 법에 복속한다 assent unto laws"라고 기술했는가 하면, 그보다 1세기 후의 토머스 스미스 Thomas Smith 는 "영국의 법에는 모든 사람의 동의가 담겨 있다"라고 썼다.

리처드 2세와 엘리자베스 1세 재위 1558~1603 의 사이 150여 년 동안 국왕의 지위에 많은 변동이 생겼다. 리처드 2세는 강력한 군주였던 반면, 헨리 6세는 지극히 취약한 왕이었다. 에드워드 4세 재위 중에 왕권은 일시 강화되었고, 헨리 7세 1485~1509 에 의해 공고해졌다. 이 시기에도 '의회'는 엄연히 존재했다. 셰익스피어극 속에서 국왕이 국정 수행에서 의회와 어떻게 협력 또는 대립 했는지 살펴볼 필요가 있다.

중세의 국왕은 의회의 동의 없이도 법을 제정 또는 개정할 수 있었지만 16세기에 들어와서는 더 이상 중세적 국왕의 권한이 수용되지 않았다. 심지어는 국왕의 대권 prerogative 에 근거한 칙령 proclamation 도

의회의 심사를 거쳐야 할 경우가 있었다.

셰익스피어의 〈헨리 6세〉에서 국왕은 내란이 일어난 경우에야 비로소 의회를 소집한다. 세금을 부과할 때는 의회를 거론조차 하지 않는다. 헨리 5세는 등극 후에 행한 최초의 공개 연설에서 의회를 소집할 것을 서약한다.

제1차 사극 4부작을 저술하면서 셰익스피어는 당대의 보편적 역사의식을 바탕으로 과거사를 재현했을 것이다. 즉 실패로 규정된 과거사, 한마디로 봉건제도의 붕괴를 그렸다. 그의 시대에는 과거의 봉신封臣관계fealty는 이미 시대에 역행하는 것이라는 공감대가 형성되어 있었다. 새로운 시대정신은 개개 국가기관의 권한과 책임을 강조한다. 120여 년의 튜더 왕조 동안 구축되었던, 세습 신분을 전제로 한 국왕과 신민이라는 포괄적 관계는 이제 국왕이 특정 법률을 통해 신민의 복종을 강요할 수 있는가라는 구체적인 문제로 전환되고 있었다.

제2차 사극 4부작의 대상이 된 시기는 일반적으로 '성공의 시대'로 평가된다. 셰익스피어의 작품에 그려진 헨리 4세와 헨리 5세는 낡은 봉건질서 대신에 자신에게 고유한 통치체제를 구축하고 정치기술을 구사했다. 즉 16세기 후반의 정치 현실을 '고대 헌법ancient constitution'이라는 전통규범에 충실함으로써 타개한 것이다. 〈헨리 4세〉 제2부에서 새로 등극한 청년 왕, 헨리 5세가 법원장과 화해하는 장면에서 잘 드러난다.

많은 학자는 셰익스피어 사극을 관통하는 역사관을 '질서와 분수

^{order and degree}'로 축약한다. 튜더 왕조의 탄생은 역사의 필연으로 이는 곧바로 도덕의 승리라는 신화를 신봉한다. 리처드 2세의 폐위는 명백한 범죄였고, 따라서 그의 폐위에 따른 내전은 불가피했으며, 내전에서 승리한 헨리 7세가 튜더 왕조를 창건함으로써 비로소 범죄의 속죄가 이루어졌다는, 일종의 신화적 사관이 정립된 것이다.

이러한 신화적 사관의 근저에는 왕권은 직계후손에게 승계되어야 한다는 우주적 질서 cosmic order에 대한 믿음이 깔려 있다. 왕권의 직계상속에 어긋나는 리처드 2세의 폐위와 헨리 4세의 등극은 우주적 질서를 위반한 범죄일 것이다. 셰익스피어의 사극 전반을 통해 나타난 통치관은 철저한 세습왕조 사관이다. 즉 자신이 국왕의 최우선 세습 순위자임을 입증하는 사람이 국왕이 되어야 하며, 그렇지 못한 경쟁자는 찬탈자에 불과했다.⁰⁴

영국의 왕정은 프랑스와 대조된다. 프랑스와 마찬가지로 영국도 절대왕정 아래에 있었다는 소수의 주장도 있지만, 절대다수의 학자들은 다른 견해를 취한다. 포테스큐는 백년전쟁 1337~1453과 종교개혁 사이 시대의 영국 헌정사를 썼다. 그에 따르면 프랑스에서는 국왕은 절대군주 dominio regali로 군림하고, 백성은 중과세에 시달린 나머지 뒤틀리고 섬약하여 나라를 위해 싸울 기력조차 없었다. 반면 영국은 선한 '법의 지배' 아래 백성의 삶은 번성했다. 영국 신민은 "자신들이

---

04   George W. Keeton, *Shakespeare's Legal and Political Background*, Barnes and Nobles, 1968, p. 242, 249.

동의한 법에 의한 다스림을 받았고, 국왕은 입헌군주dominico politico et regali에 불과했다"라는 주장이다.[05] 엘리자베스 시대의 헌법학자 토머스 스미스도 프랑스에 대한 영국의 자부심을 한껏 자랑했다. "우리의 역대 국왕과 입법자들은 왕국의 시민을 강하고 용기 있는 군인으로 배양했고 결코 악당이나 노예로 전락하도록 만들지 않았다."[06] 한마디로 16세기 영국은 프랑스처럼 전제군주제가 아니라 국가권력이 국왕, 의회, 코먼로, 3대 주체 사이에 배분된 균형국가였다.

셰익스피어의 사극은 이렇듯 법에 근거한 통치, 일반적인 동의, 공동체의 이익에 대한 봉사라는 3대 미덕을 튜더 헌정의 기본 원리로 상정하고 있다. 헨리 6세가 왕위에 오른 것은 이복형인 선왕 헨리 5세가 위의 3대 미덕을 존중했다는 것을 공개적으로 천명한 정치적 계산이 주효했기 때문이라고 볼 수 있다. 셰익스피어의 사극은 국왕들이 봉건 전제를 탈피하여 헌법적 원리에 충실했음을 강론한다고 볼 수 있다. 엘리자베스 치세에서 보듯이 국왕이 정체의 중심임은 의문의 여지가 없지만 왕권에는 법적 한계가 있다는 사실을 강론한 것이다. 어쨌든 셰익스피어가 사극을 쓴 지 얼마 되지 않아 영국은 내전 상태에 들어갔다. 이러한 내적 갈등과 긴장이 상시 존재하고 있었고, 이러

---

05   John Fortesque, *The Governance of England: Otherwise Called the Difference Between an Absolute and a Limited Monarchy,* Charles Plummer(ed.), Oxford Clarendon Press, 1885, pp. 113~115.

06   Thomas Smith, *De Republica Angorum*, L. Alston(ed.), Cambridge University Press, 1906, p. 106.

한 시대상이 작품 속에도 투영되었음은 쉽게 상정할 수 있다.

의회와 국민

16세기 영국에서 의회는 헌법적으로 서로 대립하는 이중적 성격을 지닌 기관이었다. 첫째, 국왕에 의해 소집되고 국왕에 의해 해산되는, 국왕에 의존하는 '국왕의 법원 Hight Court of the King'이었다.[07] 그런가 하면 그 권한과 기능이 국왕과는 독립된 국민의 대의기구이기도 했다. '모든' 영국 국민이 지위 고하를 막론하고 직접 또는 대리인을 통해 국정에 참여할 권리가 있었고 의회의 동의는 곧바로 모든 국민의 동의를 의미했다.[08]

이러한 의회의 이중적 성격에서 역사적 문서에 등장하는 '의회 Parliament'와 '신분회의 Estates' 또는 '삼부회 three estates'라는 용어가 탄생한 것이다. 왕국 내의 대표자들이 법률을 통과시키기 위해 국왕에 의해 소집될 회합을 '의회'로 불렀다. 그러나 왕위계승에 어떤 하자가 있는 특정 국왕이 소집한 경우 이를 '신분회의'로 불렀다. 예를 들어 리처드 2세에서 헨리 4세로의 왕권 이양을 기록한 문서에는 '의회' 대신 '신분회의'가 인준한 것으로 표기했다.[09] 1585년 엘리자베스 여왕

---

07 R. W. K. Hinton, "The English Constitutional Theories from Sir John Fortesque to Sir John Eliot", *English Literature Review*, Vol. 75, 1960, p. 425.

08 Thomas Smith, 위의 책, pp. 48~49. 물론 '모든' 영국 국민의 의미는 대중민주주의가 정착된 오늘날의 헌법학적 의미는 아니다.

의 측신, 버글리 경 Lord Burghley 도 국왕의 암살 가능성과 그에 따를 공위空位, inter regnum 사태를 우려하면서 왕의 계승 문제를 다룰 기관을 가리켜 '의회' 대신 '삼부회'로 명명했던 것이다.

셰익스피어도 이러한 구분을 숙지하고 작품 속에 반영한 것으로 보인다. 그리하여 누가 정당한 국왕인지, 의문의 여지가 전혀 없는 경우에 한정하여 의회라는 어휘를 언급하고 있다. 〈헨리 6세〉 제1부, 〈헨리 6세〉 제2부 및 〈헨리 5세〉 반면 〈리처드 2세〉에서는 왕위에서 축출되는 장면에는 '의회'라는 용어를 쓰지 않는다.[10] 〈헨리 4세〉 제2부의 말미에 무대에 최초로 등장하면서 헨리 5세는 '의회'와 '그의 왕국all his state'이라는 용어를 함께 사용했다.

16세기 이래 국왕에 대한 의회의 독립적 권한은 지속적인 신장을 거듭했지만, 때때로 시대의 흐름에 저항하는 사건 또한 적지 않았다. 그럼에도 불구하고 16세기 전반을 통틀어 볼 때 국왕으로부터의 의회의 독립 여정에 중대한 성과가 이루어진 것이다.[11]

1534년 헨리 8세는 로마교황청과 절연하고 국왕이 교회의 수장임을 선언한 법 The Supremacy Act 을 공포한다.[12] 종교개혁은 특히 평민원

---

09 S. B. Chrimes, *English Constitutional Ideas in the Fifteenth Century,* The University Press, 1935, p. 107.

10 이후에 편집자에 의해 감독 대본에 "의회에 출두하다(Enter as to Parliament)"라는 구절이 추가되었다.

11 Kenneth Pickthorn, *Early Tudor Government: Henry VII*, Cambridge University Press, 1934, pp. 119~125.

12 G. R. Elton, "The Tudor Revolution: A Reply", *Past and Present*, No. 29,

^{하원}의 발전에 중대한 공헌을 했다. 실질적으로는 귀족원^{상원}보다 더욱 중요한 기관으로 자리 잡게 되었다. 귀족원의 중요한 구성원은 고위 성직자였고 국왕은 교회를 공격하는 데 평민원을 십분 활용했다. 이는 민의를 통해 구성된 기관을 존중하는 외관을 갖추는 정치적 책략이기도 했다.[13] 이때부터 평민원은 귀족원과 동등한 지위를 확보했고, 대부분의 법안이 심의되고 첨예한 정치적 논쟁이 제기되는 곳으로 실질적으로는 귀족원보다 더욱 중요한 기관으로 자리 잡았다.

또한 이전에 교회가 소유하던 토지를 새로 취득하게 된 젠트리 gentry 계급이 의회에 대거 진출하게 됨으로써 '의회의 침입 invasion of Parliament'이라는 용어가 탄생하기도 했다.[14] 셰익스피어의 작품 속에도 평민원의 비중을 확인할 수 있다. 〈헨리 6세〉 제1부에서는 루앙에서 잉글랜드 군을 격파한 잔 다르크^{극중 이름은 조안 라 퓌셀}는 포로가 된 탤벗을 조롱하며 잉글랜드 의회를 언급한다. "하느님께 요청하여 패잔병으로 의회를 소집하지 그래? 누가 의장이 될 거야?"^{3.2.60}

〈헨리 5세〉에는 평민원이 교회 재산을 절반으로 감축하는 법안을 제안하자 캔터베리 대주교가 일리 주교와 만나 대책을 논의하는

December 1964, p. 42; Penry Williams, "The Tudor State", *Past and Present*, Vol. 25, July 1963, p. 44.

13 John E. Neale, *Elizabeth I and Her Parliament 1559~1581*, London: Jonathan Cape, 1953, pp. 20~21.

14 John E. Neale, *The Elizabethan House of Commons*, Yale University Press, 1950, pp. 372~373.

장면이 나온다. 1.1.1-22 또한 〈리처드 2세〉에서 노섬벌랜드공작은 두 차례나 '평민원commons'에게 왕위 박탈의 소추권이 있음을 주장한 다. 4.1.154, 272 〈헨리 6세〉 제2부에서 솔즈베리는 글로스터의 죽음에 대 한 책임을 물어 '평민원'이 서퍽의 추방을 요구한다고 전한다. 3.2.242

그러나 전반적으로 보아 셰익스피어극을 포함한 영국 사극은 16세 기에 평민원의 지위가 미미한 반면, 귀족원의 비중이 큰 것으로 그렸 다. 이를테면 〈헨리 6세〉 제1부 3막 1장과 〈헨리 6세〉 제3부 1막 1장 의 회합 장소인 런던 의사당London Parliament House은 귀족원과 국왕의 회동 장소를 지칭했다. 엘리자베스 시대의 의회는 모든 국민의 3대 법익인 생명life, 신분estate, 토지land에 대한 규제권을 보유했다. 그러 므로 국왕과 귀족을 막론하고 그 누구도 의회의 입법을 통하지 않고서 는 이들 법익을 침해할 수 없었다. 그런 행위는 의회의 권한에 대한 침 해로 간주되어 당연한 위헌으로 인식되었다. "의회의 행위가 아니고 서는 어떤 영국 국민의 생명, 신분, 토지도 몰수할 수 없으며, 의회가 제정한 법에 근거하지 않고서는 신민의 일상에 간섭하지 못한다."[15]

〈헨리 6세〉 제2부에서 요크를 복권시키는 결정은 '다툼이 있는 경우 결정권을 보유한' 의회가 내린다. 이런 의회의 결정에 대해 누구 도 이의를 제기할 수 없다. 〈헨리 6세〉 제1부에서 서머싯은 법학원 정 원에서 장미를 꺾으면서 "저 비천한 자의 말을 상대해 주니 우쭐대는

---

15   William Harrison, *The Description of England*, Georges Edelen(ed.), Cornell University Press, 1968, p. 154.

군"2.4.81이라고 빈정댄다. 리처드 플랜태저넷의 부친인 케임브리지 백작이 의회의 결정으로 반역죄로 처형되어 그가 평민으로 강등된 사실을 비꼬는 것이다.

반면 의회의 권위를 부정하는 자는 사악한 인물로 제시된다. 윈체스터는 글로스터의 법안을 찢어 버리면서 화해를 거부하는 의지를 방백傍白을 통해 관객에게 전달한다.3.1.138-141 이 순간 그는 글로스터의 단순한 정적에 그치지 않고 사악한 인물, 제도를 찬탈하는 법외의 인물로 제시된다. 이 순간에 이르기까지 둘 중 누구를 선택할 것인지 결정을 내리지 못한 관객에게 결정적인 판단 자료를 제공하는 것이다.

또한 의회와 협의를 거치지 않고 독단적인 결정을 내린 인물은 많은 경우 불행을 자초하고 끝내 파멸로 종결되는 것으로 그려진다. 예를 들어 헨리 6세는 정신廷臣들과 회합을 열면서 아르마냐크의 딸과 결혼할 것을 약속한다. 그러나 서퍽의 사주에 넘어가 약속을 깨고 마거릿과 혼인한다. 그러고는 서퍽에게 국혼 비용을 충당하기 위해 십일조 세금을 징수할 권한을 부여한다.5.6.92-93 이는 명백한 왕권 남용으로 통치권 자체가 흔들리는 불길한 전조前兆로 비친다.

직접 과세는 반드시 의회의 동의를 얻어야만 한다는 헌정 원칙은 헨리 6세가 왕위에 오르기 1세기도 더 이전인 14세기 중반에 이미 확립되었다. 숙부곤트의 존의 재산을 몰수하는 리처드 2세의 조치는 비록 아일랜드 원정을 위한 전비 조달이라는 대의명분에도 불구하고, 의회의 동의 없는 과세로 전제적 행위로 인식된다. 워릭, 노섬벌랜드,

버킹엄 등 사적 연분이나 정치적 이해관계에 따라 특정 인물을 국왕에 옹립하고자 시도하는 인물들은 도덕성에 치명적인 약점을 드러낸 것으로 그린다.

의회의 중요성은 엘리자베스 시대의 국왕도 숙지하여 수용하고 있었다. 1585년 버글리 경은 만약 엘리자베스 여왕에게 유고가 발생할 경우를 대비하여 후임 국왕이 승계하기까지 과도기 동안 의회가 일시적으로 주권을 보유한다는 내용의 법안을 기안하기도 했다.[16]

국왕의 지위

16세기 영국의 입법권은 '의회 내의 국왕Crown in Parliament'이라는 헌법기관이 보유한다. 즉 국왕과 의회가 결합된 하나의 기관이라는 의미다. 그러나 통상적인 집행 업무는 국왕의 전권 사항이었다. 모든 법은 국왕의 이름으로 집행되었고 치안과 사법제도의 운영도 국왕의 권한과 책임에 속했다.

의회가 강력한 입법권을 보유했기 때문에 영국이 프랑스나 스페인에 비견할 만한 강력한 왕국으로 발전할 수 없었던 것은 아니다. 이 점은 영국 사학자들의 자부심에 찬 평가에서도 드러난다. 이 대륙 국가들에서는 강력한 대의기구와 강력한 군주제는 양립하기 힘들다는

---

16 John E. Neale, *Elizabeth I and Her Parliament 1584~1601*, London: Jonathan Cape, 1957, pp. 45~46(이 법안은 정식으로 의회에 상정되지는 않았다).

정치관이 지배했다. 역대 국왕들은 의회의 존재 자체를 인정하지 않았거나 무력화시키는 것을 큰 치적으로 알았다.

그러나 영국은 달랐다. 프랑스와 영국의 차이는 극중 헨리 6세의 프랑스 출신 왕비 마거릿의 입을 통해 잘 드러난다. 그녀는 국왕이 중요한 국사에서 의회와 정신들의 견제 때문에 독자적인 결정을 내리지 못하는 것을 보고 불평을 쏟아 낸다. 〈헨리 6세〉 제2부, 1.4.46-48 "이론적으로나 현실에서나 하등의 제어장치가 없는 전제군주제"의 나라[17] 프랑스의 상식에 어긋나는 영국 왕정에 대해 볼멘소리를 내는 것이다. 요크공의 두 아들, 리처드와 에드워드는 내전에 대한 마거릿의 '프랑스적인' 해석에 비난을 퍼붓는다. "이런 전란이 일어난 것도 네 년의 교만 때문이 아니었느냐? 네 년이 온순했더라면 우리가 권리를 주장하지도 않았고, 온유한 왕을 불쌍히 여겨 다음 대까지 그대로 두었을 것이다." 〈헨리 6세〉 제3부, 2.2.159-162

작품 속에 투영된 16세기 영국 국왕의 권한은 왕위계승 succession, 반란권 rebellion 그리고 국왕대권 royal prerogatives 의 범위라는 3대 주제로 나누어 관찰할 수 있다.

첫째, 누가, 어떤 절차에 따라 국왕이 되는가? 왕위승계 문제는 공법 public law 의 영역에 속하는 것으로 제정법 statute 과 관습 custom 에 따

---

17 G. R. Elton, "Constitutional Development and Political Thought in Western Europe", in *The New Cambridge Modern History: Vol. 2, The Reformation, 1520~1559*, G. R. Elton(ed.), Cambridge University Press, 1958, p. 439.

라 규율된다. 그러나 엘리자베스 시대에는 아직 제정법이나 확립된 관습이 존재하지 않았다. 다만 혈통에 기초한 세습이 중요한 기준이라는 점은 이의가 없었다.[18] 혈통만을 유일한 기준으로 삼는 선례는 에드워드 2세재위 1307~1327의 등극 시에 이미 확립되어 있었지만 그가 폐위됨으로써 선례로서의 효력이 심히 약화되었다. 또한 남자만이 국왕의 자격이 있다는 원칙도 존재하지 않았다. 만약 이런 원칙이 존재했더라면 모티머 가계는 왕의 자격을 상실하고 헨리 4세가 리처드 2세의 법적 승계자가 되었을 것이다.

따라서 요크가와 랭커스터가 사이의 왕위계승 전쟁에는 혈통에 부가하여 다른 요소를 정당성의 근거로 제시해야 했다. 엘리자베스의 승계자를 두고 수많은 후보자가 난립했던 것을 보면 왕위승계의 원칙에 대한 국가 차원의 합의는 존재하지 않았던 것 같다.

리처드 2세에서 헨리 7세까지 셰익스피어의 사극이 다룬 시기에 항상 이 문제가 대두되었다. 혈통이 가장 중요한 요소이지만 동시에 다른 요소들도 고려되었다. 작품은 대중의 지지, 군사력, 국정 수행 능력 등을 종합적으로 평가했다고 할 수 있다. 엘리자베스 여왕은 헨리 7세의 손녀였다. 그러나 혈통의 경쟁자도 있었다. 그녀의 등극에 법적 정통성을 부여한 결정적인 근거는 의회의 승인이었다.[19]

---

18 S. B. Chrimes, *Lancastrians, Yorkists, and Henry VII,* Second Edtion, Macmillan, 1964, p. 478.
19 Edna Zwick Boris, 위의 책, p. 37에서 재인용.

셰익스피어는 이러한 왕위계승의 법리를 정확하게 작품 속에 반영했다. 즉 의회가 공적 논의의 장임을 적시하고 있다. 특히 〈헨리 6세〉 제2부에서 에드워드 왕자가 요크가에 밀려 헨리 6세의 후계자가 못 되는 장면을 재연했다. 일면 의회의 실제적 권한은 전투로 결말이 난 상황을 사후에 추인하는 수준에 그쳤다는 점도 확인한다. 극중에 외국 용병이 빈번하게 등장함에도 불구하고 군사력은 대중의 지지도와 밀접하게 연관되어 있었다. 따라서 군사적 승리는 의회의 승인과 유사한 효과를 보유했다.

리처드 2세의 퇴위는 복잡한 요인이 깔려 있지만 대중의 지지를 상실한 것이 중요한 요인으로 작용했을 것이다. 이는 극중에서 리처드가 대중과 군대, 양쪽 모두의 지지를 잃자, 그의 양위가 귀족원과 국왕의 합동회의에서 공개적으로 논의되는 데서 확인된다. 런던 시민들이 헨리의 등극을 열광적으로 환영하는 반면, 왕관을 내려놓은 리처드에 대해 노골적인 경멸의 언사를 감추지 않는다는 요크의 보고로 재삼 확인된다.

반란권

언제, 어떤 상황에서 반란을 통한 국왕의 축출이 정당화되는가? 후일 존 로크 John Locke, 1632~1704 에 의해 정치이론으로 정립된 '폭군방벌론'의 헌법적 근거는 무엇인가? 가장 보편적인 경우가 국정의 실패다. 군주는 백성을 도탄에 빠뜨린 책임을 져야 한다. 통치 능력이 결여된 군주는 통치자의 자격을 잃는다. 셰익스피어 시대의 많은 작품이 반란을 극화시킨다. 반란의 명분, 주도한 집단, 반란에 이른 정치적 상황 등 다양한 각도에서 조명한다. 잭 케이드, 요크, 마거릿, 볼링브로크에드워드 4세, 퍼시, 리치먼드, 그리고 〈존왕〉에서의 솔즈베리와 펨브로크 등이 반란의 괴수들이다. 왕권 탈취에 나선 반란 주도자들은 그들이 부국강병을 이룰 수 있다는 확신을 심어 줄 수 있을 때 비로소 대중의 지지를 얻어 반란에 성공한다.

예를 들어 셰익스피어 동시대 작가 말로의 〈에드워드 2세〉에서는 국왕이 가베스턴에게 현혹된 나머지 국정을 소홀히 하고 다른 신하들을 외면하자 평민원은 국왕에 대한 지지를 '유보'한다.[20] 2막 2장 160행 일반 대중은 국왕 대신 가베스턴에게 급료를 강탈당한 병사들에게 동정을 보내는 모티머 2세를 지지한다. 그가 국왕의 죽음을 유도하고 스스로 섭정이 된 사실을 감안하면 후일 전제군주가 될 것이 분명한데도 말이다.

셰익스피어의 〈헨리 6세〉 제3부는 랭커스터가에서 요크가로의 왕권이양을 지지한다. 랭커스터가가 통치하는 동안 프랑스 내의 영국 영토를 상실했다. 그래서 좀 더 강고한 군사적 결속력을 보인 요크가의 왕이 상실한 고토를 회복할 것을 기대했던 것이다. 그러나 요크

---

20 Christopher Marlowe, *Edward the Second*, W. Moelwyn Merchant's Edition in the New Mermaid's series, London: Ernest Benn, 1967.

가의 왕 에드워드 4세가 혼인을 통해 프랑스와의 연대를 강화하는 임무를 방기하고 사련을 추구하여 레이디 그레이와 결혼하자 "백성들이 벌떼처럼 몰려들어 랭커스터가를 지지하는 시위에 나섰다." 4.2.2

많은 영국 극작가 중에 성공한 반란과 실패한 반란을 비교, 분석하기에 충분한 분량의 작품을 쓴 작가는 셰익스피어가 유일하다. 그는 성공한 반란에 대해 비교적 일관된 입장을 취한다. 성공한 반란자들의 공통점은 의회또는 신분회의의 대표자와 국사를 협의할 의무와 법을 공평하게 집행할 국왕의 의무와 같은 구체적인 헌법 원칙을 준수할 것을 공개적으로 천명한 예비 군주들이다. 헨리 4세는 무대에서 빈번하게 정신들과 회합하면서 국정을 상의한다. 헨리 5세는 대관식에 이은 최초의 연설에서 의회와 왕국의 모든 신분의 대표와 만날 약속을 천명한다. 이러한 의무를 무시하거나 소홀히 하는 국왕은 대중의 지지를 잃고 종국에는 군사적 패배와 퇴위로 결말난다는 것이 셰익스피어의 관찰이다.

헨리 6세의 경우 정신회의의 토의에 거의 관여하지 않음으로써 국정의 비능률을 조장한 것으로 그려진다. 에드워드 4세는 당초 약속을 어기고 워릭과 상의하지 않고 왕비를 선택함으로써 일시적으로 국왕의 자리에서 축출된다. 〈헨리 6세〉 제3부, 2.6.99 리처드 2세는 최측근인 요크의 반대를 무릅쓰고 곤트의 존의 재산을 몰수하여 마침내 영구적으로 왕위를 잃는다. 이러한 사실을 종합해 보면 반란을 예방 또는 제압할 국왕의 최선의 무기는 오랜 전통에 따라 정립된 국왕의 책무, 즉 헌법 원칙에 부합하는 의무를 충실하게 이행하는 것이다. 그러나 무엇이 헌법적 의무인지, 명쾌한 규정과 정의가 없다는 난점이 있다. 불문헌법 국가 영국의 특성이다. 그러나 '아는 사람은 아는' 그런 보편적 상식의 세계가 존재한다는 것이 영국 국민의 믿음이다.

국왕대권

국왕은 국가권력의 화신인 동시에 왕국의 안녕과 복리를 책임질 국민의 대리인이다. 국왕대권大權, prerogative 이란 대관식에서 선서한 대로 '진실과 자비에 입각하여 정의를 실현하고 법을 유지하는 의무를 수행하기 위해 부여받은 권한'이다.[21]

셰익스피어는 극중에 자신의 동시대인 16세기의 역사적 기록을 반영하여 국왕의 권한과 의무 사이에 긴장된 균형을 유지하는 모습을 보여 준다. 즉 통치자가 왕국의 번성을 보장할 수 없는 경우에는 대권을 내세워 국왕의 지위를 유지할 수 없음이 드러난다. 국왕대권의 범위는 코먼로에 따라 비교적 상세하게 정립되어 있었다. 전쟁의 개시와 종결, 추밀원 위원의 임명, 전쟁 및 반란 시 계엄령의 선포, 화폐의 주조, 형사범의 사면, 교회에 대한 십일조 세금의 징수 등등이 대표적

---

21 S. B. Chrimes, *English Constitutional Ideas in the Fifteenth Century*, 1935, Review by H. L. Gray, *The American Historical Review*, Vol. 42, No. 3, April 1937, pp. 519~523("do justice in mercy and in truth, and to maintain the laws").

인 예다. 모든 영장writ은 국왕의 이름으로 발부되며 사법 절차는 국왕의 이름으로 집행되었다. 국왕은 모든 신민의 후견인이자 왕국 내에 토지를 보유한 모든 신민의 초혼권first marriage 자였다.[22]

엘리자베스 시대에 국왕대권의 범위를 두고 국왕과 의회 사이에 끊임없는 대립이 이어졌다. 엘리자베스는 의회의 요구를 경청했지만 국왕대권 자체에 대해서는 추호도 양보하지 않았다. 자신의 후계자를 의회가 결정하는 것도 철저하게 봉쇄했다. 기록에 따르면 엘리자베스는 평민원의 압력이 거세질 경우에는 일정 부분 수용하기도 했다. 왕실징세관과 특허관리관의 권한 남용에 대한 평민원의 항의가 강하게 제기되자 국왕은 이를 수용하여 적절한 조치를 내렸다. 특허관리관의 비리를 조사하는 위원회를 구성하고 그 위원회에 평민원 의원이 참여하도록 했고, 특허관리관의 소추와 재판을 코먼로 법원에 맡기는 데 동의했다.

셰익스피어의 작품에서도 유사한 장면을 볼 수 있다. 존경받던 글로스터가 살해된 데 분노한 평민원은 서퍽을 사형 또는 유배에 처하라고 요구한다. 헨리 6세는 엘리자베스와는 달리 대처한다. "나에 대한 관심과 애정에 감사하오. 그들로 인해 자극받지 않았어도 그들 요청대로 시행할 참이었소." 〈헨리 6세〉 제2부, 3.2.279~281

랭커스터가의 국왕들은 여론에 민감했다는 사실을 알 수 있다.

---

22 Thomas Smith, 위의 책, 1583, pp. 58~63; Edna Zwick Boris, 위의 책, p. 37 에서 재인용.

셰익스피어의 작품에는 의회^{또는 신분회의}가 모든 국왕의 승계에 깊이 관여한 것으로 그려져 있다. 리처드 2세의 축출과 헨리 4세의 승계도 그러하고, 헨리 4세의 후계자로 처음에는 요크를 지정했다가 에드워드 4세로 변경하는 결정도 그렇다. 리처드 3세를 에드워드 4세의 후계자로 인정하는 결정도, 헨리 7세와 그의 후손들의 정통성을 인정하는 결정도 마찬가지다.

종합적으로 고찰하면 16세기 영국 군주정은 복잡했다. 앞선 세기에 발생한 빈번한 왕조의 변경에서 얻은 교훈은 개인으로서의 군주와 기관으로서의 군주정을 구분하는 것이다. 군주는 왕국의 영토 내에서 일어나는 모든 일에 대해 '주체 생명life'의 지위를 누린다. 국왕의 신체는 이중적 성격King's two bodies을 지닌다. 자연인 국왕의 신체는 사망과 동시에 소멸하지만 국가의 주체 생명으로서의 신체는 영생불멸로 왕국의 운명과 함께한다는 것이다.[23] 그러나 특정 군주가 자신의 권한에 부착된 헌법적 한계를 무시하거나 평화로운 질서를 유지하고 법을 적정하게 집행할 의무를 효과적으로 수행하지 못한 경우에는 위기에 처하게 된다. 스튜어트 왕조 국왕들의 예가 입증해 준다.

마치 벼랑 끝에 선 것처럼 불안정하기 짝이 없는 '의회 내의 국왕'이라는 헌정 원칙은 엘리자베스의 사망과 함께 사라진 튜더 왕조의 부장물이 되었고, 새 왕조는 이 화두를 붙들고 새로운 투쟁을 벌여야

---

23 Ernst H. Kantorowicz, *The King's Two Bodies: A Study in Mediaeval Political Theology*, Princeton University Press, 1957.

만 했다. 제임스 1세는 헨리 8세가 의회의 결의를 통해 효력을 인준받은 유언의 조건에 따라서가 아니라, 혈통과 정치적 타협에 따라 국왕의 지위에 올랐다.[24] 그는 잉글랜드의 코먼로에 무지했고, 왕권은 신으로부터 직접 부여받았다는 믿음을 감추지 않았다. 그의 왕권신수설은 아들 찰스 1세에게 전승되었고, 마침내 국왕이 국민의 이름으로 의회에 의해 처형되는 비극을 맞았다.

오늘날의 안목으로 보면 평민원이 리처드 2세를 소추한 것이나 헨리 5세가 법원장과 화해한 것은 국가기관 사이의 권한쟁의 문제를 다룬 것으로 볼 수도 있지만, 이를 뒷받침하는 충분한 증거는 극중에 보이지 않는다. 그러나 국왕과 국민이 '공동으로' 이성적인 법의 이름으로 주권을 행사한 충분한 증거는 될 수 있을 것이다.

코먼로와 형평법

스페인이나 프랑스와는 달리 영국은 국민의 권리에 심각한 손상을 입지 않은 채로도 강력한 왕국을 건설하여 대외적 독립을 유지할 수 있었다. 이러한 영국사의 비법을 흔히 영국 코먼로의 연속성과 본질적 성격에서 구한다.

중세 잉글랜드는 작은 영토와 중세의 기준으로는 예외적으로 강

---

24 Edna Zwick Boris, 위의 책, p. 38.

력하고도 효과적인 왕정의 혜택을 입었다…… 그러나 무엇보다도 12세기 이래 발전시켜 온 법, 즉 코먼로라는 단일한 법에 복속되었다…… 코먼로를 통해 왕국의 지역적·개인적 권리의 기초에 통일성을 확보하게 되었다. 만약 그렇지 않았더라면 다른 나라들과 마찬가지로 전제적인 로마법에 의지해 전제군주 체제로 전락했을 것이다.[25]

이렇듯 코먼로 체계와 유럽 대륙법 civil law 체계를 구분, 대비하는 관념은 16세기에도 이미 확립되어 있었다. 고대 로마법을 계수한 대륙의 나라들에서는 성문법전을 법제의 기초로 한다. 즉 국가의 모든 권위는 바로 법조문에서 나온다. 따라서 법조문의 의미를 해석하는 학자들의 권위도 가볍지 않다. 영국의 경우는 확연하게 다르다. 영국에는 대륙국가처럼 종합법전이 존재하지 않는다. 모든 분쟁은 구체적인 판결을 통해 해결되며, 오랜 시일에 걸쳐 판결을 통해 선언된 원리가 집적되어 코먼로라는 법규범을 형성하는 것이다.

양자의 차이는 국가 운영에도 확연하게 대조되는 정치체제를 탄생시켰다. 법의 제정과 집행에서 대륙국가의 왕은 절대적 권한을 보유한다. 예를 들어 16세기 프랑스에서는 지역의회는 일정한 명목상 권한을 보유했을 뿐이고, 중앙정부의 삼부회 Etats Generaux 도 유명무실한 존재였다. 스페인에서는 1709년까지 전국 차원의 의회 Cortes 는 탄생하지도 않았다.

---

25 Geoffrey R. Elton, *The Tudor Constitution: Documents and Commentary*, Cambridge University Press, 1960; Second Edition, 1982, pp. 441~442.

영국에서는 중세에 이미 의회가 존재했을 뿐만 아니라 시일이 흐를수록 권한이 강화되었다. 일관된 원칙을 중시한 법의 힘이었다. 코먼로의 위력과 권위는 법률가 집단의 확충, 의회 규모의 확대, 헌법적 구조에서 의회의 중요성 증대에 따라 더욱 강화되었다.[26] 대학 교육의 마지막 단계는 법학의 수학으로 종결하는 것이 전통이 되었다. 1593년 기준으로 평민원의 43%가 법학 학위를 보유했다.[27]

그러나 코먼로의 나라, 영국에도 대륙법과 유사한 제도가 전혀 없었던 것은 아니다. 국왕의 대리인의 자격에서 재판하는 형평법원 Chancery과 같은 특별법원이 존재했다. 16세기의 형평법원은 해당 사안에 관해 코먼로가 존재하지 않는 경우에 적정한 구제를 해 주는 일종의 행정기관이었다. 중세에는 대체로 귀족을 상대로 한 평민들의 청원을 취급하는 고충처리기관에 불과했으나 엘리자베스 시대에는 관할권이 대폭 확대되어 국제거래 사건, 특히 상인들의 사기 강박 문제를 다루게 되었다.

코먼로 법원과 형평법원 사이의 권한 다툼은 치열했다. 1603년 스코틀랜드의 제임스가 잉글랜드 국왕에 취임한 후 선례에 집착하는 코먼로 대신 유연한 구제가 가능한 형평법원을 선호했음은 상식으로도 추정할 수 있다. 제임스가 후원자인 '왕립극단 King's Men'의 주주배

---

26 F. W. Maitland, *English Law and the Renaissance*, Cambridge University Press, 1901.

27 John E. Neale, *The Elizabethan House of Commons*, London: Jonathan Cape, 1949, pp. 307~308.

우였던 셰익스피어가 〈베니스의 상인〉에서 포셔의 재판과 〈눈에는 눈〉의 이사벨라의 탄원을 통해 형평법^{equity}의 법리와 정신을 강조하여 국왕의 기호에 영합했다는 해석도 충분히 설득력 있다.[28]

28　안경환,《법, 셰익스피어를 입다》, 서울대학교출판문화원, 2012, pp. 61~104, 155~182.

11

존왕

The Life and Death of the King John
(1596)

〈마그나카르타〉에 서명한 국왕

셰익스피어의 사극 11편 중에 〈존왕〉은 〈리처드 2세〉와 함께 텍스트 전체가 산문prose 형식을 취한다. 그래서 그런지 공을 덜 들인 작품이라는 평도 따른다. 이 작품은 빅토리아 시대에는 화려한 무대장치 때문에 가장 인기 있는 작품이었으나 근래 들어서는 가장 인기 없는 극으로 전락했다. 조지 오웰은 1942년의 글에서 작품의 정치성을 높게 평가했다. 어린 시절에는 아주 시시한 작품으로 치부했는데, 성인이 되어서야 비로소 작품의 진가를 깨쳤다는 것이다. 이 극에서 작가가 정교하게 묘사한 정치적 배신, 불가침 협정, 전쟁 중에 지원세력을 바꾸는 줏대 없는 민중 등등 정치의 본질적 속성은 현대에도 마찬가지다.

연극도 별반 인기 없기는 마찬가지, 공연은 근근이 명맥을 유지해 오고 있다. 그러나 적어도 극중의 대사 몇 구절은 후세인에 의해 널리 인용된다.

> 피 위에 세운 나라, 흔들릴 수밖에는. 〈존왕〉, 4.2.103-104
> 미친 세상, 미친 임금, 미친 화해로다. 〈서자 필립〉, 2.1.562
> 이 세상 형극과 왕관의 위험에 눌려 내 갈 길을 잃었다. 〈서자 필립〉, 4.3. 150-152

존왕재위 1199~1216은 역대 영국 군주 중에 외국인에게도 지명도가 높은 편이다. 1215년 〈마그나카르타 대헌장大憲章, Magna Carta〉에 서명한 당사자로,[01] 자신의 의도와는 무관하게 근대 민주주의의 발전에 역설적으로 기여한 군주로 기억된다. 〈마그나카르타〉는 인류사에서 국왕 권력의 한계를 명문으로 규정한 최초의 문서이다. 근대적 의미의 주권자인 인민의 권리를 직접 규정한 것은 아니지만 역사적 맹아萌芽로 볼 수 있다. 그러나 국법law of the land에 따른 자유liberty의 보장이라는 영국 헌정의 뼈대를 마련한 이 문서는 한동안 상징적 존재로만 머물렀다. 윈스턴 처칠의 《영어권 국민의 역사A History of the English Speaking Peoples》1955~1958 제1권에도 17세기 이전에는 대헌장을 거론하는 사람은 드물었다고 적혀 있다.

01　안경환·이동민, 〈마그나카르타와 그 영향〉, 《저스티스》 27권 2호, 한국법학원, 1994, pp. 133~176.

영국 헌정사에서 〈마그나카르타〉가 본격적으로 부상된 것은 셰익스피어가 죽고 난 후의 일이다. 1620년대 스튜어트 왕조의 제임스 1세와 찰스 1세가 왕권신수설에 의지하며 절대군주로 군림하려고 들자, 이에 맞선 반대세력은 〈마그나카르타〉를 방어무기로 활용한 것이다. 그리하여 청교도혁명과 공위시대空位時代, 1649~1660를 거쳐 1660년 찰스 2세의 왕정복고가 이루어졌을 때 〈마그나카르타〉는 확고한 권위를 누리고 있었다. 〈마그나카르타〉의 정신과 법리는 아메리카 신대륙에서 만개했다. 이주 영국인은 아메리카 식민지를 건설하면서 〈마그나카르타〉의 신화도 함께 지참했고 이는 후일 독립혁명을 성취하는 정신적 지주가 되었다.[02]

셰익스피어의 사극은 존왕의 재위기간 중 특정 시기와 사건만 다룬다. 존은 선왕 헨리 2세의 아들이자 후임 헨리 3세의 아버지이다. 역대 군주 중에 가장 인기 없는 인물 중 하나다. 막강한 가톨릭교회세력을 상대로 승산이 희박한 싸움을 회피하지 않아 후대의 명군 헨리 8세와 엘리자베스 1세의 모델이 된 애국 군주라는 찬사가 없는 것은 아니다. 그러나 신성한 교황의 권위에 도전하고, 사자왕 아서의 암살을 책략하여 왕관을 찬탈한 패도의 혼군昏君이라는 낙인에 더하여 재

---

02 Daniel J. Kornstein, *Something Else: More Shakespeare and the Law*, Author House, 2012, pp. 99~103; Edna Zwick Boris, *Shakespeare's English Kings, the People and the Law: A Study in the Relationship between the Tudor Constitution and the English History Plays*, New Jersey: Fairleigh Dickinson University Press, 1978, p. 124.

위 중에 프랑스 내의 영지를 잃어 '실지왕失地王 존John the Lackland'이라는 냉소적인 별명을 얻기도 했다.[03]

이 극에는 귀족과 국왕 간의 갈등은 제시되지만 정작 〈마그나카르타〉 문서에 서명하는 장면은 등장하지 않는다. 극중에서 귀족들이 국왕에게 요구하는 내용은 잠정적 국왕 후보자인 아서의 신변과 왕국의 장래에 관한 것일 뿐이다. 아서는 존왕의 조카이자 잉글랜드의 왕세자다. 일찍 죽은 존의 형 제프리와 콘스탄스 왕비 사이에 탄생한 왕위계승권자다. 펨브로크가 반란을 위협하면서까지 존왕에게 요구하는 것은 단 한 가지, 왕세자 아서의 석방이다. "소신들로 하여금 왕세자의 석방을 탄원하게 하세요. 더 이상 요구는 없습니다. 폐하의 안녕에 소신들의 안전도 달려 있습니다. 왕세자의 석방만이 소신들의 요구입니다."4.2.62-66 귀족들의 우려인즉 아서를 계속 감금해 두면 귀족들의 불만이 폭발하여 반란이 일어날 위험이 있다는 것이다.4.2.53

아서가 죽었다고 국왕이 전하자 반란을 결심한 솔즈베리와 펨브로크는 귀족들을 존의 면전에서 철수시킨다. 다음 회동 장면에서 솔즈베리는 공개적으로 왕의 국정농단을 비판한다. 그리고선 단호하게 선언한다.

국왕 자신이 우리를 쫓아냈으니 우리의 지순한 명예는 더럽혀진

---

03   John Wilder, "Introduction to King John", in *King John*, BBC Television Plays, 1986, p. 9.

왕의 외투 안감이 될 수 없고, 걸음마다 핏자국을 남기는 왕의 발길을 따르지 않겠소. 모두 돌아가서 말하시오. 우리 모두 왕의 최악을 알고 있다고 말이오. 4.3.23-27

그러나 결코 신나는 선택은 아니다. 외국 군대에 합류하면서 그는 대중 앞에서 눈물에 찬 연설을 토해 낸다.

괴로운 동포들이여, 이 어찌 참담한 일이 아니겠소? 이 섬의 아들이요 자식인 우리가 이토록 가혹한 시대를 만나, 이방인 뒤를 따라 포근한 고국의 가슴을 짓밟으며 원수의 대열을 따르다니 말이요······ 먼 나라 귀족들은 내 나라에서 떠받들며 낯선 깃발 따라 행군해야 하다니······" 5.2.24-32

영국 궁정에 복무하던 프랑스인 멜륀이 죽으면서 적의 속셈을 귀띔해 준다. 존을 물리치면 프랑스 왕 루이가 약속을 지키지 않고 모두 제거할 것이라고. 그제야 제정신을 차린 솔즈베리는 다시 존왕에게 돌아온다. 아무리 무도한 국왕이지만 그래도 내 나라 지도자가 아닌가? 민족의식과 애국심의 발로다.

멋대로 질펀해진 물길을 내버리고 넘으려던 한계 앞에 머리 숙이고 말없는 복종 속에 흘러갈 곳은 우리의 위대한 태양인 존왕입니다. ······ 친구들, 모두 함께 갑시다. 예전의 권리를 되찾는 새로운 질주의 행로에. 5.4.52-57

신분과 상속권, 적자와 서자

막이 오른다. 영국과 프랑스 간에 전쟁의 분위기가 고조되고 있다. 그런 와중에 국왕 존 앞으로 청원이 접수된다.

폐하, 매우 괴이한 소송 controversy 이 제기되었습니다.[04] 폐하의 판결을 구해 지방에서 올라온 사건입니다. 매우 괴이한 내용인데 당사자를 부를까요? 1.1.44-46

어린 로버트 포컨브리지와 손위의 '서자 Bastard', 필립 사이에 벌어진 다툼이다. 둘 다 자신이 죽은 아버지의 정당한 계승자라고 주장한다. 존왕이 심문에 나선다.

존왕 : 너는 누구냐?
로버트 : 지금 저 사람이 말씀드린 바와 같이 바로 포컨브리지의 아들
　　　이자 상속자입니다.
존왕 : 저 사람이 맏아들이고, 또 그대가 상속자라…… 그러면 너희
　　　들은 이복형제인가 보구나. 1.1.55-58

영국 코먼로상 토지는 장자상속의 원칙이 적용된다. 토지 estate 는

04　controversy는 민·형사사건을 통틀어 법적 쟁송을 말한다. 이 용어는 영국으로부터 독립한 미국의 연방헌법 제3조에까지 전승되어 있다(case or controversy).

신분과 결합되어 있다. 나이 어린 아들이 상속자라고 주장하는 것을 듣고 왕은 의아하게 생각한다. 그의 주장은 당시 법에 정면으로 어긋나기 때문이다.

로버트는 필립이 죽은 아버지의 아들이 아니라 '사자왕' 리처드 1세 Richard the Lionheart 의 '서자'라고 주장한다.

> 로버트 : 이 풍채 좋은 자는 그렇게 해서 생겼다 하옵니다. 제 아비가 임종 시에 엄숙하게 유언하기를 그의 토지를 제게 물려주노라고 했습니다. 이 자는 제 어미의 아들일 뿐 아버지의 아들이 아니라고 했습니다. 만약 아버지의 아들이라면 열네 주일이나 일찍 낳은 셈이라고 했습니다. 그러니 폐하, 제게 저의 정당한 몫을 돌려주시옵소서. 1.1.108-115

국왕은 이번에는 필립에게 묻는다.

> 존왕 : 고지식한 자로군. 저자가 동생이라면서 어째서 상속권을 주장하느냐?
> 필립 : 저도 잘 모르겠습니다. 제 관심은 오로지 토지뿐이니까요. 그러나 저자는 제가 사생아라고 중상을 했습니다. 제가 정당하게 출생했는지 아닌지, 제 어미가 알려 주기 전에 제가 어떻게 알겠습니까? 그러나 폐하, 저는 분명히 부모의 정당한 뼈와 피를 물려받은 몸입니다. 저희들 이목구비를 비교해 보시고 판단해 주시옵소서.

다시 로버트에게 묻는다.

존왕 : 도대체 무엇 때문에 형의 토지에 대한 소유권을 주장하는가?

로버트 : 저자는 제 아비처럼 빼빼 마른 얼굴입니다. 그 닮은 얼굴을 핑계로 제 토지를 빼앗겠다고 나선 것입니다. 게다가 연 수입 500 파운드까지도 말입니다. 1.1.71-94

영국 코먼로상 서자는 상속 자격이 없었다. 정식 혼인 상태에서 태어난 자녀 child infra quatuor maria 가 아닌 혼외출생자는 법적으로 누구의 자식도 아니다. 법의 보호 밖인 '허무인의 자식 nulius filius'일 뿐이다. 필립은 어머니에게 자신의 출생의 비밀을 캐고 든다.

필립 : 그러나 어머니, 저는 로버트 경의 아들이 아니에요. 로버트 경의 작위와 토지를 모두 포기했어요. 친자 관계, 이름, 이 모든 것이 사라졌어요. 그러니 제발 제 아버지가 누군지 가르쳐 주세요. 괜찮은 분이면 좋겠지만…… 누구지요? 1.1.246-250

포컨브리지 부인 : 사자왕 리처드가 네 아버지였다. 오래도록 열정적인 구애로 유혹하기에 마지못해 남편의 침상에 자리를 내주었지. 1.1.253-255

형 사자왕과 동생 존왕을 낳은 어머니 알리에노르 대비는 필립의 외모로 보아 사자왕 리처드의 소생임이 틀림없다고 인지한다. 그러나 이러한 정황 증거들은 적서의 판정에 결정적인 자료가 될 수 없다. 설령 어미가 외도했더라도 혼인 중에 출생한 자녀는 남편의 적자로 추정되는 것이다. 이런 법리를 바탕으로 국왕은 필립은 포컨브리지의 적자로 선언한다.

> 존왕 : 여봐라, 네 형은 네 아비의 적법한 아들이니라. 네 아비의 아내
> 는 혼인 중에 저 사람을 낳았으니까. 네 어미의 아들이 네 아비의
> 상속자가 되고, 네 아비의 상속자가 마땅히 네 아비의 토지를 상속
> 받아야 한다. 1.1.116-128

졸지에 재산을 잃게 될 로버트는 억울함을 호소한다.

> 로버트 : 그렇다면 아버지의 유언은 친자식 아닌 자의 상속을 막지 못
> 한단 말인가? 1.1.130

기고만장한 필립의 대꾸다.

> 필립 : 나를 낳은 아버지의 강렬한 욕정처럼 나의 상속을 막을 힘이
> 없을 거요. 1.1.132-133

왕은 필립에게 '리처드 플랜태저넷'이라는 새 이름을 부여하여
왕가의 후손임을 공인한 것이다. 필립은 할머니의 중재에 따라 재산
상속권을 포기하는 대신 혈연적 지위를 확고하게 얻은 것이다. 이제
존왕은 그에게 기사 작위를 부여한다.

> 포컨브리지, 가 보게. 그대 소원대로 되었으니. 토지 없는 기사
> landless knight 대신 '땅 부자 향사 landed squire'가 되었으니. 1.1.176-177

필립은 플랜태저넷 왕가의 혈통을 인정받았으나 여전히 '서자'로 불린다.

실지왕 존

프랑스 왕 필리프의 사신이 도착한다. 부당하게 왕위에 오른 존이 선왕 리처드 1세의 정당한 승계자인 조카 아서에게 양위하지 않으면 전쟁을 불사한다는 통첩이다.

> 샤티옹 : 프랑스의 필리프 공은 고인이 된 당신의 형 제프리의 아들 아서 플랜태저넷을 법적으로 대리하여 아일랜드, 푸아티에, 앙주, 루렌, 멘 등 영지에 대한 정당한 계승권을 주장하오. 이 영지들을 불법적으로 지배하는 당신의 검을 내려놓길 요구하고, 이 영지들을 당신의 조카이자 정당한 국왕인 젊은 아서의 손에 넘기기를 요구하오. 1.1.7-15

프랑스 왕의 요구는 단호하다. 전장에서 마주해 존을 꾸짖는다.

> 그대는 잉글랜드를 사랑하기는커녕 정통의 왕을 술수로 음해하고 혈통에 따른 왕위승계를 차단하고 어린 나라를 찬탈하여 순결한 왕관의 정절을 능욕했소. 2.1.93-96

이제 전쟁은 피할 도리가 없다. 알리에노르 대비가 한탄한다.

사랑의 표현으로 쉽게 예방하고 화합할 수 있었던 일인데, 이제 두 왕국은 화해의 여지없이 피비린내 물씬거리는 싸움으로 치닫게 되었으니. 1.1.35-39

프랑스 왕 필리프의 군대가 영국이 다스리는 앙주 성을 포위하여 시민들이 아서를 지지하지 않으면 공격하겠다고 위협한다. 필리프는 오스트리아 공작의 지원을 받고 있다. 오스트리아는 선왕 리처드 1세를 살해한 바 있다. 오스트리아는 어린 아서의 왕위승계를 지지한다.

뜨거운 키스를 그대의 뺨에 남기오. 내 확고한 사랑의 봉인seal으로. 2.1.19-20

필리프 왕의 자신에 넘치는 호언이다.

유린당한 우리의 권리를 되찾기 위해 무장하고 당신네 성 앞의 뜰을 밟고 있소. 2.1.241-242

영국 지원병이 도착한다. 알리에노르 대비와 콘스탄스 왕비아서의 어머니 사이에 설전이 벌어진다. 극도로 천박한 언어로 서로 상대의 불륜과 정치적 야심을 비난한다. 시어머니를 겨냥한 며느리의 저주다.

가련한 이 아이에게 네 년의 죄가 씌어 있어. 하느님의 법canon of the law의 엄한 벌이 아이에게 내려졌어. 죄를 잉태한 네 자궁에서 두 대代나 멀어졌는데도. 2.1.178-182

성경의 권위를 빌린 저주다. "과실은 사赦하나 형벌을 받을 자, 결코 사하지 아니하고 아비의 죄악을 자식에게 갚아 3, 4대까지 이르게 하리라."《구약성경》,〈민수기〉14.18

필리프와 존, 두 나라 국왕은 시민들 앞에서 자신들의 주장을 펴지만 무익하다. 앙주 시민의 반응은 누가 이기든지 '정당한 왕'을 지지하겠노라는 대답이다. 셰익스피어극에서 '시민citizen'의 태도는 '평민common'보다 더욱 당당하다.

> 한마디로 우리는 잉글랜드의 시민이오. 이 도시는 국왕의 권한에 복속하고, 그러니 진정한 국왕으로 판명 나는 분께 충성을 바치겠나이다. 그때까지는 성문을 닫고 기다리겠소. 2.1.267-272

이 말에는 시민이 국왕을 선택할 권리가 있다는 정치철학의 함의가 담겨 있다.[05] 진정한 국왕의 권능은 군사력이다. 군사력은 곧바로 시민의 안전을 지켜 줄 수 있는 능력이다.

> 피는 피로, 타격은 타격으로, 힘은 힘으로, 군대는 군대로 맞서고 있소. 양쪽이 피장파장이오. 우린 어느 쪽이라도 무방하오. 이 성은 누구의 편도 아니고 모두의 편이오. 2.1.329-333

이 시점 이후로 '시민'이란 용어는 사라지고 대신 '백성people'이라는 용어가 등장한다.

---

05   Edna Zwick Boris, 위의 책, p. 122.

백성들이 괴상한 환상에 빠졌더군요. 뜬소문에 눌려 망상이 가득하고 뭔지도 모르면서 두려움에 떨고 있어요. 4.2.144-146

양국 군대는 정면으로 싸우고 서로 승리했다고 주장하지만 시민들은 어느 쪽의 승리도 인정하지 않는다. 서자 필립이 대안을 제시한다. 두 나라 군대가 연합하여 앙주 시민들을 응징하는 것이다. 그러나 프랑스 왕 필리프의 아들, 루이 도팽과 존의 질녀 블랑시가 혼인하는 것으로 두 나라 사이에 화해가 이루어진다. 종전조약의 결과로 앙주를 제외한 프랑스 내의 영국 영지는 모두 블랑시 공주의 지참금 몫으로 프랑스에 넘어간다. 존은 왕권의 정당성이 강화되고 루이는 영토를 얻는 것이다. 명분과 실리의 적절한 교환이다. 콘스탄스가 필리프 왕이 아서를 버렸다며 격노하지만 루이와 블랑시는 결혼하여 일시 평화의 기운이 돈다.

교권과 왕권

서로 숨은 욕심이 다른 나라 사이의 평화는 현실적 힘의 균형이 유지되어야만 지속 가능하다. 다시 전쟁이 일어난다. 아서와 앙주 시민이 영국군의 포로가 된다. 알리에노르가 프랑스 내의 영국 영지를 다스린다. 서자는 교회로부터 전쟁 재원을 조달하기 위해 잉글랜드로 파송된다.

영국과 프랑스의 각축은 왕관 위에 드리운 교황의 후광에 따라 판도가 달라진다. 교황의 대리인 판돌프 추기경이 등장하면서 두 나라의 분쟁이 재연된다. 판돌프는 존이 교황의 뜻을 거역하면서까지 대주교를 임명했다며 비난한다. 존왕이 맞받아친다.

그자에게 잉글랜드 국왕의 말을 전하라. 내 영토에서는 이탈리아 사제가 십일조tithe나 세금toll을 거둘 수 없다는 것을. 3.1.150-154
당신과 기독교 세계의 모든 왕이 돈만 주면 용서받는 저주가 무서워서 간섭하는 사제들에게 비참하게 끌려가고 치사한 돈과 찌꺼기와 먼지 값으로 어떤 자가 만들어서 세상에 팔아먹는 타락한 면죄부를 사 가지는 것이오. 그처럼 망측하게 끌려가는 모든 왕이 돈 들여 교묘한 그 요술을 조장하지만 나 홀로 법왕에게 맞서 그자 편을 드는 자를 적으로 간주하겠소. 3.1.160-169

존이 반성의 기미를 보이지 않자 추기경은 교황의 이름으로 그를 파문한다.

판돌프 추기경 : 내 저주는 법과 권세가 뒷받침하오. 3.1.170

콘스탄스가 합세한다.

내 저주도 그래요. 법이 정의를 지키지 못하면, 불의를 막는 것도 법의 일이요. 법은 내 아들에게 나라를 줄 수 없대요. 나라를 잡은 자가 법을 쥐고 있지요. 그래서 법 자체가 불의라, 내 혀의 저주를 막을 수 있겠어요? 3.1.180-186

판돌프는 루이를 지지하며 영국을 치라고 촉구하지만 필리프 왕은 가까스로 존 가문과 혼인한 터라 주저한다. 판돌프는 필리프가 교회와 더욱 견고한 연관을 오래도록 맺어 왔다고 설득하면서 돌려세운다. 마침내 필리프는 영국과 단교한다. 서자 필립은 오스트리아 공작을 죽여 아버지 리처드 1세의 원수를 갚는다. 그리고 인질로 잡혀 있던 할머니 알리에노르 대비를 구출한다. 존왕은 조카 아서를 포로로 잡아 허버트에게 죽이라고 명한다. 이 소식을 전해 들은 판돌프 추기경은 신이 난다. 만약 그렇게 되면 영국민이 존왕에 반기를 들게 될 것이기 때문이다. 추기경은 루이 도팽을 부추겨 영국으로 진격한다.

허버트는 아서를 살려 주면서 존에게는 죽였다고 보고하겠다고 약속한다. 아서가 병으로 급서했다고 왕이 고하자 정신들이 맹렬하게 왕을 비난하고 프랑스 진영에 합류한다.

이때 전령이 프랑스 군대의 침공 소식을 전한다. 서자는 폼프레트의 피터를 자기편으로 끌어들인다. 그는 왕이 성모승천일 정오 이전에 왕관을 내려놓을 것이라고 예언한다. 허버트가 아서를 죽이지 않았다고 고백하자 존은 일시 안도한다. 그러나 암살을 면한 아서는 성벽에서 떨어져 죽는다. 아서의 죽음이 극의 전환점이다. 존의 운명도 서자의 운명도 아서의 죽음으로 인해 추락한다. 아서의 시신을 본 신하들은 사고사로 믿지 않고 왕이 살해했다고 의심한다. 존왕은 판돌프 추기경에게 프랑스 군이 무장을 해제하면 교황의 권위에 복종하겠다고 약속하며 두 번째 대관식을 치른다. 성모승천일에 존은 왕관을 판돌프의 손에 넘겨주고, 판돌프는 존의 머리 위에 왕관을 도로 얹어 준다. 교황의 권위에 복종하겠다는 서약이다.

> 존왕 : 이리하여 당신의 손에 영광의 둥근 테를 넘겨 드렸소.
> 판돌프 추기경 : 내 손으로부터 다시 받으시오. 법황의 위임을 받은 국왕의 지위와 권위를. 5.1.1-4

서자 필립은 이런 속임수를 강하게 비판하면서 국왕이 끝까지 도팽에 맞서야 한다고 외친다. 보급상의 애로와 영국 귀족들의 배신으로 프랑스 군은 전력이 급격하게 약화된다. 유리해진 전황에

런던 드루리레인극장에서 상영된 존왕의 죽음의 묘사(1865년)

도 불구하고 존왕은 발병하여 죽는다. 독살설이 파다하다.

추기경이 화평을 주선한다. 서자는 프랑스 군대에 최후의 일격을 가할 계획을 세우지만, 평화조약이 체결되었다는 소식을 접한다. 정신들은 존의 아들 헨리를 새 왕으로 받아들이고 충성을 서약한다. 외적의 침략 못지않게 내부의 분열이 치명적인 화禍임을 서자는 재차 환기시킨다. 서자가 극을 마무리하는 연설을 토해 낸다.

> 잉글랜드는 스스로를 상처 내기 전에는 오만한 정복자의 발부리 앞에 엎드린 적이 없고 앞으로도 없을 것이요. 이 나라 귀족들이 돌

아왔으니 적더러 세상 천하, 3면에서 덤비라고 하시오. 가차 없이 응징할 테니. 우리 자신에게 진실하면 조국 잉글랜드를 슬프게 할 일은 없으니라. 5.7.112-118

서자는 이 극의 사실상 주인공이다. 그는 앙주 시민 허버트와 함께 사익에 좌우되지 않고 시종일관 나라에 충성하고 정치의 정도를 지킨 인물로 그려져 있다. 살아남은 자 중에 가장 고귀한 성품의 소유자인 그가 최후의 연설로 극을 마감하는 것은 당연하다.

〈마그나카르타〉 기념공연

2015년은 〈마그나카르타〉가 탄생된 지 800돌을 맞은 해였다. 솔즈베리 대성당과 노샘프턴의 템플 처치 등 〈마그나카르타〉에 서명했거나 문서가 보관되어 있는 역사적 장소에서 크고 작은 기념행사가 열렸다. 런던 템스강 남쪽, 소실된 지 400여 년 후에 본래의 자리에 재건된 글로브 극장에서 트레버 넌 Sir Trevor Nunn 이 연출한 〈존왕〉이 공연되었다. 2016년 5월과 6월에는 셰익스피어 사망 400주년과 존왕의 사망 800주년 기념 공연이 서리 Surrey 현의 킹스턴 Kingston upon Thames 에서 열렸다. 관람자들 모두가 연극보다 역사적 인물, 존왕보다 인류의 위대한 문서, 〈마그나카르타〉의 축복에 더욱 커다란 만족감과 자부심을 품었음 직하다.

12

에드워드 3세

Edward III,
The Raigne of King Edward the Third
(1592~1593)

탄생 400년 후에 저자를 찾은 작품

〈에드워드 3세〉는 1596년 저자의 이름 없이 출간되었다. 잉글랜드 역사상 최고의 무인왕武人王, warrior King으로 칭송받는 에드워드 3세의 치적을 그렸다. 그는 반세기재위 1327~1377를 통치하면서 프랑스 정복을 완성하여 잉글랜드인의 자부심을 한껏 높여 주었다.

셰익스피어는 〈에드워드 3세〉를 〈헨리 6세〉 3부작과 비슷한 시기인 1590년대 초에 썼으나 자신의 작품으로 공인받은 것은 20세기 후반의 일이다. 대부분의 편집자는 셰익스피어가 기여한 부분은 상징적 수준에 머무른다는 결론을 내렸었다. 토머스 키드Thomas Kyd, 1558~1594가 대부분을 쓰고 셰익스피어가 일부 거든 것으로 알려졌다. 스코틀랜드의 정치 상황이 투영된 된 점을 감안하여 스코틀랜드 작가의 기여가 있었다는 주장도 있다.

그러나 2009년 컴퓨터 분석에 따르면 전체의 40%를 셰익스피어가, 나머지를 토머스 키드가 쓴 것으로 결론이 났다. 1998년 케임브리지대학출판부에서 이 작품을 정식으로 셰익스피어 작품집에 수록했고, 왕립 셰익스피어 극단RSC의 공연이 뒤따랐다. 해외 공연도 이어졌다. 2001년 캘리포니아의 태평양 해변 도시 카르멜시티의 셰익스피어 축제에서 초연된 이래 공연이 이어지고 있다. 2014년 하와이 셰익스피어 페스티벌HSF에서는 비디오게임 패턴으로 현란한 안무와 함께 공연되어 신세대 관객의 폭발적인 성원을 이끌어 냈다.

백년전쟁을 시작한 왕

이 극은 에드워드 3세가 스코틀랜드의 데이비드 2세의 침공을 격파하는 장면에서 시작하여 프랑스를 상대로 승리한 역사적 전쟁들을 부각시킨다. 프랑스 함대를 격파하고 슬라위스 1340 수적으로 우세한 프랑스 군대를 제압한 크레시 전투1346, 그리고 최종적으로 어린 왕자 에드워드블랙 프린스가 영웅으로 떠오른 푸아티에 전투1356를 집중 조명한다.

작품의 타이틀 롤, 에드워드 3세는 15세 소년으로 등극하여 50년간 잉글랜드를 통치한 국왕이다. 에드워드는 프랑스 왕 필리프 4세의 외손자다. 1329년 필리프 4세의 사촌인 필리프 6세가 프랑스 왕위에 올랐을 때 에드워드는 그를 프랑스의 합법적인 왕위계승자로 인정했으며, 가스코뉴를 영유한 봉신으로서 충성을 신서한 바 있다. 에드워드는 10여 년 동안 별다른 이의를 제기하지 않았지만 필리프가 가스코뉴의 병합을 선언하자 프랑스 왕위를 요구하기에 이르렀다.

1337년에 시작된 전쟁은 100년 넘게 계속되었다. 1453년 칼레를 제외한 프랑스 전 영토에서 영국인들이 쫓겨나기까지 계속된 전쟁의 사이사이에 휴전과 평화가 점철된 시기였다. 1360년 브르타뉴에서 잉글랜드와 프랑스 사이에 평화조약이 맺어졌다. 이 조약으로 에드워드는 프랑스 왕위에 대한 요구를 포기하고, 칼레와 퐁티외를 제외한 루아르강 이북의 모든 땅에 대한 요구를 버리는 대신 푸아투, 기엔, 가스코뉴·리무쟁 등을 포함한 아키텐 전역에 대한 완전한 주권을 양도받았다.

그러나 프랑스 내의 영토를 상실해도 프랑스 왕위에 대한 권리는 포기하지 않고 조지 3세 재위 1760~1820 시대까지 적어도 형식적으로는 지속되었다. 즉 역대 잉글랜드 왕들은 1802년 아미앵 조약이 체결될 때까지 프랑스 왕위의 승계권을 공식적으로 포기하지 않았던 것이다.

잉글랜드 궁정이다. 프랑스에서 온 아르투아 백작은 국왕 에드워드가 프랑스 왕위를 승계할 권리가 있다고 환기시킨다. 모계혈통 후손을 배제하는 자의적인 결정으로 인해 정당한 왕권을 침탈당했다는 것이다. 1.1.11-27 프랑스의 살리카 법에 따르면 왕위는 부계혈통에 따라서만 계승될 수 있었다.

프랑스 궁정의 사자 로렌이 도착한다. 사자는 에드워드가 프랑스 국왕에게 충성을 서약한 사실을 환기시키며 프랑스에 와서 국왕에게 신하의 예를 갖추라고 요구한다. 1.1.57-67

에드워드가 분개한다.

> 그자에게 전하라. 그자가 찬탈한 왕관은 본시 나의 것이라고. 그의 발을 둘 곳은 내 무릎 아래라고. 1.1.83-84

에드워드는 자신의 권리를 되찾기 위해 프랑스를 상대로 전쟁을 선포한다. '백년전쟁'의 개시를 알리는 신호탄이다.

이때 스코틀랜드 군대가 침입하여 록스버그 성의 솔즈베리 백작 부인을 감금한다. 남편은 프랑스 전선에 나가 있다. 국왕은 왕자 에드워드_{블랙 프린스}를 프랑스에 보내고 자신이 친히 록스버그로 진군한다. 국왕이 친정_{親征}하는 모습을 본 스코틀랜드 군대는 도주한다.

국왕, 사랑에 눈멀다

록스버그에서 뜻밖의 일이 벌어진다. 국왕이 전쟁 대신 사랑에 빠진 것이다.

> 인간의 눈에서 빛을 앗아 가는 빛은 태양에게만 있는 것이 아니다. 나의 눈이 보려는 것은 이곳의 두 별이다. 태양보다 더 빛나며, 나의

빛을 훔쳐 간다. 1.2.115-120

에드워드는 미모와 지성을 겸비한 백작부인의 청에 따라 성에 머무른다. 앞서 성을 점령했던 스코틀랜드의 데이비드왕과 신하가 함께 홀려 누가 전리품으로 가질 것인지 협의하던 천하절색 귀부인이다. 1.2.43-49

> 그녀의 말솜씨가 전쟁을 아름답게 하여, 마치 시저를 로마의 무덤에서 불러내는 것 같아. 지성도 그녀의 말이 아니면 우둔한 것, 아름다움도 바로 그녀의 미모가 아니면 허위야. 여름은 바로 그녀의 밝은 얼굴. 서리 찬 겨울은 그녀의 찌푸린 얼굴. 2.1.43-47

사랑의 포로가 된 국왕은 시종장 로도웍에게 대필시켜 강렬한 연서를 쓴다. 그러고는 직접 구애 공세를 퍼붓는다. 그러나 귀부인은 단호하게 거절한다.

> 폐하께서 제게 주시려는 사랑은 왕비의 몫입니다. 제게 바라시는 사랑도 제 남편의 몫이옵고…… 혼인의 신성한 법을 위반하시면 폐하 자신보다도 더 위대한 명예를 해치는 일입니다. 2.1.271-300

사련邪戀에 눈이 뒤집힌 국왕은 친정아버지 워릭에게 압력을 가한다. 왕의 위력을 거부할 수 없어 워릭은 딸에게 국왕의 청을 받아들이라고 권한다.

너의 생명을 빼앗을 권력을 가진 분이 너의 명예를 빼앗을 권력 또한 가졌다. 그러니 생명보다 명예를 맡기는 데 동의하여라. 명예는 한 번 잃어도 되찾을 수 있다. 그러나 한 번 잃은 생명은 되찾을 수가 없다. 2.1.408-412

왕자 에드워드가 프랑스를 칠 준비가 되었다고 보고한다. 그러나 국왕은 여전히 구애에 탐닉한다. 백작부인은 자신과 국왕, 둘 다 기혼 자임을 상기시키나 국왕은 백작과 왕비를 함께 죽여서라도 장애를 제거하겠노라고 결의를 표한다.

당신의 미모가 두 사람을 사형으로 내몰고, 두 사람이 죽어야 한다고 증언하고 있소. 2.2.170-173

경악한 백작부인이 소리친다.

저주받을 미모! 더없이 부패한 판관! 2.3.160

그녀는 국왕보다 더 높은 판관判官이 있다고 소리친다. 이런 국왕의 범죄를 단죄할 "저 하늘의 위대한 성실星室 재판소가 있소." 2.3.161 백작부인은 국왕이 부도덕한 구애를 중단하지 않으면 자살하겠다고 협박한다.

제 허리에 단검이 두 자루 있습니다. 하나를 받으세요. 그리고 왕비를 죽이세요. 나머지 한 자루로 저는 제 남편을 죽이겠습니다……
당신의 부정한 욕망을 거두어들이세요. 아니면 신에 맹세코 이 예리
한 단검으로 당신이 더럽히려 했던 저의 정절의 피로 당신 왕국을 더
럽힐 것입니다. 2.2.185-200

마침내 에드워드는 자신의 잘못을 인정하고 사과한다. 홀연히 떠
오른 어린 왕자의 모습에서 아내를 연상하고 이성을 되찾은 국왕은
사과하며 파국을 면한다.

이 애의 얼굴에 겹쳐 나타나서 나의 빗나간 욕망을 바로잡는구나.
내 마음을 꾸짖고 남을 꺼리는 내 눈을 꾸짖는다. 왕비를 보며 만족
했던 눈이 엉뚱한 곳을 찾고 있다니, 가장 천한 도둑질이 아니냐! 2.2.
82-88
일어서시오. 그대는 진정한 잉글랜드 숙녀요. …… 나의 잘못으로
인해 당신의 명예가 드높아졌소. 2.2.208-211

전쟁극에 삽입된 생뚱맞은 간주곡, 구애 장면이 마무리되고 역사
극은 전형적인 일진일퇴를 거듭하는 전투 장면으로 들어간다. 백작
부인의 남편 솔즈베리가 중요 인물로 부각된다. 그는 프랑스 측 카운
터파트인 빌레와 함께 정의감에 충만한 인물로 그려진다. 둘은 시종
일관 명예롭게 처신한다.
프랑스 군대는 다국적 동맹군이다. 스코틀랜드에 더하여 보헤미
아, 폴란드, 덴마크, 그리고 러시아가 가세한다. 그러나 잉글랜드 해

군은 네덜란드 해안 슬라위스에서 프랑스 함대를 격파하고 육상에서는 에드워드 왕자가 승리한다. 크레시에 포위된 프랑스 국왕은 몸값을 지불하겠다고 제안한다. 그러나 왕자가 몸값 대신 왕관을 요구하자 전투가 재개된다. 왕자가 위험에 처한다.

국왕은 왕자 스스로 능력을 입증해야 한다며 원군을 보내지 않는다. 마침내 전투에 승리한 왕자에게 기사 작위를 수여한다. 이어서 국왕은 칼레 성을 포위하고 왕자는 프랑스 왕 장^존을 추격한다. 브르타뉴 전선에서 솔즈베리 백작은 프랑스 포로 빌레에게 석방해 줄 테니 안전하게 칼레행 행군 길을 보장하라고 제안한다. 칼레의 시장은 에드워드 국왕에게 무조건 항복하겠다고 제안한다. 그러나 왕은 조건을 내건다. 여섯 명의 부유한 상인을 발가벗겨 넘겨주어야만 항복을 받겠노라며 버틴다. 20세기의 거장, 로댕의 조각 〈칼레의 시민들〉에 새겨진 시민 여섯 명의 표정은 공포 그 자체다.

존왕이 영국 땅에서 현신한다는 예언을 듣고 프랑스 군은 한껏 고무된다. 프랑스 군에 맞서 고전하는 에드워드 왕자는 항복 권고를 거절한다. 하늘에 불길한 징조가 나타나자 프랑스 군은 공황 상태에 빠진다. 포로가 된 솔즈베리는 빌레의 주선으로 석방된다. 존왕을 포로로 잡은 에드워드 왕자가 최종 승자가 된다. 사기충천한 에드워드는 해외원정을 계속하겠노라고 호언한다.

이 사극에서 그려진 에드워드 3세는 영국의 또 다른 무인왕 헨리 5세와는 사뭇 대조적인 모습을 보인다. 헨리 5세는 명연설로 군사들의 사기를 북돋우는 활기찬 젊은 국왕으로 그려진 반면, 에드워드 3세는 전혀 그런 모습을 보이지 않는다.

군사적 승리를 통해 잉글랜드를 강대국으로 만들어 역사상 가장 역동적인 군주로 평가받는 에드워드 3세다. 그는 왕위에서 쫓겨나 비참한 최후를 맞이했던 부친 에드워드 2세의 승계자다. 에드워드 2세는 그의 선왕 에드워드 1세가 스코틀랜드를 정복하라는 유언을 남겼지만 시늉만 취하다가 정복을 단념했다. 1327년 열다섯 살의 에드워드 3세가 잉글랜드 왕좌에 앉자, 섭정 모티머가 3년 동안 사실상 통치했다. 모티머는 자신의 탐욕을 채우기 위해 국정을 농단했다.

1328년 1월 요크에서 필리파와 결혼하면서 열여덟 살의 에드워드는 친정을 시작했고, 잉글랜드는 '잃어버린' 20년 만에 다시 유능한 군주의 통치하에 진입했다. 조부 에드워드 1세의 유언을 실천하기 위해 스코틀랜드와의 전쟁을 재개했던 그는 스코틀랜드의 배후에 프랑스 왕이 있다고 생각해 직접 프랑스를 공격하는 길을 택했다.

위대한 무인왕 vs. 머저리 사내

이렇듯 위대한 무인왕 에드워드 3세를 작가가 부정적으로 그린 것은 이례적인 일이다. 여기에는 튜더 왕조의 정통성을 신봉하는 당시의 정치적 분위기가 영향을 미쳤을 것이라는 짐작이다. 에드워드 3세는 플랜태저넷 왕가의 후손이었고, 이 왕조는 튜더의 집권으로 대가 끊어졌다. 이 작품이 공연된 튜더 왕조 말기에는 아직도 민감한 문제였을 것이다.

여자 문제에 더하여 에드워드 국왕은 아버지로서도 매정한 인물로 그려져 있다. 에드워드 왕자가 전투에서 위기에 처했어도 원군을 보내는 대신 냉혹한 격려를 건넨다.

이 또한 그에게 명예의 세계를 세울 기회가 주어진 거야. 그가 용맹을 살려 위기에서 탈출하면 영예가 아니겠어? 만약 실패하면 도리 없지. 아들이 어디 그 하나뿐인가. 늙어 가는 아비에게 즐거움을 줄 아들은 많아. 3.4.21-24

극의 후반에 왕자의 전사 소식이 전해진다. 왕비는 슬픔에 잠겨 주체하지 못하나 국왕의 반응은 가차 없는 복수를 맹세할 뿐이다. 또한 칼레의 시민들이 항복의 뜻으로 여섯 명의 대표자를 보내자 이들을 즉시 처형하려고 한다. 도시를 치기에 앞서 길에서 조우한 가난한 칼레 난민 여섯 명에게는 식량과 노자를 지원한 인도적인 모습과는 극단적으로 대조된다.

사자는 양순한 먹이는 탐하지 않는다. 에드워드의 칼이 노리는 것은 고집불통 반역자의 목일 뿐. 4.2.34-36

왕비의 개입으로 겨우 살육을 면했다. 5.1.39-45 이 작품보다 몇 년 후에 공연된 〈헨리 5세〉에서는 칼레 시민을 더욱 무자비하게 다룬다.

비록 타이틀 롤은 머저리로 그렸지만 이 작품에도 영웅들이 있다. 솔즈베리, 빌레, 그리고 그 누구보다 블랙 프린스 에드워드 왕자가 빛난다. 작가는 전쟁 자체는 잔혹한 일로 그린다. 프랑스 수병은 슬라위스 해전을 음험한 모습으로 묘사한다.

몸통에서 떨어져 나온 머리통이 여기저기 날아다니고. 찌그러진 팔다리가 공중을 날아다니지. 떨어진 살점에서 쏟아져 나온 피로 채색한 보라색 빠른 물살이 해협을 휩쓴다. 3.1.161-162

국왕 에드워드는 결코 매력적인 캐릭터가 아니다. 그러나 최종승자가 된다. 프랑스와 스코틀랜드의 왕관에 더하여 도팽까지 포로로 잡고 자신이 넘친 모습으로 새로운 통합을 강조한다.

가자, 잉글랜드로 항해하라. 이 행복한 순간을 만끽하리라. 국왕 셋, 왕자 둘에 왕비 하나. 5.1.242-243

왕비 필리파가 국왕에게 승자로서의 관용을 베풀 것을 건의한다.

굴복하는 자들을 너그럽게 품어 주세요. 평화는 영예로운 일입니다. 그리고 국왕은 사람들에게 생명과 안전을 줌으로써 신에 접근해 가는 것이지요. 5.1.39-42

전쟁 영웅, 블랙 프린스

죽음도 삶이나 마찬가지로 항다반사恒茶飯事. 죽음은 새로운 생명의
서장序章일 뿐. 시간을 다스리는 신의 뜻에 따를 뿐. 삶과 죽음이 같은
것. 4.4.166~170

전쟁 영웅, 블랙 프린스의 장엄한 경구다.

작품이 부각시킨 블랙 프린스 에드워드 Edward the Black Prince, 1330~
1376는 영국인이 가장 사랑하는 역사적 인물 중 하나다. 그는 강자에
게는 당당하고 약자에게는 온정을 베푼다. 프랑스를 굴복시키고도
패전국의 국왕을 극진하게 대우한다. 개인적 긍지와 국왕에 대한 충
성과 국가에 대한 사명감을 소중하게 여기는 기사도의 화신이다. 아
버지보다 먼저 죽어 옥좌에 이르지 못해 국민의 탄식을 자아냈다. 그
의 때 이른 죽음으로 나라의 질서도 붕괴되었다. 그가 죽은 바로 이듬
해 부왕이 세상을 떠난다.

그의 어린 아들 리처드 2세가 할아버지의 옥좌를 물려받자 나라
는 내란 상태 속에서 흔들린다. 셰익스피어는 에드워드 3세의 후임
자, 리처드 2세 1377~1399도 작품으로 썼다.[01] 블랙 프린스의 남은 형제,
조카들 사이에 골육상쟁이 벌어지고 리처드 2세는 폐위된다. 그리고
에드워드 3세의 후손들 간에 벌어진 내란이 바로 장미전쟁이다.

---

01 안경환,《법, 셰익스피어를 입다》, 서울대학교출판문화원, 2012, 제7장.

이 작품에서 블랙 프린스는 16세의 나이로 전쟁을 이끌고 승리를 부왕에게 바친다.

아바마마, 이 선물을 받으소서. 승리의 왕관이며 전쟁의 보상이나 이다. 목숨을 걸고 빼앗은 것입니다. 폐하의 당연한 권리로서 프랑스 왕관을 쓰소서. 5.1.196-200

극의 후반부는 〈헨리 5세〉의 장면들을 연상시킨다. 에드워드는 프랑스로 건너가 군사를 지휘하며 프랑스 왕위를 요구한다. 두 왕 사이에 설전이 벌어지고 이어서 크레시 전투가 벌어진다. 국왕은 블랙 프린스 에드워드를 기사로 임명하여 전선에 보낸다.

셰익스피어의 다른 사극과 마찬가지로 이 작품도 홀린셰드의《연대기》에 크게 의존했으나 프랑스 역사가 장 프루아사르Jean Froissart의 《연대기》영역본도 비교적 성의 있게 참조한 것으로 보인다고 한다.

에드워드 3세와 의회

에드워드 3세가 재위하는 동안 근대 의회제도의 뼈대가 형성되었다. 전쟁 수행에 막대한 재원이 필요했기에 국왕은 의회에 크게 의존할 수밖에 없었다. 그의 치세 50년 동안에 의회는 48회나 열렸으며, 그때마다 1295년의 모범의회를 구성했던 모든 계급, 즉 고위 성직자, 대영주, 하위 성직자 대표, 지방 기사와 도시 시민 대표가 소집되었다.

가장 중요한 발전은 의회가 귀족원과 평민원이라는 양원제의 구조를 갖추었다는 점이다. 잉글랜드 의회도 처음에는 프랑스의 삼부회처럼 성직자, 귀족, 평민의 세 신분이 따로 모이는 별도의 기구였다. 그러나 국왕의 재정적 요구에 맞서야 하는 공통의 이해관계를 절감하고 1339년 각 현에서 선출된 기사들은 시민 대표들과 함께 모여 행동을 통일할 기구를 형성했다. 이것이 의회제도의 기원으로 볼 수 있다. 잉글랜드 의회는 프랑스와 달리 귀족원과 평민원의 상하 양원으로 분리되어, 작위 귀족과 일부 고위 성직자가 상원을, 기사들과 시민들이 하원을 구성하게 되었다.

상원은 중요한 재판을 맡고, 하원의 결정을 심사하고, 국왕에게 조언했으며, 과세에 동의하고 법률을 제정할 권한을 보유했다. 이런 권한은 에드워드 2세 때 확고하게 정립되었으나 실제로 회의는 거의 소집되지 않았다. 반면 하급기사와 시민 대표는 14세기 말부터 독자적인 회의 장소에 따로 모여 공동의 청원을 토의하고 제출했으며, 과세에 대한 찬반투표를 하게 되었다. 에드워드 3세의 시대에 이르러 하원도 제한된 범위 안에서 법률에 대한 동의권을 획득했다. 이에 더해 하원은 그들의 청원을 법안으로 바꿈으로써 법안 제출권 또한 보유하게 되었다.

셰익스피어가 이 작품 속에 의회의 역할을 전혀 표출시키지 않은 것을 매우 아쉽게 여기는 후세인이 많다. 이 작품은 엘리자베스 시대 말기에 쓰인 것으로 셰익스피어 소속 극단이 왕립극단King's Men의 지위를 얻을 수 있었던 제임스 1세가 등극하기 전이다. 그래서 의회와 국왕의 관계를 국왕의 관점에서 바라보아야 하는 부담을 지지 않았을 것이라는 추측에 근거한 것이다. 그러나 이는 극작가에게 역사가의 책무를 소급해서 부과하는 후세인의 과도한 아쉬움일 뿐이다.

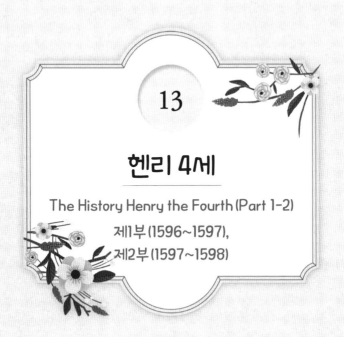

13

헨리 4세

The History Henry the Fourth (Part 1-2)
제1부 (1596~1597),
제2부 (1597~1598)

랭커스터가의 집권

셰익스피어 제2차 사극 4부작 Second Tetralogy 인 〈리처드 2세〉, 〈헨리 4세〉 제1·2부와 〈헨리 5세〉를 〈헨리아드 Henriad〉라고 부른다. 서양 서사시의 뿌리인 호메로스의 〈일리아드〉를 본딴 작명임은 물론이다.

〈헨리 4세〉 제1·2부는 〈리처드 2세〉의 연작이다. 〈리처드 2세〉의 종결 부분에서 반란에 성공한 볼링브로크가 왕관을 쓰고 헨리 4세가 된다.[01] 재위1399~1413 내내 그의 통치는 불안정했다. 리처드 2세를 축출하고도 그의 복귀를 두려워한 나머지 암살한다. 그러고는 숨은 죄의식을 주체하지 못해 예루살렘 성지에 십자군을 파송할 생각까지 한다.

01　이중 〈리처드 2세〉와 〈헨리 4세〉 제1·2부의 3편을 한데 묶어 주인공의 이름을 따서 '볼링브로크극(Bolingbroke Plays)'으로 부르기도 한다.

그의 심중에는 정당한 왕권의 쟁취자라는 자부심과 함께 왕위 찬탈자라는 자격지심이 교차한다. 그러하기에 헨리 4세 통치의 주안점은 내부의 반란과 음모를 평정하여 아들에게 무리 없이 양

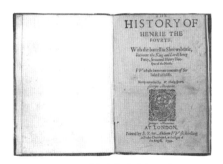

1599년에 인쇄된 첫 번째 사절판 표지

위하는 데 있었다. 그래서 그랬는지는 몰라도 협상과 타협으로 국내 질서를 안정시켰다는 역사적 평가를 받는다. 그는 취약하기 짝이 없던 랭커스터 가문을 당당한 왕조로 안착시켰다.

"불안하게 머리 위에 얹은 왕관"^{제2부, 3.1.31}이라는 대사가 적확하게 대변하듯 헨리 4세의 치세는 불안과 고난의 연속이다. 스코틀랜드가 가담한 홋스퍼의 반란이 일어난다. 자신이 왕위에 오를 때 도운 신하들까지도 역모에 가담한다. 왕비 또한 프랑스와 내통하여 헨리를 위협한다. 더더구나 사랑의 배신마저 저지른다. 세자 해리^핼는 음주와 방종을 일삼는 무책임한 청년으로 부왕의 고민을 가중시킨다.

제2부의 후반에 이르러서는 새로운 반란이 일어나고, 왕은 죽는다. 국가의 위기가 닥치자 뜻밖에도 해리 왕자가 개과천선하여 무공을 세우고 새로운 군주로 등극한다.

제1부

명예는 방패에 새긴 문장紋章 같은 것

왕권을 잡자 헨리는 잉글랜드를 하나로 통합하려는 야망을 키운 다.1.1.15 즉 종전의 봉건영주제를 강력한 중앙집권 군주제로 전환시 키는 것이다.

헨리의 내치는 서부 웨일스와 북부 지방의 반란으로 불안정하기 짝이 없다. 웨일스에서는 폐위된 리처드 2세의 적통 후계자였던 에드 먼드 모티머를 내세워 그의 장인 오언 글렌다워가 군사 반란을 일으 킨다. 북쪽에서는 노섬벌랜드 백작 등 헨리의 집권을 도운 봉건영주 들이 자신들의 권리가 침해될까 봐 불안하다. 영주들은 홋스퍼를 전 면에 내세워 군사 반란을 일으킨다. 웨일스의 모티머와 스코틀랜드 군대가 연합하여 헨리 왕에 맞서는 것이다.

왕자 해리가 부왕의 걱정을 배가시킨다. 그는 왕세자로서의 무거 운 책임을 방기하고 이스트칩 지하세계의 패거리들과 취생몽사의 날 을 보낸다. 왕자의 대부 격인 기사, 존 폴스태프는 술집에 진 치고 주 정뱅이 건달, 도둑 패거리, 창녀들을 거느리고 왕초 노릇을 한다. 그 러나 왕자는 때가 되면 왕세자 역할을 제대로 할 것이라고 다짐한다.

궁정으로 되돌아가 부왕과 맞설 장면을 사전에 리허설한다. 왕자 역을 맡은 폴스태프는 자신의 방종한 생활을 변명한다. 그러나 부왕

역을 맡은 해리는 이러한 악행은 생명에 위해가 된다고 자인하면서도 때가 되면 폴스태프를 내칠 것이라고 다짐한다. 2.4.360-459

반란군의 침입이 임박했다는 소식을 접한 해리는 궁정으로 귀환한다. 홋스퍼를 격퇴하여 명예를 되찾겠다고 맹세하면서 부왕의 신뢰를 회복한다. 헨리는 비로소 아들에게서 자신의 기대와 야심을 재확인한다. 3.2.129-162

작가는 헨리 4세를 중세 군주 대신 르네상스 국왕으로 재창조했다. 셰익스피어의 헨리 4세는 국왕의 영도 아래 강력한 '민족국가 nation state'의 건설을 꿈꾼다. 이는 역사적으로 볼 때 후기 튜더 군주나 품음 직한 정치적 프로젝트였다. 헨리의 야심은 중세 기사도를 숭앙하는 봉건영주의 관념과 이해와 조화를 이룰 수 없다.

영주들은 반란으로 몰아낸 리처드 2세를 이상적인 군주로 새삼 회고하기 시작한다. 리처드가 잉글랜드의 국익보다 사익을 추구하다 축출당한 사실을 쉽게 망각하고 이제는 헨리가 기사도적 이상을 파괴한 찬탈자라며 비난한다. 이렇듯 오도된 기사도 정신이 홋스퍼라는 청년의 열정을 자극한다.

창백한 달에 뛰어올라 빛나는 명예를 탈취하는 것은 쉬운 듯해요.
깊은 바다 밑바닥에 잠긴 명예를 낚아채는 것도 마찬가지로. 1.3.200, 203

그러나 혈기 충만한 열정에 넘쳐 결코 닿지 못할 높은 곳을 향한 소망을 이루지 못하고 홋스퍼는 죽는다.

청년의 열정, 노인의 교활

작품은 실제와 가상적 부자 관계를 통해 상상 속의 과거와 냉엄한 현실을 대비시킨다. 노섬벌랜드와 우스터와 같은 군사영주들은 과거로 회귀하기를 바라며 혈기 왕성한 청년 홋스퍼를 반란의 선봉장으로 내세운다. 청년의 순진한 이상을 정치적으로 이용하는 것이다. 그러나 결정적으로 중요한 의사결정 과정에서는 철저하게 배제한다. 헨리왕이 내건 강화 조건을 그에게는 알려 주지 않는다. 노섬벌랜드와 글렌다워는 홋스퍼에게 증원군을 보내지 않는다. 홋스퍼는 "도움 받지 않는 것이 오히려 우리 과업이 더욱 빛난다"4.1.78라며 조금도 위축되지 않는다.

그러나 청년의 용기가 교활한 정치를 극복할 수 없는 법, 결과는 파멸이다. 헨리에게 홋스퍼는 자신의 통치를 위해서 제압해야 할 기사도의 화신이다. 이런 관점에서 본다면 홋스퍼는 헨리의 잃어버린 이상이자 자신의 아들에게 기대하는 "명예의 혀가 주제가 된" 인간상이다.1.1.80.

왕자 해리는 반항하는 청년에 불과하다. 헨리 자신이 찬탈한 권력을 합법적으로 승계시켜 진정한 잉글랜드의 질서를 확립하기 위해서는 승계자가 반드시 갖추어야 할 덕목이 기사도이다. 그러나 왕자는 무질서와 방종에 탐닉하고 있다. 지하세계 이스트칩의 두목 폴스태프는 육체적·정신적·도덕적 무질서의 화신이다. 정치적 간계가 국왕의 특장이듯이 탈선과 저급의 재치가 폴스태프 무리의 장기다. 둘 다 본질적으로는 악당임에는 차이가 없다.

의회 부상의 계기

헨리 4세는 혈통이 아니라 정복과 선거를 통해 왕좌에 올랐다. 적통의 승계권자는 곤트의 존의 후손인 소년 에드먼드 모티머였다. 이런 약점 때문에라도 헨리는 의회의 조력을 받아야만 했다. 이를 기화로 의회는 권력을 확충했고, 독자적인 군대도 보유하게 되었다. 헨리는 또한 교회의 지원을 받기 위해 이단 탄압을 용인한다.[02]

정통성 시비에 시달린 헨리 4세는 교회와 의회의 조력으로 왕권을 강화한다. 그래서 시민계급을 대표하던 하원의 요구를 경청했고, 교회의 이단 척결에도 적극 협조한다. 치세의 대부분을 크고 작은 반란을 진압하느라 많은 전쟁 비용이 소요되었다. 과세 동의권을 가진 하원은 1404년 동의를 조건으로 의회 내에 국정자문회의를 둘 것과 회계감사권을 요구하여 관철시킨다.

---

02 Frank E. Halliday, *A Concise History of England*, London: Thames & Hudson, 1989, p. 73.

케케묵은 법률

법학도의 입장에서 볼 때 〈헨리 4세〉는 특별히 주목할 작품이다. 이 작품에서 셰익스피어는 가장 이상적인 법률가의 모습을 투영시킨다. 작가가 그린 법원장Lord Chief Justice의 모습은 현대의 기준으로 보아도 법치주의의 화신이다.

사극 〈헨리 4세〉의 사실상 주인공은 국왕이 아니라 후일 왕위를 계승할 세자 해리ᴴᵃˡ다. 해리의 방종을 부추긴 원흉이 폴스태프다. 폴스태프야말로 셰익스피어가 창조한 수많은 캐릭터 중에 가장 희학적인 인물이다. 이 캐릭터는 희극 〈원저의 명랑한 아낙네들〉에도 주인공으로 등장한다.[03]

작품 〈헨리 4세〉는 폴스태프와 해리, 그리고 법원장, 세 인물을 중심으로 법치주의의 이상을 조명한다.

왕세자 해리에게 폴스태프가 묻는다. "자네가 왕이 되어도 대로에 교수대를 그대로 둘 건가?"1.2.58-59 이 물음에 덧붙여 소신 있는 도둑을 시대에 뒤진 "케케묵은 법률old father antic the Law"이라는 녹슨 재갈로 속여 목매달지 말라고 부탁한다. "케케묵은 법률"은 이 극의 소주제 중 하나이다.

---

03 안경환, 《에세이, 셰익스피어를 만나다》, 홍익출판사, 2018, pp. 54~73.

화해의 미덕

"공정한 화해는 틀린 재판보다 값지다"라는 영국 법률가의 금언이 있다. 소송이 전쟁이라면 화해는 평화 협상에 해당한다. 세계 어디에서나 모든 변호사는 의뢰인에게 화해를 권유한다. 요크 대주교의 연설에서도 이 금언을 확인할 수 있다.

평화를 택하는 자가 결국 정복자가 되는 것이오. 쌍방이 모두 양보를 했지만 패자는 아무도 없는 것이오. 제2부, 4.11.315-317

연극 〈헨리 4세〉는 제 1·2부, 전편을 통해 관용과 화해의 미덕이 강조된다. 제1부의 마지막 장에서 국왕은 '잉글랜드의 헥토르'로 불리는 전쟁 영웅, 홋스퍼에게 무기를 버리고 투항하면 용서하겠노라고 제안한다. 그러나 사자 우스터는 이러한 '국왕의 자유롭고도 친절한 제안'을 홋스퍼에게 전달하지 않는다. 제1부, 5.2.2 홋스퍼의 죽음과 더불어 전투가 끝난다. 국왕은 포로로 잡은 우스터를 심문하고 화해를 거부한 책임을 물어 처형한다. 제1부, 5.5.1-이하

제2부에서도 화해의 미덕이 강조된다. 왕의 대리인인 요크 대주교가 반군에게 자비를 베풀 것과 그들이 반란에 나선 사유를 경청할 것을 약속한다.

평화를 택하여 신의 처분에 따르든지, 아니면 창검으로 차이를 결

정지을 수밖에 없소. 제2부, 2.1.177-180

평화는 정복이나 다름이 없소. 쌍방이 고귀하게 양보하면, 어느 쪽
도 잃은 것이 아닐 테니. 제2부, 4.1.315-317

사건 수임의 기준

제2부에서 반도들이 민원을 제기하자 국왕의 법률비서가 답한
다. "썩은rotten 사건은 맡을 수가 없다." 제2부, 4.1.159 법률가의 영원한
고민이다. 과연 '썩지 않는 사건'이 얼마나 있을까? 변호사의 윤리강
령은 사건을 수임한 변호사는 의뢰인에게 최선의 서비스를 제공할 직
업적 의무를 지운다.

이상적인 법률가인 법원장이 사건을 수임하는 윤리적 기준을 제
시한다.

나는 잘 알고 있소, 그대가 시是를 비非로 왜곡하는 협잡꾼이라는
것을. 뻔뻔스러운 얼굴로 횡설수설 늘어놔 본댔자 나의 공명정대한
잣대가 흔들릴 리 없소. 제2부, 2.1.111-116

'정당한 사유true cause'를 '부당한 방법false way'으로 왜곡해서는 안
된다. 법원장은 변론의 대원칙을 정립한 것이다. 법정 변론이든 준비
서면이든 법률가의 언어는 정론이어야만 한다. 청산유수, '언어의 폭
탄 세례' 제2부, 2.1.113는 결코 미덕이 아니다. 말은 상대를 찌르는 가시

이지만 발언자에게 되돌아올 때는 파멸의 폭탄이 되기도 한다. 리처드 2세도 홋스퍼도 다변가다. 둘 다 패자로 마감한다. 자신의 언어의 희생자가 된 것이다. 역사의 패자들의 성격을 다변자로 설정한 것 또한 '뻔뻔한 상냥함' 제2부, 2.1.114, 즉 감언이설과 교묘한 변설로 세상을 현혹하고 정의를 유린하는 법률가에 대한 경종일지 모른다.[04]

세 개의 세계

셰익스피어는 홀린셰드의 《연대기》에 기록된 헨리 4세의 '소란스러운 통치'의 세부적 내용을 활용했다. 그러나 작가 자신의 창의적인 플롯을 가미하여 정교한 3면경 스토리를 만들었다. 흔들리는 국왕, 야심에 찬 봉건영주들, 그리고 방탕한 왕세자가 주도하는 이스트칩 지하세계, 각각 다른 세 개의 세계 모습을 조명한다. 이 3대 세력은 각각 궁정, 반군 진영, 그리고 '멧돼지 대가리 주점 Boar's Head Tavern'을 무대로 각종 사건을 벌인다.

전 2자는 역사적 기록을 소재로 활용했지만 제3의 무대는 작가의 창작물이다. 기록된 역사에 대한 일종의 대안적 역사인 셈이다. 제3의 무대는 제1·2무대를 연결하는 고리 역할을 한다. 이는 반란자의 무대인 동시에 위태롭기 짝이 없는 궁정의 별궁이기도 하다. 그러면

---

04   Daniel Kornstein, *Kill All The Lawyer?: Shakespeare's Legal Appeal,* Princeton University Press, 1997, pp. 142~143.

서 양자에 대한 비판을 제기하는 자유의 공간이다.[05] 폴스태프의 철학은 헨리의 국정 철학과 본질적으로 동일하다. 다만 제1부 1막 2장에서 보듯이 사적 영역을 대상으로 삼을 뿐이다. 연출가에 따라서 이 점을 부각시키기 위해 궁정 신료들이 주점을 거쳐서 퇴장하도록 무대를 꾸미기도 한다. 주점 안에서 폴스태프가 헨리의 왕관을 쓰고 앉아 있는 모습을 보여 줄 때도 있다. 궁정 세력이 심각한 반목과 분열로 일관하지만 주점 세력은 구성원 모두가 유쾌하다.

왕자 해리는 궁정보다 이스트칩의 생활을 선호한다. 그러나 왕세자로서 본연의 임무를 완전히 망각한 것은 아니다. 방종한 왕자라는 이미지는 장기적인 계획의 일환으로 택한 의도적인 수단이었다고 관객들에게 고백한다.제2부, 1.2.183-206 그는 하층민들과 함께 생활하면서 결정적인 시기에 변신할 것을 준비한다. 현재의 모습이 더없이 추레하기에 변신 후의 모습은 더욱 빛날지 모른다.

하층민의 실상을 직접 체득하는 것이 통치자로서 유용한 일일까? 만약 해리가 그런 의도였다면 현명한 선택이다. 홋스퍼의 분별없는 명예욕과 폴스태프의 이기적인 방종 사이에 적정한 균형을 잡는 현명한 정치가로서의 자질을 보인 것이다.

그러나 달리 생각할 수도 있다. 해리는 부왕과 마찬가지로 정치적 쇼를 할 뿐일지도 모른다. 세상에 기사도가 사라지고, 기사도의 최고 덕목인 명예라는 것도 기껏해야 '방패에 새겨진 문장紋章'제1부,

---

05   *The Shakespeare Book*, DK, 2015, p. 138.

5.1.140에 불과하다. 이런 시대를 타고 넘기에 해리의 쇼는 유익하다. 이스트칩 세계는 해리의 역할 폭을 넓힌다. 주점 종업원의 흉내를 내면서 왕자는 "어떤 땜장이와도 술친구가 된다"2.4.18라고 자랑한다. 다층적인 주점 장면 중에서 특별히 주목할 신이 있다. 폴스태프와 해리는 부왕과 왕자가 대면할 장면을 리허설한다. 보료에 앉아 왕관을 쓴 해리는 자신을 내치지 말라는 폴스태프의 청원을 간단하게 묵살한다. "반드시 쫓아내겠어."2.5.468

이 장면에서 해리는 숨겨 둔 진의를 드러내며 결연한 태도를 보인다. 이어서 문 두드리는 소리가 들리면서 수색 관리가 나타난다. 해리의 말이 냉엄한 현실임이 입증되는 것이다. 바로 이 순간부터 이스트칩의 희극적 세계가 종말을 고하고 그 세계에 대한 사후 재판이 따르는 것이다.

정치와 연기가 병행한다. 국왕 부자가 직접 대면하면서 정치가 전면에 부각된다. 국왕은 왕자가 리처드 2세의 전철을 밟을까 봐 걱정이다. 왕자가 백성들과 너무 가깝게 지내기 때문에 리처드처럼 이내 그들의 손아귀에 놀아나게 될 것을 우려한다. 그러나 해리는 자신만의 계략이 있다. 그는 과거 부왕이 리처드를 이용했듯이 홋스퍼의 명성을 자신에게 유리하게 이용할 계책임을 말한다.

퍼시는 소자의 도구일 뿐이옵니다. 폐하, 그의 영웅적 행위는 소자의 명성을 더욱 빛내게 될 것입니다. 3.2.147-148

해리의 언동에서 중세 기사보다는 르네상스 상인의 냄새가 더욱 짙게 풍긴다. 정치가 왕자는 홋스퍼의 기사 문장에서 영웅적 이미지를 탈취하여 자신의 것으로 만든다. 슈르즈베리 전투에서 둘은 맞선다. 둘 다 당대의 명검이라 무대에서 칼싸움으로 관객을 긴장시킬 찬스다. 두 청년은 서로 상대의 검술을 칭찬한다. 그래서 홋스퍼의 죽음이 더욱 아쉽다. 승자가 패자에게 찬사를 보낸다.

> 잘 가게나, 위대한 친구여. …… 그대 몸에 정신이 살아 있으매, 이 왕국이 그대 정신을 품기에 너무 작았소. 제1부, 5.4.86-88

어색한 종결

제1부의 종결은 어색하다. 홋스퍼의 시신을 뒤로하고 떠나면서 왕자는 이스트칩 시절 자신의 대부였던 폴스태프의 주검을 발견하고 어정쩡한 조의를 표한다. 5.4.102-108 그런데 해리가 무대를 비우기가 무섭게 뚱보 기사는 자리에서 벌떡 일어나 왕자의 고별사를 조롱한다. 5.4.110-124 폴스태프는 죽은 체했을 뿐이다. 이 희극적 코다coda가 종장의 분위기를 반전시킨다. 관객은 폭소로 화답한다. 폴스태프의 위장은 어떤 의미에서는 헨리왕의 책략을 상징하는 패러디일지 모른다. 국왕은 전장에서 속임수를 쓴다. 자신의 갑옷과 방패를 다른 사람에게 입힌다. 이 또한 반란 세력에게는 가짜 왕의 이미지를 강화시킨다.

폴스태프는 홋스퍼의 시체를 등에 걸머지고 나선다. 자신이 영웅 적장을 죽인 것으로 떠벌릴 무용담을 구상한다. 해리는 살아 있는 폴스태프를 만나서도 그의 허위 무용담을 '도금'해 주겠다며 동조한다.5.4.155 산뜻하지 못한 결말이다. 해리는 아직도 환골탈태하지 못한 것이다. 자신의 방탕한 생활이나 결코 명예롭지 못한 부왕의 이미지를 벗어던지지 못한 것이다.

제2부 자정의 종소리가 울리네

자정의 종소리

제2부는 제1부의 연장이다. 제1부를 관람한 관객을 유념했음은 물론이다. 물론 제1부의 웃기는 뚱보 기사도 등장하고 패거리도 늘어난다. 새로 합류하는 피스톨은 극의 끝까지 동행하면서 국왕의 사망과 신왕의 등극을 지켜본다. 제1부의 코믹을 맘껏 즐긴 엘리자베스 시대 관객들에게는 어둡고 무거운 제2부의 무드가 낯설지도 모른다. 작가가 무대에 재현한 역사는 정치적 협잡과 암수로 점철되었다.

극은 헨리 5세의 등극에 이르는 과정을 그리지만 진행 속도는 한참이나 더디다. 제1부에서 제시했던 인적 관계와 정치적 쟁점이 되풀이된다. 제1부에서 선보인 세 개의 세계는 제2부에 들어와서 붕괴된다. 제1부에서 해리 왕자의 대부 역을 했던 폴스태프는 이제 노쇠했다. 제2부에 들어서며 그의 입에서 나온 첫마디가 자신의 건강 상태에 관한 우려다. "의사가 내 오줌을 보고 뭐라 그랬어?" 제2부, 1.2.1-2 국왕도 잠옷 바람으로 자신의 건강과 반란을 걱정한다. 반란군들도 국왕과의 오랜 분쟁 때문에 건강이 상했음을 인정한다. "한마디로 말해서 우리 모두 병들었소. 포식하고 방탕한 세월을 보내면서 스스로 열병 속에 갇힌 거요. 얼마쯤 피를 빼야 하오." 제2부, 4.1.54-57

글로스터 현에서 피핀 사과가 식탁 메뉴에 올라 외견상 목가적인 풍경이다. 그중에도 노인들은 양의 거래 가격과 죽은 친구들의 숫자를 센다. 왕자 해리도 우울한 분위기를 잘 감지하고 있다. 제2부에 등장하면서 그가 던진 첫마디는 "몹시 피곤하다." 제2부, 2.2.1 건달로 위장하며 사는 것도 부왕의 와병 이후로는 더욱 힘들어졌다. 포인스에게 왕을 위해 "속으로 피를 흘린다." 제2부, 2.2.41 라고 고백한다. 주변 인물도 걱정이다. 그는 자신이 등극하면 폴스태프가 설칠 것을 예견한다. 최측근인 포인스도 자신의 여동생 넬이 왕자의 배필이 될 것이라며 헛소문을 퍼뜨리고 다닌다.

서막의 역할

연극 〈헨리 4세〉 제2부의 막이 정식으로 오르기 전에 마련된 '서막 Induction'에 '루머'가 등장하여 문자 그대로 '헛소문'을 퍼뜨린다. 훗스퍼가 슈르즈베리 전투에서 국왕의 군대를 격퇴했다고 전한다. 곧이어 진짜 뉴스가 도착한다. 홋스퍼는 전사하고 반란군은 진입되었으며, 국왕의 군대가 북상하여 노섬벌랜드를 추격하고 있다. 아들을 잃은 슬픔 속에서도 노섬벌랜드는 요크 대주교 군대와 연합하여 왕군에 맞설 준비를 한다. 그러나 요크가 이내 스코틀랜드로 피신하자 추종자들은 당황한다. 반란군 대표들은 강화회담에 나서 국왕의 대리인인 존 왕자를 상대로 협상한다. 사면의 약속을 믿고 반란군이 해산하자 존은 약속을 깨고 이들을 체포하여 반란죄로 처형한다.

폴스태프도 존 왕자의 군대에 합류한다. 그러나 육체적·경제적 곤경에 처해 런던에 뭉그적거린다. 법원장은 폴스태프에게 해리의 탈선을 방조했다며 질책한다. 주모 퀴클리가 폴스태프를 채무불이행으로 고소한다. 폴스태프는 적반하장으로 퀴클리에게서 돈을 더 빌리고 왕자를 비난한다.

이스트칩 세계의 혼란과 무질서 속에 국왕의 와병 소식이 전해 온다. 왕자는 황급히 궁정으로 되돌아간다. 방종한 청년생활을 청산하고 반듯한 군주가 될 준비를 하는 것이다. 위대한 변신이다.

폴스태프는 글로스터 현의 징병관에 임명되자 뇌물을 받고 징집을 면제해 주는 등 비리를 저지른다. 스스로 몰락의 기미를 느낀 폴스태프는 임지로 떠나기에 앞서 작부 달에게 구애한다.

병상의 국왕은 자신의 등극을 도운 옛 정신들을 내치는 것이 마음에 걸리고, 왕자 해리가 왕위를 승계할 경우 초래될 위험에 불안해

징병 중인 폴스태프(존 코즈, 1818년)

한다. 베개 옆에 왕관을 두고 왕은 잠이 든다. 침실에 도착한 왕자는 국왕이 이미 사망한 것으로 오인하고 왕관을 머리에 쓴다. 부왕은 소문대로 왕자가 자신이 빨리 죽기를 바란다고 의심한다. 왕자는 진심을 고백하고 선정의 각오를 다짐하여 부왕의 신뢰를 회복한다.

헨리왕이 죽고 해리가 등극하자 폴스태프는 영향력을 행사하겠다면서 나선다. 그러나 새 왕은 법원장에게 법치주의의 수호자가 되겠노라고 약속하고 대관식에 달려온 폴스태프를 외면한다. 폴스태프는 채무불이행으로 체포되고 왕자 존은 프랑스와의 전쟁 가능성을 언급하면서 막을 내린다.

작품에 숨은 중요한 의제가 질서유지라는 정부 기능의 확립이다. 혁명에 성공한 볼링브로크, 헨리 4세는 무질서의 상징이다. 그의 재위 동안 안정된 법질서를 찾아볼 수 없다. 한 비평가는 작품 〈헨리 4세〉의 주제는 왕자 해리에게 주어진 과제인 '허영과 질서 사이의 선택'이라고 규정한다.[06] '허영'의 표상이 폴스태프이며 '질서'의 내실은 기

---

06 John Dover Wilson, *The Fortunes of Falstaff,* Cambridge University Press, 1944, p. 17.

사도와 정의감이라는 것이다. 그의 분석에 따르면 해리의 대척점에 선 훗스퍼가 기사도를, 그리고 법원장이 법치주의와 올바른 공복公僕 의식을 상징한다. 허영을 택한 청년기의 해리는 법에 대해 냉소적인 태도를 취한다. 패거리와 작당하여 강도 짓까지 저지르고, 자신을 감 옥에 보낸 법원장을 폭행한다. 폴스태프 패거리와 어울리는 동안 그 는 법의 적이었다.

해리의 두목, 폴스태프는 두말할 나위 없다. 그는 공과 사를 구분 할 줄 모르는 부도덕한 인간이다. 국왕이 죽고 해리가 왕위를 계승하 자 망나니 시절의 친분을 믿고 거드름을 피운다.

누구 소유든 상관없으니 말 한 마리 준비하라. 이제 잉글랜드의 법 은 내 손에 달려 있다. …… 불쌍한 법원장 놈. 따끔한 맛을 보겠지.제 2부, 5.3.134-137

제2부 1막 2장, 폴스태프가 법원장을 대면하는 장면은 상징하는 바 크다. 법원장이 자신을 찾는다는 전갈을 받고 폴스태프는 하인에 게 "나는 귀머거리라고 답하라."라며 발뺌한다. 제2부, 1.2.67 '귀머거리' 란 항변은 법의 소리에 귀가 멀었다는 뜻이다. 정식으로 심문을 개시 한 대법원장이 "그대는 내 말법의 소리을 듣지 않는군." 제2부, 1.2.121 하면 서 질책한다.

세상살이의 지혜를 알 만한 노인이 젊은 왕자를 타락시킨다는 법 원장의 질책에 폴스태프는 오히려 법원장과 같은 늙은이가 젊은 사람의 기분을 이해하지 못한다고 반박한다. 제2부, 1.2.175-178 법원장이 내세우는 '케케묵은 법률'은 시대에 뒤진 것이라는 주장이다. 해리가 왕위에 등극하자마자 측근인 워릭은 젊은 왕이 원장에 호감을 품지 않은 것 같다고 귀띔한다. 제2부, 5.2.9

그러나 누구도 예상하지 못한 일이 일어난다. 새로운 왕 헨리 5세는 왕자 시절의 낭만적 방종에서 벗어나 법의 수호자로 변신한다.

"경은 내가 경을 좋아하지 않는다고 생각하는 것 같군." 제2부, 5.2.64 이하이라며 운을 떼자, 법원장은 자신의 처사가 옳았기에 미움을 받을 이유가 없다고 당당하게 변론한다. 5.2.65-66.

새 왕 헨리는 짐짓 묵은 사감을 토로한다.

"장차 국왕이 될 왕세자가 그렇게나 엄청난 굴욕을 당하고도 잊어버릴 것 같으냐? 잉글랜드의 왕세자를 모욕하고 폭력으로 감옥에 보낸 일이 망각의 강, 레테의 물에 씻어 버릴 일이냐?" 5.2.68-72 라며 다그친다.

새 왕의 거친 질책에 법원장은 사려 깊은 답변으로 응수한다. 그의 답변 속에 극의 중요한 주제가 제시된다.

> 소신은 당시 부왕의 대리인이었기에
> 소신의 일신은 국왕대권의 보호 아래 있었사옵고
> 불철주야 나라와 공익을 위해
> 국왕의 이름으로 법의 집행에 골몰할 때
> 폐하께옵서는 소신의 신분과 법과 정의와

소신이 상징하는 왕국의 권위를 망각하시어

다른 곳도 아닌 법정에서 소신을 구타하셨습니다. 5.2.72-79

이어서 법원장은 조용하게 국왕에게 충고를 건넨다.

가령 폐하께 왕자가 계셔서, 폐하의 칙령을 무시하고

존엄해야 할 법정의 재판관을 끌어내어

국법의 집행을 방해하고 왕국의 평온과 안전을 수호하는

칼날을 무디게 했다면…… 5.2.84-87, 93

법원장의 입을 빌려 작가는 법은 국왕의 자의^{恣意}보다 상위에 있다는 것을 강조한다. 새 왕 헨리 5세가 답한다. 그야말로 환골탈태한새 왕은 법이 국왕보다 상위에 있음을 공개적으로 천명하는 것이다.

경의 판단이 천만번 옳았소. 금후로도 심판의 저울과 칼을 맡아 주시오. 5.2.101-103

이어서 국왕은 정중한 덕담을 건넨다.

그대의 명예가 날로 높아져 내 아들이 그대 앞에 죄를 지어 꿇어앉는 모습을 볼 때까지 오래 사시어 미령한 짐의 아비가 되어 주시오. 그대의 말이 곧바로 짐의 목소리가 되리라. 그대 현명한 지혜의 가르침에 따라 짐의 바른 뜻을 펴리라. 5.2.117-120

이렇듯 셰익스피어는 위대한 법관을 극중 인물로 만들어 내어 법원의 독립과 법치주의에 대한 소신을 펼쳤다. 법의 공정성과 법치주의에 대한 시인의 소신은 술집 주모 퀴클리의 법적 투쟁에도 잘 나타난다. 퀴클리는 셰익스피어 찬미가였던 카를 마르크스가 극찬한 바 있는 계급투쟁의식의 화신이다.

당시 영국에서는 민사소송을 개시하기 위해서는 소환장의 발부와 함께 피고인의 신병身柄을 확보해야만 했다. 폴스태프의 밀린 외상값을 받기 위해 퀴클리가 소송을 제기한다. 스네어Snare와 팽Fang, 두 법원관리가 폴스태프의 신병을 확보하기 위해 나타난다. '올가미'와 '독침'이란 이름은 영세 채권자와 채무자의 눈에 비친 법원과 법 절차를 인식하는 이름으로 적격이다.

지방 하급판사들의 이름에서도 법에 대한 서민의 정서가 반영되어 있다. 사일런스Silence, 침묵와 샬로Shallow, 천박라는 이름의 치안판사들은 법제도의 어두운 면을 상징한다. 법원장이 이상적인 법 집행자의 전형이라면 이 하급 사법관리들은 법 제도에 기생하는 속물이다.

사일런스는 이름에 걸맞게 극중에서 거의 발언을 하지 않는다. 반면 샬로는 이름처럼 얄팍한 법 지식을 무기로 약삭빠르게 세상의 파고를 타고 넘는 소인배 법률가다. 법원장과 샬로는 각각 이상적인 법률가와 사이비 법률가의 전형으로 좋은 대비를 이룬다.

노쇠한 법률가인 샬로는 싸움질과 주색잡기로 "녹대가리 샬로lusty Shallow"라는 별명을 얻은, '잘나가던' 법학원 학생 시절을 회상한다. 3.2.12-13, 275-283, 303-309 [07] 판사가 되어서는 소송 당사자의 청탁을 받기도 하고, 헛된 영달의 꿈을 품고 폴스태프의 어처구니없는 계략에 빠져 돈을 잃기도 한다.

시간의 신하

폴스태프는 법학원 학생 시절에 교회 종이 자정을 알리는 소리를 들으며 촛불을 끝까지 태운 기억을 회상한다. 그 시절 밤은 청춘의 자유와 특권의 상징이었다. 이제 노인이 되어 세계의 종말로 다가온 기분이다. 해학과 비탄이 함께 섞인 폴스태프의 쓸쓸한 회고가 극의 기조 무드를 대변한다. 자정 차임벨은 국왕, 반도, 일반 백성, 너 나 할 것 없이 모두에게 시간이 내리는 최종 판결이다. 시간은 흐르고 육신은 시들고 꿈은 흔들린다. 노인의 되어 새삼 절감하는 것이 인생무상이다.

등장인물들은 끝없이 과거를 재현하고 수정하며 현재의 상황을 정당화한다. 반란자 귀족들은 리처드 2세의 부당한 죽음을 내세워 구

---

07 샐로는 자신이 다닌 두 법학원(Clement's Inn, Gray's Inn)의 이름을 댄다. 셰익스피어의 작품 중에 법학원(Inns of Court)의 이름이 구체적으로 특정된 것은 이 두 곳과 〈헨리 6세〉 제2부의 미들템플(Middle Temple)뿐이다. 클레멘츠인(Clement's Inn)은 셰익스피어의 사촌이 다닌 2류 법학원이고 그레이즈인(Gray's Inn)은 〈실수연발 Comedy of Errors〉이 초연된 곳이다. 미들템플에서는 1602년 〈제12야 The Twelfth Night〉를 공연한 기록이 있다.

왕을 축출하면서 새 왕 헨리가 내걸었던 약속이 이행되지 않았기에 반란은 정당하다고 주장한다. 왕이 "자신의 기록을 지우면"^{4.1.199} 응징하겠다고 벼른다. 헨리 또한 불안과 공포에 잠을 설치면서 신하들이 그처럼 쉽게 충성을 맹세하고 배신하곤 하던 과거를 회상한다. 그 과정에서 자신이 선왕을 배신한 사실은 깡그리 잊는다.

폴스태프는 자신이 홋스퍼를 죽였다고 거짓말하면서 명예를 세우려고 하나 무익한 일이다. 거리에서 폴스태프와 맞닥뜨린 법원장은 개과천선한 모습을 보여 줄 시간이 얼마 남지 않았다고 경고한다. 그의 경고대로 반성하지 않는 폴스태프는 사기죄와 채무불이행으로 체포된다.

반란군도 시간의 도움을 받지 못한다. 노섬벌랜드는 아들의 죽음을 제때 듣지 못한다. 게다가 자신의 군대가 스코틀랜드로 퇴각한 사실을 한참이나 늦게 듣는다. 동맹군들은 늦게 도착하여 사태를 수습할 기회를 놓친다. 존 왕자가 이 상황을 이용하여 계략에 성공한다. 모턴은 의심했지만 다른 반군 지도자들은 존이 내건 강화조건을 상세하게 검토하지 않고 쉽게 군대를 철수하여 무장해제 상태에서 처형당한다. 시간이 결정적인 변수다. 반란군의 웨이스팅스의 말처럼 모두가 "시간의 신하, 시간이 우리에게 가라고 명한다."^{제2부, 1.3.110}

상속

셰익스피어는 홀린셰드가 기록한 역사에 변용을 가하여 헨리왕이 존 왕자로 하여금 술수를 쓰도록 만든다. 홀린셰드는 술수를 쓴 것은 신하라고 기록한다. 유혈사태를 피한 존의 계책은 현명했다. 그러나 그는 "우리가 아니라 신이 안전하게 싸웠다." 제2부, 4.1.347 라고 마무리 짓는다.

왕자 해리는 부왕의 지략을 물려받았다. 폴스태프의 평가대로 그는 유머 감각이 전혀 없고 술도 전혀 입에 대지 않는 '건조한 청년'이다. 제2부, 4.2.84 뚱보 기사는 장황한 찬주가讚酒歌를 통해 해리가 부왕의 차가운 피를 상속받았기에 술로 몸을 데워 준 것이라고 떠벌린다.

해리는 부왕과 정면 대결을 피하는 지혜가 있다. 그는 아버지가 죽은 것으로 착각하고 왕관을 제 머리에 쓴다. 이를 엿본 왕은 아들의 충성을 의심한다. 해리는 이 위기를 교묘한 언변으로 빠져나온다. 즉 전에 부왕이 왕관은 갑옷처럼 봉사의 도구라고 사용한다고 말한 사실을 환기시킨다. 국왕이 왕관을 지키는 것은 백성을 위해 온갖 희생을 감수하는 것이라며 부왕에 대한 상찬을 늘어놓는다.

왕은 왕자의 말을 액면대로 받아들이고 '왕관을 탈취한seize 것이 아니라, 우연히 조우meet한 것'이라고 말하면서 리처드 2세의 폐위는 자신이 주도하지 않았음을 시사한다. 해리는 왕좌가 헨리에게 정당하게 위양되었고, 따라서 자신도 정당한 왕위계승자임을 확인한다.

폐하께서는 왕관을 정당하게 얻고, 쓰고, 보관하시다 제게 넘겨주신 겁니다. 제2부, 4.3.350-351

아버지를 안심시켜 보낸 해리는 아버지의 유언을 상기한다. 헨리는 아들에게 왕이 되면 백성을 규합하여 대외전쟁을 치러야 한다는 당부를 고명顧命으로 남긴 것이다.

셰익스피어는 이 작품을 단조短調로 마감한다. 새 왕이 법치주의를 선언하고 옛 친구 폴스태프를 제거한다. "늙은이 나는 그대가 누군지 모르오." 제2부, 5.5.57 새 왕은 부왕의 유언대로 나라를 통일하여 프랑스를 상대로 전쟁을 치른다. 그리고 승리한다. 잠시나마 왕국의 자존심이 세워지고 번영의 꿈이 부푼다.

왕은 마지막 순간까지 거룩한 신의 땅, '예루살렘'을 동경한다.

내가 처음 혼절했던 방 이름이 무엇인가?
예루살렘이라 하옵니다.
찬미 하느님! 그 방에서 내 삶을 마치겠노라.
예루살렘에서가 아니면 죽지 않을 거란 예언이
몇 해가 되었지. 그래서 거룩한 땅으로 갈 것이라고 생각했는데 허망한 일이로고. 그 방으로 옮겨 다오. 그 방에 누워 있겠다. 그 예루살렘에서 이 해리가 죽을 터이니. 제2부, 4.3.365-371

아버지의 선택

앞서 살펴본 바와 같이 〈헨리아드〉의 중요한 주제 중의 하나가 아버지의 선택이다. 왕자 해리의 입장에서 양심의 노예로 사는 정직한 육친인 국왕과 괴물의 형상을 하고 있으나 따뜻한 마음과 관용으로 보듬어 주는 영적인 아버지 폴스태프, 이 둘 중에 누가 진짜 아비인가를 두고 고심한다.[08]

이런 관점에서 볼 때 왕자 해리는 대부 폴스태프를 추방하고 생부를 선택하여 왕위를 승계한다. 그러나 극의 전개를 통해 드러난 실상인즉 해리는 생부와 대부, 둘 다 버리고 법원장을 제3의 아버지로 선택한다. 그렇게 함으로써 법치주의의 수호자로 재탄생하는 것이다. 왕위를 찬탈한 헨리 4세는 폴스태프와 마찬가지로 반反법적인 인물이다. 그러므로 헨리 4세도 폴스태프도 해리의 즉위에 정당성을 부여할 존재가 될 수 없다. 오로지 법원장만이 그 역할을 할 수 있다. 이런 관점에서 본다면 〈헨리아드〉는 왕자 해리가 아버지를 바꾸어 선택하면서 성공적인 국왕으로 변신해 가는 과정을 그린 것이다. 요약하자면 생부인 헨리 4세, 색주가의 '아비'인 폴스태프, 그리고 법의 아버지인 법원장, 세 아버지 중에 상황의 변화에 따라 적절한 선택을 해나가는 것이다.

---

08   Kenji Yoshino, *A Thousand Times More Fair: What Shakespeare's Plays Teache Us About Justice*, New YorK: Harper Collins Publishers, 2011: 김수림 옮김, 《셰익스피어, 정의를 말하다》, 지식의날개, 2012, pp. 226~227.

법원장은 절대 부패할 수 없는, 공명정대한 미덕을 상징하는 인물이다. 그렇기에 그는 모함과 타락, 부패로 얼룩진 정치의 세계에서 최종 승자로 남을 수가 없다. 제1차 4부작의 결말인 〈헨리 5세〉에서 법원장은 실각하고 그 자리는 정치에 능한 냉소적인 캔터베리 대주교가 차지한다. 이 작품 속에서 헨리는 제4의 아버지를 만나게 된다. 즉 프랑스의 공주와 결혼함으로써 프랑스 국왕을 법이 맺어 준 아버지로 맞이하여 자신의 취약한 정통성을 보완한다.

14

헨리 5세

Henry the Fifth
(1599)

잉글랜드의 광개토대왕, 헨리 5세

〈헨리 5세〉는 셰익스피어의 사극 11편 중에 〈헨리 8세〉와 함께 극 중에 왕위쟁탈전이 없는 드문 작품이다. 실제 역사도 그렇다. 두 국왕 은 영국사에 슈퍼급으로 인식된다. 헨리 5세^{재위 1413~1422}는 선왕 에드 워드 1세^{재위 1273~1307}와 에드워드 3세^{재위 1327~1377}가 강력하게 열망했 으나 끝내 이루지 못했던 프랑스 정복을 완성한 국왕이다. 그런 의미 에서 잉글랜드의 광개토대왕으로 불러도 무방할 것이다. 4세기 후 전 세계에 영토를 확장한 "해가 지지 않은 나라, 대영제국"도 헨리 5세의 성과를 연장한 것으로 평가한다.

그는 '전쟁의 신'이라는 별명에 걸맞게 치른 전투마다 승리를 거 듭한다. 아쟁쿠르 전투에서 결정적인 승리를 거두고 승전조약을 맺어 자신이나 후손이 프랑스 국왕이 될 길을 열어 놓았다. 그러나 갑자기 사망하는 바람에 스스로 프랑스의 군주가 될 기회를 놓치고 말았다. 그의 어린 아들 헨리 6세 역시 프랑스 왕위 대신 외조부의 정신병만 계승했을 뿐이다. 헨리 5세가 사망하면서 강대국 잉글랜드의 영광은 그리 오래가지는 못했으나, 그의 업적은 후세에 중요한 정신적 유산을 남겼다.

셰익스피어의 작품 〈헨리 5세〉는 〈리처드 2세〉, 〈헨리 4세〉 제1부와 제2부에 이어, '헨리아드 Henriad 4부작'을 완결하는 작품이다. 〈헨리 4세〉 2부작에서는 거칠고 미숙한 청년 왕자가 원숙한 국왕이 되어 프랑스 정복을 성공적으로 완수한다. 이 작품에서 아쟁쿠르 전투1415 전후의 상황을 집중하여 그렸다.[01]

국왕과 교회

막이 오르기 전에 코러스가 해설자로 무대 전면에 등장한다. 코러스는 매 막의 개시에 앞서 등장한다. 엘리자베스 시대의 연극 무대는 협소하여 조망할 경관이 조악했다. 코러스는 아쉬움의 변명을 털어놓는다. "좁다란 이 마당이 프랑스의 전장을 어떻게 담을 수 있으며, 목재뿐인 이 극장에 아쟁쿠르의 바람을 놀라게 한 투구들을 보여 드리지 못하니", "불

---

01 Gary Taylor(ed.), *The Oxford Shakespeare, Henry V*, Oxford University Press, 1982, "Introduction"(2008), pp. 1~74.

같은 시심은 어이 태우리오." 실제의 왕과 왕자들은 배우들보다 위용이 넘칠 것이다. "용맹무쌍한 왕자 해리가 군신처럼 나타나면……" 이어서 해설자는 세상도 각종 제약으로 묶인 하나의 무대라는 점을 은유한다. 그런고로 관객은 '상상력'을 발휘하여 연극의 무대를 넓힐 것을 주문한다.

막이 열리면서 캔터베리와 일리, 두 교회 지도자의 회합이 열린다. 국왕이 교회에 과도한 세금을 부과할까 걱정이다.

> 캔터베리 : 일리 주교, 선왕 재위 11년에 제출되었던 그 법안 말이외다. 우리의 반대에도 불구하고 통과될 뻔했는데, 불안한 세상과 정쟁 덕에 유보되었던 바요.1.1.1-5 만약 법안대로 통과되면 우리 교회 재산 절반 이상이 날아가게 되오. 독실한 신자가 유언으로 교회에 바친 땅을 빼앗으려 하오.1.1.7-12 법안대로라면 자그마치 1년에 1,000파운드요.1.1.19
>
> 일리 : 무슨 방비책이라도 있소?
>
> 캔터베리 : 왕께서는 자비와 선의가 충만하시오.
>
> 일리 : 또한 진정한 교회의 우호자이시지요.1.1.22-24

교회 지도자들은 강력한 새 왕과 타협이 필요함을 절감한다. 망나니 청년 왕자에서 현명하고도 위풍당당한 군주로 환골탈태한 헨리 5세를 캔터베리 대주교가 찬양한다. "하느님과 천사의 보좌를 받으시고 자손 대대 영화를 누리시옵기를."1.2.8-9 이어서 대주교는 헨리가 프랑스 왕의 지위도 인도받을 정당한 권한이 있다고 확신시킨다.

헨리 : 현명한 대주교, 말씀 좀 해 보시오. 프랑스의 살리카 법[02]이 내 권리를 막거나 막지 못하는 이유를 신앙의 차원에서 바르게 설명해 주시오. 1.2.35-37

전래의 살리카 법에 따르면 프랑스의 왕위는 남계 자손만이 계승할 수 있다. 이 전통법에 따르면 할머니 쪽 혈통을 이은 헨리는 프랑스 왕위를 승계할 자격이 없다.

캔터베리 : 프랑스 왕관에 대한 폐하의 권리에는 하자瑕疵가 없습니다. 파라몬드가 말했다는 "살리카 땅에서는 여자는 후계자가 될 수 없다"[03]라는 조항 말입니다. '살리카' 땅을 프랑스인들이 부당하게 프랑스 지역이라고 해석하여 파라몬드가 여자의 계승을 금하는 법의 창시자라고 주장하지만, 양심적인 프랑스 학자도 살리카란 살레강과 엘베강 사이의 독일 땅을 의미한다고 인정합니다. 1.2.38-43

교회 지도자들이 국왕에게 전폭적 지지를 보낸다.

캔터베리 : 폐하의 권리를 피와 칼과 불길로 얻어 내게 하십시오. 그 일을 도모하기 위해 저희 성직자들도 어느 선왕에게도 한 일이 없는 대금을 모아 헌납하겠나이다. 1.2.132-135

엑서터 : 정치는 높은 자, 낮은 자, 그리고 더 낮은 자를 한데 모아, 전

---

02 "*lex terra salica, law Salique.*"

03 "*n terram Salicam mulieres ne'suceedant,*"

체를 하나로 화합하여 음악처럼 완전하고 자연스러운 결합을 이루지요. 1.2.180-183

엑서터는 헨리에게 프랑스 왕위를 요구하라고 부추긴다.

전능하신 하느님의 이름으로 요청하시되, 빌려 입은 영광을 벗으시라는 겁니다. 하늘의 선물이며, 자연법 law of nature 과 국제법 law of nations 에 따라, 그분과 그분의 후손들의 소유가 될 왕위를 말입니다. 2.4.77-84

극의 초장부터 새 왕 헨리의 국정 장악력이 빛난다. 앞선 작품 〈헨리 4세〉 제1·2부에 왕자로 등장할 때의 모습과는 천양지차로 제왕의 위용이 넘친다. 헨리의 즉위를 축하하며 프랑스 왕세자가 사신을 보낸다. 예물은 테니스 공이다. 전쟁보다는 장난감 놀이가 더욱 적합한, 미숙한 사내라는 조롱이 담겨 있다. 분노한 헨리는 프랑스의 왕관을 되찾겠노라 다짐한다.

2막이 열리면서 사우샘프턴 항구에서 프랑스 정벌대가 출범을 준비한다. 코러스는 잉글랜드 병사들은 모두 전의에 불타 있으나 세 명의 역모자가 있다고 경고한다. 헨리는 자신의 암살을 모의한 케임브리지와 두 공모자를 처형한다.

헨리 : 소화불량이 저지른 작은 죄는 눈감아 주겠소. 그러나 눈앞의 대역죄가 씹고 먹고 소화시킨 흉한 꼴을 어찌 묵과하겠소? 2.2.53-56

케임브리지 : 프랑스의 황금에 유혹되지는 않았지만 제 뜻을 조속하 게 실행에 착수할 동기가 된 것은 인정합니다. 2.2.151-153

헨리 : 나는 사사로운 복수를 바라지 않으나, 너희들은 적과 내통하 여 왕국의 전복을 모의했고, 동포의 목숨을 담보로 적국의 황금을 취하였다. 2.2.163-166

헨리의 옛 패거리들이 주점에서 회동한다. 피스톨은 님의 옛 애 인, 넬 퀴클리와 부부가 되어 있다. 바돌프가 피스톨과 님 사이를 이 간질한다.

퀴클리가 사태를 수습한다.

맙소사! 님 하사네. 당장 베지 않으면 간통과 살인이 벌어지겠네!

바돌프가 꼬리를 내린다.

착한 부관, 여기선 얌전하게 있어. 2.1.33-37

퀴클리가 폴스태프의 사망 소식을 전한다. 〈헨리 4세〉 제2부 마 지막에 새 왕의 버림을 받았던 폴스태프가 '열병' ^{매독}으로 2.1.114 죽었 다는 것이다.

세례를 받고 금방 죽은 아이처럼 갔어요. '기사답게 버티세요' 했 더니 '하느님, 하느님!' 하고 서너 번 외쳤어요. 2.3.12-22

응분의 합동 추모를 마친 피스톨, 님, 바돌프, 세 사내는 함께 프랑스 전선에 나선다.

프랑스 왕 샤를 6세와 왕세자 도팽은 청년 군주 헨리를 조롱하며 전투를 준비한다. 헨리의 사자, 엑서터는 프랑스가 저항하면 무차별 살육이 따를 것이라고 경고한다. 한편 바돌프와 부하들은 전투에 동참할 것인지 논쟁을 벌인다. 프랑스 공주 카트린은 영어를 배우려고 애쓴다. 국왕은 헨리를 비방하고 왕세자 도팽은 프랑스 여자가 영국 사내에게 추파를 던진다며 분개한다.

바돌프는 교회를 약탈하다 체포되어 헨리의 명에 따라 처형된다. 헨리는 퇴각하라는 프랑스 사자의 권고를 거부한다. 국왕은 신분을 가장하고 병사 윌리엄을 상대로 전쟁의 정당성에 관한 논쟁을 벌인다. 이튿날 5 대 1의 수적 열세를 상대로 헨리는 일장 연설을 한다. 자신과 함께 싸우는 용사는 영원히 성 크리스핀 축일의 축복을 받을 것이다.

프랑스 군이 공격해 오자 헨리는 포로를 살육한다. 프랑스 군이 영국 소년병도 살해했다는 소식에 분개한 것이다. 전투는 헨리 군의 압승으로 종결된다.

프랑스 사신이 도착한다. 프랑스 왕이 변변치 못한 몇몇 품목에 덧붙여 공주 카트린을 제공하겠다고 전한다. 아르플뢰르 항구를 포위한 헨리는 셰익스피어 사극의 연설 중에 가장 장렬한 연설을 토해낸다.

다시 한번 공격하라. 친구들이여!…… 신의 가호가 헨리와 잉글랜드에 내리소서! Once more onto the breach, friends! 3.1.1-33

프랑스 궁정에서 패자 샤를 6세가 승자 헨리를 맞이한다. 헨리는 강화 조건의 일환으로 카트린을 아내로 맞이한다.

3막의 개막에 앞서 코러스가 다시 등장하여 전쟁 준비 상황을 알린다. "마필을 사기 위해 목장을 팔았다", "연극에서는 그 누구의 비위도 상하지 않게 하겠노라"라며 함대가 도버해협을 순항한 사실을 유머러스하게 전한다.

> 함대의 고물들을 마음으로 부여잡고. 3막 코러스 19

아쟁쿠르 전투 이전에 전쟁의 승패는 예측불능이었다. 이 전투에서 젊은 왕의 영웅적 면모가 확연하게 드러난다. 결전을 앞둔 날 한밤중에 왕은 변장하고 군영을 순회한다. 병사들을 격려함과 동시에 민심을 파악하기 위해서이다. 나라의 운명을 책임진 그도 따지고 보면 한 사람의 젊은이에 지나지 않는다. 전투에 나서기 앞서 전 장병을 세워 두고 일장 연설을 한다. 그 유명한 '성 크리스핀 축일' 연설이다.

> 오늘부터 이 세상의 종말까지 크리스핀 형제를 잊을 수 없느니, 그 속에 우리도 기억하게 되리라. 소수정예의 우리, 축복받은 우리, 우리 형제들. We few, we happy few, we band of brothers. 4.3.18-67

전투에서 승리한 헨리는 프랑스 공주 카트린에게 구애한다. 둘 다 상대방의 언어가 서툴러도 유머러스한 작은 실수가 오히려 청춘남녀 사이의 소통에 도움이 된다. 프랑스 왕이 헨리를 자신의 후계자로 삼아 왕위를 넘겨주기로 약조한다. 프랑스 여왕의 기도문이다.

> 잉글랜드인이 프랑스인이 되고, 서로가 서로를 형제로 받아들이기를. 신의 이름으로 아멘!5.2.356-359

그러나 막이 내리기 전에 코러스가 다시 등장하여 장래 닥쳐올 우울한 상황을 예고한다. 즉 헨리의 후계자가 프랑스의 영토를 잃고, 잉글랜드 땅을 피로 물들일 것이라는 예언을 비탄조로 전한다. 셰익스피어는 혼란의 연속이 될 헨리 6세 치세의 상황은 이 작품에 앞서 3부작으로 제시한 바 있음을 환기시킨다. 〈헨리 6세〉, 1·2·3부

〈헨리아드〉의 전편들과 마찬가지로 이 작품에도 희학적 성격의 조연들이 많이 등장한다. 〈헨리 4세〉에 등장했던 캐릭터로는 피스톨, 바돌프, 그리고 님이 있다. 이들 잉글랜드 병사에 더하여 변방인 스코틀랜드, 아일랜드, 웨일스 출신도 있다. 이들은 때때로 메인플롯의 전개과정을 알리는 코멘트를 남기기도 한다. 주로 헨리 군대의 병사들이다.

전쟁의 법

사극 〈헨리 5세〉는 흔히 전쟁극으로 분류된다. 그러나 셰익스피어의 다른 전쟁극과는 달리 험난한 전투 과정이나 복잡한 인간관계는 없다. 오로지 젊은 군인 왕이 아쟁쿠르 전투에서 수적 열세를 딛고 예상 밖의 승리를 거두는 과정이 집중 조명된다.

이 작품을 쓰면서 셰익스피어는 홀린셰드의 《연대기》에서 역사적 사실을 차용했지만 중요한 관점에서 독자적인 해석을 부가했다. 이를테면 헨리가 아르플뢰르에서 엑서터에게 '자비를 베풀 것'을 호소하는 장면과 아쟁쿠르에서 프랑스 포로를 학살하라는 명령을 내리는 장면을 호의적으로 그린 것은 셰익스피어의 선택이었다. 이 두 장면을 통해 셰익스피어는 영웅적 애국왕의 이미지를 최대한으로 부각시켰다. 그러면서도 전쟁에서 상대를 인도적으로 대우하고 승자의 자비를 권장했다. 이러한 작가의 기본적 태도는 다른 작품에서도 일관되게 나타난다. 자비야말로 최상의 미덕이다. 그것은 신의 은총이자, 국왕의 아량이고 용감하고도 고귀한 인간의 미덕이다.

> 그것은 국왕의 가슴에 심은 왕관이자 신 자신의 본질적 속성이다.
> 〈베니스의 상인〉, 4.1.190-192
>
> 감미로운 자비야말로 고귀한 자의 진정한 징표다. 〈타이터스 앤드로니커스〉, 1.1.119

'자비'라는 단어를 애용하는 셰익스피어는 '명예'라는 어휘도 수없이 반복한다. 명예야말로 중세 기사도의 핵심이다. 자비와 명예, 두 덕목의 결합을 통해 전쟁 시의 인도적 문명성을 제고하려는 노력이다. 자비라는 중세적 덕목에서 근대 전쟁의 인도적 의무를 도출해 내는 근거를 보여 준 점은 작가의 중대한 공헌이다.[04]

---

04 Theodore Meron, *Henry' Wars and Shakespeare's Laws: Perspectives on the*

중세에는 아직 전쟁의 법이 제대로 정립되지 않았다. 셰익스피어 시대에는 주권을 보유한 독립국은 몇몇 되지 않았고, 그중에서도 상호 동등한 지위에 선 국가의 수는 더욱 적었다. 정부는 소군주와 기사들 사이의 관계를 통해 운영되었다. 기사들 상호 간의 신뢰가 국가의 정체성보다 더욱 중요했다.

내전과 국가 간의 전쟁 사이의 차이가 명확하지 않았으며 자국민과 외국인, 심지어는 아군과 적군의 구분도 불명했다. 그야말로 '승자는 관군, 패자는 반군'이 되기 십상이었다. 전쟁권jus ad bellum과 전시국제법jus in bello의 관념도 형성 과정에 있었을 뿐이다.

중세의 전쟁법은 대체로 관습법이었다. 기사 법원, 군사 법원의 기록과 레냐노Giovanni da Legnano, 부베Honoré Bouvet, 피잔Christine de Pisan 등 초기 학자들의 저술 속에서 편린을 찾을 수 있다. 영국의 리처드 2세와 헨리 5세, 그리고 프랑스의 샤를 7세는 전쟁에 관한 상세한 포고문과 칙령을 남겼다.

이 작품에서 셰익스피어는 '정당한 전쟁just war'의 개념을 제시한다. 전쟁 당사자는 서로 자신이 정당하고 상대가 부당하다는 주장을 내세운다. 〈트로일러스와 크레시다Troilus and Cressida〉의 대사 한 구절이 적절한 예다.

오, 성스러운 전쟁이여. 정당한 권리에 근거한 정당한 전쟁으로 우

War In the Later Middle Ages, Oxford: Clarendon Press, 1993, pp. 208~216.

리는 정의를 얻을 것이니. 3.2.167-168

셰익스피어는 전쟁을 미화하지 않았다. 정당한 전쟁으로 인정한 경우에도 전쟁의 참혹, 잔인, 공포를 상세하게 그렸다. 정당한 전쟁에서 승리한 애국적 영웅으로 그린 헨리 5세의 경우도 피날레 장면에서 코러스의 입을 통해 전쟁이 무익하고 잔인했음을 인정한다. 왕위를 승계한 어린아이 헨리 6세의 보호자가 전쟁에 대한 평가를 내린다.

프랑스 내의 영토를 상실하고 영국을 피바다로 만들었다. 〈에필로그〉 12

애국 승전 드라마

이 작품은 1599년 글로브 극장이 신축된 후 첫 공연으로 상재되었다는 것이 정설이다. 〈프롤로그〉에 언급된 극장에 셰익스피어 자신이 코러스 해설자로 나섰을 것이라는 추측이다. 2012년 몇 세기 후에 새로 건축된 글로브 극장에서 열린 지구 글로브 축제 Globe to Globe 에서 각각 다른 언어로 공연된 37편의 작품 중 〈헨리 5세〉는 영어로 공연했다. 제이미 파커 Jamie Parker 가 타이틀 롤을 맡았다. 좀 더 앞서 2003 영국국립극단 Royal National Theatre Production 이 제작한 연극은 헨리를 이라크 침공을 주도하는 현대의 장군으로 그렸다.

대다수의 비평가와 관객은 이 작품을 승전의 영광을 찬미하고 국민적 사기를 진작시킨 애국 승전 드라마로 본다. 일부 비평가는 당시

스페인과 아일랜드에서의 영국이 승리한 역사적 사실을 상찬하며 썼다고 주장한다. 코러스가 이 사실을 간접적으로 언급한다.^{5막}

그러나 정반대로 전쟁에 수반되는 부패와 비인도적인 잔혹함을 고발하는 반전 드라마로 보는 사람도 있다. 그런가 하면 전쟁에 대해 명확한 입장을 제시하지 않는다고 보는 제3의 입장도 있다.

헨리는 영악한 술수와 진지함, 양면을 구비한 인물로 상황에 따라 유연하게 변신하는 유능한 정치가로 비친다. 아르플뢰르에서는 강간과 약탈을 대놓고 언급하는가 하면, 정반대로 성 크리스핀 축일 연설에서는 애국적 승리를 상찬하기도 한다. 그러나 코러스의 애국적 정서와 헨리의 고상한 언어는 피스톨, 바돌프, 님과 같은 무뢰배들의 야만스러운 행위에 의해 무력화된다. 피스톨의 언어는 시종일관 거칠기 짝이 없는 무운시^{無韻詩, blank verse} 형식을 취해 헨리의 품위 있는 언행을 패러디한다. 그러나 왕세자 시절 함께 나눈 이스트칩 패거리들의 방종과 탈선이 군주로서의 헨리의 모험심을 배양하는 자양분이 되었을지도 모른다. 어쨌든 피스톨 패거리의 행실은 통치자의 행위 이면에 숨은 어두운 그림자를 상징한다.

〈헨리 5세〉는 제2차 세계대전이 한창이던 1944년에 영화로 만들어졌다. 세기의 명배우, 로런스 올리비에가 감독·주연을 겸한 이 필름은 극중의 적국, 프랑스가 현실의 동맹군이라는 사실에 구애받지 않고 영국인의 애국심을 맘껏 고취시켰다. 노르망디 상륙작전을 앞둔 극도로 긴장된 상황이라서 그랬는지 원작에 담겨 있던 희극적 요소를 지나치게 제거했다는 아쉬움도 남는다.

반세기 후인 1989년 '제2의 올리비에'라는 닉네임을 얻은 케네스 브래나가 올리비에의 선례에 따라 주연과 감독을 겸하여 두 부문에서 모두 아카데미상 후보에 오르는 영광을 누렸다. 그러나 두 영화의 기본 무드는 정반대로 읽힌다. 올리비에의 〈헨리 5세〉가 전쟁 영웅을 부각시키는 승전 드라마인 반면, 브래나의 〈헨리 5세〉는 전쟁의 잔혹함을 고발하는 반전 드라마 성격이 뚜렷하다.[05] 예술작품이 시대의 산물이라 브래나의 작품은 포스트모던 관객의 기호에 영합한다.

한 예로 두 영화에서 모두 성 크리스핀 축일 연설 장면이 등장한다. 올리비에의 영화에서는 연설과 공격은 지극히 평면적으로 비친다. 반면 브래나의 영화에서는 마차 위에 우뚝 선 헨리가 병사를 상대로 열변을 토할 때 잉글랜드 궁수들이 쏜 화살이 하늘을 가르며 슬로모션으로 프랑스 진영으로 날아간다. 화살을 맞고 쓰러져 신음하며 죽어 가는 프랑스 군대의 모습이 처참하여 〈플래툰〉1986이나 〈7월 4일생〉1989과 같은 올리버 스톤 감독의 베트남전쟁 영화를 보는 듯하다.[06] 이러한 영상기법은 얀 코트 이래 지속적인 화두로 이어져 온 '셰익스피어 현재화Shakespeare Our Contemporary' 작업의 일환일 것이다.[07]

---

05 Norrie Epstein, *The Friendly Shakespeare*, Viking, 1993, pp. 254~255. 브래 나는 〈햄릿〉(1997), 〈사랑의 헛수고 Love's Labour's Lost〉(2000), 〈헛소동 Much Ado About Nothing〉(1993) 등 셰익스피어 영화를 여러 편 만들었다.

06 Richard Burt(ed.), *Shakespeare After Mass Media*, Palgrave Macmillan, 2002, p. 84.

07 Jan Kott, *Shakespeare Our Contemporary*, Boleslaw Taborski(trans.), London:

브래나는 원작을 섬세하게 손보아 대중문화 시장 지배자들의 감각에 맞게 조율했다. 클린트 이스트우드가 연기한 '더티 해리'라는 캐릭터를 염두에 두고 고쳐 쓴 작품이다. 할리우드에서는 전통적으로 왕립 셰익스피어 극단RSC 소속 배우들을 대거 수입하여 미국의 스타 배우를 둘러쌌다. 브래나는 도를 더해 이 영화를 영국 배우만으로 캐스팅했다. 그러나 몇 년 후에 제작한 〈헛소동〉1993에서 영국 배우들은 할리우드 스타들에 의해 포위되다시피 했다.[08]

2012년 BBC가 제작한 제3의 〈헨리 5세〉 영화톰 히들스턴Tom Hiddleston 주연는 균형적 시각을 유지했다는 평가가 따른다. 2019년 부산국제영화제에 출품된 데이비드 미쇼 감독의 다국적 작품 〈더 킹: 헨리 5세〉는 할리우드의 신생 스타, 티모테 샬라메가 타이틀 롤을 맡았고, 원작보다 폴스태프의 비중을 한껏 높였다.

헨리 5세는 전범인가?

21세기에 들어 법학자들 사이에 헨리를 전범으로 규정하는 경향이 대두되었다. 헨리는 국제법을 위반하여 프랑스를 침공하고 포로들을 학살했다는 것이다. 이들은 셰익스피어를 위시한 근대 초기 사상가들이 과

Methuen & Co., 1965.
08 Lynda E. Boose & Richard Burt(eds.), *Shakespeare, the Movie: Popularizing the Plays on film, TV and Video*, London: Routledge, 1997; 장원재 옮김, 《셰익스피어와 영상문화》, 연극과인간, 2002, pp. 41~43.

거 사실을 법적으로 재단한 많은 선례를 제시했다. 그리하여 헨리 5세에게 전범의 죄과를 문책하는 것은 합법적 legitimate 일 뿐만 아니라 역사적으로도 정당하다고 주장한다. 그러나 현대법을 기준으로 과거의 사실을 단죄하는 것은 언어도단이라며 일축하는 사람도 적지 않다.

2010년 3월, 미국의 수도 워싱턴에서 이 주제를 두고 모의재판이 열렸다. '영국 및 프랑스 합동 최고법원'의 재판관으로 새뮤얼 얼리토 Samuel Alito 와 루스 베이더 긴즈버그 Ruth Bader Ginsburg, 두 현직 미국 연방대법원 판사가 위촉되었다. 열띤 변론에 많은 역사적 문건이 제시되었다. 재판부는 최종 판결을 청중의 표결에 맡겼다. 공교롭게도 유무죄 표결이 동수가 되어 최종 판결은 재판부의 몫으로 이관되었다. 재판부의 판단 또한 헨리의 프랑스 침공의 정당성에는 의견이 양분되었다. 그러나 포로를 살해한 행위에 대해서는 "성숙한 사회의 발전하는 기준"을 적용하여 유죄 판결을 내렸다.

이에 앞서 열린 가상의 법정에서 세계전쟁범죄재판소 Global War Crimes Tribunal 는 헨리의 전쟁은 정당했고, 포로의 죽음에 대해서도 형사 책임을 물을 수 없다고 판시했다. 판결에 불복한 가상 원고, 프랑스 인권연맹 French Civil Liberties Union 은 민사소송을 제기했으나 판사는 전범재판소의 판결에 기속羈束된다는 입장을 취했다. 항소 법원도 별도의 판결문 없이 원심을 확인했다.

작품에서 국왕 헨리는 주권자 면책론을 당당하게 주장한다.

이 문제는 그렇지 않소. 국왕은 개개 병사의 죽음에 책임이 없소. 아들의 죽음에 아비가 책임이 없듯이 하인의 죽음에 주인의 책임이 없소. 일을 시킬 때 죽음이 목적이 아니었기 때문이오. 4.1.152-156

현대 관객의 기준으로 보면 뻔뻔스러움의 극치다.

연극 〈헨리 5세〉의 에필로그는 코러스 역을 맡은 작가 자신의 대사라는 것이 정설이다.[09]

여기까지 거칠고 무능한 펜으로 곡필한 작가bending author는
비좁은 공간에 위인들을 가두고 영광이 대로를 조각 내어 다루었소.
짧은 기간이었으나 그 짧은 기간에 잉글랜드의 별은 위대하게 살았소.
운명은 최고의 낙원을 그의 칼로 얻게 하였고 아들을 주인으로 남겼소.
강보에 싸인 아기 헨리 5세가 프랑스와 잉글랜드의 왕위에 오르니
너무 많은 사람이 정사를 휘둘러
프랑스를 잃으면서 이 나라는 피를 흘렸소
그 모습을 이 무대에서 자주 보여 드렸는데 공정한 마음으로 이 연극을 품어 주시기 바라나이다.

---

09   Samuel Schoenbaum, *William Shakespeare: A Compact Documentary Life*, Oxford University Press, Revised Edition, 1987, p. 264.

15

헨리 6세

Henry VI. Part (1) · (2) · (3)

제1부(1592), 제2부(1590~1591),
제3부(1591)

셰익스피어 비평의 효시

셰익스피어가 죽은 지 400년이 넘었다. 그러나 여전히 역대 문호 그 누구보다도 더 많은 독자와 비평가의 관심을 거머쥐고 있다. 전 세계적으로 1년에 수천 권의 단행본과 수만 건의 논문이 새로 생산된다. 이렇듯 연면하게 이어지는 '셰익스피어 비평론'이 시작된 원년은 1592년이라고 한다. 작가가 등단한 직후인 셈이다. 바로 이 해에 요즘 표현으로 '신예작가'인 셰익스피어의 찬미자와 비판자가 함께 나타났다. 토머스 내시 Thomas Nashe 는 최초의 셰익스피어 찬미자로 그해 공연된 〈헨리 6세〉 제1부를 극찬했다. 내시는 작품의 작가와 함께 탤벗 역을 맡은 배우의 연기를 크게 칭찬했다.

〈헨리 6세〉 3부작의 저술과 공연은 제2부 1590~1591, 제3부 1591, 제

1부¹⁵⁹²의 순으로 이루어졌다. 연대상 가장 앞선 극본 부분이 가장 마지막에 공연된 것이다. 제1부 공연은 대성공이었다. 앞서 상재한 제2·3부의 사건과 세팅을 유념할 수밖에 없었다. 영국과 프랑스, 두 지역을 함께 무대에 올려야 하기에 스케일이 커진 것이다. 대형 전투와 백병전 장면이 실감나게 재현되었다. 제1부에 비하면 제2·3부는 상대적으로 미시적 투영이었다.

또한 1592년은 〈헨리 6세〉 제3부를 형편없는 졸작으로 폄하한 로버트 그린 Robert Greene 의 비평이 쓰인 해이다. 자신이 죽는 순간에 셰익스피어를 가리켜 '건방진 까마귀 upstart crow'라 쓴 유고는 그가 죽고 난 지 한참 후에 공표되어 새삼스러운 주목을 받게 되었다. 어쨌든 1592~1593년에 걸쳐 영국에서 활발한 연극평론 작업이 전개된 것이다.[01] 〈헨리 6세〉 3부작 공연은 널찍하고 나지막한 로즈 극장 무대를 달구었다. 연신 이어지는 주악, 포연, 전투, 경적을 동반한 배우들의 역동적 동작들이 관객을 사로잡았다. 내시의 보고처럼 제1부 공연은 특히나 폭발적인 인기를 얻었다. 애국적 대사가 관객의 열광을 더욱 부추겼다.

> 신과 세인트 조지 성인, 탤벗과 잉글랜드의 권리! 험난한 전투에서 우리의 깃발이 승리하리니. 4.2.55-56

---

01 "Introduction," *The Oxford Shakespeare, Henry VI Part One*, Oxford World Classics, 2003, pp. 1~9.

1588년 영국 해군은 스페인의 무적함대에 의해 궤멸되었다. 아직 국민의 뇌리 속에 악몽이 스멀거렸다. 그보다 2년 전인 1586년 국왕 엘리자베스의 보호를 받고 있던 스코틀랜드의 여왕 메리가 가톨릭 세력을 규합해 국왕 암살 음모를 꾸민 혐의로 사형에 처해졌다. 이제 독신으로 늙어 가고 있는 여왕의 위용은 사양길에 접어들고 있었다. 여왕이 죽고 나면 가톨릭 세력이 부활할 위험도 농후했다. 설상가상으로 조만간 유럽 대륙에서 벌어질 전쟁에 군대를 보내야 할지도 모른다. 이렇게 흉흉한 시대 분위기 속에서 연극을 통해 국민의 일사불란한 애국심을 고취시켜야 할 필요가 절실했을지도 모른다.

셰익스피어는 자신의 사극 제1차 4부작 First Tetralogy 의 첫 작품으로 잉글랜드의 영웅 헨리 5세 대신 취약한 그의 아들 헨리 6세를 무대에 올렸다. 초기 작품인 만큼 운문이 매끄럽지 못하고 대사의 형식과 수준이 고르지 않아 '스트랫퍼드 시인'의 작품이 아니라는 의심이 오래 갔다. 영국 낭만주의 시인 콜리지 Samuel Taylor Coleridge, 1772~1834 가 대표적인 회의론자였다. 그러나 최근 컴퓨터 분석에 따르면 제2부 전체와 제3부의 대부분은 셰익스피어가 썼음이 분명하다. 제1부에서는 법학원 정원 장면과 4막의 탤벗이 어린 아들을 안고 죽는 장면만을 셰익스피어가 집필했다는 결론이다.

벤 존슨 Ben Johnson, 1572~1637 과 같은 초기 극작가들은 대중적 취향에 맞춘 제1부의 전쟁 장면을 비판했다. 정통의 '문학적' 희곡에서는 이런 장면은 조악한 무대기술이 아니라 교묘한 언어의 운용을 통해 그려 내야 한다는 것이다. 그러나 현대의 비평가들의 경우 이 작품은 1590년대 관객들을 사로잡을 만한 정치적 성찰을 담아냈다고 재평가한다.

작가는 그늘 속에 가려져 있던 역사적 인물과 사건들을 생생한 무대 위에 올렸다. 야망에 불타는 리처드 요크, 강심장 철의 여인, 앙주의 마거릿과 같은 캐릭터는 너무나 강렬해 역사가들도 셰익스피어가 재창조한 이들을 무시할 수 없게 되었다. 시적 스타일과 당대의 무대 기술을 십분 활용하여 셰익스피어는 감성이 충만한 드라마를 만들었고, 참조한 사료에 독창적인 배열과 해석을 가미하여 장대한 역사 드라마를 완성한 것이다. 그러나 셰익스피어 사극 중에서도 〈헨리 6세〉 3부작은 오랫동안 인기가 없어 공연 기록이 매우 소략했다가 1960년 대에 들어와서 비로소 '재발견'되었다.

장미전쟁

이 극은 영국사의 암흑기로 불리는 장미전쟁 시기를 다룬다. 플랜태저넷 왕가는 요크가와 랭커스터가로 분리되어 30여 년간 치열하게 다툰다. 요크가의 리치먼드 백작이 헨리 7세로 등극하여 튜더 왕조를 세우면서 비로소 내전이 종결된다. 튜더 왕조의 '겹장미 문장'은 두 가문의 통합을 상징한다. 〈헨리 6세〉 제3부에는 국왕의 입에서 리치먼드는 '나라의 장래 희망'이라는 표현이 나온다. 4.6.68-74

1422년 헨리 5세의 장례에 이어 개시된 두 가문의 쟁투는 1453년 탤벗의 사망과 프랑스 영토의 영원한 상실에 이르기까지 치열하게 이어진다. 권력을 잡은 랭커스터가의 통치에 요크가가 도전하면서 영국사회를 혼란의 도가니로 몰아넣는다. 헨리 6세는 랭커스터의 유약한 왕으로, 권력에서 소외되어 있던 요크가가 부상할 기회를 제공한 셈이다. 9개월 영아로 왕위에 올라 40세 1422~1461 까지 재위한 그는 영국과 프랑스의 왕위를 동시에 보유했다. 재위 중 정쟁에 패해 옥좌에서 쫓겨났다가 9년 만에 복귀하여 잠시 1470~1471 머물다 런던 탑에서 독살당한 파란의 인물이다.

> 왕과 권력자도 죽어야만 하오. 그래야만 인간의 고뇌도 끝이 나오. 3.2.134-135

극중 영웅, 탤벗의 말이 예사롭지 않게 들린다.

사극 〈헨리 6세〉 3부작에는 뚜렷한 주인공이 없다. 3부에 걸쳐 파노라마가 펼쳐지지만 이렇다 할 영웅은 없다. 여러 캐릭터가 잠시 무대 중앙에 섰다가는 이내 사라진다. 그러나 적어도 세 명의 캐릭터만은 관객의 뇌리 속 깊이 뿌리박게 만든다. 제1부의 조안 라 퓌셀잔 다르크은 '여자의 외피에 싸인 사자의 심장'이다. 1.4.138 제2부에서 농민반란을 주도하는 잭 케이드는 무지렁이가 주인이 되는 세상을 갈망하는 민중의 영웅이다. 제3부의 리처드 글로스터는 '웃으면서도 사람을 죽일 수 있는' 3.2.182-185 불멸의 악당 캐릭터다. 이 캐릭터들의 부침을 추적하는 것만으로도 감상의 묘미가 충분하다.

제1부

〈헨리 6세〉 제1부의 등장인물은 거의 모두가 범속한 인간이다. 극 전반을 통해 국내 정쟁과 해외 전쟁으로 점철된다. 잉글랜드 국민의 영웅, 헨리 5세는 사망할 당시 프랑스 왕관의 보유자이기도 했다. 승계자 헨리 6세는 9개월 영아였다. 두 나라 조정의 혼란은 불가피했다. 잉글랜드 궁정에 치열한 권력쟁탈전이 벌어진다. 최초 쟁점은 새 왕의 두 삼촌, 글로스터와 윈체스터 중에 누가 섭정을 할 것인가였다.

그러나 이내 쟁투의 양상은 달라진다. 서머싯이 이끄는 랭커스터가와 리처드 플랜태저넷 그는 내심 왕관에 야심을 품고 있다 이 이끄는 요크가 사이에 왕위쟁탈전이 벌어진다. 두 가문은 장미를 문장紋章으로 택한다. 요크가는 하얀색, 랭커스터가는 붉은색으로 결정된다. 연극은 이너템플 Inner Temple 법학원 정원에서 벌어진 장미 선정 장면을 담는다. 리처드 플랜태저넷이 회합에 참석한 귀족들에게 장미를 선택하라고 요구한다. 리처드의 대리인이 하얀 장미를 고른

이너 템플 법학원 정원에서의 장미 선정
(헨리 페인, 1908년)

다. 그는 리처드가 법적으로 우위에 있음을 암시한다. 서머싯이 불복하여 칼로 자신들의 입장을 밝히겠다고 외친다. '장미전쟁'의 시작을 알리는 신호다. 워릭이 한탄한다.

이 자리에서 예언하노니 오늘 이 법학원 정원에서 불씨가 인 당쟁은 장차 수천 명의 영혼을 암흑 세계로 몰아넣을 것이오. 2.4.124-127

헨리 5세의 장례식에서 선왕의 두 동생, 글로스터와 윈체스터 주교 사이에 논쟁이 벌어진다. 프랑스에서 사자가 도착한다. 선왕이 힘겹게 쟁취했던 프랑스의 성읍들은 차례차례 적의 수중에 떨어진다. 잉글랜드의 영웅 탤벗은 적군의 포로가 된다. 영국군이 포위한 오를레앙의 외곽에서 프랑스 국왕 샤를 도팽은 신통력의 보유자라는 조안 라 퓌셀^{잔 다르크}을 접견한다. 조안의 예언대로 프랑스 군이 승리하고 탤벗은 포로 교환으로 석방된다. 조안은 탤벗과 1 대 1 결투에서 승리하지만 그의 목숨을 살려 준다. 탤벗은 오를레앙을 재탈환한다.

의회에서 리처드 글로스터와 윈체스터의 지지 세력 사이에 격론이 벌어진다. 국왕 헨리가 중재하여 리처드에게 요크 공작 작위를 준다. 프랑스에서는 조안이 루앙을 탈환했다가 탤벗에게 다시 빼앗긴다. 조안은 헨리의 삼촌 버건디에게 편을 바꾸라고 설득한다. 탤벗은 파리에 가서 헨리의 프랑스 왕 대관식에 참석한다. 헨리는 버건디의 흉계를 간파한다. 헨리는 요크와 서머싯에게 싸움을 중단하라고 강하게 요구한다.

보르도 전투에서 탤벗은 어린 아들의 시신을 끌어안고 함께 죽는다. 1592년 로즈 극장의 공연에서 이 장면을 보고 토머스 내시는 "적어도 1만 명의 관중이 눈물로 '시신을 방부 처리'했다"고 썼다.[02] 탤벗은 앞선 전투에서 프랑스 군의 포로가 된다. 포로 교환 협상이 벌어지자 프랑스의 맹장 '용감한 퐁통 경 Lord Ponton de Santrayle'만이 자신과 동급의 인물이라며 하급자와의 교환을 거부하고 버틴다.1.5.5-10 탤벗의 이름은 20세기 들어 프랑스 보르도산 와인의 브랜드로 부활했다. 프랑스의 영웅 잔 다르크의 맞수로 전혀 손색없이 기릴 가치가 충분한 적국 장수로 공인된 것이다.

글로스터가 국왕에게 프랑스 백작 아르마냐크가 휴전을 주선할 의향을 비쳐 왔다고 전한다. 국왕은 동의하고 휴전 조건으로 아르마냐크의 딸과 혼인하기로 약조한다. 파리 시민이 반란을 일으키고 샤를과 조안이 시내를 행진한다. 조안은 프랑스인의 애국심을 고취시키고 사기를 진작시키지만 결국 패배하여 잉글랜드 군의 포로가 된다. 서퍽은 앙주의 마거릿 미모에 현혹되어 그녀를 헨리의 왕비로 만들어 주겠다고 약속한다. 요크는 조안이 마녀이므로 화형에 처해야 한다고 주장하면서 국왕이 프랑스와 체결하려는 '굴욕적'인 평화조약을 비판한다. 서퍽은 국왕에게 마거릿의 미모를 극찬하고 귀가 솔깃해진 왕은 그녀와 혼인하기로 동의한다.

---

02 Thomas Nashe, *Pierce Penniless, His Supplications to the Devill*, 1592, G. Melchiori, p. 86 주 14에서 재인용.

잉글랜드 애국 드라마

〈헨리 6세〉 제1부는 잉글랜드의 애국 드라마인 만큼 적국 프랑스 궁정과 군대에 대한 묘사는 부정 일변도이다. 처녀 조안은 비겁하게도 남자로 변장하여 루앙에 잠입한다. 3.2 처음에는 스스로 비천한 신분임을 고백하면서도 자신이 영적 능력을 보유했다고 주장한다. 1.2. 73-92 그러나 나중에는 고귀한 혈통임을 주장하고 친아버지마저 부정한다. 5.5.8-10 마녀로 판정받아 화형의 위험에 처하자 임신했다고 거짓말을 한다. 5.5.60 기사도 정신에 충실한 정통 병법을 고수하는 잉글랜드 군에 맞선 프랑스 군은 온갖 비열한 잔꾀를 부린다. 루앙 성문을 굳게 닫고 성벽 위에서 물끄러미 내려다볼 뿐, 들판에 나와 정정당당한 대결을 피하는 조안을 탤벗이 비꼰다.

> 시골 하인배처럼 성 안에 웅크리고 신사답게 무기를 들지 못하는구나. 3.2.66-67

셰익스피어 사극에서 영국과 프랑스의 관계는 에드워드 사이드 Edward Said 의 오리엔탈리즘이 대비시킨 유럽과 오리엔트에 비유할 수 있다. 03 즉 프랑스는 잉글랜드의 열등한 문화적 대항마이다. 비겁하고 냉정하지만, 결코 무시할 수 없는 상대다. 한편 프랑스는 잉글랜드

03　Linda Woodbridge, *The Scythe of Saturn*, University of Illinois Press, 1994, p. 115.

의 숨은 약점을 비추어 볼 수 있는 거울이기도 하다.

여성도 마찬가지로 타자이다. 알랑송은 조안을 앞에 두고 "프랑스의 암늑대"1.4.112라며 조롱하고 "여자들은 혓바닥으로 사람을 홀린다"라고 여성 전체를 멸시한다. 1.2.123 셰익스피어 제1차 4부작에 등장하는 여성들은 마녀, 귀부인, 시골 아낙네 할 것 없이 모두 마녀의 일종으로 비친다. 조안이 대표적인 캐릭터다.

잉글랜드 궁정이 정치적 소용돌이에 휩쓸릴 때 프랑스 땅에도 애국 정서가 강하게 인다. 오를레앙의 소녀, 조안 라 퓌셀잔 다르크이 국민을 이끌어 적에 맞서나 끝내 정치의 제물이 된다. 잉글랜드 군의 영웅 탤벗도 내분 때문에 희생된다. 두 캐릭터의 불운에 관객은 깊은 동정을 표시한다.

제2부 성난 군중이 우왕좌왕하고 있소

〈헨리 6세〉 3부작 중 제2부가 가장 강렬한 연극이라는 평판을 얻고 있다. 가장 돋보이는 캐릭터 중 한 명이 잭 케이드다. 요크가 뒤에서 조종한 1450년 켄트의 농민 반란에서 케이드는 런던을 공포의 도가니로 몰아넣는다. 작품에 그려진 잭 케이드는 홀린셰드의《연대기》에 기록된 '잘 교육받은 청년'이 아니라, 앞서 1381년 농민 반란을 주도한 와트 타일러Wat Tyler를 모델로 한 것이다. 셰익스피어는 두 역사적 사건을 혼합하여 정치적 균형이 무너지면 반드시 사회적 혼란이 따른다는 메시지를 전한다.

> 군중이 성난 벌 떼처럼 지도자를 찾아 우왕좌왕하고 있소. 3.2.125-126

이 극은 후세 법학도가 애창하는 불멸의 경구를 남겨 주었다. 소위 '법률가 필살' 구호다.[04] 폭동의 주동자 케이드가 심복 '백정 딕'에게 지시한다. "글을 쓸 줄 아는 사람은 모두 목매달라." 그러자 딕이 목청 높이 외친다.

> 맨 먼저 법률가 놈들을 모두 때려 죽이자! 4.2.78

그러나 반란을 주도한 케이드는 결코 만민 평등을 신봉하는 인민주의자가 아니다. 그는 자신이 '왕'이 되면 4.2.71-72 세상을 근본적으로 바꿀 것이라며 호언장담한다.

> 잉글랜드의 모든 땅은 공유지가 될 것이다. 화폐는 폐지되고 누구나 내 돈으로 먹고 마실 것이며. 모두가 같은 제복을 입고 나를 주인으로 섬길 것이다. 4.2.74-76
> 왕국의 처녀는 하나도 빠짐없이 내게 바쳐야 한다. 4.7.118-120

---

04 안경환,《법, 셰익스피어를 입다》, 서울대학교출판문화원, 2012, 제2장 참조.

이렇듯 농민 반란의 지도자 또한 반란을 뒤에서 조종한 귀족 요크와 마찬가지로 제왕 자리를 탐할 뿐이다.[05]

제2부에서 국왕 헨리는 마거릿 왕비에 의해 좌지우지되는 유약한 군주로 묘사된다. 모든 혼란의 근본적 책임은 헨리 자신의 무능에서 비롯된다. 극의 종장에 요크와 그 아들들이 거침없이 정국의 주도권을 잡는다.

헨리 6세와 마거릿 왕비의 결혼식
(제임스 스테파노프, 19세기)

요크와 마거릿 왕비는 그의 '성직자 같은 성정'은 군주에 합당하지 않고, 과도하게 기도에 집착하는 그의 신심은 사내답지 못하다고 평가한다. 헨리의 경건함은 우유부단으로 비치고, 과도한 신중함은 권력투쟁의 핵심 의제에서 소외되는 결과를 초래한다. "당신은 도대체 어떻게 된 인간이오? 싸우지도 도망치지도 않으니."제2부, 5.2.74-75 마거릿은 세인트올번스 전투에서 포로가 되자 남편을 향해 절망적으로 외친다.

헨리의 왕비 마거릿은 외형적으로는 조신한 숙녀이나 내면은 자신의 성적 매력을 무기로 권력의 극대화를 도모하는 요부다. 마거릿

---

05 셰익스피어의 사관은 결코 '민중'에 대해 호의적이지 않았다는 일반적인 평가다. Annabel Patterson, *Shakespeare and the Popular Voice*, Oxford: Basil Blackwell, 1989, pp. 1~12.

을 헨리에게 소개한 서퍽이 야심을 토로한다.

> 이제 마거릿이 왕비로서 왕을 다스릴 것이다. 나는 그녀와 함께 나
> 라를 다스릴 것이니. 제1부, 5.7.107-108

그러나 이는 서퍽의 부질없는 망상이다. 자신은 사랑을 찾아 그
리스로 향한 트로이의 파리스에 비유했지만제1부, 5.7.102-106 이는 위험
하기 짝이 없는 도박이었다. 헬렌이 그랬던 것처럼 마거릿은 재앙을
불러올 뿐, 서퍽은 추방되고 종국에는 머리를 잘려 죽는다. 극의 초입
에 서퍽은 청년시절을 회고한 바 있다.

> 나는 학생시절에 법 공부를 게을리 했소. 도무지 흥미를 가질 수가
> 없었어요. 내가 법에 흥미를 갖도록 만들어 주시오. 제1부, 2.4.7-9

실로 공허한 법 타령이다. 어찌 법 공부를 통해 사랑을 깨칠 것이
며, 법에 기대어 권력을 창출할 수 있을까?

극 전체를 지배하는 짙은 허무감이 권력의 공동空洞상태를 절감하
게 한다. 최강자를 제외하고는 모두 부자연스러운 죽음을 맞이한다.
'선량한 공작good Duke' 글로스터의 아내 알리에노르는 마녀와 공모한
혐의로 처형당하고, 여왕의 연인 서퍽은 목이 잘린다. 서퍽과 마거릿,
두 연인의 이별 장면이 감동적이다. 서퍽은 영악하고도 잔인한 악한
이다. 그는 알리에노르를 모략하여 함정에 빠뜨리고 글로스터의 암

살을 주도한다. 악인의 몰락은 사필귀정이다. 그러나 연인의 이별은 애잔하다. 마거릿의 이별사다.

> 프랑스로 가세요. 사랑하는 서퍽 경. 거기에서 소식 전해 주세요. 이 지구 어느 모퉁이에 계시든 무슨 수로든 당신을 찾아낼게요. 제2부, 3.2.409-412

마거릿이 서퍽의 잘린 머리통을 무릎에 안고 두 손으로 쓰다듬는 모습은 더없이 처연하다.

헨리 왕의 유약함과 도전 세력인 리처드 요크와 마거릿 왕비의 강력한 이미지가 대비를 이루면서 연극은 후자 그룹의 주도 아래 진행된다.

많은 감독이 〈헨리 6세〉 3부작에 〈리처드 3세〉를 더하여 〈장미전쟁〉 4부작으로 묶기도 한다. 그래서 대체로 같은 배우가 동일 캐릭터를 연기한다. 1963년에는 왕립 셰익스피어 극단RSC이 〈장미전쟁The Wars of the Roses〉이란 제목으로 4편을 묶어 각색하여 상재했다. 베를린 장벽의 설치와 미국 대통령 존 F. 케네디의 암살 사건과 같은 사회적 소요와 불안이 팽배한 1960년대의 분위기가 투영되었다. 1981년 BBC의 텔레비전용 드라마는 원전에 가장 충실한 것으로 공인된다. 2001년 왕립 셰익스피어 극단 공연에서는 나이지리아 출신 흑인 배우가 타이틀 롤을 맡아 큰 화제를 불러일으켰다.

제3부

세인트올번스 전투에서 패퇴한 국왕 헨리는 승리한 요크가로부터 약조를 강요당한다. 약조의 핵심은 헨리 자신의 생전에는 왕위를 보유하되, 그가 죽으면 요크가의 리처드가 왕위를 승계한다는 조건이다. 요크는 이 조건에 동의하지만 그의 아들 리처드가 약조를 깨라고 권한다.¹·¹·¹¹² 다시 전쟁이 일어나고 마거릿과 클리퍼드가 요크와 그의 막내아들 러틀랜드를 죽인다.¹·³

죽은 요크의 아들들 에드워드, 리처드, 조지은 복수를 다짐하고 워릭이 합세한다. 마거릿과 클리퍼드는 헨리에게 단호히 맞서라고 요구한다. 헨리는 내전 상태를 한탄한다. 클리퍼드가 전사하고 요크가가 최종 승리를 거머쥔다. 요크의 장남 에드워드가 왕위에 올라 에드워드 4세가 된다. 왕관을 빼앗긴 헨리는 런던 탑에 감금당한다. "내 왕관은 머리가 아니라 마음속에 있다."³·¹·⁶² 정신적 국왕을 자처하며 인고의 세월을 기다릴 마음 자세다.

새 왕 에드워드 4세는 레이디 그레이를 협박, 회유하여 결혼한다.

> 사랑 때문에 그대를 가져야겠소.³·²·⁹⁵
> 왕비가 되기엔 너무 비천하지만, 애인으로 머무르기엔 너무 고귀해요.³·²·⁹⁶⁻⁹⁷

명분 있는 '밀당' 끝에 권력과 사랑이 서로 포장을 입힌다.

글로스터 공작이 된 리처드는 자신이 불구자임을 개의치 않고 왕이 될 야심을 드러낸다. 마거릿은 감금된 헨리의 석방을 프랑스 왕 루이에게 청원한다. 이 과정에서 워릭이 에드워드와 루이의 여동생 보나와의 혼인을 주선한 사실이 드러난다. 루이가 혼인을 동의하려는 순간, 에드워드가 이미 그레이와 혼인한 소식이 전해 온다. 워릭은 에드워드를 버리고 마거릿 편에 선다.

국왕 에드워드는 동생 조지 클래런스 공작 가 워릭과 랭커스터 진영에 가담한 사실을 알게 된다. 워릭은 에드워드 군진을 습격하여 에드워드를 체포하고 왕관을 빼앗는다. 헨리 6세가 왕위에 복귀하고 워릭과 클래런스를 공동 호국경 Protectors 으로 임명한다. 그러나 에드워드는 글로스터의 도움으로 탈출하여 외국 군대의 도움으로 전투에 승리하고 왕위를 되찾는다. 헨리는 다시 런던 탑에 감금된다.

요크 군이 코번트리를 탈환하고 클래런스는 형제들과 재결합한다. 도주하던 워릭이 살해당한다. 마거릿 왕비가 군사를 이끌고 요크 군에 맞서나 패퇴하고 포로가 된다. 에드워드 4세와 측근은 마거릿의 어린 아들 에드워드를 죽이지만 왕비는 살려 둔다. 글로스터는 헨리를 죽이고 동생들마저 죽이겠다고 다짐한다. 에드워드 4세와 왕비 사이에 새 아들이 탄생한다. 그러나 글로스터는 이미 자신이 스스로 왕위에 오를 계책을 세워 놓고 있다.

나는 웃을 수 있어. 웃으면서 살인할 수가 있어. 3.2.182

계책이 성공하여 후일 리처드 3세가 된다. 셰익스피어는 리처드 3세를 몸도 마음도 비뚤어진 괴물이자 수단 방법을 가리지 않은 권력의 화신으로 그렸다.[06]

이 작품이 공연될 1591년, 잉글랜드는 아직도 헨리 8세가 로마교황청과 절연한1534 후유증을 앓고 있었다. 엘리자베스 1세의 왕위도 견고하지 못했다. 이러한 시대적 상황 아래 권력을 위해 투쟁하는 역사적 캐릭터들의 민낯을 무대 위에 올려 관객의 공감을 유도했을 것이다. 요크가의 헨리와 리처드는 덜 부각시킨 반면, 리치먼드 백작후일 헨리 7세이자 엘리자베스의 조부은 노골적으로 찬양한다.

악의 세계에서 선하지만 유약한 헨리가 패퇴하게 마련이다. 타우턴 전투에 참전이 어려워지자 씁쓸하게 자신의 무력함을 인정한다.

내가 끼지 않아야 전투가 잘된다나. 2.5.18

가족의 결속

3편 전체를 관통하는 핵심 메시지는 가족적인 결속이 사회의 통합에 가장 중요한 요인이라는 것이다. 누가 정당한 왕이냐가 국가적 차원으로 확대된 가족공동체 질서의 근간이다. 탤벗 부자의 진한 사랑의 연대는 관객의 진한 공감을 견인한다.

---

06   안경환, 《법, 셰익스피어를 입다》, 서울대학교출판문화원, 2012, 제13장 참조.

나라의 아버지, 국왕이 될 가장 중요한 자격은 '정통성 legitimacy'이다. 글로스터는 윈체스터를 가리켜 "내 할아버지의 사생아"라며 경멸한다. 탤벗은 자신의 적자를 죽인 '사생아 오를레앙'을 매도한다.

가족 질서의 위기가 국가의 위기로 이어진다. 이 극에서 여성들을 한결같이 부정적으로 그린 이유도 바로 여기에 있을지 모른다. 조안 라 퓌셀, 마거릿, 글로스터 공작부인, 모두가 위험한 여인으로 묘사된다. 이들은 건전한 남자와 가정적 질서를 위태롭게 하는 악의 화신이다. 조안은 제1부의 첫 4막에서는 구국의 성녀로 비친다. 그러나 5막에서는 악마를 불러들이는 마녀로 전락한다. 화형에 처해지기 전에 그녀는 요크에게 목숨을 구걸하면서 신경질적인 저주를 퍼붓는다. 조안이 무대에서 사라지면서 앙주의 마거릿이 등장한다. '치명적 여인 femme fatale'의 임무교대다.

〈헨리 6세〉 3부작을 연속하여 상재할 때는 조안과 마거릿 역을 같은 배우가 맡는 것이 정석이다. 두 캐릭터는 동일한 위험의 일부라는 점을 강조하기 위한 배역 설정일 것이다. 한때 조안은 남장으로 등장한다. 자연적인 가부장적 태양의 축복을 정면으로 받기 위해서이다. 그러나 태양 빛의 위력이 여의치 않자 악마와 교접한다. 악마의 정체가 드러나자 순교를 피하기 위해 임신을 주장한다. 마지막에는 감추어진 본성인 실증적인 마녀의 모습이 드러난 것이다.[07]

---

07 Park Honan, *Shakespeare: A Life,* First Edition, Oxford University Press, 1998; 김정환 옮김, 《셰익스피어 평전》, 삼인, 2018, p. 202.

16

헨리 8세

King Henry the Eight
- All Is True
(1613)

위대한 왕, 유명한 왕

1613년 6월 29일 런던의 글로브 극장 Globe Theatre 은 입추의 여지없이 만원이었다. 남녀노소를 아우른 다양한 계층의 런던 시민이 왕립 극단 King's Men 이 새로 내놓을 연극 〈모든 것이 진실 All Is True 〉을 관람하러 몰려든 것이었다. 10년 전에 죽은 처녀왕 엘라자베스에 대한 숭모의 염이 아직도 절절했다. 이 연극은 다름 아닌, 위대한 여왕의 위대한 아버지 이야기가 아닌가. '모든 것이 진실'이란 문구는 연극 〈헨리 8세〉에 달린 부제였다.

안녕! 나의 위대한 영광들이여, 영원히 안녕! Farewell, A Long Farewell To All My Greatness! 3.2.420

극중 울지의 대사가 런던 관객들에게 새삼 제국의 옛 영화를 회상시킨다. 현역에서 은퇴하여 고향 스트랫퍼드에 칩거하던 왕년의 스타 작가가 직접 무대에 오르지 않았는가? 극이 클라이맥스를 향해 치달을 때 요란한 대포 소리와 함께 불꽃이 튀었고, 초가지붕에 옮겨 붙은 불씨가 둔중한 서까래 더미를 땅바닥으로 곤두박질시켰다. 새 건물은 이내 잿더미로 변했다. 현장을 목격한 한 시인이 즉흥으로 발라드를 읊었다.

> 만약 불이 아래층에서 발화되었더라면, 분명히 겁에 질린 여편네들이 싼 오줌으로 불을 껐겠지. 오, 슬픔이여! 비참한 슬픔. 하지만 그건 엄연한 불행이다. 〈런던 글로브 극장의 슬픈 화재를 노래한 소네트 발라드〉 [01]

사극 〈헨리 8세〉는 셰익스피어와 후배 동업자 존 플레처John Fletcher, 1579~1625의 공동작품으로 알려져 왔다. 그런데 1994년의 연구에 따르면 공동 집필자 플레처의 기여는 미미하고 거의 대부분을 셰익스피어가 직접 썼다는 결론이다.

셰익스피어의 다른 작품들보다 더 세밀한 무대감독의 공연 지시서가 달려 있다. 다른 사극과 마찬가지로 홀린셰드의 《연대기》를 바

---

01 Park Honan, *Shakespeare: A Life,* First Edition, Oxford University Press, 1998; 김정환 옮김, 《셰익스피어 평전》, 삼인, 2018, p. 530; Samuel Schoenbaum, *Shakespeare's Lives,* Oxford University Press, 1970, p. 277에서 재인용; E. K. Chambers, *The Elizabethan Stage,* Oxford: Clarendon Press, 1923, ii, p. 421.

탕으로 필요한 첨삭을 가했다. 헨리 8세의 긴 재위 기간1509~1547에 일어난 사건을 선별하고 극의 흐름에 맞추어 사건의 순서도 바꾸었다. 은연중에 버킹엄 공작의 반역죄 재판은 조작된 것임을 암시하지만제1막 다른 중요한 역사적 사건에 대해서는 명확한 판단을 유보한다. 앤 불린의 치욕과 사형은 모호하게 처리하고 그녀 이후 네 명의 왕비에 대해서는 일언반구도 언급이 없다. 그러나 첫 번째 왕비, 아라곤의 캐서린 이혼재판에 관한 역사적 기록을 충실하게 반영했다. 워낙에 많은 인물이 등장하고 플롯이 난삽한 것은 극의 약점이다. 그래서인지 후세인들은 그다지 열광하지 않는 연극으로 남아 있다.

영국사에서 가장 유명한 왕 헨리 8세는 절대군주로서의 역사적 존재감이 뚜렷한 국왕이다. 지극히 복잡한 여성 편력과 여섯 차례의 결혼으로 풍부한 가십거리를 제공했는가 하면 종교개혁과 국교의 창설, 중앙집권의 강화 등 빛나는 치적으로 영국민의 자존심을 한껏 고양시켜 당대는 물론 후세에도 널리 칭송받는다. 당시의 궁정화가 한스 홀바인1497?~1543이 남긴 초상화는 역사상 가장 뛰어난 초상화라는 칭송을 받는다. 정교한 사실적 묘사에 더해 피사체의 심리를 꿰뚫는 통찰력이 결합된 수작이다. 영국 국민도 이 위대한 국왕의 초상화를 자

한스 홀바인의 헨리 8세 초상화
(로마 국립고전회화관 소장)

국 땅에 소장하지 못한 아쉬움을 한탄한다.

이 작품은 그 위대한 왕^{아니면 최소한 가장 유명한 왕}의 재위 기간 중, 첫 왕비 캐서린과 이혼하고 앤 불린과 결혼하여 장차 엘리자베스 1세가 될 공주를 출산하는 기간, 즉 대중의 관심이 집중된 시기를 다룬다. 화려한 대관식과 궁정의식을 배경으로 권력투쟁에 나선 국왕 측근 정신들의 정치적 부침이 집중 조명된다.

'모든 것이 진실'이라는 극의 부제가 암시하듯이 등장인물들의 언행의 진정성에 강한 의문을 제기한다. 국왕 헨리의 언행도 가식이 넘친다. 그럼에도 불구하고 헨리 왕은 위대한 권위의 원천으로 제시된다. 국왕의 위용은 태양광처럼 자신이 총애하는 신하에게는 아낌없이 지위와 권력을 비춰 준다. 그러나 무슨 이유에서든 국왕이 빛을 거두어들이면 피사체는 즉시 시들어 죽는다.

버킹엄, 권력투쟁의 제물이 되다

막이 오르기 전에 무명의 연사가 프롤로그를 전한다.

진지한 내용의 연극을 입장료가 아깝지 않게 두 시간 맘껏 즐기시리라. 가장 행복했던 위풍당당한 인물이 한순간에 가장 불행에 빠지는 모습도 보실 수 있으려니. 〈프롤로그〉, 23-28

프롤로그가 마감하면서 막이 열린다. 버킹엄과 노퍽, 두 귀족의

대화가 시작된다. 둘은 울지 추기경의 교만함과 국정농단을 거론하며 공분을 나눈다. 1.1.1-115

버킹엄이 책망한다.

프랑스로 떠날 때 그자는 왜 왕한테는 알리지도 않고 제멋대로 수행자를 지정했지? 1.1.71-75

또한 그는 울지가 자신이 주도한 프랑스와 맺은 화친조약을 축하하기 위해 성대한 연회를 벌이는 것이 못마땅하다.

그 대단한 여행 때문에 영지를 등에 지고 나서서 뼈골이 휜 사람이 많지요. 그런데도 이 허황된 행사로 얻은 것이라곤 보잘것없는 담판 소식밖에 뭐가 더 있소. 1.1.83-87

이어서 울지가 수행원을 대동하고 무대에 등장한다. 울지는 버킹엄에 대한 냉소적 적개심을 강하게 표출한다.

연극의 두 번째 신 1막 2장에 국왕 헨리가 울지의 어깨에 기대어 등장하며 노골적인 총애를 표시한다. 캐서린 왕비가 왕 앞에 나서 울지가 자신의 인기와 이익을 위해 과세제도를 파행적으로 운영한다고 보고한다. 울지는 변명하지만 국왕은 그가 내린 조치를 파기한다. 교활한 울지는 국왕의 감세 조치가 자신의 건의에 따른 것이라는 거짓 소문을 퍼뜨린다. 울지가 주최하는 만찬에 국왕과 측근들이 가면을 쓰고 참석한다. 왕은 시녀 앤 불린과 춤을 추고 즉시 호감을 나타낸다.

이렇듯 극의 초입에는 울지가 국왕의 빛을 조절하는 조명기사가 된다. 다른 신하가 국왕에 접근하는 것을 교묘하게 차단하면서 국왕의 정보를 통제하고 선택적 진실을 제공한다. 심지어는 국왕도 모르게 국왕의 이름으로 중과세를 부과한다. 국왕의 옥새를 관리하는 장관으로 마치 자신의 주머니 속에 국왕을 감금한 듯이 행세한다. 이른바 '문고리 권력'이다. 이 문고리 권력이 많은 정적을 만들어 낸다. 궁정 대신 Lord Chamberlain 의 말대로 "왕에 대한 그자의 접근을 막지 못하면 그자에게 아무것도 할 수 없어. 그자의 입이 왕에게 마술을 부려."3.2.16-18

버킹엄이 첫 번째 희생양이 된다. 울지의 전횡에 분노한 그는 국왕을 면담하여 울지를 고발하려고 한다. 그러나 울지가 선수를 친다. 캐서린은 버킹엄이 억울하게 체포되었다며 항의하자 울지는 매수한 버킹엄의 마름을 증인으로 내세워 체포가 정당했다고 맞선다. 국왕은 버킹엄을 재판에 회부한다.

울지는 버킹엄의 마름을 매수하여 허위 증언을 시킨다. 2막이 열리면서 익명의 두 신사가 등장한다. 한 사내가 동료 시민에게 버킹엄의 재판 소식을 전한다.

신사 1 : 그자들은 모두 공작에게 죄를 뒤집어씌웠죠.
　　공작은 맞받아 물리치고 싶지만 할 수 없었지.
　　그래서 배신원들은 이들의 증언을 근거로
　　공작에게 반역죄를 평결하고 말았지요.

공작은 유려하게 자신을 변론했지만
기껏해야 동정을 사거나 아니면 외면당하고 말았지요. 2.1.25-30

유죄 판결을 받은 버킹엄이 무대에 등장하여 추종자와 시민에게 작별 인사를 고한다.

나는 진실이 무엇인지 모르면서도 나를 고발한 비열한 자들보다 더 부유하오. 2.1.106-108

품격 있는 유언이다. 버킹엄이 무대에서 퇴장하자 두 시민은 시중에 떠도는 풍문을 주고받는다. 울지가 캐서린을 극도로 혐오한다는 것이다. 관객독자은 왕비 캐서린의 몰락이 임박했음을 감지한다. 이어지는 장면에서 분노한 노픽이 한탄한다.

사악한 저 인간이 우리를 귀족에서 시동으로 전락시키오. 2.2.46-48

이제 울지는 캐서린을 함정에 빠뜨릴 책략을 부리고, 노픽과 서픽은 울지를 저주한다. 울지가 추천한 추기경 캠페이어스가 캐서린 재판의 재판장이 된다.

앤 불린이 늙은 시녀와 이야기를 나눈다. 앤은 캐서린 왕비의 처지를 동정한다. 이때 궁정 대신이 등장하여 국왕이 앤에게 펨브로크 후작부인 작위를 수여했다고 전한다. 대신이 무대를 떠나자 시녀는 국왕이 앤에게 반했다며 농을 건다.

왕비 캐서린은 국왕의 총애를 받는 동안은 안전하다. 왕의 면전에 꿇어앉아 울지의 부당한 과세를 취소하라고 청원하자 왕은 이를 받아들이고 왕비를 자신의 곁에 앉도록 배려하여 권위를 세워 준다. 그러나 그녀를 내칠 결심이 서자 더없이 냉담하게 대한다. 이혼법정에서는 시종일관 왕 앞에 꿇어앉아 있도록 내버려 둔다.

울지의 실각

울지는 개천에서 난 용이다. 푸줏간집 Dick the butcher 아들에서 왕국 최고 벼슬인 로드 챈슬러 Lord Chancellor [02]에 오른 입지전적 인물이다. 그의 부상만큼이나 추락도 극적이다. 자만심에 가득 찬 이중인격자임을 잘 알고 있는 정적들은 호시탐탐 기회를 노린다. 울지 스스로 함정에 빠진다.

루터교 신자인 앤 불린이 왕비가 되면 교황이 되려는 자신의 야망이 위태로워질 것이다. 울지는 교황에게 편지를 써서 가능한 한 캐서린과의 이혼을 지연시키라고 제안한다. 면종복배의 명백한 증거다. 울지는 국왕을 설득하여 앤 대신 프랑스 공주와 혼인시킬 작정이다. 그러기 위해서는 시간을 벌어야 한다. 그러나 그의 책략은 실패한다.

---

02 영국의 고유한 직책으로 당초 국왕의 옥새를 보관하며 지근거리에서 보좌하는 일에서 출발하여, 형평법원장의 역할을 겸했다. 후일 (실권은 강하지 않으나) 상원의장, 법무부 장관, 대법원장을 겸하는 (상징적) 최고 관직으로 발전했으나 2007년에 폐지되었다.

설상가상으로 울지의 비리가 밝혀진다. 국왕도 놀랄 만한 규모의 재산목록이 드러난다.

> 여러 뭉치의 금은보화, 풍성한 가구장식 등등, 신하의 재산치곤 너무나 값비싼 재물을 상세히 기록한 목록이야. 3.2.125-129

게다가 추기경들이 국왕에게 보낸 편지가 배달되지 않은 상태로 울지의 수중에 남아 있다. 노퍽, 서퍽, 서리, 그리고 궁정 대신이 회동하여 울지를 제거할 음모를 꾸민다. 울지가 교황 앞으로 보낸 편지가 왕에게 전해진다. 울지가 이중 플레이를 한 돌이킬 수 없는 증거다.

국왕은 울지를 내친다.

> 왕이 나보다 한 수 위야. 3.2.409

울지의 만시지탄이 극의 전환점이다. 울지는 파면되고 전 재산이 몰수된다. 서퍽의 입을 통해 국왕의 명령이 전달된다.

> 추기경 각하, 폐하의 분부가 더 있었소이다.
> 경이 최근에 법왕의 대리인 자격에서
> 이 왕국에서 집행한 모든 것이
> 경고령에 저촉되는 까닭에
> 경이 소유한 일체의 동산과 토지와 건물, 그리고 가재도구를
> 몰수하여 왕의 보호 밖에 두라는 분부였소. 3.2.338-345

귀족들은 울지를 조롱하고, 울지는 자신의 추종자 크롬웰을 멀리 보내 동반 몰락을 막는다. 크롬웰은 토머스 모어가 울지의 후임자로 결정된 소식을 전한다. 역사적 기록에 따르면 후일 크롬웰이 권좌에 복귀하여 울지의 정적 토머스 모어를 처단한다. 명령대로 울지는 전 재산을 국왕에게 헌납하고 비장한 최후를 맞는다.

> 자신을 마지막으로 사랑하라. 그대를 미워하는 사람들을 찬양하라. 정직보다 부패가 이기는 법이니. 3.2.452-455
> 모두 안녕, 궁정의 소망들아. 내 소망은 천국에 있다. 3.2.469

선택된 진실

울지가 농단하던 국정은 이제 국왕의 친정 체제로 바뀐다. 울지는 몰락하고 국왕은 절대군주가 되어 무소불위의 권력을 맘껏 휘두른다. 연극 〈헨리 8세〉는 역사를 상대적 진실로 해석한다. 관객은 '선택된 진실'〈프롤로그〉 18행을 받아들이거나 거부할 수 있다. 역사를 강론하는 것도, 수용하는 것도 개인과 집단의 선택이다. 역사는 본질적으로 기록과 기억을 두고 벌이는 후세인의 투쟁이기도 하다.

울지가 프랑스와 맺은 평화조약은 이내 파기된다. 캐서린의 재판은 영국 코먼로의 기본 이상인 '권리와 정의' 2.4.11를 담보해 주지 못한다. 국왕은 특별한 목적을 가지고 재판을 열었고, 재판의 결론을 미리 내리고 있다.

이 극에서는 헨리의 사후에 엘리자베스에 앞서 왕관을 썼던 에드워드 6세재위 1547~1553나 메리 1세재위 1553~1558에 대한 언급은 전혀 없다. 에드워드는 헨리 8세와 세 번째 왕비 제인 시모어 사이의 소생으로 병약하여 재위 6년 만에 죽었다. 메리 여왕은 헨리에게서 이혼당한 첫 번째 왕비 캐서린의 딸로 어머니와 마찬가지로 독실한 가톨릭교도였다. 엘리자베스의 세례식 장면에는 어머니 앤 불린의 모습은 보이지 않는다. 이렇듯 선택적 진실을 비추는 작가의 숨은 의도가 궁금하다.

의회는 1536년과 1543년, 두 차례 법을 제정하여 국왕 헨리 8세에게 자신의 후계자를 결정할 권한을 부여했다. 이 법들에 근거하여 작성된 헨리의 유언은 자신의 사후에 왕위를 승계할 후보자와 승계의 원칙을 상세하게 명시했다. 자신의 자녀인 에드워드, 메리, 엘리자베스의 순으로 왕위를 계승할 것이며, 만약 이들이 후사 없이 죽을 경우에는 자신의 여동생의 시가인 서퍽가 후손이 승계할 것이며, 자신보다 연상의 누이의 후손인 스튜어트 혈통은 명시적으로 배제했다.[03] 그러나 역사는 미리 쓸 수 없는 노릇이다. 반세기 후 엘리자베스가 죽자 왕관은 스튜어트가의 제임스에게로 넘어간다.

셰익스피어와 플레처는 역사적 연대를 무시하면서 도덕적 고양과 타락, 권력의 부상과 추락에 초점을 맞추면서 정치적 책략에 극적 효과를 부여한다. 이 연극에는 관객의 감동을 촉발하는 장면들이 많

---

03 Mortimer Levine, *The Early Elizabethan Succession Question, 1558~1668*, Stanford University Press, 1966, pp. 99~162.

다. 처형 직전의 버킹엄의 연설2.1.58-80, 108-135, 이혼의 부당함을 호소하는 캐서린의 변론2.4, 울지의 최후 연설3.2.358-380, 435-466, 캐서린의 죽음4.2 등은 관객과 독자가 즐겨 기억하는 장면들이다. 연극의 대종은 영화에서 추락하는 비애에 초점을 맞추었지만 후일 엘리자베스 1세가 영도할 잉글랜드의 밝은 장래에 대한 희망과 축복도 함께 담았다.

이 극이 초연된 1613년에는 제임스의 통치가 확고하게 자리 잡고 있었다. 10년 전에 작고한 여왕 엘리자베스의 아버지 헨리 8세는 아직도 런던 무대에서 정면으로 다루기에 위험한 소재였을 것이다. 저자들이 소속된 왕립극단의 입장에서는 더더욱 그러했을 것이다. 작품에서 헨리 왕은 아내 캐서린을 처치하고, 앤 불린과 무대 뒤에서 동침한다. 장래 왕이 될 엘리자베스를 잉태하는 상황을 반어적으로 보여 준다. 5막에서 신생아 엘리자베스가 세례를 받을 때 거리에서는 '집단 섹스'가 벌어진다. 청소부들은 '인디언'이 버지니아에서 건너와 도시의 여성들을 흥분의 도가니에 몰아넣는다고 생각한다.5.3.32-35 이러한 장면을 삽입한 것은 대중이 은근한 향수를 품은 튜더 왕조 시대의 그늘을 부각시키는 장치였을지 모른다.

캐서린 재판

헨리 8세는 형 아서의 아내인 아라곤의 캐서린과 결혼했다.《성경》에는 근친결혼을 금지하는 구절이 있다.

너희는 형제의 아내의 하체를 범하지 말라. 이는 네 형제의 하체니라. 〈레위기〉, 18장 16절

누구든지 그의 형제의 아내를 데리고 살면 더러운 일이라 그가 그의 형제의 하체를 범함이니 그들에게 자식이 없으리라. 〈레위기〉, 20장 21절

그러나 정반대의 구절도 있다.

형제가 동거하는데 그중 하나가 죽고 아들이 없으면 죽은 자의 아내는 타인에게 시집가지 말 것이요, 남편의 형제가 그를 취하여 아내로 삼아 그의 남편의 형제된 의무를 다할 것이다. 〈신명기〉, 25장 5절

캐서린과 죽은 아서 사이에 소생이 없었다. 이 때문에 헨리 8세는 〈레위기〉에 금지된 역연혼逆緣婚의 예외조항인 〈신명기〉 구절을 근거로 교황 율리오 2세의 허락을 받아 캐서린과 결혼했던 것이다.[04]

2막 4장, 캐서린의 재판이 장엄하게 열린다. 셰익스피어는 역사적 기록을 충실하게 반영했다.

법정이 개정한다.
서기 : 잉글랜드의 왕, 헨리께옵서는 출정하시라.
정리 : 잉글랜드의 왕, 헨리, 출정하랍시오.

---

04 Kenji Yoshino, *A Thousand Times More Fair: What Shakespeare's Plays Teach Us About Justice*, Harper Collins Publishers, 2011; 김수림 옮김, 《셰익스피어, 정의를 말하다》, 지식의날개, 2012, p. 338.

헨리 : 여기 있소.

서기 : 잉글랜드의 여왕, 캐서린께서 출정하시라. 2.4.6-9

변론의 시작에 앞서 재판부의 구성에 캐서린이 이의를 제기한다. 캐서린은 울지를 포함한 재판관들이 예단에 차 있고 자신은 이혼당할 사유가 없다고 항변한다. 울지가 짐짓 캐서린에게 유리한 인적 구성이라며 감언이설로 달랜다.

> 왕비마마, 국왕 폐하께서 손수 선택하신 성직자들이 모여 있습니다. 모두가 높은 도덕성과 학식을 갖춘 이 나라 최고의 인물들로 왕비마마를 변호하기 위해 모여든 것입니다. 2.4.55-59

왕은 왕비와의 결혼 자체의 합법성에 의문이 생겨 재판을 연다고 말한다. 캐서린은 재판장 캠페이어스 추기경을 불신한다. 캠페이어스는 "폐하의 말씀이 지당하십니다. 왕비마마, 이 재판을 진행시키도록 하소서." 2.4.62-66

캐서린은 '예단에 차 있는 판사'에 대해 기피 신청을 제기한다.

> 불가피한 사정도 있었지만 그대는 나의 적임을 확신하오. 그러니까 그대가 나의 재판관이 되는 것을 나는 기피하오. 더구나 폐하와 나 사이에 검은 재를 뿌린 자도 다름 아닌 그대이니. 오, 천지신명이여, 그 잿불을 꺼 주오. 그런 까닭에 다시 한번 말하지만 내 영혼을 걸고 그대가 재판관이 되는 것을 거부하오. 2.4.73-80

캐서린은 울지가 증거를 조작했다고 항변하고, 이어서 인신공격을 퍼붓는다.

그대는 운이 좋아서 폐하의 총애를 받았고 출세에 출세를 거듭하여 이제는 권력이 그대의 전속 변호인retainer이 되었소. 자신의 말을 노예처럼 부려 무슨 일이든 시킬 수 있는 그런 위치에 올랐소. 2.4.109-113

자신이 재판을 거부할 수밖에 없는 정당한 사유를 기탄없이 밝힌 캐서린은 최후 통고를 남기고 법정을 떠난다.

더 이상 나는 머무르지 않을 것이요. 두 번 다시 이 일로 인해 법정에 서지 않겠소. 2.4.128-129

머쓱해진 국왕이 재판의 합법성과 절차적 정당성을 강조한다.

오늘 출정한 성직자들은 한 사람도 빠짐없이 간청했소. 모두의 서명을 받아 봉인hands and seals까지 한 것이요. 2.4.216-219

국왕은 내친김에 즉시 절차를 종결하고 판결을 선고받고 싶다. 그러나 재판장 캠페이어스는 영국 코먼로의 전통을 무시할 수 없다. 그리고 이 재판을 예의 주시하고 있을 로마 교황의 눈치 또한 살피지 않을 수 없다. 캠페이어스는 당사자인 왕비의 출석 없이는 재판을 속행할 수 없다고 완강하게 버틴다.

> 황공하오나 왕비께서 궐석이시라 이 재판은 다른 날로 연기하는 것이 필요하고도 타당하다고 사료되나이다. 2.4.228-230

그러고는 당사자인 국왕에게 간언한다.

> 동시에 왕비께서 교황께 직접 청원하시려는 생각을 버리시도록 엄중하게 다스리시는 편이 옳을 것으로 사료됩니다. 2.4.230-232

재판장이 '교황'을 들먹이자 헨리는 심사가 뒤틀린다.

> 추기경들이 나를 농락하는군. 이렇게 꾸물거리는 로마식의 술책을 나는 혐오해. 2.4.232-234 방백

그러나 도리 없이 재판 연기 결정을 내린다.

울지와 캠페이어스가 은거해 있는 캐서린을 달래러 나선다. 재판부의 방문을 받은 캐서린은 강한 유감을 표시한다. 캠페이어스가 위로 반, 협박 반 섞인 충고를 건넨다.

> 법대로 심문을 받게 되면 왕비마마께서는 수치스럽게 몰락하실 겁니다. 3.1.95-96

캐서린이 맞받아친다.

저 하늘에 판관이 앉아 있소. 그 어떤 국왕도 매수할 수 없는 판관
이 말이요. 3.1.99

울지와의 비공개 회동에서 캐서린은 완강하게 강제 이혼의 부당
함을 항의한다. 그러나 이내 체념하고 재판부의 결정을 받아들인다.
왕비의 지위를 상실하고 킴볼턴 성에 유폐되어 살면서도 캐서린은 최
후의 순간까지 울지에 대한 원한을 버리지 않았다.

> 그 사람은 거만한 배짱의 사내로
> 마치 왕자처럼 행세하고 온 나라를 주물렀지요.
> 시몬주의_{승직매수} 05도 너끈히 할 사람으로
> 자신의 의견이 곧바로 법률이었소.
> 어전에서도 거짓말을 밥 먹듯이 해 대고
> 이중인격에 말 바꾸기도 능수능란했지요. 4.2.33-39

울지의 사망 소식을 전해 들은 캐서린은 그의 사악한 성품을 매도
하면서도 시종으로 하여금 고인의 공적을 기리게 한다.

당사자가 불출석한 가운데 열린 궐석재판에서 국왕과 캐서린의
법적 이혼이 결정된다. 이 소식은 코러스 시민의 입을 통해 관객에게
전달된다.

---

05 코먼로상 종교상의 행위를 대가(simony)로 세속적 보상을 취하는 것은 불법
    이었다.

캔터베리 대주교가 자신의 동료 성직자들과 함께 태후가 계시는 앰트힐로부터 6마일 상거 相距 던스터블에서 재판을 열었습니다. 태후를 여러 차례 소환했으나 끝내 출정을 거부했습니다. 그래서 끝내 출정하지 않은 이유와 왕의 불안을 이유로 앞서 말씀드린 학자들의 결의에 따라 이혼이 결정되었습니다. 또한 기왕의 결혼도 무효로 선언되었습니다. 신사 1, 4.1.24-32

앤 불린과 엘리자베스

캐서린의 몰락과 더불어 앤이 부상한다. 4막이 열리면서 화려한 앤 불린의 대관식이 열리고 이를 목격한 두 신사가 품평회를 연다. 둘 다 앤의 미모에 감탄한다.

우리 국왕 폐하께서는 인도 땅을 모두 품에 안으셨소. 그녀를 안으면 더 큰 부가 생기겠소.

왕자가 탄생할 것이라는 기대를 내비치는 것이다. 4.1.44-45 제3의 신사가 합류하여 궁정에 떠도는 새로운 소문을 전한다. 토머스 크롬웰이 왕의 총애를 받는 새로운 실권자로 부상하여 캔터베리 대주교 크랜머를 실각시킬 공작을 꾸민다는 것이다.

4막 2장, 병중의 캐서린의 모습이 비친다. 캐서린의 눈에 공중에 춤추는 허깨비가 보인다. 문병 온 소카 카푸티어스에게 캐서린은 이혼당한 후에도 여전히 국왕을 사랑하며 새 왕비에게 축복을 보낸다고 말한다.

국왕은 귀족들의 모함에 빠져 불안에 떨고 있는 캔터베리 대주교 크랜머를 불러 신임한다고 격려한다. 크랜머가 추밀원자문회의 King's Council 의 불신임 결정을 받자, 국왕은 추밀원의 결정을 무시한다. 앤 불린이 후일 왕관을 쓰게 될 딸을 출산한다. 극의 마지막 장면들은 엘리자베스에 초점을 맞춘다.

문지기와 일행들은 영아 엘리자베스의 세례식 참관을 위해 몰려드는 인파를 정리하느라 애를 먹는다고 불평한다. 신생아 공주와 그 후손들에게 축복과 영화가 함께할 것이라는 예견과 함께 연극은 막을 내린다.

아기 공주에게 엘리자베스라는 세례명을 준 캔터베리 대주교 크랜머의 축원이다.

이 아기 공주는 …… 요람 속에 있으나 이 땅에 온갖 축복을 기약하며, 시간이 흐르면 열매를 맺을 것이오. 오늘 이 자리에 선 사람들 중에 후일 그 모습 볼 사람은 적겠지만, 공주께서는 당대와 후대의 모범이 되어, 시바의 여왕조차도 순결한 이분보다 지혜와 덕성을 더 뜨겁게 탐할 줄은 모를 것이오…… 5.4.16-24

진실로 양육되고 언제나 바른 마음으로 거룩하게 훈육되며 사랑과 두려움의 대상이 되어, 백성은 그분을 축복하고 원수는 바람에 쓰러진 밀밭처럼 떨면서 고개 숙이고, 그분과 함께 선善은 자라나, 그분

의 치세에 누구나 제가 심은 넝쿨 아래 편히 먹으며 이웃에게 흥겨운 노래를 부를 것이오. 5.4.27-34

공주님은 나이 드신 여왕이 되시어 잉글랜드는 행복하며 오랜 세월동안 하루도 놀랍지 않은 날이 없습니다…… 그분은 성자들이 원하여 죽어야 하나 처녀의 몸으로 죽습니다. 순결한 백합으로 땅속에 묻히어 온 세상이 슬퍼하게 될 것입니다. 5.4.56-62

사극 〈헨리 8세〉는 대가의 최후작으로 이전의 사극과는 본질적으로 다른 작품으로 '인내'라는 미덕을 주제로 삼았다는 해석도 주목할 만하다. 캐서린의 재판 장면은 〈겨울 이야기〉의 헤르미온의 재판을 연상시킨다.[06] 왕비 헤르미온은 실로 황당한 이유로 부정을 의심받아 모욕과 고통의 세월을 참아 내고 마침내 명예를 되찾는다. 캐서린도 마찬가지다. 비록 생전에는 공식적인 명예 회복을 누리지 못했지만 굴종의 세월을 의연하게 참아 내어 역사의 법정에서 무죄평결을 받지 않았는가? 그리고 자신의 분신인 딸 메리로 하여금 후일 국왕의 지위에 오를 도덕적 토대를 마련하지 않았는가?

〈헨리 8세〉의 에필로그는 작가 본인의 것이다. 셰익스피어가 직접 무대에 나선다. 작품에 투영된 불가피하게 '선택된 진실'에 대한 변명을 털어놓는다. 덧붙여서 여성 관객들의 주도적인 역할을 주문한다.

---

06 안경환, 《법, 셰익스피어를 입다》, 서울대학교출판문화원, 2012, pp. 307~338.

이 극이 여기 계신 모든 분께 즐거움을 드릴 수는 없습니다. ……
어떤 분들은 잠이 올 정도로 시시하다고 느낄 분도 계실 테고, 또 한
편으로는 시민에 대한 심한 풍자를 들으시고는 '재치 있다'라고 말씀
하시겠지만 저희는 일부러 그러는 것은 아닙니다. 이럴 때는 연극에
대한 칭찬은 선량한 부인들의 자비로운 해석에 달려 있을 뿐입니다.
연극에서 '그런 여인'의 모습을 보여 드렸지요. 그분들이 웃으시며
'그만하면 됐어'라고 판단하시면 최고 신사분들도 이내 저희 편이 될
것입니다. 부인들이 손뼉 치는데도 신사들이 따라 하지 않으면 혼을
내 주셔야 합니다. 〈에필로그〉

'그런 여인'이 누구일까? 캐서린일까, 앤 불린일까, 아니면 제3의
여인일까? 관객 나름대로 상상과 희망이 다를 것이다.

에필로그

Epilogue

셰익스피어, 섹스어필?

1990년대 초에 미국 플로리다주의 한 고등학교에서 일어난 일이다. 토론 수업 담당 선생이 아무런 사전 예고 없이 학생들에게 '셰익스피어'에 대해 자유롭게 이야기해 보라고 했더니 절반 이상이 '섹스어필'에 대해 열을 올리더라는 것이다.[01]

불과 한 세대 전까지만 해도 셰익스피어는 미국의 초등학교 상급반 교과목의 필수였다. 19세기 미국의 대표적 문인이자 사상가였던 랠프 월도 에머슨은 셰익스피어를 가리켜 미국인의 전형이자 '아버지'로 명명했다.[02] 1970년대의 한 셰익스피어 연구서도 '셰익스피어

---

01 안경환, 《셰익스피어, 섹스어필》, 프레스 21, 2000.
02 Ralph Waldo Emerson, "Shakespeare or the poet", *Representative Men: Seven*

는 미국 제도의 일부'라고 단언했다.[03] 셰익스피어는 유럽의 전통문화에 대한 미국인의 열등감과 신세계에 건설한 새로운 문명의 자부심을 조화롭게 이어 주는 고성능 접착제였다. 미국 민주주의의 경전이 된 〈마그나카르타〉와 함께 셰익스피어는 영국으로부터 물려받은 축복된 유산이었다.

셰익스피어를 "인도와도 바꾸지 않는다"라는 노골적인 폄훼가 통용되었던 그 식민지 땅에서도 셰익스피어는 문학적 텍스트를 넘어 보편적 가치와 도덕, 그리고 진리와 이성을 통합하는 종합경전의 지위를 누렸고, 정치적인 독립 후에도 오랫동안 신성한 권위를 인정받았다.[04]

영어 상용권 나라뿐만 아니다. 셰익스피어는 오랫동안 세계인의 정신을 지배해 왔다. 그의 이름은 지구의 궤도를 넘어 우주에까지 진입했다. 19세기 중반부터 새로 발견된 우주의 행성에 이름을 붙이기 시작했다. 이전까지의 행성의 이름은 그리스·로마 신화의 주인공들에게서 땄다. 옛사람들이 미처 발견하지 못한 별, 천왕성의 위성들의

Essays in Centenary Edition: The Complete Works of Ralph Waldo Emerson, 12 Vols, New York: AMS Press, 1968, pp. 187~220.

03 Michael D. Bristol, Shakespeare's America, America's Shakespeare, London: Routledge Revivals, 1990, pp. 1~2.

04 Lynda E. Boose & Richard Burt (eds.), Shakespeare the Movie: Popularizing the Plays on Film, TV and Video, London: Routledge, 1997; 장원재 옮김, 〈셰익스피어 왈라와 식민지 특수성〉, 《셰익스피어와 영상문화》, 연극과인간, 2002, pp. 144~165.

이름을 지어야 했다. 논의 끝에 스물일곱 개의 위성 중 스물다섯 개에 셰익스피어 작품에 등장하는 인물들이 선정되었다.[05]

이러한 셰익스피어였기에 플로리다주 고등학교의 에피소드는 충격스럽지만 중요한 시사점을 던져 준다. 그 위대했던 셰익스피어도 후세대에게 낯선 존재로 전락한 것이다. 기성세대의 고루한 관념이 강요하는 '케케묵은' 옛 문물일 뿐이다. 21세기 인도의 젊은이들에게도 셰익스피어는 조부 세대의 곰삭은 향수의 찌꺼기일 뿐이다. 찬란한 토착 문화유산인 대서사시 〈라마야나〉와 〈마하바라타〉의 위용을 일시 가렸던 제국주의 침략자의 문화유물에 불과하게 되었다.

미국의 주간지 《타임 디지털 *Time Digital*》은 20세기 마지막 호에 셰익스피어의 전자출판 문제를 집중 조명했다.[06] 표지 사진이 더없이 코믹하다. 두 눈을 크게 뜨고 눈썹을 활모양으로 치켜올린 채 입을 굳게 다문 중년 사내셰익스피어가 〈햄릿〉을 손에 들고 옆에 선 젊은 여성의 어깨너머로 그녀의 손을 내려다본다. 그녀의 손에는 휴대용 전자책이 들려져 있다. 표지의 아래쪽에 경구가 선명하게 보인다.

E-북 시대가 온다. Get Ready for E-Book.

---

05   Kenji Yoshino, *A Thousand Times More Fair: What Shakespeare's Plays Teache Us About Justice*, Harper Collins Publishers, 2011; 김수림 옮김, 《셰익스피어, 정의를 말하다》, 지식의날개, 2012, p. 437.

06   Richard Burt(ed.), "To e- or Not to e-? Disposing of Schockspeare in the Age of Digital Media", in *Shakespeare after Mass Media*, pp. 1~31(2000.12.28).

20세기는 모더니스트의 관념대로 문자를 매개체로 한 이성의 시대였다. 문학은 남성의 절대적 지배 영역이었다. 21세기는 다를 것이다. 새 시대는 영상을 매개체로 하는 새로운 기술의 주도 아래 신문화의 시대가 될 것이다. 새 시대의 독서는 주로 전자출판물을 통해 이루어지고, 이러한 새 시대를 여성이 주도하는 것으로 설정한 것이다. 잡지《타임 디지털》의 진단과 예언은 시대 변화의 핵심을 두드렸다. 21세기가 20년이 지난 이 시점에 문학의 세계에서 여성의 부상은 확연하다. 전 세계적으로 작가도 독자도 여성의 주도 아래 있고, 조만간에 여성의 압도적인 지배체제가 확립될 것이다. 단순한 여성 우위를 넘어 남녀의 구분 자체가 무의미해질 날이 멀지 않았다.

남녀의 구분보다 더욱 중요한 것은 세대 차이와 청소년층의 비중이다. 21세기의 문화산업은 생산도 소비도 청소년이 주도한다. 대중문화도 고급문화도 마찬가지다. 청소년의 호응 없이는 어떤 문화산업도 수명이 이어지지 않는다. 고전을 중시하는 성인 지성인 고급문화도 청년문화의 지원을 받아야만 비로소 현실적 생명력을 얻는다.

19세기 초 영국의 문필가 메리 램Mary Lamb은 남동생 찰스와 함께 어린이 독자를 위해 셰익스피어 희곡을 이야기로 옮겼다. 전 세계 청소년의 셰익스피어 입문서가 된《이야기 셰익스피어 Tales From Shakespeare》1807다. 우리나라에는 1919년에 처음 소개되었다. 저자는 서문에서 저술의 동기를 이렇게 밝혔다. "아동들과 여학생들을 위해 이 책을 출판한다…… 남자아이들은 비교적 자유롭게 아버지의 서재에 드나드는 반면, 여자

아이들은 상대적으로 그런 기회가 적기 때문이다." 그러고는 "어린 시절부터 익숙하여 셰익스피어를 원문으로 읽을 수 있는 젊은 신사들은 여형제들의 독서를 도와줄 것"을 당부했다. 만약 오늘 저자가 서문을 다시 쓰면 어머니와 누나가 스포츠와 전자게임에 빠진 남동생의 독서를 도와주라고 당부할 것이다.

셰익스피어 현재화

고전이란 세월과의 전쟁에서 살아남은 문화유산이다. 문학의 고전은 오랜 시일에 걸쳐 많은 사람의 손때가 묻고 입김이 쌓여 세월의 부침을 견뎌 낸 역사의 승자다. 셰익스피어는 인류의 고전 중의 고전이다. 모든 고전은 끝없는 현재화 작업을 가미하지 않으면 수명을 연장할 수 없다. 연극무대에서만 셰익스피어가 고전으로 정좌한 것은 아니다. 그의 작품은 대부분이 희곡이지만 단순한 연기 대본이 아니라 종합적인 지적 텍스트로 숭앙받는다. 바로 그 이유 때문에 셰익스피어의 연극 공연이 대폭 위축된 것은 아이러니다.

만약 셰익스피어가 20세기 미국에서 태어났더라면 할리우드의 시나리오 작가가 되었을지 모른다. 21세기 한국에서 활약한다면 텔레비전 드라마 작가, 아니면 힙합 작사자로 대성할 것이다. 예술작품은 애호가나 소비자에게 전달되는 방법과 수단에 따라 파급효과가 크게 달라진다. 오랫동안 문화의 소비자를 둘로 나누어, 대학을 중심으로 한 지성인 독자와 대학 밖의 일반 대중으로 구분해 왔다. 그리하여 대학사회에 견고한 뿌리가 없는 문화비평을 '패자 비평 loser criticism'으로 폄하하기도 했다. 분명히 대학인이 지성을 주도하던 시대가 있었다. 그러나 그런 시대는 빠른 속도로 물러나고 있다. 고급문화와 대중문화의 구분이 의미를 잃어 가고 있다. 모든 사람에게 투표권이 있듯이 모든 사람이 셰익스피어를 공유한다.

그동안 셰익스피어의 대중화 작업은 두 가지 관점에서 시도되어 왔다. 첫째 책이나 연극과 같은 고급 셰익스피어를 영화와 같은 저급매체를 통해 보급한다는 시도다. 영화에서는 오슨 웰스 Orson Wells, 1915~1985 가 선구자였다. 둘째, 대중이 주체가 되어 대중이 선호하는 형식과 수단을 통해 셰익스피어를 재창조하는 일이다. 후자가 정치적 민주화, 문화적 대중화 시대에 더욱 적합한 것임은 두말할 필요도 없다.

고전의 현재화, 대중화 작업에서 유념할 핵심적 과제는 두 가지로 압축된다. 첫째, 어떤 문화적 메시지를 창조할 것인가? 둘째, 그 창조를 위해 원작을 어떻게 수정, 각색할 것인가? 이다. 20세기 후반에 들어 미국을 중심으로 영화, 비디오, 텔레비전을 통해 시도된 셰익스피어의 대중화 작업은 다분히 상류층의 소명 의식의 일환으로 행해진 것이다. 대중에게 고급문화를 보급하는 것이 자유주의적 미덕으로 여기는 미국적 전통에 기인한 것으로 볼 수 있다.[07]

셰익스피어의 대사는 특별하고 고급스러운 언어이자 은어隱語의

07   Linda E. Boose & Richard Burt(eds), 장원재 옮김, 위의 책.

원천이고 상류층의 대화에 자연스럽게 삽입하는 것이 교양의 징표였다. 문학작품 속에 셰익스피어가 되풀이하여 나타나고, 심지어는 탐정소설에도 단골로 등장했다.

그런 문성文星 셰익스피어를 새 시대는 시나리오 작가로 받아들이고 있다. 영화는 문학이나 연극과는 본질적으로 다른 독창적인 예술 장르다. 무엇보다도 영화 관객의 집중력은 작품의 독자나 연극의 관객에 비해 매우 빠른 속도로 이동하여 환상과 환영을 향해 전속력으로 내닫는다. 4시간 길이의 대본을 90~120분의 영상으로 옮겨야 한다. 영화 〈스타 트렉 Star Trek〉 시리즈에 셰익스피어의 〈소네트〉와 희곡 대사가 등장한다.

영화, 뮤지컬, 라디오 드라마, 팸플릿, 놀이공원, 기념품, 전자출판 등 다양한 형태로 셰익스피어가 대중의 문화적 생활영역에 침투한다. 메리 램의 《이야기 셰익스피어》가 세상에 태어난 지 200년 후, 애니메이션 만화로 만든 셰익스피어 이야기가 탄생했다. Shakespeare: The Animated Tales, BBC, 1992 & 1994 웨일스와 잉글랜드, 그리고 러시아의 합작품이었다. 선정된 작품 12편 속에 〈햄릿〉, 〈맥베스〉, 〈로미오와 줄리엣〉, 〈말괄량이 길들이기〉, 〈오셀로〉가 들어 있다. 30분 단위의 영상 이야기는 장래의 본격적인 셰익스피어 독자를 확보하기 위한 선행 작업이기도 하다. 마치 미국의 모든 초등학교 앞에 면도날 대형광고판을 세웠던 '질레트' 회사의 광고 수법을 연상시킨다.

애니메이션이란 장르는 영화와 텔레비전과는 달라 관중은 화면

속의 등장인물과 자신을 등치시키지 않는다. 말하자면 영화가 빚어내는 환상과는 다른 자각이 관객에게 일어나는 것이다. 애니메이션의 관객은 거칠거나 부드럽거나를 막론하고 등장인물들의 '움직임'을 감상한다. 그리고 이것이 '인위적으로 창조된' 이미지라는 점을 인식하고 있다. 그러므로 애니메이션 영화의 경우는 더욱 과감한 원작 텍스트의 재편집, 재창조가 요구된다.[08]

수도 런던에 무작정 상경한 시골 청년 셰익스피어는 동년배보다 한참 늦게 극작가로 데뷔했다. 늦은 등단이 결과적으로 축복이 되었다. 첫 작품을 발표하기에 앞서 충분한 공부와 습작을 통해 내공을 다졌다. 일단 무대가 열리자 기민한 속도, 철저한 자기 관리, 창의적 표현을 통해 재빠르게 정상에 올랐다. 신과 인간, 역사와 정치, 사랑과 투쟁, 복수와 질투…… 시대와 세상살이의 구석구석을 탐구한 사고와 감상의 집적물이 유려한 필치로 작품에 구현되어 후세인에게 불멸의 고전으로 제공했다. 그러고는 머뭇거리지 않고 때맞추어 은퇴했다.

터무니없는 비유일 테지만 비교적 나이 들어 필자가 셰익스피어의 탐구에 나선 것은 행운이었다. 세상의 부조리와 어둠을 알 만한 나이가 되어서야 비로소 고전의 숨은 맛을 조금씩 깨치게 되었다. 법을 유념하고 작품을 겹쳐 읽은 일 또한 소중한 경험이었다. 법은 천재의 영역이 아니라 어른의 몫이라는 믿음 때문에 더욱더 그런 생각이 든다.

08   Linda E. Boose & Richard Burt(eds), 장원재 옮김, 위의 책, pp. 186~187.

《법, 셰익스피어를 입다》2012 ,《에세이, 셰익스피어를 만나다》
2018, 그리고《문화, 셰익스피어를 말하다》세 권의 산문집에 담은 필
자의 글들은 문자가 거의 유일한 인식 수단이었던 '셰익스피어 세대'
가 영상이 포함된 다양한 경로를 통해 세상을 넓게 보고 즐기는 특권
을 누리는 '섹스어필' 세대에 전하는 사랑의 소네트이다.

또한 어설픈 '셰익스피어 3부작'은 '돌아보기'만 고집하고 '내다
보기'는 완강하게 거부하는 나의 동년배들에게 드리는 우정의 간언
이기도 하다. 물러나는 세대는 솟구치는 열정을 분별 있게 다스릴 줄
알아야만 한다. 일상에 쌓인 불안과 분노를 쏟을 대상을 찾아 우왕좌
왕하는 것은 성숙한 어른의 모습이 아닐 것이다. 정치집회로, 종교행
사로, 카톡방 문자 퍼 나르기로 분주한 일상을 달리면서도 정작 세상
이 어떻게 변하고 있는지에 대해서는 성의 있는 관심을 보이지 않는
다. 무릇 어른됨이란 느긋이 세상의 흐름을 관조하는 지혜와 공력을
의미할 것이다. 젊은이들이 시대의 변화를 주도하고, 그 변화의 책임
을 스스로 져야 한다는, 지극히 당연한 세상사의 이치, 청년시절 우리
가 배우고 깨치기를 갈망했던 그 이치를 망각한 정경을 안쓰럽게 바
라보는 마음은 무겁기 짝이 없다.

30여 년 전, 개업의사 생활을 하면서도 셰익스피어의 전 작품을
감독하고 배우로 출연하면서 극단을 운영했던 한 영국 노인이 회고
록을 썼다.[09] 그는 고전을 대하는 젊은 관객들의 형편없는 매너에 실

09 　K. Edmonds Gateley, *To Play At Will*, Herald Press, 1988, p. 23~23.

망을 넘어 분노를 금치 못했다. 그래서 정통 연극 극장은 불평을 안은 채 출입하지만 '덜 전통적인' 장르인 영화는 아예 포기했다고 한다. 연신 재잘거리는 소리, 껌 씹는 소리가 신경이 곤두서서 견딜 수가 없다는 것이다. 충분히 공감이 가는, 이유 있는 불평이다. 그와 같은 '셰익스피어' 세대는 '섹스어필' 세대의 경박한 무례를 참아 내기 힘들었을 것이다. 그러나 그 경박함의 이면에 숨은 활기찬 생명력을 놓치기 십상이다. 자신에게 익숙한 과거에 매달려 미래를 내다보지 못하는 노인은 '어르신'이 아니라 고작 '미사자^{未死者, Undead}'에 불과하다.

따지고 보면 당초 셰익스피어의 연극은 지식인과 대중이 함께 즐긴 도락이었다. 셰익스피어 이야기는 정치, 법, 사랑, 종교, 이 모든 것을 아우르는 거대한 지성과 감성의 체계이다. 법은 '젊은이의 감각senses of the young'이자 '어른의 지혜wisdom of the old'라던 오든W. H. Auden의 시구[10]가 연상된다. 셰익스피어도 마찬가지다. 청춘을 설레게 만들고 어른을 겸손하게 만드는 지혜의 경전이다. 무릇 모든 고전이 그러하고, 응당 그래야만 할 것이다.

---

10 W. H. Auden, 〈Law Like Love〉(1939)